Un château en Espagne

Livre 1 : Comment éduquer une chèvre

Erik Zimmer

Un château en Espagne

Livre 1 : Comment éduquer une chèvre

Les Éditions du Panthéon
12, rue Antoine Bourdelle – 75015 Paris
Tél. 01 43 71 14 72
www.editions-pantheon.fr

Illustration de couverture :
© Frederik Zimmer

ISBN 978-2-7547-5584-9

À maman, mon étoile du Berger qui continue
de me guider chaque jour. J'aurais aimé avoir eu
la chance de passer plus de temps à tes côtés
mais la vie en a décidé autrement…
j'espère que tu aurais été fière…

À Nathalie : Merci de m'avoir poussé à finir ce livre.

Note : La musique est importante pour moi. Elle m'accompagne partout. J'ai été accompagné lors de l'écriture par une ribambelle de playlists diverses. Et j'ai choisi les chansons qui collaient d'après moi le mieux aux personnages et aux endroits. C'est hétéroclite, ça va dans tous les sens. Mais n'est-ce pas cela la vraie vie ?

Si vous voulez écouter cette playlist, vous la trouverez sur Spotify, sous « château en Espagne – comment éduquer une chèvre »

Prologue et épilogue du deuxième livre

C'est là que je me suis rendu compte que j'étais vivant. Je ne m'étais jamais vraiment posé la question auparavant. Je suis sûr que comme tout le monde, je respirais, et j'avais un cœur qui battait. Mais c'est à cet instant précis que j'en ai vraiment pris conscience. J'ai respiré profondément. Cet air un peu poussiéreux, chaud, plein de relents d'odeurs d'une journée de fin d'été. Un peu de magnolia – ou d'autres fleurs, je ne m'y connais pas vraiment –, un peu de parfum de route chaude, un soupçon de thym, une pincée de terre. Quelques odeurs de moteur chaud ou d'huile de moteur chauffée au soleil. Mais une vraie respiration, une respiration consciente, faite volontairement. Que je retiens bien avant de lui rendre sa liberté. Une nouvelle respiration profonde, exhalation, et l'on reprend. La tête se rend compte de ce que le corps fait, pour la première fois depuis longtemps. Depuis que j'ai quitté cet endroit, je n'ai pas vécu.

Je suis sûr que vous connaissez ces moments, quand les couleurs semblent plus vives, comme après un orage un jour d'été, et que tout semble propre dès que le soleil brille à nouveau. Les couleurs sont vives, les odeurs exacerbées, tout est rafraîchi et neuf.

Dos à la gare routière, je regarde le paysage. Devant moi, le même taxi de toujours. Je ne sais vraiment pas comment il fait pour vivre. À chaque fois que je passe ici, il est là, il roupille. Allongé sur le siège avant, il a sa jambe gauche passée par la fenêtre ouverte. Une sandale pend de ses doigts de pieds. Il ronfle. La dernière fois, il a lâché une caisse monumentale. Je suis sûr que mon arrière-tante qui dort dans le cimetière à quelques kilomètres de là en a été réveillée. Depuis, à chaque fois que je passe à côté du taxi, j'essaie de deviner l'endroit où le pet a percé son siège, mais ne vois rien. Comme tous les autres pets auquel ce gars a donné jour, sa vie s'est terminée étouffée par la feutrine limée du siège. Je pense que si elle survit à ça, sa feutrine survivra même à une guerre nucléaire.

Un peu plus loin, un petit chat en train de se lécher. On devine encore un peu les couleurs éclatantes que le soleil a laissé traîner en disparaissant. Je m'assieds sur mon sac. Le petit chat s'approche lentement. Je lui gratte l'oreille. Je suis bien. J'attends ce qui viendra en premier : la moto de José qui a promis de venir me chercher. Ou un nouveau pet du taxi qui m'anéantira. Mais avant d'être anéanti, j'aurai eu ce petit moment de bonheur et de vie. Il ne me manque que Dulcinea, mais il me faudra encore quelques mois avant de l'amadouer. Peut-être quelques années. Ce n'est pas grave, j'ai le temps. Aujourd'hui, j'ai le temps. Je ne vis pas que pour ça, mais je sais qu'elle fera partie de ma vie et que celle-ci n'en sera que plus belle…

Bon, la vraie intro

Même si ma vie commence devant cette gare routière presque abandonnée, mon histoire commence plus tôt. Quand j'y repense, je ne sais plus si c'est vraiment encore mon histoire. C'est un peu celle de quelqu'un d'autre, ou un film que j'ai vu. J'étais une espèce de Dr Jekyll des temps modernes. Mais je ne suis pas vraiment un monsieur Hyde. En fait, c'est peut-être le contraire. J'étais Mr Hide auparavant, mais je ne me cache plus.

Vous avez peut-être vu une partie de mon histoire dans la presse, ou à la télé. Mon nom vous dira peut-être quelque chose, un nom entaché de scandale, couvert de boue, de mauvaise réputation, sali par les tabloïds. Par contre, vous n'avez probablement pas vu comment j'ai retourné les tables et lavé mon nom. Ça n'intéresse pas autant de savoir comment j'ai déjoué les accusations de mon ancienne société, Volksbrott. Vous reconnaissez peut-être mon nom comme celui de la crapule qui a arnaqué sa boîte pour 750 millions de dollars. Mais je suis innocent. Comme le disent tous les coupables. Je suis coupable de beaucoup – j'ai volé, j'ai espionné, j'ai manipulé, j'ai triché, j'ai menti. Mais je n'ai pas volé 750 millions. Et je pense que je l'ai prouvé.

Je suis courtier en bourse

Il y a quelques mois, celui que j'étais s'est levé comme tous les jours à 5 h 30. J'ai mis l'eau du thé à chauffer, j'ai enfilé mes baskets et mon short, et j'ai laissé infuser les sachets de thé Panda Dung ou un truc comme ça. J'aime bien mon thé fort, noir et acide. Il faut qu'il colle aux dents ou je le trouve insipide. Je suis allé courir autour de Central Park. En sortant, j'ai croisé Georges, le gardien de l'immeuble. Je lui ai fait une poignée de main imitation black que j'avais apprise dans un attrape-nigaud touristique en Afrique du Sud. Une espèce de village culturel qui permettait de redécouvrir les traditions des Zoulous. Le gars qui me l'avait apprise, vêtu d'un pagne en peau de bête – avec deux, trois morceaux de moquette qui s'y mêlaient –, m'avait promis que c'était la poignée de main authentique des vrais Zoulous. Avant de s'éloigner avec mon pourboire dans la poche de son slip caché sous la moquette pour donner un coup de fil sur son portable flambant neuf. Je pensais que Georges aimait ma poignée de main zoulou. Surtout autour de Noël, quand il y avait un billet de 100 dollars dedans. Faudrait que je lui demande à l'occasion si j'étais vraiment si ridicule que ça. Un blanc-bec qui essaie de se la jouer. Je suis sûr qu'il a dû avoir de bonnes rigolades avec ses copains sur le sujet.

— Oh, vous ne savez pas ? J'ai un hurluberlu dans l'immeuble, tu sais, celui du 32b ?

— Lequel, le vioc avec sa moumoute sur la tête ?

— Non, le petit freluquet qui part courir tous les matins.

— Ah oui ! Celui qu'est banquier, ou un truc comme ça ?

— Non, le trader ! Eh bien, tous les matins, il me fait un truc avec les mains, je n'ai toujours pas pigé ce que cela voulait dire ! Les deux premières semaines, je me suis ruiné en Calmol, tellement il me foutait les doigts en bouillie ! Je suppose qu'il essaie d'être cool, mais putain, quel nullos !

Eh oui. Dans ma précédente vie, j'étais trader. Et assez nullos. Le fait d'être nullos n'a probablement pas changé des masses, mais trader, c'est fini, j'ai donné. Par contre, j'étais plutôt bon en tant que trader, pas totalement nullos.

Je ne sais pas si vous savez ce qu'est un trader. À la base, en tous les cas pour les bons traders, dont je croyais faire partie, c'est un gars qui porte de jolis costumes dernier cri, de belles cravates, qui a un bel appart, une belle voiture, un beau bureau, qui crie un peu au téléphone de temps en temps. Il y a plein d'autres choses, comme les femmes, les bons restaurants, les journées de vingt heures, les indics, les discussions avec les clients, l'ambiance assez survoltée quand les choses vont bien, ou qu'elles vont mal, les engueulades, le stress quand les actions sur lesquelles on a parié tombent, ou grimpent, ou font du sur-place. Mais avant tout, le truc le plus génial, c'est de pouvoir jouer avec l'argent des autres. Quand on arrive à des niveaux intéressants, on joue avec des fortunes. Dans une même journée, on peut perdre 20 millions de dollars, en regagner 40 et en reperdre 20. Somme zéro après une journée de stress intense. Tout ça en donnant quelques coups de fil ou en tapotant sur l'ordinateur. On ne voit jamais un billet, rarement un client. Quand je suis devenu l'un des meilleurs traders de ma boîte, j'ai délégué au maximum les entretiens clients à mes sous-fifres. Moi, je restais proche du *pit*, un espace ouvert où il y a des rangées de bureaux, des écrans télé dans tous les sens, montrant le cours des actions, Bloomberg, CNN, etc.

Le pit est l'endroit où tous les petits traders sont assis derrière leurs écrans, casque-téléphone sur l'oreille, leur belle chemise dernier cri fripée et les manches retroussées, leur belle cravate mode couverte de taches de café ou de Coca, les yeux cernés, puant le déodorant rance qu'ils réappliquent pour couvrir l'odeur de sueur acide. Quand on est dans le pit, on essaie de bosser plus que les autres, de se faire remarquer par les chefs, on dort le moins possible, et l'on espère ce coup énorme qui nous fera remarquer. Mais dans la plupart des cas, on ne fait qu'exécuter les ordres de mecs comme moi.

Cela faisait quelques années que j'étais sorti du pit, mais il m'attirait toujours comme un aimant. Je pense que c'est ça qui a fait que j'étais un bon trader – enfin, moyen, et pas totalement nullos. Comme je n'étais plus enchaîné à un bureau avec un écran collé devant les yeux et un casque sur l'oreille, je circulais autour du pit tel un gladiateur des temps modernes. Un vrai loup, je rôdais dans la pénombre autour du troupeau de mes braves collègues traders. Dès que mon instinct ou mon flair me montraient une faiblesse ou une défaillance, j'attaquais, attrapant ma pauvre proie et la traînant au tapis. J'étais devenu absolument pro à ce jeu. Il me suffisait d'un rien. Une pause dans une phrase de l'un des traders assis de l'autre côté de la salle, je la captais instinctivement malgré la cohue et le bruit de fond. Le mouvement d'un autre, se calant dans sa chaise avant de passer un ordre sur son clavier, je le voyais du coin de l'œil alors que j'étais en train de regarder les écrans Bloomberg à un autre poste. La tension dans les épaules d'un troisième, je la voyais au travers de l'eau un peu trouble de l'aquarium rempli des sprats irradiés et carnivores que rapportait mon boss de tous les coins de la Terre. Mon boss ne comprenait jamais pourquoi tous ses poissons mouraient, mais ne savait pas que cela avait toujours été le grand jeu des traders du pit de voir combien de saloperies ils pouvaient verser dans l'eau avant que les poissons ne rendent l'âme. Le record absolu a été près de quarante litres de café, une vingtaine de litres de Gatorade, neuf traders différents pissant dans l'aquarium, et un tube d'aspirine pour achever une espèce de serpent de mer luminescent à pattes. Deux des traders se sont fait virer pour avoir achevé cet exemplaire unique d'une espèce animale en voie de disparition, mais ces deux traders étaient nuls de toute façon. Je ne sais plus comment s'appelait l'horreur dans l'aquarium, mais on s'en fout, l'espèce a disparu à coups de Gatorade, donc on ne s'emmerde plus de son nom.

Vous voyez ? Même en ne faisant plus partie de ce monde, je me laisse entraîner par ce que j'ai vécu pendant cette période. Je me moque de la disparition d'une espèce, et je parle comme à l'époque. Le costume du trader est très facile à enfiler à nouveau. C'était comme un trip permanent. Je me sentais le roi du monde, de mon petit monde à moi. J'étais grisé du matin au soir. Je ne croyais pas à mon bonheur. Quand je disais « saute », tout le monde me demandait « à quelle hauteur ? ». Dès que je voulais, j'avais une nouvelle petite amie, dont je ne me souvenais déjà plus du nom le matin en me levant. Mais il n'y avait pas de meilleure manière de s'en débarrasser qu'en lui demandant le lendemain : « Euh… Clara ? Café ou thé ? ». Il n'y a qu'une fois où je suis tombé par malheur sur une Clara. J'ai appris que si l'appeler une première fois par un nom au hasard ne marchait pas, je passais à deux ou trois autres prénoms différents, l'un après l'autre, et en général, elles partaient aigries, agacées, ou folles de rage. Je ne les revoyais plus. Il n'y en a pas une seule qui m'a semblé digne d'un quelconque investissement de mon temps. Et pourtant, je suis sûr que j'ai dû en croiser quelques-unes qui valaient la peine. Mais j'étais con et obtus, dans ma bulle. Encore une chose que je regrette. Enfin, pas vraiment – j'ai Dulcinea dans ma vie aujourd'hui –, mais j'ai dû les faire se sentir moches, connes, nulles et utilisées. Je m'excuse, mesdames. Du fond du cœur.

J'avais mes terrains de chasse favoris. En général, mon niveau de drague était péniblement bas. Je n'ai jamais su séduire les filles. J'utilisais des artifices. Je me souviens qu'à un moment donné, la mode tendait vers des soutiens-gorge en dentelle sous chemise serrée. J'allais voir les filles en leur demandant si je pouvais lire ce qu'il y avait écrit, puisque c'était en braille. Et si elles ne réagissaient pas de manière négative, ou si elles étaient surprises, je mettais la main au paquet. Une fois sur deux, je récoltais une plus ou moins gentille tape dans le visage, et en bon chrétien, je tendais l'autre joue. Mais j'ai toujours été surpris du nombre de femmes qui rigolaient, et surtout aux États-Unis, royaume des prudes et des mal pensants, qu'une approche comme celle-ci marche. Je vous ai prévenus, j'étais vraiment nul à l'époque.

Je ne suis plus courtier en bourse

Bref, du point de vue trader, je n'étais pas le meilleur, mais parmi les aveugles, le borgne est roi. Je me levais le matin, allais courir, prenais ma douche, et si j'avais passé la nuit avec quelqu'un, demandait à Clara si elle voulait un café, m'habillais avec mon petit costard dernier cri, ma petite cravate soie nouée main, descendais au garage, montais dans mon Aston, et partais au boulot où j'arrivais à 7 heures pétantes. Je prenais l'ascenseur rapide jusqu'au 34e, disais bonjour à Money Penny, une mégère affreuse qui gérait l'accueil et qui aurait donné une attaque cardiaque à James Bond si elle lui avait un jour déclaré sa flamme. Je n'ai jamais su pourquoi on la surnommait Money Penny, et n'ai jamais demandé à le savoir. Je l'évitais. Aujourd'hui, je regrette. C'est un secret dont j'aurais bien aimé connaître la réponse. Un des grands mystères de la vie. Elle serait peut-être contente de savoir que parfois, le soir, il y a un homme qui pense à elle avant de s'endormir.

J'ai toujours eu tendance à m'asseoir à la terrasse d'un café et regarder les couples, imaginant ce qu'ils peuvent vivre, combien d'enfants ils ont ou auront, ce que feront leurs enfants. Je m'inventais des conversations, je faisais les voix dans ma tête. Si un sujet comme Money Penny était passé devant moi, j'aurais eu de quoi m'imaginer des choses pendant une semaine ou deux. Je me serais fait des romans, des scénarios qui pouvaient aller du film d'horreur au film de suspense. Peut-être que si elle avait des enfants, la fille ira à Polytechnique, et le fils sera un petit branleur. Ou vice versa. Ou qu'elle les enferme dans sa cave pendant leur adolescence. Ou que le week-end, elle met sa veste de biker par-dessus un tee-shirt résille qui montre ses tatouages de dragon japonais. Elle était indéchiffrable.

Mais cela fait partie de mon autre histoire. Après avoir salué bien bas le dragon, je rentrais dans le saint des saints : le pit. En général, j'étais le premier. Si un petit con de nouveau était déjà là avant moi, quelqu'un lui expliquait bien vite que personne ne pouvait arriver avant le bull[1]. Au cas où vous n'auriez pas pigé, le pit-bull, c'était moi. En général, sachant que j'arrivais, ils en profitaient pour rentrer chez eux quelques heures, dormir, et se remettre une couche de déodorant sous leurs aisselles rances.

Je prenais ces quelques minutes pour profiter du silence avant la tempête. Je respirais l'odeur d'ozone qui régnait dans cet endroit, une odeur électrique et métallique. Presque la même odeur que celle des pièces de monnaie neuves et récemment pressées. Je me servais une tasse de thé et me mettais tout contre la fenêtre pour regarder la ville du haut de mes 34 étages. Une histoire circulait sur un trader qui était responsable de l'intégration des nouveaux dans sa boîte. Lors des journées d'intégration, il faisait faire la visite des bureaux à la chair à canon (les nouveaux petits traders récemment sortis de l'école). Là où leurs bureaux donnaient sur l'extérieur, la paroi n'était faite que de fenêtres. Pendant le tour, il aimait prendre de l'élan et se projeter contre cette baie vitrée pour en montrer la solidité aux nouveaux. Manque de chance, un jour, il a dû manger un peu plus de céréales au petit-déjeuner, ou heurter la fenêtre à un endroit fragile, et il est passé au travers. Descente directe au rez-de-chaussée, 33 étages de vol plané. Il a été inclus dans les Darwin Awards[2], un prix qui récompense les gens qui enrichissent le pool génétique de l'humanité en n'y participant pas.

---

1 Bull : taureau. Le « taureau » et l'« ours » symbolisent les hausses et les baisses des bourses et l'attitude des investisseurs : en effet, lorsqu'un taureau charge, il pointe ses cornes vers le haut. Et quand un ours attaque, il abat ses pattes vers son adversaire.

2 Darwin awards : Les personnes récompensées (le plus souvent à titre posthume) le sont pour avoir « contribué à l'amélioration globale du patrimoine génétique humain ». On sous-entend ici que la stupidité à l'origine de leur décès serait due à un patrimoine génétique défavorable, et qu'il vaut mieux qu'elles ne l'aient pas transmis.

Les premiers traders arrivaient dix minutes après moi. Ils savaient respecter mon moment de solitude. Ils me faisaient un hochement de tête et se mettaient à leur poste de travail, en général pour rechercher des infos et lire des rapports. Quand les premiers étaient là, je quittais la fenêtre et me mettais sur la grande table commune avec mon portable à lire aussi les analyses rédigées pendant la nuit. Un peu avant 8 heures, les derniers traders arrivaient. Je tournais toujours le dos vers la porte, face à la fenêtre, et dès qu'ils me voyaient, leurs conversations stoppaient net. Ils s'installaient dans un presque silence. Les éclats de rire ou les discussions sur la partie de foot américain de la veille, ou des Sox contre les Yankees s'arrêtaient brutalement. Les traders entraient dans le pit, sortaient les ordinateurs de leur veille, s'armaient de leur casque-téléphone, flexaient leurs doigts, échauffaient leur souris. À 8 heures, tous étaient là. Je me retournais alors, les regardais tous un à un, un petit hochement de tête à chacun, et m'éloignais. Soudainement, le silence était rompu, et la journée commençait.

En fait, je n'étais pas si bon que cela. J'avais moi aussi commencé comme petit trader dans le pit, mais j'ai su profiter de quelques bons coups à la bourse pour me propulser vers le haut et me faire remarquer par mon boss. Il m'avait nommé responsable de l'un des groupes de traders, où j'appris rapidement que ma vision du coin de l'œil était un outil plus infaillible que la lecture de milliers de rapports annuels ou d'analyses de tendances secteurs. Je laissais ce travail à la chair à canon du pit. Je comptais plutôt sur mon œil d'épervier et mon sens de l'observation. J'ai commencé à peaufiner ma « méthode ». Bien sûr, la plupart des traders savaient qu'ils devaient faire quelques gros coups pour réussir à se hisser hors du pit. Et comme je vous l'ai dit auparavant, ces gros coups, je les sentais.

Me voilà donc. Terreur du pit, dragueur sans classe, profitant de son statut pour réchauffer son lit. Pas vraiment de préoccupations financières, pas vraiment de talent, pas de dilemmes moraux. Pas d'aspirations réelles, pas d'envie de créer de famille. Je ne vibrais pas, ne vivais pas, mangeais trop vite, baisais trop vite, aucun préliminaire à quoi que ce soit. Je buvais avec modération, fumais un peu, principalement des cigares. Pas d'ambitions démesurées, pas un mot plus haut que l'autre. Pas d'envies suicidaires, pas de maladies, pas de cholestérol, pas trop de vacances et pas trop souvent. Pas de vrais amis, que quelques copains. Pas de famille, pas de passions. Jeune, mais pas trop, à 37 ans, j'étais considéré comme un bon trader, un bon parti, et un bon salaud par presque tout le monde, mais surtout par les gens qui bossaient pour moi dans le pit.

J'aurais dû me méfier.

Ce jour-là, soudainement, par-dessus l'écran du Bloomberg, je vois un dos qui se redresse, une tension dans la nuque de l'un des petiots. Cela sent le changement important de volume ou de prix sur une action. Je m'approche. Je regarde par-dessus son épaule. Un écran email est affiché, avec un texte que je ne déchiffre pas. Je l'interroge. Il m'explique qu'un ami qui travaille à la FDA[3] vient de lui envoyer un message disant qu'un truc médical pour des expériences de recherche va être en utilisation libre. Je n'en ai pas entendu parler auparavant, mais en peu de temps, nous faisons nos recherches. Les États-Unis seraient le premier pays au monde à libérer entièrement l'utilisation de cellules souches humaines à la recherche, et chercheraient à permettre la recherche sur l'inactivation de gènes nocifs dans les fœtus humains.

Notre analyse montre qu'en effet, des réunions ont eu lieu au Sénat sur le sujet. Une source interne nous confirme qu'un sénateur très actif dans le monde médical, et plutôt supporter de la Big Pharma, a été reçu à la Maison-Blanche la semaine dernière. Toutes les infos se recoupent. Nous analysons les compagnies qui en profiteraient.

Je vais voir mon boss, lui explique et lui montre la liste des sociétés. Il est plutôt excité et me donne le feu vert sans trop de problèmes. Limite de 100 millions pour l'instant. Nous commençons à acheter des actions de quelques sociétés de biotechnologie, doucement, par petits paquets.

3 Food and Drug Administration : agence américaine des produits alimentaires et médicamenteux.

Nous achetons aussi pas mal d'options, des call options, qui permettent d'acheter les actions de la société à un prix fixe décidé aujourd'hui. Par exemple, si l'action aujourd'hui vaut 10 dollars, je peux acheter une call option à trois mois de 15 dollars. Cela veut dire que si dans trois mois, l'action de la société vaut 20 dollars, j'exerce mon call à 15 et je gagne 5 dollars en la revendant à 20. La personne qui m'a vendu l'option à 15 est obligée d'acheter l'action à 20 et de me la revendre à 15.

Vers 11 h, et 60 millions de dollars investis plus tard, nouveau mail du copain de la FDA. Il confirme des numéros de quelques-unes des souches, et le groupe de travail des députés qui devront faire passer la proposition de texte de loi sur l'inactivation des gènes. Revisite chez mon boss, nouvel accord. Nous plongeons pour 200 millions de dollars. Soudainement, les écrans commencent à s'animer. Un concurrent a dû nous voir acheter des calls et commence lui aussi à acheter. Nous continuons sur notre lancée, arrêtant d'acheter des actions, mais achetons des options à la hausse. Nouvel accord du boss, et encore 200 millions de dollars. J'en suis à 460 millions et de mon propre chef, décide de passer à 500 millions, histoire de faire un numéro rond. Nous ralentissons un peu alors, guettant les bonnes affaires.

Pas une somme énorme, dans nos milieux.

Mais malheureusement, ce jour-là, l'info du copain de la FDA était bidon. En fait, le gouvernement avait décidé de suspendre l'autorisation de recherche sur les cellules souches humaines, et le groupe de travail des députés était formé pour justement empêcher les recherches cliniques sur l'inactivation de gènes. Le sénateur reçu à la Maison-Blanche avait été envoyé par le Big Pharma pour faire du lobbying, mais n'a pas eu gain de cause.

Je me sens un peu malade. Le silence se fait autour de moi. Tous les petiots se terrent, se font les plus petits possibles, ne disent rien. Je les entends penser tout fort. Le trader qui connaissait le mec de la FDA ne sait plus où se foutre. Je le rassure – il n'a rien à craindre. Cela a été ma décision, et celle de mon boss. J'essaierai de laisser son nom hors de tout ça. Je ne sais pas d'où me vient cet élan de sympathie – normalement, je l'aurais enterré avec moi, ou essayé de l'accuser de tous les torts. Je l'ai fait par le passé. Aucun sentiment dans ce milieu. Mais le trou est trop grand. Ça va me retomber dessus. À rien ne sert de le jeter sous le bus. Je donne l'ordre de tout vendre, tout larguer au plus vite et essayer de recouper nos pertes, mais de potentiellement garder quelques actions de boîtes pharmaceutiques achetées avec les premiers 60 millions qui resteront probablement un bon investissement.

Je suis resté un peu perplexe. Comme dans un état second. Ce n'est pas tous les jours que l'on commet une erreur de cette ampleur. Grisé par l'excitation du moment, je m'étais laissé porter par un flot puissant. Certain et convaincu de mon intelligence et d'un succès assuré. Sûr de mon indiscutable supériorité, proche d'un statut de dieu dans ce pit, je m'étais laissé emporter par ma crédulité et mon image atrophiée de moi-même. Si cela avait marché, j'aurais été un héros, aurais reçu un gros bonus et aurais marqué des points pour devenir partenaire. Mais cela n'a pas marché. L'appât du gain, de la position, du potentiel de promotion était tellement fort que j'en suis devenu encore plus arrogant. J'avais des œillères. C'est un phénomène humain bien connu – on ne regarde que les nouvelles positives, ignorant les négatives, pour se convaincre qu'on a raison. On n'écoute pas les critiques ou les points de vue divergents. On se dit que ces gens ne voient pas les mêmes choses que nous, ne comprennent pas. Cela s'appelle le syndrome de Trump.

Vers 15 heures est venue la nouvelle officielle que les cellules souches seraient interdites, confirmant ce que m'a dit le petit trader de merde. Interdiction absolue de toucher aux gènes de fœtus. Toutes les actions que nous avions achetées ont commencé à chuter de manière vertigineuse. Leur valeur avait artificiellement été gonflée depuis le matin à cause de nos achats et ceux de nos compétiteurs, les rumeurs couraient à plein régime. Certaines avaient pris plus de 10 % dans la journée. Quand les actions ont chuté de plus de 20 % par rapport au début de journée, le

NASDAQ a interrompu les cotations de toutes les actions de biotechnologie. Un peu tard. Nous n'avons plus pu faire grand-chose. Les traders étaient désemparés. Silencieux, ils passaient d'un écran à l'autre. L'un d'entre eux essayait de vendre quelques actions à un concurrent, mais sur les listings non officiels, les actions que nous avions achetées continuaient à baisser. À chaque dollar en moins, leur regard se faisait de plus en plus fuyant. Dans une salle remplie de monde, je me sentais totalement seul. Je commençais à sentir la charogne. Je la sentais moi-même, cette odeur de défaite. On la sentait même par-dessus l'odeur des aisselles rances et du café froid.

Au-dessus de nous, dans le bureau du boss, une certaine agitation. Une baie vitrée de son bureau donnait sur le pit. Je voyais une activité assez importante. Anormale. Chronique d'une mort annoncée.

En revendant les actions, nous n'avions récupéré que 400 millions. Les calls ne valaient probablement plus rien – à moins de voir les actions monter de valeur vertigineuse dans les quelques semaines qui suivent. Perte nette de 100 millions environ. Se faire virer pour 100 millions, c'est quand même un peu frustrant. Je sais, cela paraît bizarre de dire ça. 100 millions, c'est énorme. Mais rappelez-vous, cet argent, on ne le voit jamais. Ce ne sont que des chiffres sur un ordinateur, c'est virtuel, comme un jeu vidéo. Et toutes les autres fois que j'avais fait des paris similaires, cela avait été le pactole. J'ai rapporté des centaines de millions à la boîte. L'année dernière, j'avais fait les calculs et m'étais rendu compte qu'en sept années avec Volksbrott, je leur ai rapporté plus de 1 milliard de dollars de bénéfices.

Cela sentait la convocation auprès de mon boss. Je m'attendais au « tu comprends, ce n'est pas toi, enfin, si, c'est toi, mais après tes bons et loyaux services, tu as mis les pieds dans le plat ». J'imaginais déjà les discours. Je savais déjà qu'au départ, il ne s'agirait que d'une mise à pied de quelques jours, qui se prolongerait, puis une lettre, un *pink slip* – la mise à pied. Juste le temps nécessaire de me trouver un remplaçant. Je les ai vues des dizaines de fois, ces situations. Tant que ce n'était pas moi, cela me laissait de glace. Soudainement, le tir se rapprochait. J'étais déjà un bien dont personne ne voudrait plus. Cette odeur de défaite me collera à la peau. Ma disgrâce ne me permettra pas de trouver un autre emploi même chez un concurrent. Après toutes ces années de succès à répétition, une erreur – d'accord, monumentale –, mais une seule erreur, et ma carrière était terminée. Sept ans à enrichir ma boîte, à leur rapporter des fortunes, et en une journée, j'étais devenu *persona non grata*.

Alors je suis monté avant d'être convoqué. J'ai frappé à la porte en verre de mon boss. Surpris, il n'a pas su réagir immédiatement et après une hésitation, m'a fait signe de rentrer. Je ne me souviens plus exactement de la discussion, j'étais dans un état second. Mais avant de me faire virer, j'ai préféré donner ma démission. Je n'ai même pas ramassé mes affaires, je suis sorti du bureau, j'ai pris l'ascenseur et j'ai marché jusqu'à mon appartement. Presque une heure de marche dont je ne me souviens plus. Je me suis arrêté au chinois à côté de chez moi, et j'ai acheté deux bouteilles de Jack Daniel's. En arrivant, j'ai enlevé ma veste et j'ai rempli un verre de glace. Je me suis approché de la fenêtre, j'ai desserré ma cravate et j'ai pris la première d'une très longue série de gorgées de mon copain Jacques. Docteur Jack soigne tous les maux. Je ne pensais à rien. Je n'étais pas triste. Je n'étais pas content. Je ne sentais pas grand-chose. J'ai juste bu. Et encore bu. Je me suis assis par terre avec mon dos contre le sofa, la tête posée dessus, et je regardais le ciel. Quand les glaçons ont fondu, je ne me suis même pas levé pour aller en chercher d'autres. J'ai juste rempli le verre. J'entendais vaguement la musique de chez mon voisin. Un truc assez lourd, genre Rammstein ou Limp Bizkit. Pas mal, en fait. J'avais toujours gueulé quand il montait trop le son, mais là, sa musique s'intégrait bien dans mon état d'âme. Faudrait que je lui demande de partager sa playlist.

Nourriture saine et docteur Jacques

Je me suis réveillé avec un torticolis énorme. Recroquevillé en position fœtale, autour de la deuxième bouteille à moitié vide. J'aurais dit encore à moitié pleine normalement, mais je voyais plutôt les choses à moitié vides à ce moment. Un goût huileux et pâteux dans la bouche, comme si je venais d'avaler un pot de mastic. Une soif horrible. À grand-peine, je me suis levé. J'ai mis la tête sous le robinet de l'évier. J'en ai mis partout, sur ma chemise, ma cravate, par terre. J'ai tout enlevé, laissé tomber mes vêtements au sol, caleçon en drop kick dans le lustre. J'ai passé une bonne heure assis sous la douche, avec le jet sur la tête, ne pensant à rien. Retour à la cuisine, pizza congelée au four, et bouteille de rouge – que le meilleur, bien sûr. On était en mi-journée. J'ai mis la télé et l'ai regardée tel un zombie, pieds nus et en robe de chambre. Vers 16 heures, j'étais totalement beurré à nouveau. En repartant à la cuisine chercher une nouvelle bouteille, je me suis pris le pied dans la ceinture pendouillante de ma robe de chambre – l'assiette de restes de pizza et la bouteille vide sont partis en volant. Sauce tomate et vin rouge sur le mur. Morceaux de verre partout. Je les ai juste poussés dans un coin.

J'ai dû m'endormir devant la télé. Deuxième réveil vers midi, goût de poisson mort à Tchernobyl ou du teckel de la voisine dans la bouche, mal de crâne horrible. Des bouteilles vides partout, un pot de glace fondu sur le tapis. Je ne me souviens même plus d'être allé chercher de la glace dans le congélo. Mon appartement tellement zen, tellement vide, tellement propre – c'était la première fois que je le traitais ainsi. Je suis resté au moins cinq bonnes minutes avec la tête sous le robinet de l'évier. La sonnette a retenti, mais j'ai gardé la tête sous l'eau encore quelques minutes. La personne qui sonnait a gardé son doigt appuyé dessus pendant deux bonnes minutes, avant que je ne me décide d'éteindre le robinet. J'ai ouvert. Une espèce de catcheur hirsute m'a demandé si j'étais bien moi.

Je ne sais pas ce qu'il a pensé en me voyant avec ma gueule de déterré et entièrement mouillé dans mon peignoir trempé qui, en plus, avait clairement l'air de m'avoir servi de pyjama. Je pense même qu'il devait être entrebâillé sur mes parties pas très nobles. Mais il est resté stoïque. Il m'a expliqué que ma société me poursuivait en justice pour récupérer sur mes biens personnels ce que je leur avais fait perdre. Il m'a remis un document et m'a demandé de signer un parapheur. J'ai refusé de signer, mais il m'a dit que de toute façon, peu importait si je signais, il avait fait son travail. Il s'est remonté le pantalon, a reniflé, m'a toisé de haut et a fait demi-tour. Son départ aurait été plus impressionnant s'il n'avait pas eu besoin d'attendre l'ascenseur pendant deux minutes, durée pendant laquelle je dévisageais sa nuque de manière détaillée. J'ai raclé ma gorge deux ou trois fois pour bien lui faire savoir que j'étais encore là. Il s'est engouffré dans l'ascenseur comme si c'était la dernière navette pour aller au paradis. J'ai fermé la porte et j'ai lu le document qu'il m'avait remis. N'étant pas avocat, je défie quiconque de comprendre ce que disent ces documents, mais j'ai compris qu'à la suite des énormes pertes que j'avais causées, mon ancienne société voulait se renflouer un peu en me prenant tous mes biens personnels. Ils indiquaient aussi que j'avais pris ces décisions seul, sans aval de qui que ce soit, et que j'avais enfreint les règles internes de Volksbrott. Bref, mon boss se couvrait aussi.

J'ai laissé tomber la lettre par terre. Elle est tombée un peu au ralenti. Comme une feuille morte. Une feuille qui signifiait l'approche d'un hiver long et glacial. Je l'ai laissée là et suis allé me coucher. Même pas faim, même pas mal. Juste une envie de dormir, de fermer les yeux sur ce jour de merde. Je me suis écroulé dans mon lit et j'ai fermé les yeux. Quand je me suis réveillé, il faisait nuit. J'avais une gueule de bois comme j'en ai rarement eu. Je me suis péniblement assis sur le bord du lit. Je me suis pris la tête dans les mains. Je portais mon peignoir qui était encore bien humide. Comme l'édredon et l'oreiller. On aurait dit que je m'étais pissé dessus. La douche m'a paru un objectif absolument inatteignable. Mais j'y suis arrivé. Ma première victoire depuis quelques jours.

Après une bonne heure assis par terre sous le jet de la douche, je me sentais légèrement mieux. Tout fripé, les doigts qui me démangeaient d'avoir été mouillés aussi longtemps. Je m'en suis quand même servi pour commander une pizza au téléphone – la nourriture des héros.

The piano has been drinking[4]

Bon, je ne pense pas que vous avez acheté ce livre pour lire tous les détails de ma déprime. Toutes mes gueules de bois. Le fait que j'ai gerbé la pizza du chapitre d'avant aussi vite que je l'ai avalée. L'aigreur. La sensation d'être hors de moi, de m'observer, sans être vraiment là. Je suis reparti dormir aussi vite que je le pouvais. Il y a eu une succession de deux ou trois jours dans le même style. Sans sortir de l'appartement. Avec beaucoup de pizzas et de chinois, de bouteilles de Jack et tout ce qui me tombait sous la main. Je me suis fait tous les films merdiques du câble. Toutes les émissions à la mords-moi-le-nœud où des couples se disputaient et se collaient des beignes parce qu'ils s'étaient fait les sœurs ou les grands-pères les uns des autres. Le téléphone a sonné quelques fois, mais je n'ai pas décroché, bien sûr. Personne à qui j'avais la moindre envie de parler. C'est dans ces moments que l'on commence à réaliser que quelque part, on s'est peut-être planté à un endroit ou un autre dans sa vie. Quand il n'y a personne à qui parler. Mais à l'époque, je ne réalisais pas encore combien j'étais pauvre. Vraiment pauvre, et je ne parle pas d'argent.

Puis un jour, je me suis réveillé sous des coups de butoir. Des coups à la porte. Avant que je ne puisse faire grand-chose, genre me gratter les fesses ou me dépêtrer des draps, il y avait déjà un mec hirsute dans la chambre. Il m'a parlé et je n'ai pas trop pigé ce qu'il voulait. Je n'étais même pas surpris. Rebelote. Il m'a expliqué qu'il était là pour me virer. L'appart avait été saisi par les avocats de ma boîte. Un appart qui devait valoir le million de dollars. Quelque chose sur un jugement rendu *in absentia* parce

4 *The Piano Has Been Drinking*, Tom Waits.

que je ne m'étais pas présenté au tribunal. Ils ont été sympas, les trois gorilles. Ils m'ont donné une heure pour me doucher et faire mes valises. Pas le droit d'emporter le moindre meuble, pièce de valeur, clef de voiture ou de moto. Pas le droit de dire au revoir à l'Aston qui dormait encore au bureau.

Je leur ai demandé s'ils voulaient un café ou un Jack. Ils m'ont regardé de façon étrange, mais ont accepté le café. J'ai mis la machine en route et me suis douché. J'avais une gueule d'enfer, et ma barbe devait avoir sept ou huit jours. Je n'avais plus de repères. Je ne m'étais jamais vu avec une barbe aussi longue. Les mecs m'ont regardé bizarrement quand je leur ai demandé quel jour on était. Il s'était écoulé onze jours depuis que j'étais rentré du boulot. Parlez-moi d'un black-out…

Les gorilles ont commencé à emporter mes meubles. Cela ne me faisait pas grand-chose – je n'y avais jamais trop prêté d'attention. Beaucoup de Starck, et de trips d'architectes qui m'avaient coûté bien trop cher pour ce que c'était. Le seul truc dans lequel j'avais investi du temps était ma collection de « street art », j'avais même un petit Banksy. Mais les voir partir ne me faisait pas grand-chose. J'étais assis à table avec mon café et mon Jack, et je racontais des blagues. Mes gorilles étaient morts de rire. Je ne sais plus ce que je déblatérais. J'aimerais bien m'en souvenir, car j'ai l'impression d'avoir été très marrant ce jour-là. Vers la fin, ils commençaient à être gênés. Ils ont commencé à me dire qu'il serait peut-être temps de faire mes valises, de récupérer mes fringues. Mes effets personnels. J'ai rigolé et leur ai dit que tant que je pouvais rester assis sur cette chaise, tant qu'elle serait encore à moi, j'en profiterais. Finalement, c'est eux qui ont fait mes valises. Ils m'ont dit qu'ils n'avaient jamais fait ça pour qui que ce soit, mais bon, je leur avais payé le café. Pendant qu'ils emballaient mes frusques, j'ai commandé un repas digne d'un empereur au chinois du coin pour nous tous. En tout cas, c'est ce que le Chinois me disait. Les gorilles avaient l'air contents. Peut-être aurais-je dû commander plus de beignets de banane. On s'est quitté comme les meilleurs copains du monde. Ils m'ont dit qu'exceptionnellement, ils me laissaient le lit et la clef une nuit de plus. Je me suis écroulé dans le lit et j'ai dormi comme un empereur chinois. Pas de télé de toute façon.

L'un d'entre eux m'a réveillé le lendemain. John, je crois. Ou Bill. Ou Bob. Je n'en sais plus rien. Je l'ai aidé à descendre le lit à sa camionnette. Il m'a aidé à descendre mes valises de fringues.

En faisant un dernier tour de l'appartement, il m'a donné une lettre qui traînait encore par là. Une lettre en espagnol, avec deux, trois gros tampons officiels dessus. Je m'en souvenais vaguement, un truc qui m'était arrivé deux ou trois ans plus tôt, que j'avais eu l'intention de faire traduire depuis longtemps, mais que j'avais oublié. Elle avait glissé derrière la commode de l'entrée. Je lui ai demandé s'il parlait espagnol.

Et José me l'a traduite. Pas Bob, ou Bill, ou John, mais José. Il m'a expliqué qu'en fait, il s'agissait d'un acte notarial. Que j'avais hérité d'une maison dans un village en Espagne qui s'appelait Matavacas. D'une arrière-tante ou un truc dans le style. Un lien de parenté qui ne peut exister qu'en Espagne. L'arrière-grand-tante du grand-père du côté maternel de ma cousine éloignée fille de ma grand-mère, ou un truc dans le style.
— Et c'est où Maitavaicas ?
— Matavacas. Cela veut dire « tuer les vaches ». Cela ne le dit pas ici, dans cette lettre, mais d'après le cachet du notaire, cela a l'air d'être en Andalusia.
— C'est quoi, Andalusia ?
— Une région d'Espagne, et si je ne me trompe pas, assez sympa. C'est de là que viennent les olives, le jerez, le jambon et le flamenco. Et Don Quichotte.
— Flamenco et jambon ? Jerez ? Tiens, pas mal. J'irais bien passer quelques semaines chez les sauvages. Elle a l'air grande, la maison ? Tu crois que je tiens le gros lot ?
— Tu sais, amigo, je ne peux pas te le dire d'après cette lettre. Mais elle dit que tu dois te présenter chez maître Juan Carlos Ruiz, le notaire de Matavacas, pour récupérer les papiers.
— Comment je fais pour aller à Matavacas ?
— Amigo, je ne sais pas. Depuis Madrid, probablement, tu

peux y arriver. Au fait, tu me donnes la clef de l'appart que tu as encore dans la poche ? Et ton mobile ?

Bref, José m'a déposé à Newark, l'aéroport du New Jersey, à moins d'une heure de New York, et proche de leur entrepôt. Je m'étais laissé emporter où il devait aller, son entrepôt, au lieu d'aller à JFK, et je me suis dit qu'il devait bien y avoir des vols pour l'Espagne depuis Newark. Je me laissais conduire et porter par les événements, passif participant à ma vie. Et j'aimais bien le gars et l'on s'entendait bien – rare pour moi. Donc, Newark. Il a voulu me faire signer quelques papiers en plus, mais j'ai refusé, lui disant que j'avais été suffisamment coopératif comme cela. Ça l'a fait rigoler et il m'a filé une bonne claque dans le dos. Il m'a demandé si j'étais OK, et je lui ai dit que je n'en savais rien, que je lui enverrais une carte de Matavacas pour lui dire. Il a rigolé encore plus fort et m'a dit que j'étais *loco*. Estéombréestaloco, ou un truc dans le style.

Je suis rentré dans le terminal avec mes deux valises. J'ai acheté un billet pour Madrid. En business. J'ai profité du fait que ma carte marchait encore. La boîte n'avait peut-être pas encore pu mettre la main dessus. Le vol ne partait pas avant encore cinq heures, mais j'ai dit que cela ne faisait rien. Quand la fille du comptoir m'a demandé si c'était moi qui avais fait les valises, je lui ai dit non. Mais quand j'ai commencé à lui expliquer pourquoi ce n'était pas moi, elle a fait une tête bizarre et ne m'a plus regardé directement pendant tout le processus d'enregistrement. Alors, j'en ai rajouté un peu. Je lui ai dit qu'il faudrait probablement prévenir les gars des rayons X, parce que j'étais spécialisé en taxidermie, et que dans l'une des valises, il y avait un Lilliputien empaillé. Dans l'autre, il y avait des os de poulet, car je devais faire un poulet impérial laqué pour un collectionneur privé à qui j'avais déjà fabriqué un canard laqué empaillé, avec une selle pour le Lilliputien. Elle m'a donné mon billet sans même me demander quoi que ce soit.

Avec un billet acheté en dernière minute et après avoir avoué que ce n'était pas moi qui avais fait mes propres valises, je ne vous explique même pas le temps que j'ai passé à la sécurité. J'ai essayé de détendre un peu l'atmosphère, mais les agents ne rigolaient pas du tout. Ils ont tout vérifié. Ils m'ont demandé où étaient le Lilliputien et le poulet. J'ai eu droit au traitement VIP dans une petite cabine à côté, où j'ai eu le droit de me déshabiller. Ils ont même voulu vérifier si le Lilliputien ne s'était pas introduit en moi, mais j'ai pu éviter un dérapement gênant. Un des douaniers m'a demandé pourquoi j'étais couvert de bleus sur les jambes et le dos. En fait, je n'avais même pas remarqué. J'ai dû tomber tellement souvent alors que j'étais bourré que j'étais couvert de bleus. Grave. Le fait que je ne m'en sois même pas rendu compte ou que je ne savais pas quoi répondre a mené à encore toute une flopée de questions auxquelles je n'avais pas de réponse.

Enfin lâché par mes nouveaux copains, j'ai acheté un dictionnaire anglais-espagnol et me suis assis dans l'un des bars de Newark pour commencer à apprendre une langue dont je ne connaissais pas un mot. *Olá* voulait dire bonjour. *Una cerveza* voulait dire une bière. La serveuse était mexicaine et je lui ai demandé de m'apprendre quelques mots d'espagnol. Je suis sorti avec deux ou trois mots d'espagnol : *¡ Olá ! ¿ Que Tal ? Una cerveza por favor, te quiero*, et puis *la cuenta, por favor*. Les trucs les plus importants en toute langue. J'ai passé deux heures dans le bar, et je vous garantis que maintenant, je sais commander des bières en espagnol. Je me suis bien entraîné en ces deux heures.

J'ai pris l'avion. J'ai continué à potasser ma méthode. Plein de trucs bizarres. Saviez-vous que jaune se dit *amarillo*, presque comme Armadillo ? Armadillo se dit pareil, mais que la banane se dit *platano* ? Comme si c'était le fruit du platane ! Que le tilleul se dit *manzanilla*, ce qui veut dire « petite pomme » ? Mais qu'une forme de jerez s'appelle aussi manzanilla ? Que le chien se dit *perro*, que « mais » se dit pareil ? Que pareil se dit *igual*, qu'il y a une ville qui s'appelle Igualada ? Presque comme iguane ? Qu'iguane se dit *iguana*, mais que *guana*, c'est du caca d'oiseau ? Qu'oiseau se dit *pajaro*, et que branleur se dit *pajero* ? Incroyable les petites nuances que pouvait avoir cette langue jusqu'alors ignorée.

J'étais dans un avion bondé, mais isolé. Tout le monde dormait, il faisait noir. J'étais le seul être réveillé à dix mille mètres de haut, tout seul dans une flaque de lumière, lisant ma méthode d'espagnol et m'entraînant. De temps en temps, je demandais un Jack, mais j'étais captivé par ce petit bouquin. Je n'avais jamais appris d'autre langue, cela ne m'avait jamais intéressé. Même pas le français alors que ma mère était Française – je le comprenais un peu, mais n'avais jamais fait l'effort de l'apprendre. Mais savoir que je volais vers un pays où des millions de gens parlaient cette langue, l'avaient parlé depuis la nuit des temps, était incroyable. J'avais l'impression d'être un explorateur venant de découvrir un continent secret, peuplé d'une civilisation que personne n'avait jusqu'alors découverte.

El con qui st 'adore

C'est l'hôtesse qui m'a assez violemment réveillé d'un sommeil sans rêves, sans histoires. J'ai dû m'endormir à un moment donné, car elle me secouait comme un prunier pour me faire reprendre connaissance. Elle n'avait pas l'air contente. L'avion était déjà vide, j'étais le dernier passager. Et c'est comme cela que j'ai attaqué ma nouvelle vie. Des fringues fripées sur le dos, la gueule enfarinée, les cheveux dans tous les sens, une méthode d'espagnol sous le bras et deux valises contenant des débris de ma vie empaquetés par José l'huissier. Je ne savais même pas si mes cartes de crédit marchaient encore. Je ne laissais personne derrière moi et je n'avais personne devant moi. Une page blanche.

J'ai récupéré mes bagages et je suis sorti de l'aéroport. Et y suis rentré immédiatement à nouveau pour m'acheter des lunettes de soleil. Incroyable, la puissance du soleil espagnol. Je me suis acheté de superbes lunettes de grand-mère en plastique (pas de Ray-Ban ou de Oakley à l'aéroport). J'en ai profité pour demander aux renseignements où se trouvait Matavacas. Pas la moindre idée, clairement. Ou je ne m'exprimais pas clairement. J'ai sorti la lettre et ma méthode d'espagnol.
— ¿ Donde… esta… Matavacas ?
— Perdonnoleentiendo.
— ¿ Euh… Donde… sta Matavacas ? (*En lui montrant la lettre.*)

Au bout de quelques minutes, et de nombreuses vérifications sur internet de sa part, j'ai compris que c'était loin et que c'était difficile d'y arriver. Il fallait d'abord que j'aille prendre l'AVE pour Cadiz. Pendant trente secondes, je n'ai pas compris ce que venait faire César là-dedans. Ou alors, ils étaient en train de me dire que j'allais mourir comme un gladiateur. Genre *Ave Cæsar, morituri te salutant*. Mais j'ai compris que l'AVE, c'était un type de train spécial. Il s'avère que c'est un train à grande vitesse. À Cadiz, il fallait ensuite que j'aille à « lastaciondebises », ce que je comprenais être la gare d'autobus, ou la gare routière. Je lui ai demandé de me l'écrire. J'ai pris de l'argent avec ma carte et j'ai sauté dans un taxi. Le gars conduisait comme un fou furieux.

Avec les taxis espagnols, tu sais d'où tu pars, mais tu ne sais pas si tu arrives et si tu arrives, quand. Parfois, le chauffeur est assis le nez collé au pare-brise, tu as tellement de place que tu pourrais y monter à 26. D'autres fois, impossible de glisser un pied entre la banquette et le siège avant. Souvent, le taxi sent « l'homme », c'est-à-dire la cigarette, un léger relent de sueur (les Espagnols sont parmi les gens les plus propres que je n'ai jamais rencontrés, mais il fait chaud...), de brillantine et d'après-rasage bon marché. Parfois, il fait tellement chaud que l'on reste collé au recouvre-banquette en Skaï. Avant de monter, il faut toujours vérifier qu'il n'y a pas un pantalon ou une culotte du passager précédent encore collé au Skaï. Avant de commencer à suer à son tour et de prêter un peu de soi aux relents qu'il y a déjà dans le taxi. Il faut bouger régulièrement, ou alors, on risque aussi de laisser son jean dans le taxi en en descendant. Le Skaï l'absorbe lentement. Imaginez-vous monter dans un taxi où il y a déjà la flaque de sueur du voyageur précédent, pour faire trois mètres et être coincé dans la circulation. Avec 35 degrés à l'ombre, et sans air conditionné. Je pense qu'il y a une règle quelque part qui dit que même si le taxi a de l'air conditionné, il ne faut jamais l'allumer. Je suppose qu'ils se lancent des défis entre eux et que le premier taxi qui utilise de l'air conditionné est une poule mouillée. Honni à tout jamais. Et pendant ce temps, le chauffeur vous parle du Real Madrid/Barcelone/équipe locale. Et si vous êtes d'une autre équipe, il vous fait sortir de son taxi à coups de pied au cul.

Mais d'autres sujets de discussion abondent. Je ne parlais pas espagnol à ce moment, mais je l'ai appris depuis, et souvent pris des taxis. Peu importe si les chauffeurs sont sympas, chiants, moroses, agressifs, gentils, il y a toujours quelque chose à apprendre. Et s'ils ne parlent pas, il suffit de les brancher football ou politique, et c'est parti mon kiki. J'apprécie énormément ces monologues. Il suffit de grommeler au bon moment et la discussion repart de plus belle. Rien qu'avec les histoires, blagues et commentaires que m'ont faits les taxis, il y aurait de quoi écrire un livre. Je dois avouer que parfois, je n'ai pris le taxi à Madrid que pour la joie d'en prendre un. Je savais qu'il y aurait des bouchons et qu'à cette heure de la journée, le métro me ferait gagner au moins vingt minutes, mais rien que l'anticipation d'une rencontre, le moment où deux étrangers se croisent pour un brin de vie en commun, deux étrangers que rien ne rassemble sauf une banquette en Skaï miteuse, des bouchons et un relent de sueur m'a toujours poussé à prendre le taxi. Bon, je mens – c'est clair. Mais entre être assis dans un métro qui pue de l'odeur d'une centaine de personnes ou un taxi qui ne pue l'odeur que de quelques personnes – et en plus, avoir une conversation souvent sympa –, le choix a toujours été facile pour moi.

Mais c'était ma première expérience d'un taxi madrilène. Peut-être est-ce l'état second dans lequel j'étais qui m'a prédisposé à aimer les taxis. Le chauffeur était un gros bougon avec un visage bien rouge, des cheveux gris longs et gommés en arrière, et de grosses mains d'ours, poilues de partout sauf sur les ongles. J'ai tout de suite pensé à une collègue qui disait que les femmes étaient attirées ou rejetées par les mains d'un homme. Je me demande ce qu'elle en aurait dit, de ce yéti. Le yéti m'a parlé d'une voix tonitruante tout le trajet. Je n'y ai absolument rien compris. Il devait parler du fait qu'il avait transporté la famille royale récemment, car je n'ai compris que deux mots : Real Madrid.

Aujourd'hui, je sais combien j'étais inculte. J'en ai encore honte. Mais pour un Américain qui ne connaît rien au foot, qui n'avait jamais mis les pieds en Europe, avouez que c'est un peu normal.

Le yéti m'a éjecté de son taxi devant une station de trains, avec une dernière admonition que je n'ai pas captée. La tête de travers, je suis allé me trouver un guichet. En y allant, j'ai vu des affiches partout qui remémoraient les quinze ans d'une attaque à la bombe. Soudainement, je me suis rappelé que l'Espagne aussi a eu droit à son 9/11, sauf que c'était en mars. Comme cela ne s'était pas passé aux États-Unis, j'y avais clairement été moins sensible. Mais cela me revient maintenant. 191 morts dans des explosions de trains, 10 explosions coordonnées. Vraiment, les terroristes, quels lâches ! Des peureux, des poltrons, des frustrés. Je pense que c'est la première fois depuis que j'ai quitté ma boîte que je ressens un peu d'émotions.

Ils viennent nous faire péter et nous, quand on en attrape un ou deux, nous les enfermons dans des prisons avec trois repas par jour et tout le confort. On les juge pendant des années et l'on dépense des millions. Je me suis toujours dit que je devrais approcher des hommes richissimes, genre Gates, et leur demander quelques millions. Ensuite, embaucher des mercenaires et traquer les terroristes. Quand nous en trouvons, nous nous assurons qu'il n'y a pas d'erreurs possibles sur leur identité, et un coup de sniper dans la gueule. Et hop, un de moins. Ou une équipe qui les détruit autrement, genre en trafiquant des photos de mollahs avec des filles blondes en bikini et des bouteilles d'alcool. Ils se tueraient entre eux. Ou en bloquant leurs ressources. Ces pensées me gardent réveillé juste assez de temps pour acheter un billet, cogner mes valises dans presque toutes les personnes qui sont sur le même quai que moi, monter dans le train, trouver mon siège et m'asseoir. Je m'endors tout de suite, pour me réveiller une heure plus tard quand le contrôleur me demande mon billet. Je reste réveillé jusqu'à Cadiz. Beaux paysages, sauvages, d'abord secs et arides, puis de plus en plus verts. Des oliviers partout. J'arrive à Cadiz et marche jusqu'à la « staciondebises » attenante. Peu d'activité, on approchait la fin de la matinée (la matinée finit vers 14 heures en Espagne).

Le premier préposé ne comprenait pas trop ce que je voulais, puis n'arrivait pas à trouver Matavacas. Il a appelé un collègue. Ce dernier commença sûr de lui, puis a commencé à douter de lui-même aussi quant à la destination, et a appelé le troisième. Ce dernier m'a adressé la parole deux ou trois fois, en haussant le ton à chaque fois, comme si j'étais sourd ou attardé mental. Soudainement, j'ai réalisé qu'il me parlait en anglais ! Enfin, sa version très personnelle de la langue de Shakespeare. Après plusieurs répétitions de phrases de plus en plus débiles d'un côté et de l'autre de l'hygiaphone encrassé, ils m'ont donné un ticket, m'ont donné le numéro du quai, et me l'ont montré du doigt. J'avais deux longues heures devant moi. J'ai pris un *bikini* et un café au bar. J'aimais bien le nom *bikini* mais en fait, il ne s'agissait que d'un croque-monsieur. Déçu, mais pas trop, car c'était quand même bon. Puis je me suis rendu sur le quai d'embarquement. J'ai continué à potasser ma méthode jusqu'au moment de l'embarquement du bus. Le premier à bord, je me suis endormi immédiatement.

Je n'ai rien vu du paysage, de cette partie de l'Espagne, de la campagne. Je me souviens juste que le conducteur, à qui j'avais demandé si ce bus allait bien à Matavacas, m'a réveillé plus ou moins gentiment quand nous sommes arrivés à destination. Enfin, la mienne.

Dans un nuage de diesel et de poussière, je me suis retrouvé pour la première fois à la gare routière de Matavacas. Un trou. Un perron en béton âgé, quelques taches d'huile sur le tarmac. Un toit en tôle ondulée posé sur quelques poutrelles métalliques. Quand on entre dans la gare, un sol en pavés, un guichet un peu déglingué, une énorme horloge comme l'on n'en fait plus. Des portes vitrées pour sortir. Et pourtant, cette petite gare routière a un charme fou. C'est la gare routière des vacances, celle que l'on voit dans les films italiens en noir et blanc. Celle où l'on s'imagine commencer et finir ses voyages. Celle que l'on n'a jamais vue étant enfant, par laquelle on n'est jamais passé, mais celle qui rappelle tous ces souvenirs d'enfants, toutes ces vacances à la plage, qui sentent encore les pantalons courts, les popcorns et les guimauves, les genoux écorchés et les vélos trop grands avec lesquels on est obligé d'être en danseuse tout le temps. Mais comme ces temps passés qui n'existent plus, dans cette gare, il n'y a pas un rat, pas une mouche. Enfin si, une, qui bourdonnait dans la gare. Seul être vivant à part le petit chat qui somnole au soleil.

Cela me rappelle le début d'un western, *Il était une fois dans l'Ouest*, cette scène où les mauvais attendent le train. Là aussi, une mouche a la vedette… Cela me démange de sortir un harmonica. Je ne sais même pas en jouer. Mais là, d'un coup, cela me donne envie. C'est décidé, je vais apprendre.

Ne voyant pas apparaître de méchants et n'ayant pas d'harmonica pour me défendre de toute façon, je bouge ma tête pour me défaire du cric que j'ai au cou, smacke ma bouche, pâteuse à souhait, une fois ou deux, me passe la main dans les cheveux, chausse mes lunettes de soleil de grand-mère, prends mes valises et sors de la gare. Et là, toute la fureur du soleil espagnol m'attaque. C'est comme entrer dans un four. D'abord, le corps ne réagit pas, abasourdi par autant de chaleur, ce déversement de lave liquide. Les poumons halètent. Puis soudainement, il ouvre les robinets et la sueur sort de partout. Elle sèche aussi vite que le corps la produit, alors on met les bouchées doubles. Ah, c'est comme ça, hein ? Ben tu vas voir, salope de chaleur, ce que je vais te mettre ! Et hop, on double le débit. Et l'on en rajoute un peu. L'effet que cela a pour moi, c'est qu'avant d'avoir atteint l'allée qui mène à la route, je suis couvert de sueur, la chemise collée à la peau, les gouttes dégoulinant de mon front, le sel me piquant les yeux. Il n'y a pas de bus, pas de taxi, pas d'êtres vivants. Peut-être qu'après avoir tué toutes les vaches, les gens eux aussi sont partis ? Peut-être qu'ils ont fondu. Une fois que j'aurai trouvé le village, peut-être que je serai le premier à me rendre compte qu'ils ont tous frit au soleil, comme des œufs au plat. Bonjour, la taille des œufs !

Au hasard, je tourne à gauche en arrivant au bout de l'allée. Il y a un petit panneau, qui indique « Valdepeñas, 9 km ». Vers la droite, c'est « Villanueva, 11 km ». Pas de Matavacas. J'espère que les Shakespeare de mes deux à Madrid ont pigé où je voulais me rendre. Sinon je vais leur faire un Cid lucheador, vous allez voir de quel bois je me chauffe, non, mais ! Enfin, là, pas trop envie de chauffer encore plus, j'ai bien assez chaud comme ça. J'ai une première ampoule qui apparaît sur la main. Ces valises à roulettes sont on ne peut plus instables. Dès que je marche dix pas, elles basculent dans un sens ou dans l'autre. Je dois à chaque fois les rattraper. Mais ce sont les seuls restes de ma vie, donc je les trimballe.

Dans des centaines d'années, un archéologue trouvera dans ce désert les restes d'un corps humain entouré de deux valises et des effets qu'elles contenaient. Ils déduiront que cette momie a été enterrée de manière rituelle avec ses objets les plus précieux, afin que ceux-ci l'accompagnent dans l'autre monde. Je ne sais pas ce que José le videur a bien pu mettre dans les valises, mais vu le poids, il y a au moins mon sofa, ma collection de CD de Bruce Springsteen, Iron Maiden et Tiesto, tous mes costards et toutes mes paires de chaussures, les casseroles et ma femme de ménage qui passait par là par hasard. Je sais, les CD, c'est ringard, mais j'adore la musique et même si j'utilise aussi des systèmes de streaming, j'entends la différence entre les deux. Mais en ce moment, je regrette. Deuxième ampoule, sur l'autre main, et je crois que je commence à en avoir une autre sur le pied. Je ne veux même pas regarder mes mains quand je pose mes valises par terre quelques secondes. Je prends le morceau de tissu que j'ai dans la poche et qui, il y a 24 heures, était une cravate de Ermenegildo Zegna, et je la mets autour du front à la Rambo. Je défais mes boutons de manchette et remonte les manches de ma veste et celles de ma chemise. Et je continue mon pèlerinage. Je n'en ai jamais fait avant, mais je commence à comprendre ce qu'est un chemin de croix. J'ai au moins dû faire quatre kilomètres. Mais quand je me retourne, je devine encore la gare routière au loin. Pas plus d'un kilomètre ou deux, à ce que peut en juger un citadin dont le seul repère de distance est la portée de son swing au golf ou le prix de la course de taxi.

Quand je reviens à mes esprits, bien des kilomètres plus loin, je me rends compte que je ne sue presque plus. Il y a encore quelques minutes, j'avais l'impression de sortir tout droit du sauna. Je suppose que Bear Grylls me dirait que je suis déshydraté. J'en déduis aussi que puisque j'ai du sang qui coule dans la main, une ampoule a dû casser. Mais je dois être OK si mes ampoules peuvent encore pisser le sang. J'ai encore de l'eau en moi. Quand le sang sortira en poudre, je commencerai à m'inquiéter. Je continue, et m'acharne. Je marche comme une petite vieille qui vient de sortir d'une soirée de bridge trop arrosée. J'avance, je titube, et quand je reviens à moi, je me rends compte que je marche au milieu de la route. Ce qui m'a fait sortir de ma transe est un bruit de mobylette. Je me retourne, et derrière moi arrive un engin des plus futuristes. Une espèce de tricycle avec une benne de la taille d'un plateau-repas et un mec accroché à l'avant de la benne dans un coquetier. Il s'arrête dans un vrombissement et m'aboie quelques paroles avec un sourire et un mégot aux lèvres. Je lui réponds : « ¿Matavacas, por favor ? », en lui montrant la benne. « Okaille » et son hochement de tête semblent être un accord. J'essaie de soulever les deux valises, et à grand-peine les hisse dans la plate-forme. Il descend de son coquetier et me parle pendant ce temps. Clairement, il a l'air de s'enquérir de mon origine et de ma destination, que je lui décline avec joie.

« ¡ Ah ! Americano ! », et quelque chose d'incompréhensible par rapport à un mec qui s'appelle José. Probablement un cousin ou un truc comme ça, qui a fait un voyage à New York.

Par acquit de conscience, je lui sors mon acte notarial et le lui montre. Il y jette un œil intéressé, et puis me dit quelque chose qui semble très proche du « ouilleouilleouille » bien de chez nous, avec un regard un peu compatissant. Mais il me fait signe de monter sur son plateau-repas, il remonte dans son coquetier, et l'on part dans un vrombissement de moteur. Et c'est ainsi que je fais mon entrée triomphale dans Matavacas, sur ma pape-mobile personnelle, après mon long chemin de croix qui s'avère plus tard de n'avoir été que de cinq kilomètres. Le village se situait environ à onze kilomètres de la gare routière, mais je ne sais pas si j'aurais survécu si je n'avais pas rencontré ce sauveur avec son noble destrier. Je serais mort de soif avant, ou alors j'aurais essayé de boire le suc de l'un des cactus qui bordent la route et serais devenu fou à lier.

Histoire d'O(eufs) et de bière

Je suis rentré dans le village à l'envers, en lui tournant le dos, le derrière sur le plateau-repas. Les jambes pendantes, les bras posés sur mes valises, une de chaque côté de moi. C'est assez bizarre de découvrir un nouvel endroit comme cela, comme si l'on y entrait à reculons. Alors que j'avais tout plaqué pour venir ici. Mais en fait, c'était la meilleure manière de le découvrir. Au lieu de tout voir d'un coup, je le découvrais petit à petit. Un peu comme un puzzle auquel on rajoute un petit morceau à la fois, mais qui se complète sous nos yeux et commence à représenter une scène reconnaissable. Chacune des pièces et chacun des éléments qui allaient faire partie de ma vie construisaient un décor sous mes yeux. Un Lego taille réelle. J'avais le temps d'apprécier brièvement chaque pièce avant qu'elle ne s'intègre dans l'ensemble.

D'abord, quelques maisons éparses, plus modernes. Des jardins propres, bien entretenus, avec quelques palmiers. Quelques grands bacs de fleurs. Des arbres dont je ne connaissais pas le nom. Les maisons de la nouvelle génération, probablement des fils et filles des villageois, ou leurs pièces rapportées. Puis, au fur et à mesure, des maisons un peu plus anciennes, peintes à la chaux blanche au lieu d'être couleur ocre comme celles que nous venons de passer. Puis, en s'approchant de ce qui doit être le centre du village, toutes les maisons se touchent, formant un mur continu, tout blanc. Des arbres que je devine être des orangers espacés tous les dix mètres environ. Le tarmac laisse place à des pavés. Le plateau-repas semble vouloir me concasser l'épine dorsale, cela tape encore plus dur les fesses. Un chat s'enfuit, se faufile sous une massive porte cochère délabrée. Les volets, principalement de couleur verte, bleu délavé ou bruns sont entrouverts ou fermés pour contrer la chaleur du soleil. Les portes qui donnent sur la rue sont ouvertes, avec des rideaux anti-mouches bariolés bloquant la vue et la chaleur. Par-ci, par-là, un banc sous un oranger, ou appuyé contre le mur. Par-ci, par-là, un petit vieux assis sur le banc, casquette vissée sur le crâne et clope au bec, les mains posées sur une canne. Un café, quelques tables dehors, trois hommes un peu plus âgés sur la terrasse en train de se disputer autour d'une partie de dominos. Une vieille dame, tout en noir, avec des bas mi-mollets et une écharpe bleu foncé autour de la tête marche difficilement sur le trottoir, un cabas dans une main, une canne dans l'autre. Un peu comme un film muet. Le bruit de la caméra, ce sont les roues du Piaggio sur les pavés. Clac clac clac clac… Devant mes yeux se déroule en bande-annonce muette ce que sera ma vie pour les prochains mois.

Le plateau-repas freine brutalement. Je suis projeté contre la coquetière. Enfin, cela veut dire que je glisse de quelques centimètres sur le plateau-repas, quand même de quoi me faire un bel œuf de pigeon sur l'arrière du crâne. En massant mon œuf, je descends du Piaggio. Le conducteur commence à me traîner par la manche en direction d'une maison un peu plus grande avec une plaque en cuivre affixée à l'extérieur. En comparant la plaque à la lettre que j'ai ressortie, je vois que c'est le même nom que sur le tampon qui affuble mon certificat de notaire. Juan Carlos Ruiz, notario. Mais les bureaux étaient fermés. Ah, malheur ! Ah, désespoir ! Mine de rien, il était quand même déjà près de 19 heures. Mon sympathique chauffeur m'a gentiment repris par le bras, comme un convalescent. C'est vrai que je devais avoir l'air un peu paumé, me massant l'œuf de pigeon d'une main, l'autre serrant la lettre, des ampoules partout, des vêtements fripés pleins de sel, mal rasé. Il m'a installé sur le plateau-repas et l'on s'est remis en route. Le voyage n'a duré que quelques minutes et le paysage ne changeait pas trop. Toujours des pavés, des chats, des petits vieux et des petites vieilles. Ah non ! Pour changer un peu, une petite vieille à vélo. On s'est arrêté à nouveau, et je me suis presque fait des œufs de pigeon jumeaux.

Le moteur du Piaggio s'est arrêté dans un hoquet et un soubresaut que j'aurais cru être son dernier soupir si je ne l'avais pas déjà entendu auparavant. Et là, dans le silence, j'ai entendu les Beach Boys. Se faire 24 heures de voyage, d'avion, de bus, des ampoules à tout va, des œufs de pigeon, pour arriver dans le trou du cul du monde et entendre les Beach Boys, il y a de quoi se flinguer.

J'ai rigolé, et mon sympathique œuf à la coque m'a fait signe de le suivre. Nous nous sommes approchés d'un bar qui était une très mauvaise copie d'un bar western à la Sergio Leone. Devant, une espèce de mobylette à la mords-moi-le-nœud qui avait été transformée en pâle copie d'une Harley de nain de jardin. Des morceaux de chrome et de cuir partout, des clous, des queues de renard à foison. Je ne savais même pas que les Chinois fabriquaient autant de fausses queues de renard. Le déjanté à qui appartenait cette mobylette devait à lui tout seul représenter au moins 20 % des exportations chinoises de fausses queues de renard. Quant au chrome, je ne vous en parle même pas. Malgré le peu de lumière que projetait le soleil en train de se coucher, j'ai dû avoir un coup de soleil rien que d'être aussi proche de cette moto-bylette.

Mon œuf à la coque m'a pris par le bras, comme le débile heureux qu'il pensait que je devais être, et m'a guidé vers la porte du bar de Sergio Leone d'où provenait l'hymne national américain, la chanson des Beach Boys. Je me sentais en plein film de science-fiction. Couvert de plaies, de blessures de guerre, j'avais quitté mon monde douillet. Démuni de tout, je me retrouvais de l'autre côté du monde dans un bled paumé, où un œuf rescapé du coquetier me menait vers un bar qui n'aurait pas fait triste mine dans une ville de touristes de deuxième classe en Arizona, d'où provenait une musique qu'écoutaient mes parents. Les Beach Boys ont laissé place aux Creedance Clearwater Revival pendant que nous nous approchions du bar. Nous y sommes entrés alors que le chanteur nous expliquait qu'il nous avait jeté un sort[5]. Le sort, je pensais que c'est moi qui l'avais reçu. Le bar était vide, ou presque, quelques jeunes garnements en train de jouer au flipper dans un coin, et un

5 *I put a Spell on You*, Creedence Clearwater Revival.

barman qui portait la veste en jean que j'ai perdue quand j'ai eu quinze ans. Je vous jure que c'était la mienne. Il y avait tous les patchs que j'y avais cousus. Iron Maiden, AC/DC, The Who, Led Zep, Whitesnake, Dio, Motörhead, Y&T, Def Lep, Styx, Mötley Crüe, Van Halen, et tous les autres. Je vous garantis, presque patch pour patch, c'est la veste que ma mère m'avait confisquée et brûlée – pour m'empêcher d'écouter la musique du diable.

Le mec qui portait ma veste volée devait avoir une trentaine d'années, une queue de cheval et une barbe de trois jours. Il était pas mal, style Antonio Banderas avant qu'il ne se marie avec Melanie Griffith. Mais en plus petit. Le mec s'est adressé à mon œuf à la coque. Gros débat pendant quelques minutes, auquel j'ai mis fin en passant derrière le bar et en me saisissant d'un verre pour boire de l'eau. Silence de mort pendant que j'ai englouti quatre verres à la suite. J'ai relevé la tête et j'ai regardé Antonio. Qui me regardait comme s'il allait me faire la peau et en faire des sacoches pour son porte-bagages. Je lui ai dit en anglais : « So what ? You didn't offer me a beer.[6] »

Il m'a regardé et s'est mis à rigoler. Les mioches au flipper, trop contents qu'il ne me tue pas, se sont mis à rigoler aussi, mais avec un regard jeté en leur direction par Antonio Banderas, ils se sont tu et ont gentiment déguerpi après avoir réglé leurs Cocas respectifs. Le sosie d'Antonio me sert une bière, me la tend, et continue le débat avec mon œuf préféré. C'est promis, je ne mangerai plus d'œufs à la coque à partir de maintenant. Faut bien remercier le ciel comme on peut…

Au bout de quelques minutes, Antonio m'adresse la parole dans un anglais assez horrible, mais compréhensible.
— D'où être tu ?
— Je suis de New York.
— Que tu fais ici ?
— Je suis venu voir le notaire pour récupérer la maison de mon arrière-tante.
— Ta quoi ?
Deux minutes de pause pendant que je sors ma méthode

6 Et alors ? Tu ne m'as pas offert de bière.

de la poche de ma veste.
— Mi tia abuela.
— Mais c'est quoi ce (*pas capté*) ? Tu viens foutre quoi ici ?
— Ben, ce que je viens de te dire, Antonio, chercher ma maison.
— Attends, tu viens de New York, avec ton air de clodo de luxe, tes valises, et tes ampoules, pour récupérer la maison de ta tia abuela ?
— Ben ouais.
— C'était qui ta tia abuela ?

Gros blanc. Je ne connais même pas son nom. À tout hasard, je risque : « Juan Carlos Ruiz doit savoir ? »

Antonio se prend d'un fou rire. Au bout de quelques minutes, pendant lesquelles j'ai eu le temps de finir ma bière et de, comme un grand, m'en resservir une deuxième, il me reparle. Il a essayé à quelques reprises auparavant, mais dès qu'il me regardait, il se remettait à pouffer de plus belle. Là, il me demande :
— C'était quoi le nom de ta tia abuela ?
— J'en sais rien. Juana quelque chose, ça doit être écrit là.
— Non, mais tu sais, Juan Carlos Ruiz, c'est un des plus pourris qu'il y a par ici. Il faut t'attendre à tout. Il y a quelques années...

Et de me raconter des saloperies que ce Juan Carlos Ruiz avait bien pu faire dans un passé assez récent. Je n'en ai capté que quelques bribes. Comme Antonio n'avait pas l'air très serviable, je suis repassé de l'autre côté du bar nous resservir tous les trois. J'avais été barman quand j'étais étudiant, et je ne tirais pas trop mal la bière. Antonio m'a laissé faire, continuant sa harangue sur les méfaits de Juan Carlos Ruiz. Quand Antonio a arrêté de parler quelques secondes pour boire un peu de bière, je lui ai demandé qui était œuf à la coque. Au travers d'Antonio, je lui ai donné tous mes remerciements pour l'aide qu'il m'avait donnée et lui ai exprimé ma gratitude pour m'avoir sauvé la vie. Le truc de l'archéologue qui aurait trouvé mes restes dans des milliers d'années leur est passé au-dessus de la tête.

C'était Juan, un agriculteur qui ne faisait que du bio et qui avait un peu de mal à en vivre. Le bio n'avait pas encore l'air très populaire dans le coin. Donc, il survivait en transbahutant tout pour tout le village. Il faisait les déménagements, il apportait les gros déchets à la décharge, il aidait à la récolte avec sa Piaggio tout terrain. Et de temps en temps, il vendait quelques légumes bio au marché.

Juan me donne une claque dans le dos, finit sa bière d'un trait, lève la main et disparaît. Antonio qui – je viens de l'apprendre – ne s'appelle pas Antonio, mais José, me ressert une bière sans rien me demander. Il me fait signe de le suivre et l'on va s'accouder dehors, à la barre qui doit normalement servir pour attacher les chevaux. Pas un cheval ce soir. Pas un cowboy non plus, d'ailleurs. Il me pose trois, quatre questions auxquelles je réponds facilement, mais sans creuser. Je viens de New York. Je viens chez le notaire Juan Carlos Ruiz hériter la maison de ma grand-tante. Non, je n'ai pas de boulot pour l'instant. Je suis arrivé ce matin en Espagne, c'est la première fois que je viens. Je lui demande de me décrire un peu le village, et il m'explique que c'est son village. Il est né ici, mais espère bien voir les États-Unis avant de mourir. Il n'y a jamais mis les pieds, mais en est fanatique. Il a grandi avec les films de John Wayne, de Clark Gable et de Mickey Rooney. Il connaît les États-Unis en noir et blanc. Il regarde bien sûr aussi les nouveaux films, mais ne les aime pas trop, préfère les anciens. Quelques Technicolors à la limite, John Wayne oblige. Son rêve est d'aller à Tombstone, Arizona. De voir le Texas. De voir les montages en tufa. Quelques Indiens. Il sait bien que cela n'a plus rien à voir, mais c'est l'image qu'il veut avoir des États-Unis. Il rentre nous resservir une bière. Pendant ce temps, je regarde la rue. Devant moi, la rue pavée bordée de maisons blanches fait un îlot, sur lequel est posée la petite église, blanche elle aussi. La rue contourne l'église des deux côtés. Deux, trois arbres, qui ont l'air d'être des orangers, comme ceux plus haut dans la rue, escortent l'église dans son exil sur cette petite île. Je suppose que ce sont des orangers, je n'en ai jamais vu en vrai avant ce jour, mais il y a des boules orange accrochées dedans et ça ressemble à des arbres que j'ai vus dans les pubs pour le jus d'orange – ergo, ce sont des orangers. Quel esprit de déduction, quand même ! Je m'impressionne moi-même. L'église a l'air sympa, accueillante, docile, sans menaces. Après l'avoir contournée des deux côtés, la rue continue sur une certaine longueur, mais je ne vois pas le bout du village, car la rue fait une courbe. Peu de gens dehors, une petite vieille qui marche sur le trottoir d'en face, d'un pas assez décidé. José sort avec nos bières et crie « ¡ Olà, Maria ! Buenas Noches ! ». Maria lève son bras sans se retourner et continue son chemin. José me tend l'une des bières et m'explique que Maria est l'une des personnalités locales. Forte et dure comme de la pierre, elle gère beaucoup des activités du village. Elle organise et gère les fêtes annuelles, s'occupe de la décoration de Noël et de Pâques. Elle n'est pas le maire, mais le maire tremble dans ses chaussures quand Maria n'est pas d'accord avec l'une de ses décisions. Maria a l'oreille de toutes les autres petites vieilles du village. En plus, elle s'occupe du saint. Je pense ne pas avoir compris. Je lui demande de répéter. José s'appuie sur un coude, se tourne vers moi, prenant sa bière dans les deux mains. En équilibre instable, mais ayant l'air confortable, il me regarde de manière pensive. Je retranscris les propos de José comme s'ils avaient été compris du premier coup, et les miens comme si j'arrivais à m'exprimer autrement que comme un cheval martien à qui l'on a volé le dentier. Vous avez l'impression que la discussion est fluide, car la retranscrire comme elle a vraiment eu lieu vous prendrait un temps de lecture peu intéressant. Donc, je prétends dans ce livre que je communique à merveille avec tout le monde. Malheureusement, c'était tout sauf facile.

— Comment expliquer cela à un ricain ? Hum… eh bien, voilà. Nous avons une statue d'un saint qui est censée avoir des pouvoirs spéciaux. Elle n'est pas bien grande, en bois, doit avoir deux ou trois cents ans, mais d'après toutes les vieilles du village, ce saint les aiderait en exauçant leurs vœux.

— José, c'est quoi cette histoire ?

— Non, je te promets. Une des vieilles a emmené cette statue chez elle une fois pour la nettoyer et la rafraîchir un peu. Son mari était assez malade, depuis deux ou trois ans. Personne ne savait exactement ce qu'il avait, mais il n'était vraiment pas bien. En travaillant sur le saint pendant quelques jours, elle n'a pas arrêté de lui parler de sa vie, de ses espoirs, de la santé de son mari. Et puis un jour, le mari s'est levé totalement guéri. Il a été en parfaite santé pendant environ trois ans avant de mourir d'une attaque cardiaque. Après avoir été alité pendant six ou sept mois, dans les deux jours, il repartait aux champs et a vécu trois années superbes.

— Et Maria, qu'a-t-elle à voir là-dedans ?

— Eh bien, tu vois, depuis, elles ont créé une espèce de club. Elles sont cinquante petites vieilles à se passer le saint toutes les semaines. Chacune a le droit de le garder une semaine chez elle, et elle doit le passer à une autre le lundi d'après. Maria est responsable de la rotation du saint et du respect du calendrier. Parce que je ne t'explique pas les scènes quand l'une d'entre elles n'a pas apporté le saint à la maison de la suivante à 9 heures pétantes le lundi matin.

— Et les deux autres semaines ?

— Le saint est de repos, elles le ramènent à l'église une semaine à Pâques et une semaine à Noël, comme pour recharger ses batteries.

J'en restais un peu étonné, avec une envie assez forte de rigoler. Rien que de m'imaginer ces petites dames en train de dorloter la statue d'un saint, lui donner à manger, lui faisant des papouilles tout en lui parlant me paraissait hors de ce monde. Mais bon, ce n'était plus mon monde. J'allais devoir m'adapter.

J'ai regardé José, qui a bien vu mon envie de rigoler. Il a souri de toutes ses dents et je n'ai pas pu résister. Je me suis mis à rire. Il s'est mis à rire. Et là, fou rire partagé. On n'a pas pu s'arrêter pendant bien dix minutes. Ce n'était même plus pour le saint. Le saint n'était plus qu'une excuse. C'était un peu tout qui a déclenché ce fou rire en moi. Plein de cloques et d'ampoules, accoudé à la barre pour chevaux d'un faux bar à la John Wayne, avec la musique des Mamas et des Papas venant d'un juke-box derrière moi, avec un fana de John Wayne importateur illégal de queues de renard artificielles, dans un bled paumé au fin fond de l'Espagne où les vieilles font des papouilles à un saint vieux de trois siècles. Sans boulot, sans avenir, sans comptes à rendre, pour récupérer une baraque que je n'avais jamais vue d'une arrière-tante que je ne connaissais pas. La situation me semblait des plus ridicules. Heureusement qu'œuf à la coque était parti, sinon je lui aurais probablement demandé de me ramener illico à la gare routière.

Au bout de dix minutes, José, qui avait arrêté de rigoler depuis quelque temps, commence à me regarder de manière douteuse. Il rentre dans le bar. J'essaie d'être sérieux, mais une attaque me reprend, qui dure bien deux, trois minutes. José ressort avec deux bières et me dit :
— Bon, l'ami, ce n'est pas que cela me gêne que tu te foutes de mon village, mais là, je commence à me poser des questions.
— Non… (*hic*)… Ce n'est pas ça, c'est…

Et c'est reparti pour un tour. Quand je me suis calmé, j'ai essuyé mes larmes et j'ai levé mon verre en le remerciant. Nous avons passé la soirée dehors à parler, de tout et de rien. Vers une heure assez avancée de la nuit, le garde civil qui passait par là à mobylette (je supposais que c'est comme cela que l'on traduit *guardia civil*[7], parce qu'il était très gentil) rappelle à José qu'il n'avait le droit d'être ouvert que jusqu'à 2 heures. Nous sommes rentrés. José me demande où je comptais dormir. La vérité est que je ne m'étais pas même posé la question. Je me surprends moi-même. José sort un lit de camp de la remise et une couverture et me les installe dans le bar. Il m'explique qu'il vit encore avec ses parents.

Heureusement que je ne suis plus en mode fou rire, parce que là, ce serait reparti de plus belle.

De temps en temps, quand il n'en peut plus d'être avec eux, il vient dormir ici. Il me montre les toilettes, me donne un rasoir jetable. Je ne sais même pas si l'autre José m'en a mis dans mes valises, et là, je n'ai vraiment pas envie de les ouvrir. Surtout pas s'il y a la femme de ménage dedans, parce que je n'imagine même pas comment elle m'écharperait après avoir fait New York-Madrid-Matavacas-plateau-repas emballée avec mes costards et ma collection de CD.

---

7 La gendarmerie.

José éteint le juke-box, la lumière, allume celle des toilettes comme une luciole pour les petits, comme si j'avais peur tout seul dans le noir. L'attention me touche. Il me dit salut et part, fermant la porte du bar doucement derrière lui. Comme je n'ai rien de mieux à faire, je m'allonge dans le lit de camp, mets mes mains derrière ma tête – aïe, mes ampoules me font mal – et repense un peu à ma journée. C'est assez étonnant, ce qui m'arrive. Mais ce qui me surprend le plus, c'est comment je suis en mode zen. Détaché quoi. Sans préoccupations. Je ne sais pas ce que c'est, mais c'est bizarre. Je me laisse porter.

Interlude chez le tavernier

Je me réveille avec le soleil en pleine poire. J'ai la bouche bien pâteuse. Trop de bière et pas assez d'eau hier soir. Mais pas de mal à la tête. Superbe, cette bière espagnole. Je me lève. Je me renifle. Je sens le bouc. La chemise est bonne à jeter. Le pantalon pas beaucoup mieux. Soudainement, je ne sais pas trop quoi faire. Est-ce que j'attends José ? Non, je vais aux toilettes, me lave comme je peux au lavabo. Toilettes pourries, carrelage de misère des années 50, vraiment pas très propre. Pas de serviette, bien sûr. Un gros rouleau de papier de cuisine fera l'affaire. Je me peigne avec les doigts. Je retourne ouvrir l'une de mes valises, et, quelle surprise, tombe tout de suite sur ma trousse de toilette. La valise contient un peu de tout. Chemises, pantalons, chaussures, cravates, costumes, même quelques chéquiers, des photos de mes parents et de moi quand j'étais môme, un chargeur de téléphone pour le mobile que m'a repris José l'huissier, photo encadrée de mon chien mort depuis longtemps, une casquette, des baskets, une carte routière d'Irlande (qu'est-ce que je foutais avec une carte routière d'Irlande, moi ?), un spray déodorant que je m'empresse d'utiliser copieusement, deux, trois livres que je n'ai jamais lus, mais que j'avais au chevet de mon lit pour faire bien, une coupe que j'avais gagnée lors d'un tournoi de golf bidon de Volksbrott – ma boîte –, tournoi pendant lequel j'avais réussi à retourner la petite voiture électrique. Aussi mes raquettes de squash, mais pas de balles, et surtout, pas de femme de ménage hors d'elle. Elle doit être dans l'autre valise que je n'ai pas le cœur d'ouvrir. Si elle a tenu aussi longtemps, elle tiendra bien encore un peu. Je m'habille avec un jean, une chemise de boulot, remets mes chaussures sans chaussettes, la casquette pour cacher la misère que sont mes cheveux, et je pars à l'aventure. Ma barbe de deux semaines attendra.

José n'a pas fermé la porte du bar à clef, il ne m'en voudra pas si je ne la ferme pas non plus. Je ne pense pas que quelqu'un entrera pour voler son juke-box. Enfin, cela étant dit, si les petites vieilles sont assez fortes pour se trimballer un saint en bois massif vieux de 300 ans, elles ne feraient probablement qu'une bouchée d'un juke-box rempli de vieux tubes des années 70. Je repars dans le sens d'où je suis venu, me rappelant qu'il y avait un autre bar un peu plus haut. En chemin, je rencontre quelques personnes à qui je dis gentiment « Hi » ou « Olà », mais qui me dévisagent sans me répondre. Un petit chien aboie après moi et me court après quelques dizaines de mètres, mais se lasse assez vite. J'arrive à l'autre bar. Un monsieur d'une soixantaine d'années en est le seul occupant. Il doit être le propriétaire, vu qu'il est de l'autre côté du bar. Depuis les orangers, mon sens aigu de l'observation et de la déduction me surprend.

Je suppose que c'est un bar typique, comme ils les font ici. Quelques tables en formica, dont deux ou trois ont le dessus usé, probablement à force d'y jouer aux dominos. Wow, je vais faire concurrence à Sherlock Holmes, à ce rythme…

Murs lavés à la chaux, quelques posters variés de toréadors, un calendrier des pompiers, un tableau et des craies pour noter les résultats des tournois de dominos. Le bar est lui aussi en formica, et sur des étagères au mur quelques rangées de bouteilles toutes aussi mystérieuses les unes que les autres. Un grand miroir moucheté. Une télé accrochée au mur, avec un programme de variétés à la con.

Je lui demande un café, un agua et un bikini. Zut, qu'est-ce que je me débrouille bien ! On dirait un local. Il me répond quelque chose que je ne capte pas, mais je crois comprendre qu'il n'a pas de bikini et me suggère autre chose. Je lui dis OK et m'assieds à l'une des tables proches de la porte. Je regarde dehors et observe mon nouveau territoire par la fenêtre. On ne peut pas dire que ce soit une métropole, ce village. Presque pas de voitures, presque pas de gens. Et pourtant, il est… ah, je n'ai pas remis ma montre. Cela va être le jackpot pour les petites vieilles si elles font la descente dans le bar de José ! Juke-box et Patek Philippe.

Le monsieur m'apporte mon eau, mon café, et un sandwich avec une omelette dedans. C'est quoi ce binz ? Mais bon, à la guerre comme à la guerre. J'essaie. En fait, c'est super bon. Je le dévore en moins de temps qu'il ne faut pour le dire. Je lui fais signe : un autre ! Je sirote mon café, en redemande un, et il me le rapporte avec le sandwich, que je savoure un peu plus.

Pendant que je suis en train de le manger, je vois qu'il prépare des petits plats qu'il pose dans un compartiment vitré et réfrigéré sur le bar. Comme je suis Sherlock Holmes maintenant, j'en déduis que ce sont les réputées tapas. Je m'en approche et lui demande de m'en servir quelques-unes.

Je sais, je vais sortir ma science, mais j'ai lu l'histoire des tapas dans l'avion. *Tapa* veut dire couvercle. En fait, avant, il y avait beaucoup de mouches. Les mouches espagnoles doivent être alcooliques, elles semblent bien aimer le vin. Quand elles allaient se désaltérer dans les consommations des clients, elles buvaient trop et avaient tendance à perdre l'équilibre et à tomber dans les verres de vin. Et peu importe combien on a bu, trouver une mouche plus éméchée que soi dans sa boisson ne fait jamais plaisir. Alors, un tavernier bien-pensant a commencé à utiliser son pain rassis de la veille, sur lequel il mettait de l'ail, comme couvercle qu'il posait sur le verre pour protéger ses clients des incursions agressives de bestioles ailées. Clairement, les mouches devaient aussi être un peu vampires, car elles n'aimaient pas l'ail. Mais voilà que les clients finissaient leur verre et en plus mangeaient le pain rassis à l'ail. Alors, les bars ont commencé à mettre des petites choses sympas sur le pain à l'ail. Un anchois, un peu de tortilla, un morceau de saucisson. Ainsi sont nées les tapas. Ce que l'histoire ne dit pas, c'est si les mouches, bourrées, s'écrasaient sur les tapas, et ayant du mal à redécoller, se faisaient manger quand même. Mais je suppose qu'il est plus difficile de discerner une mouche sur une tapa que nageant dans le vin.

Vraiment, vous n'avez pas d'éducation si vous ne saviez pas ça ! Eh bien, comme moi il y a 24 heures. Et puis d'ailleurs, ce livre n'est pas pour les incultes, vous allez apprendre plein de choses. Alors vous me faites bien le plaisir de le poser maintenant si vous êtes analphabète. Si vous êtes analphabète, je ne sais même pas ce que vous faites ici. Mais si c'est le cas, bravo, vous avez bien avancé dans ce livre malgré votre handicap. Je vous donne une belle image, comme nous donnait la maîtresse quand on était petits.

Prenez vos ciseaux, vous pouvez la découper et la montrer à vos proches. Mais seulement si vous êtes analphabètes. Les autres, aucun mérite.

En tout cas, les siennes sont bonnes, les tapas, à notre tavernier. Et sans mouches. J'essaie tout, même un truc qui a l'air d'être du caoutchouc, mais qu'il dit être du poulpe. C'est rouge et blanc, c'est visqueux, mais c'est excellent pour une bestiole aussi moche.

Je mange comme un trou sans fond. Et pourtant, je n'ai pas l'impression d'être plein. J'essaie aussi des boissons bizarres, un truc tout rouge qui s'appelle Bitter Kas – c'est vrai que c'est amer. Et pleins d'autres trucs.

Attaque de goûts et de couleurs. Le tavernier n'en croit pas ses yeux et en rigole. Il se prend au jeu et me sort des boissons de derrière les fagots. L'archéologue, s'il me trouvait maintenant, hallucinerait. Non seulement ils l'ont enterré avec toutes ses affaires en offrande, mais il a eu un repas seigneurial avant d'être occis par exposition au soleil. Sans pouvoir identifier du tout tous ces éléments multicolores dans mon estomac. Mais bon, hier était hier, et aujourd'hui, toutes les petites cellules de mon corps sont heureuses de se gorger de cette nourriture exotique et inattendue.

Quand je n'ai plus de place pour quoi que ce soit, je paie mon ami tavernier, une note assez basse vu la quantité que j'ai mangée et bue, et je titube vers le bar de José. Je ne vois plus mes pieds, du ventre énorme que j'ai. Ne me donnez pas un chocolat, comme dans un film bien connu, ou je vais exploser. Toujours personne au bar. Je me lave les dents, heureux d'avoir trouvé ma brosse à dents dans la trousse de toilette, prends mon courage à deux mains, me coiffe autant que bien se peut et me dirige vers le bureau du notaire. Je sonne. Une dame d'un certain âge (vous remarquerez que je deviens de plus en plus respectueux, je ne parle plus de petites vieilles), qui ne doit pas faire plus d'un mètre quarante-cinq, habillée dans un tailleur très sévère et très démodé, m'ouvre la porte et me fait entrer dans une petite salle d'attente. Deux portes en bois à petits carreaux en verre poli donnent sur ce que je pense être un bureau. En ombre chinoise, je vois un petit homme rondouillard se démener comme un diable en vociférant au téléphone. Je ne sais pas ce qu'il dit, mais il a l'air en colère. La dame me demande de m'asseoir, et me montre deux petits sofas qui ont l'air tout droit sortis d'une maison de poupée. Elle semble bien avoir l'intention de m'y faire prendre place. À moins que je n'aie pas compris. Je m'assieds de manière hésitante, en lui montrant le sofa du doigt pour confirmer. Elle me fait oui de la tête. Alors je m'installe, délicatement. Quand le sofa arrête de trembler comme s'il allait s'effondrer, je me trouve plus ou moins perché à dix centimètres du sol. Pas la moindre idée de comment je vais sortir d'ici. Je pense que quand je me lèverai, le truc restera coincé sur mes hanches. Si le fou qui vocifère de l'autre côté de la porte sort avec une hache pour m'en assener un coup, je n'arriverai pas à m'échapper à temps. Tué par la faute d'un sofa...

Razzmatazz et ruizmiteux

Il n'y a pas de magazines. Mais l'un des murs a une collection entière de livres de droit. Pour faire classe, je suppose. Je me relève péniblement, pire qu'un octogénaire qui vient de se faire heurter par une voiture. Le sofa reste au sol, heureusement. J'en prends un au hasard et le feuillette. L'intérieur de la couverture porte un tampon d'une bibliothèque d'un village ou ville qui s'appelle Medina Sidonia. Quel nom bizarre ! On dirait de l'arabe. Notre notaire serait-il allé voler ces livres dans une bibliothèque arabe ? Tout à coup, des bruits encore plus forts de l'autre côté de la porte, comme si l'ombre chinoise faisait un infarctus ou qu'il arrivait au paroxysme de l'extase. Un buffle se faisant piétiner par un hippopotame en rut n'aurait pas fait plus de bruit. Je sais, mes images et mes comparaisons sont nazes, mais si vous êtes encore avec moi dans cette histoire, vous le savez déjà.

La porte s'ouvre si violemment que par réflexe, je manque de coller le livre de droit dans la gueule du phénomène qui sort de la chambre. Pas plus grand que la dame qui a ouvert la porte, qui est certainement sa mère vu l'air de ressemblance, le phénomène doit cependant faire deux fois le poids de sa maman. Il est chauve, ce qu'il a solutionné en traçant sa raie deux centimètres au-dessus de l'oreille gauche, et s'est collé les cheveux sur la tête avec une dose énorme de brillantine. Je n'avais vu ça que dans les films à ce jour. Des pellicules sur les épaules de son costard élimé et gras. Le gars m'est antipathique dès le départ, rien qu'à le voir. Il représente l'archétype du petit notable nul dans le petit village paumé au fin fond de la campagne, mais où il a un vrai pouvoir puisqu'il s'occupe de toutes les affaires de tout le monde, des héritages aux ventes en passant par les dots. Il sait tout sur tout le monde, et donc se croit le centre du monde.

Il m'invite à entrer dans son bureau d'un geste brusque. Il me demande ce que je veux, me prenant un peu de haut. Je lui demande s'il parle anglais. Comme il me répond par l'affirmative, je lui demande s'il est bien Juan Carlos Ruiz. À son acquiescement, je lui tends la lettre de ma grand-tante. Il la lit, fait une grimace et la relit. Il est clairement en train de rassembler ses esprits. Je me demande pourquoi. Il me regarde, mais son regard voudrait être partout sauf ici. Il n'arrive pas à me fixer dans les yeux pendant qu'il parle.
— Mi pobre Señor, hay un problema. (*Il y a un problème.*)
— ?
— Ben voilà. La maison, je ne l'ai plou. Je l'ai vendou à quelqu'un d'autro. Vous comprenez, la loi en Espagne et très espécéfique. Elle donne deux ans à l'héritier pour venir récoupérer son bien, ou alors le notaire peut dispouser dou bien comme bon louis semble. J'ai vendou votre maison.
— Monsieur, vous avez vendou le bien que mon arrière-tante m'a chédé à cha mort ? Auchi simple que chela ?
— Ben oui, ch'est la loi. Je ne savais pas que la señora avait de la familia. Je pensais qu'elle n'avait plou personne, et la lettre est restée chans réponse, et que donc que j'ai attendou presque deux ans avant de vendre la maison.
— Alors, que faisons-nous maintenant ? Je n'ai plous de maichon. Je vais vivre ou, yo ?
— Pourquoi, vous avez l'intention de vous installer ici ?

Bonne question. Je ne sais même pas. Mais là, je commence à être un peu chaud. Alors, je lui explique en quelques mots bien choisis que oui, je venais m'installer dans la maison de ma grand-tante, mais qu'avec sa cupidité, il avait détruit mon rêve. Je lui ai donc clairement dit que je voulais les revenus de la vente, et qu'il me trouve une maison comparable, ou qu'il me trouve une autre maison. Il n'a pas arrêté de me dire que ce n'était plou possible, ce que je demande était impoussible, que je devais être raisonnable. Qu'il avait donné l'argent à un orphelinat en Afrique noire, au Zimbabwe ou quelque chose dans le style. Que ce serait ce que mon arrière-grand-tante aurait voulu et que de toute façon, nos liens de parenté étaient tellement ténus que je n'aurais même pas dû hériter de la maison. Une discussion de sourds.

Je lui ai tenu la jambe pendant une bonne heure, le menaçant de tout et de rien. Il n'a pas compris quelques-unes de mes suggestions, et j'en suis content, car elles étaient assez extrêmes. Mais à la fin, alors que nous nous approchions de l'heure du déjeuner, qui devait être de la plus haute importance pour lui vu son gabarit, il me dit qu'il avait peut-être une *soloutionne*. Il me demande de le suivre. Nous montons dans sa Fiat Panda qui devait avoir plus d'années que ma grand-tante, et nous partons dans un nuage de poussière. Sa Panda a encore moins d'amortisseurs que la Piaggio d'œuf à la coque.

Au péril de ma vie et de la vie de tous les chats du quartier, nous parcourons environ deux kilomètres. Je ne peux pas voir si nous sommes sortis du village avec toute la poussière qui nous entoure, mais je vois le compteur kilométrique qui, bizarrement, marche encore. Sa voiture a fait dix fois le tour de la Terre. Il ne dit rien pendant tout le voyage. D'un coup, il prend un virage sec à droite et pile. La poussière se dissipe lentement…

Devant moi, une bicoque. Il n'y a pas vraiment d'autre mot. Une petite baraque d'un étage, vieille, ocre, petite, un peu sale. Clairement, personne n'a dû y habiter depuis une dizaine d'années. Trois ouvertures : deux portes d'un pan à gauche et au milieu, une fenêtre à droite. Les tuiles du toit sont un peu déglinguées. Un four à pain sur le côté gauche de la maison, un puits sur la droite. Je descends de la voiture et tourne sur moi-même. Quelques arbres autour de nous. Un peu rabougris, chaleur oblige. Un figuier – ça, je connais, j'en ai vu avant –, un citronnier. J'applique le même pouvoir de déduction qu'avec l'oranger : il y a des citrons dedans, donc ce doit être un citronnier. L'ensemble est un peu désuet et abandonné, mais il y a du potentiel. La maison est un peu comme un enfant que l'on vient de gronder et qui te regarde de ses yeux tristes qui te demandent « mais pourquoi tu ne m'aimes pas ? ». Et tu ne te sens pas le cœur de continuer à le gronder, tu as envie de le prendre dans tes bras et lui faire un câlin. Alors que tu devrais encore être fâché. Cette maison, c'est un peu pareil. Elle me parle. Il y a une âme. Mais le gars a l'air de me la proposer en échange d'une autre, que je n'ai même pas vue. Et rien que pour cela, je ne peux pas l'accepter les bras ouverts. L'enfant grondé va devoir attendre un peu. Pourtant, elle a une vue superbe sur les vignes, tout autour. On entend les grillons, de partout. Ça sent la lavande, le romarin, le thym, et je ne sais quoi d'autre. Un petit relent de poussière projeté par la Panda ajoute à son charme. Le soleil tape, mais est chaleureux. J'imagine déjà une petite terrasse, juste là, avec un peu d'ombre, moi assis devant les vignes avec mon verre de vin. Calme, osmose totale.

L'autre zouave est en train de pester sur les clefs. La porte ne veut pas s'ouvrir. Je lui prends les clefs et la porte s'ouvre tout de suite, comme si elle ne l'avait pas accepté, mais à moi, elle ouvre les bras. L'intérieur est un peu sombre, les volets sont fermés. De la poussière flotte dans les rayons du soleil qui passent par les fentes du volet et par la porte ouverte. Le sol est en grosses dalles rustiques. On entre directement dans la pièce principale, qui doit faire une quarantaine de mètres carrés. À gauche, une porte qui mène à la cuisine. Dans la cuisine, un évier en porcelaine blanche, une cheminée, et la bouche du four à pain. Poutres apparentes, peintes en blanc, comme les murs. Je repars dans l'autre sens, et là, une pièce de la même taille que la cuisine, exactement pareille sauf qu'il n'y a pas d'évier ni de bouche de four à pain, mais exactement la même cheminée. Un petit réduit avec douche et lavabo.

Tout simple, soixante-dix mètres carrés environ. Le zouave m'explique qu'il me laisse la maison en dédommagement de l'autre, parce qu'il s'y sent obligé, par rapport au fait que je n'ai pas d'endroit où loger.

« Vous comprenez bienne, je n'y chuis pas obligé, mais ch'est mon hounnêteté qui me fait faire cha, même si che chuis chou mon droite, che comprends votre situatione »… et patati et patata.

Je le regarde fixement. Il commence à s'embrouiller les pinceaux et à cafouiller. Il s'en échappe en me disant qu'il va me montrer les limites du terrain et s'enfuit dehors. Ça sent mauvais, tout ça. Il m'a entubé de la maison de ma grand-tante – je vais devoir la récupérer – et il sait qu'il a merdé. Je le suis dehors. Il me montre le terrain, qui est totalement envahi d'herbes, de bidules et de machins, quelques trucs bien. Je crois même reconnaître des artichauts et des framboises, mais bon, je suis nul en plantes. À nouveau, je reconnais les plantes seulement parce que je reconnais les choses qui poussent sur ces buissons. C'est clairement un potager à l'abandon. Environ quatre à cinq mille mètres carrés de jardin. Pas mal. Il m'explique qu'à la suite d'une dispute dans la famille, personne n'a voulu hériter de cette maison et personne n'est venu la réclamer depuis. Voici plusieurs années qu'il l'a, il a bien essayé de la vendre, mais personne n'en a voulu. Trop petite, trop éloignée, trop de travaux à faire. Il se rend compte qu'il est en train de la massacrer, la pauvre bicoque, et il repart dans le positif : un puits qui ne désemplit jamais, une vue magnifique, la possibilité de racheter des vignes et faire mon propre vin, des oliviers (ah bon ? Lesquels de ces arbres sont des oliviers ? Le truc rabougri qui a l'air d'être sur le point de mourir ?), des amandiers, qu'il me montre du doigt, et quand est-ce que je viens à son bureau pour signer les papiers afin que tout soit en règle ?

Ça sent vraiment pourri, son truc. Je ne vais rien signer sans m'être renseigné sur mes droits et le lui dis clairement. Il a l'air surpris. Il doit être habitué aux touristes allemands et anglais qui signent tout sans rien demander. Il ne connaît pas encore les Américains, clairement. Il m'emmène vers un réduit collé contre la maison et me montre qu'il y a même un vélo et quelques chaises. Le vélo doit avoir trente ans, a l'air en mauvais état, mais d'un autre côté, c'est l'un de ces vélos qui survivraient à l'impact d'une bombe atomique. D'accord, il pèse une tonne, mais c'est une tonne de bonne ferraille de l'époque, fait pour durer. Je le ramasse. Ruiz a l'air outré que je veuille mettre le vélo dans la Panda. À grand-peine, on arrive à la mettre à moitié sur le toit. Comme la Panda a un toit ouvrant, je m'accroche au vélo pour le tenir. J'en profite pour lui prendre les clefs de la maison et vais fermer la porte. Je lui dis que je voudrais qu'il me ramène au bar de José. Il grommelle un truc en espagnol sur les taxis, et en faisant la gueule me ramène au village, encore plus vite qu'à l'aller. À cause du toit ouvert, il y a autant de poussière qui virevolte à l'intérieur de la voiture que dehors. Le poids du vélo fait qu'il bouge, je ne peux pas tout retenir. C'est bien, ça fera des rayures dans la peinture de la voiture. Panda contre vélo d'avant-guerre en acier trempé ; en cas de choc, je ne donne pas cher de la Panda. J'essaie de repérer le chemin. Assez facile, en fait. Devant José, il me décharge avec le vélo et veut partir immédiatement. Je l'arrête et lui dis que cela ne fait même pas 24 heures que je suis en Espagne. Je ne connais pas la loi, mais ce qu'il a fait avec la maison qui me revenait m'a l'air louche. Je lui ai expliqué qu'aux États-Unis, il y a quelque chose qui s'appelle *due diligence*, c'est-à-dire qu'avant de prendre une décision de vendre un bien qui ne nous appartient pas, il faut tout faire pour prendre contact avec les héritiers. Une simple lettre, non recommandée, envoyée il y a quatre ans ne m'a pas l'air d'être un bon exemple de *due diligence*. Je ne connais pas le terme espagnol, mais je suis sûr qu'il y a quelque chose de similaire ici. Je vérifierai donc mes droits, avant de signer quoi que ce soit, et en attendant, je garderai l'autre maison que j'occuperai à titre gracieux jusqu'à ce que j'aie le cœur net sur ce qui est permis ou non. Il devient livide, de rage mêlée d'inquiétude. Il remonte dans la Panda et part en trombe, me laissant avec mon pauvre vélo.

Je traîne le vélo sur le porche du bar. Toujours pas de José, mais le juke-box et ma Patek sont toujours là. Je vais voir dans l'arrière-salle du bar. Je ne trouve rien pour réparer mon vélo. Je retourne au bar et prends le rouleau d'essuie-tout, prépare un seau d'eau savonneuse, retourne sur le porche et me mets à nettoyer le vélo. Trois gamins viennent voir ce que je fais. Ils me parlent en espagnol, mais je ne comprends pas ce qu'ils me disent. Je pense à l'un des films que j'ai vus étant môme, *An American in Paris*. Pas de belle roturière, et je ne sais pas faire de claquettes, mais je fais comme si je m'étais mis de l'eau dans l'œil et me mets à leur faire des grimaces. Ils ont l'air de bien aimer. En tout cas, cela les fait rigoler. Alors je m'y mets de plus belle, fais le pitre. Un franc succès. Ils sont morts de rire. Quand je me dis que ça va bien comme ça, j'ai un pied dans le seau et la tête passée par le cadre du vélo. Je rentre dans le bar, ma chaussure faisant spchit-sploc à chaque pas, et ressors avec quatre Kas Lemon. Un pour chacun de nous. Nous nous asseyons sur le porche. La petite fille est vraiment mignonne, mais n'arrête pas de me parler en espagnol. Je n'y comprends rien. Les deux garçons se sont calmés et parlent entre eux. Soudainement, ils décampent, la petite fille me faisant au revoir de la main avant de tourner le coin de la rue. Je reste assis sur le porche, sirotant mon Kas.

Une vieille dame, que je pense être Maria, mais elles se ressemblent toutes, s'approche du bar. Ça doit être à sa vue que les mômes ont décampé. Elle m'adresse la parole, un peu dédaigneuse. Je ne comprends pas, mais elle doit être en train de me dire que ce n'est pas très sérieux de donner des sucreries aux enfants et de les inciter à fréquenter les bars à leur âge. Je me lève et me présente, en lui faisant un baise-main. Elle ne sait plus quoi dire. Désemparée, elle ne sait pas comment réagir. Mais sa nature prend le dessus et elle ne peut s'empêcher de me faire un sourire. Un superbe sourire qui lui éclaire le visage. Quand elle ne sourit pas, elle a l'air revêche, un peu marâtre. Mais quand elle sourit, on dirait un ange. Ça réchauffe le cœur. Je me promets soudainement que peu importe combien de temps je serai dans ce village, je ferai sourire Maria au moins une fois par jour.

Qu'est-ce qui m'arrive ? Tous ces engagements que je prends soudainement ! Harmonica et faire sourire Maria ? Mettre mon pied dans un seau d'eau pour faire rigoler des mômes ? Je n'ai jamais fait ça avant. Jamais eu trop grand-chose à faire des autres, en fait. Jusqu'à maintenant, il n'y avait qu'une personne qui comptait dans ma vie et c'était moi. Mais peut-être que parce que ma vie a soudainement été soufflée, je dois me réinventer. C'est de la psychanalyse à deux centimes et ce n'est vraiment pas ma spécialité, mais pour l'instant, le mec que je suis en train de devenir ne me déplaît pas. Sauf qu'il a un pied vraiment mouillé…

Maria me fait un petit signe de la main et un petit sourire, se retourne et s'en va. Je me lève d'un bond, pose la bouteille de Kas sur le porche, et la rattrape pour lui donner le bras.

Je ne sais pas pourquoi, mais cette dame me plaît. Surprise, elle me regarde, et prend mon bras. Je ne sais pas où l'on va, je me laisse guider. Elle ne parle pas. Au fur et à mesure, je sens sa main se crisper un peu, surtout quand on passe devant le petit commerce où deux, trois vieilles dames sont en train de parler. Elles se taisent en nous regardant passer. Soudainement, la main de Maria se relâche. Je tourne la tête pour la regarder et elle me rend mon regard. Elle sourit. C'est fou comme son sourire est beau. Je ne sais pas ce qu'on lui a fait pour que son visage soit devenu si dur, mais c'est injuste. Personne n'a le droit d'enlever ce sourire au monde.

Nous arrivons devant chez elle. Sa maison fait partie de l'alignement continu de maisons le long de la rue principale, avec une énorme porte cochère. Si j'en juge par le nombre de fenêtres avant de voir la prochaine porte, sa maison est une des plus grandes. Elle me lâche le bras, sort ses clefs de sa poche et ouvre l'un des battants de sa porte cochère... Elle ne sait pas trop comment réagir maintenant, alors je lui fais une révérence, lui refais un baise-main, et m'en vais en lui faisant un petit au revoir de la main, comme la petite fille m'avait fait auparavant. Elle me fait un petit sourire et un petit haussement de l'épaule et ferme la porte. Je ne sais pas pourquoi, mais soudainement, je suis content. Je repars en direction du bar de José. En passant devant le bar du tavernier, j'ai droit à quelques regards scruteurs. Dès que les hommes jouant aux dominos me voient, ils se taisent. Ils me regardent sans rien dire. Quand je suis à vingt mètres, ils se remettent à parler et à jouer. Bienvenue au village.

La Bultaco-Harley-queues de renard est là, donc je suppose que José aussi. Juste quand je monte sur le porche, il sort avec des chiffons et de l'huile d'olive.
— C'est quoi cette merde sur mon porche ?
— Un vélo.

José renverse le vélo à l'envers, fait tourner une pédale et fait couler de l'huile d'olive sur la chaîne.
— Et elle vient d'où, cette merde ?
— De la maison que Juan Carlos Ruiz a essayé de me refourguer en échange de celle de ma grand-tante.

José continue à faire tourner la roue. Il me regarde.
— Alors, tu es convaincu maintenant que Ruiz est un pourri ?
— J'ai l'impression qu'il m'a volé la maison de la cousine de la grande sœur du côté paternel de l'oncle de ma tante. Il a essayé de me faire signer des papiers comme quoi je prenais une autre maison en échange. Au fait, elle est où, la maison que j'aurais dû avoir ?

José lève juste le doigt et me montre l'une des maisons. Il y a au moins dix fenêtres qui donnent sur la rue.
— Et il l'a vendue ?
— Non, il y habite.

Je regarde José. Il me regarde. Il rajoute un peu d'huile sur la chaîne, la fait tourner encore un peu.
— T'es sûr que l'huile d'olive est recommandée pour les chaînes de vélo ?
— C'est de l'huile d'olive de mon jardin. C'est bon pour tout. Ici, en Espagne, l'huile d'olive, c'est le remède miracle. Tu as un rhume ? De l'huile d'olive. Tu bandes mou ? De l'huile d'olive. Pas de crème solaire ? De l'huile d'olive. Ton mari te trompe ? Bain d'huile d'olive trois fois par jour pour être belle à nouveau.

Silence. La chaîne tourne.
— Où se trouve la bibliothèque la plus proche ?
— Pourquoi ?
— J'aimerais vérifier quelques détails de loi espagnole.
José me regarde, sourit.
— Je t'emmène cet après-midi. C'est à Medina Sidonia.

Le nom de la bibliothèque que j'ai vu dans les livres que Ruiz a volés. Merde. Ça se trouve, dans ces bleds, ils n'ont pas assez d'argent pour racheter des bibliothèques de livres de loi. Si Ruiz les a tous volé, je ne pourrai pas trop

comprendre mes droits.
— Il t'a emmené où, ce matin ?

Je lui explique qu'il m'a emmené dans la petite maison dans la prairie et que j'en ai les clefs.
— Ah oui, Casa de las pistolas.
— Quoi ? La maison des pistolets ?
— Oui. Tout le monde l'appelle ainsi, car la famille qui y a habité avait deux fils. Ils ne se sont jamais entendus et n'ont pas arrêté de se battre depuis qu'ils sont petits.

Je n'arrive pas à imaginer comment deux parents pouvaient vivre avec deux enfants dans cette maison. Il ne sait pas non plus.

Malgré le fait que leurs deux fils se détestaient, ils ont continué à s'aimer jusqu'au dernier jour. José m'explique qu'au départ, ils avaient un peu de terre et qu'ils en vivaient péniblement. Mais ils ont vendu la terre afin de pouvoir payer des études à leurs fils. L'un d'eux est devenu avocat, l'autre homme d'affaires. Et une fois éloignés du village, ils ont oublié leurs parents. Ils ont fait leur vie, oubliant tout, oubliant les morceaux de terrain que leurs parents ont dû vendre, la misère dans laquelle ils se sont lentement enfoncés pour payer un futur à leurs enfants.

À la fin de sa vie, le père travaillait comme un saisonnier, taillant et récoltant les olives, gagnant un peu d'argent pour survivre. Ils travaillaient le peu de terre qui leur restait, juste de quoi avoir à manger. La femme faisait du crochet et essayait de vendre ses œuvres. À force de tenir le crochet et le fil, elle en avait les doigts tordus. Deux fois par an, elle partait à la grande ville sur le plateau-repas pour vendre ses pièces crochetées. Comme personne ne la connaissait et ne connaissait sa situation, elle rentrait souvent bredouille. Elle vendait mieux au marché du village, car les gens savaient comment elle trimait et essayaient de l'aider, mais elle continuait à s'acharner à aller à Medina Sidonia. Un jour, le vent tournerait. Un jour, elle vendrait tous ses crochets, un magasin lui demanderait d'en faire encore une centaine, rien que pour eux. Un jour, grâce à son travail au crochet, son mari pourrait arrêter de se tuer à la tâche. Et elle crochetait, matin, midi, soir, s'usant les yeux et les doigts.

Ce n'est pas arrivé et il est mort. Un cancer du pancréas fulgurant, détecté bien trop tard. Ils ont tellement l'habitude de vivre avec la douleur dans ces villages qu'ils ne vont jamais voir le docteur. Ils mordent les dents et se disent que s'ils souffrent, c'est qu'ils sont encore vivants. Il n'y a que les morts qui ne sentent plus rien. Ce n'est que quand sa femme l'a traîné de force voir le docteur, car il avait déjà rajouté deux trous à sa ceinture, qu'ils ont appris ce qui lui arrivait. Ils sont partis à Medina Sidonia pour voir le spécialiste, qui a été très clair. Un mois ou deux. Pas plus. Ils ont essayé de rentrer en contact avec leurs fils, mais ces derniers n'ont pas répondu. Il est mort dans leur maison.

C'est José qui a payé l'enterrement, elle n'avait plus assez d'argent. Il est allé la voir tous les soirs, lui apportant à manger, lui réchauffant un peu le cœur, lui apportant un peu de soleil. Elle lui a fait une quarantaine de crochets divers (tu devrais voir ma salle de bain ! J'ai au moins vingt rouleaux de PQ avec un cache en crochet dessus !).

Deux semaines plus tard, il l'a trouvée morte dans son lit. Il a aussi payé son enterrement et s'est occupé d'avertir les fils. Aucun des deux n'est venu. Il a laissé la maison à Juan Carlos Ruiz, qui a liquidé le peu de meubles qui y restaient pour payer les factures. Il reconnaît le vélo. C'était celui du mari. Il va s'en occuper pour moi, y remettre des pneus neufs, un peu d'antirouille. Au moins, le vélo survivra un peu plus longtemps.
— Je suis content que tu ailles vivre dans cette maison quelque temps.
— Pourquoi ?
— Je ne sais pas, Tio. Je ne te connais pas, on s'est rencontré que hier, mais cette maison, elle a besoin d'un peu de vie, d'un peu de bonheur. Elle a connu la misère et le désespoir depuis tellement longtemps, elle a besoin d'un peu de positivisme.
— Qu'est-ce qui te fait croire que je suis positif ?

Il me regarde, fait un sourire. Il fait vraiment

Antonio Banderas, surtout quand il sourit. Il passe le torchon sur la chaîne, sur le braquet arrière. Il se lève.
— Allez, viens, on va te préparer un kit de survie, je t'emmène à ta maison et je vais m'occuper des pneus de ton vélo.

Nous entrons dans le bar. Il prend un sac à dos de l'armée qui traîne par là, et qui a dû y traîner depuis des années, vu les trous de souris qu'il y a dedans. Il y range quelques verres, quelques bouteilles de bière, un saucisson, une bouteille de vin, une bouteille d'eau. Il passe dans l'arrière-salle, rajoute quelques trucs comme du papier toilette, un morceau de savon. Il pose le sac sur le bar, et nous allons au petit supermarché.

J'achète quelques choses essentielles, comme du dentifrice, du lait, du pain, quelques conserves dont je ne sais pas ce qu'elles contiennent. Je regarde les images sur les boîtes. Il y en a quelques-unes qui ont vraiment l'air dégueulasses, notamment une avec des calamars et des moules. Je la prends quand même. Juste pour voir. Il y a plein de trucs magiques. Une pâtisserie qu'ils appellent *cabello de angel*, que je comprends être des cheveux d'ange. J'en prends trois, juste pour voir. Des *bocabits*, je ne sais pas ce que c'est, mais le nom est marrant. Des *pepitas*. Des *principes*, des *migas*, des *fritos*. Un vrai gamin. J'achète tout ce que je ne connais pas. José rigole. Il en rajoute dans le panier, je ne sais pas ce que c'est, mais je verrai bien. Quand je paie, il y en a pour quatre grands sacs bien remplis. Je rajoute une lampe de poche, un Campingaz, une casserole, une assiette, des couverts. Il y a même des couvertures. J'en prends deux. Je pense que ce sont des couvertures à bétail, mais peu importe, elles feront l'affaire.

On retourne au bar de José. On attache le lit de camp et les couvertures sur le guidon. Je m'assieds sur le siège arrière, en tenant les sacs de courses, le sac de l'armée rongé par les souris sur le dos. On laisse les valises pour l'instant. José monte sur sa moto-bylette et l'on y va. Quand on a quinze kilos de bordel à bout de bras, le chemin a quand même l'air plus long. Quand l'une des queues de renard me fouette le visage, je sème quelque peu des produits en route, mais ça a l'air d'être les moules aux calamars et un peu de PQ, donc, pas trop grave.

On arrive à la maison. José arrête la moto, on perd l'équilibre et je manque de me casser la gueule. Il pose la mobylette sur son cale-pied. Après avoir fait le tour du propriétaire, on enlève le lit de camp de la moto, que je pose dans la salle à coucher. Il me dit qu'il va faire un saut à Medina pour acheter des pneus de vélo et part en pétaradant.

D'un coup, après l'hyperactivité des derniers jours, je me trouve seul. Tout seul en terre inconnue. Rien que moi et les grillons. Et les deux fantômes des disparus. Je me rends compte du fait que je suis vraiment à l'autre bout du monde. Je n'ai prévenu personne. En 48 heures, j'ai troqué mon appart de trader à New York pour une bicoque pourrie au fin fond de l'Espagne, avec pour tout compagnon les criquets et un taré qui m'a volé ma veste de hard rocker. Mon Aston pour un vélo qui n'a même pas de pneus et une chaîne enduite d'huile d'olive. Et pourtant, le change ne me gêne pas. Dérouté, désorienté, mais pas inquiet. Je me suis laissé un peu porter, le temps de trouver mes marques. Mais il y a de nouvelles batailles en vue. Un notaire pourri à abattre. Un harmonica à acheter. Maria à faire sourire. Me ressourcer pour contre-attaquer ma boîte. Des objectifs plus nobles que ceux pour lesquels j'ai lutté depuis longtemps.

Les deux femmes de ma vie

C'est la première nuit depuis bientôt deux mois que je passe avec une femme. Elle est ravissante. Menue, toute chaude, toute petite. De grands yeux brun-vert, quand ils sont ouverts. Je ne peux pas la laisser dormir sur mon lit tous les soirs, elle va s'y habituer, et quand elle sera plus grosse, cela sera insupportable. En plus, elle ronfle un peu quand elle dort et bouge pas mal. Elle vient de me coller un sabot dans les côtes il y a quelques minutes et cela m'a réveillé. Elle fait mal, cette biquette.

Elle s'appelle Esmeralda. On s'est rencontré sous l'amandier du fond du jardin. J'ai dû l'apprivoiser un peu, elle n'a pas été facile à amadouer ou à approcher. Mais cela fait plaisir d'avoir cette compagnie, cet être vivant qui me fait confiance.

J'étais assis sur le porche, en train d'apprendre la loi espagnole. Et je réalise que j'ai entendu un bruit déplacé. C'est la deuxième fois que les buissons sous les amandiers bougent. Je regarde fixement les buissons, mais ne vois rien. Je pose le livre de droit, avec l'amande que je m'apprêtais à manger en marque-page. Le buisson commence à bouger de plus belle. Soudainement, des cris, comme d'un petit enfant, mêlé à des bêlements affolés. Je cours et me jette dans le buisson.

Là, un chien sauvage, assez grand, avec dans sa gueule la patte d'une petite chèvre. Gros coup de pied au chien, qui se retourne sur moi en grognant. Je n'ai pas pour habitude de taper les chiens, mais j'y étais obligé. Zut, il est quand même assez gros. Mais j'avance sur lui, en lui criant dessus avec la plus grosse voix que je peux faire. Je l'insulte de tous les noms et continue à avancer sur lui. Il recule, toujours en position d'attaque, puis décide que le jeu n'en vaut pas la chandelle et s'enfuit, la queue entre les jambes. La victoire du jour ! L'adrénaline coule à flots dans mes veines. Je me retourne et vois la petite chèvre, tremblante, pelotonnée contre la racine du buisson. Je m'approche lentement, en lui parlant tout doucement. Je m'accroupis et continue à lui parler. Elle tremble de plus belle en bêlant timidement.

Quand je n'ai plus de petits mots à lui dire, je commence à lui raconter mon histoire. Je m'assieds par terre, pas trop loin d'elle. Je ne sais pourquoi, mais j'ai l'impression que c'est une fille. Tellement menue, toute blanche, de grands yeux bruns. Alors je lui parle comme à une fille. Je lui raconte mon arrivée, José, la maison. Je lui raconte que cela fait un peu plus d'un mois que je suis là, dans la maison, et que les fantômes ont l'air heureux de m'accueillir. Que j'ai perdu quatre à cinq kilos, à faire du vélo tous les jours. Que j'ai des mollets en béton. Tu veux toucher pour voir ? Que je me rends presque tous les jours à Medina, à douze kilomètres, soit pour acheter les premières nécessités que l'on ne trouve pas à Matavacas, soit pour aller chercher de nouveaux livres à la bibliothèque. Principalement des livres de loi et des méthodes d'espagnol. Un roman par-ci, par-là. Je suis tombé sur un super truc qui m'aide énormément à comprendre l'espagnol et les coutumes. Un truc qui s'appelle *L'Ombre du vent*, d'un super écrivain espagnol. Bien goth, bien pathos, et plein d'humour et de poésie. Alors, je laisse le livre guider ma connaissance de l'Espagne. Moi aussi, je me suis acheté des Sugus, pour voir ce que c'était. Un livre sur Franco, pour voir ce qu'était ce régime. C'est dur à lire avec mon niveau d'espagnol, mais je progresse.

Comme le héros du livre, qui découvre les méandres et les secrets de la vie d'un autre, je découvre les méandres et les secrets de l'espagnol et de la loi espagnole. Je traîne dans les librairies et à la bibliothèque. La biquette a l'air intéressée. Elle a arrêté de trembler. Elle se lève, ne sait pas si elle doit partir ou s'approcher.

Je continue à lui parler tout doucement. Je lui dis que la petite maison qui se trouve là n'est pas à moi, mais qu'il y a tous les conforts de la maison. Que lors de mes voyages à Medina Sidonia, j'ai rapporté plein de petites choses. Des draps de bain, des casseroles, une petite cuisinière à gaz (je ne t'explique pas comment j'ai sué en vélo pour rapporter ça ! J'ai fait presque toute la route à pied, et à un kilomètre du village, œuf à la coque m'a croisé pour me ramener), une petite table, des verres, une lampe à pétrole, enfin, tout pour être comme chez soi. Et un harmonica.

Peut-être que c'est le descriptif de ma situation de rentier qui la séduit. En tout cas, elle s'approche timidement, en bêlant. Elle fait un pas, puis un autre. Je continue à lui parler. De José, et comment je n'aurais jamais imaginé pouvoir devenir copain avec un mec qui n'a jamais quitté son village et qui m'a volé ma veste de hard rocker.

De Maria, et comment petit à petit, on devient copains aussi. Elle me sourit plus souvent. Elle est dure comme fer, mais semble avoir un cœur en or. On ne parle que de choses superficielles pour l'instant, mais on devient copains.

Et puis surtout, je lui parle de Dulcinea. Je ne l'ai vue que deux fois pour l'instant, mais je sais déjà que je ne veux pas qu'elle sorte de ma vie.

Il y a à peu près dix jours, en revenant de Med-Sid, j'ai pris un chemin de traverse en pensant que ce serait un raccourci. Mais assez vite, je me suis rendu compte que je m'étais trompé. Le chemin est devenu un chemin de terre – plein de pierres et de trous – et le vélo bougeait tellement que les livres de droit allaient écraser les œufs que j'avais dans le panier.

Je me suis donc arrêté pour tout repositionner et faire demi-tour, et j'ai entendu des bruits de hache. Puis une exclamation de frustration d'une voix féminine, mais quand même très crue. Quelques coups de hache, et une exclamation encore plus forte.

J'ai posé le vélo contre un olivier, en faisant bien attention aux œufs, et curieux, je me suis approché de la personne qui s'exclamait ainsi. Je ne la vois que de dos au départ. Elle porte un pantalon en toile et une vieille chemise, avec des taches de sueur. Elle a une hache à la main et est en train d'essayer de couper un tronc d'olivier. Des cheveux bruns. Un postérieur d'enfer. Mais je ne l'ai vu qu'après. Avant, j'ai vu ses avant-bras et ses mains. Des avant-bras bronzés, avec des muscles très féminins, mais très marqués. Les mains, serrées autour du manche de la hache. De longs doigts fins, mais forts. Des ongles féminins, mais courts. Des mains superbement expressives. Un vieux jean un peu délavé. De grosses chaussures de travail. Elle pose la hache par terre, pousse l'olivier mort de son autre main. Ses cheveux mi-longs sont attachés en queue de cheval, et quelques cheveux égarés sont collés à sa nuque par la sueur. L'ensemble est extrêmement attrayant, et je n'ai pas encore vu son visage. Elle pousse plus fort et reprend à la hache quand l'olivier ne veut pas bouger. Je ne sais pas combien de temps je la regarde, mais à un moment donné, quand elle pousse l'olivier, je m'approche et pousse avec elle.

Surprise, elle lève la pression, me jette un regard et se remet à pousser. Dans un fort craquement, l'olivier mort tombe. Je le prends par les branches et le traîne vers un tas de branches mortes qui se trouve un peu plus loin. Je me retourne. Elle s'appuie sur sa hache, me regarde. Un beau visage, bien proportionné. Rien d'exceptionnel, mais beau. Elle n'est pas très grande, mais bien faite.

Puis elle sourit. Un superbe sourire. C'est fou comment ils savent sourire ici, quand ils le veulent. Un sourire à la Maria, mais en plus jeune.

Elle tourne la tête, prend sa hache sur son épaule, ramasse la scie qui traîne par terre et se dirige vers un autre olivier. Elle commence à couper le tronc avec la scie, sans plus un regard pour moi. Déjà oublié.

Je m'approche et prends l'autre côté de la scie, sans rien dire. Cela me vaut un regard, mais toujours pas une parole. Petit sourire, gratifiant. Et nous scions. Je ne sais combien d'oliviers morts nous abattons ce jour-là. On les coupe juste à la racine, le plus près possible du sol. Elle ne m'explique pas pourquoi nous coupons tous ces arbres. Ce n'est que plus tard que j'apprends, de la part de José, que l'hiver dernier, il a beaucoup gelé et qu'une grande partie des oliviers sont morts. Il faut alors scier le tronc, en espérant que les racines sont encore vivantes. Si les racines vivent encore, un olivier reprend. Ils pensent que trois quarts des oliviers reprendront cette année – le gel a été très fort. Elles font alors de nouvelles pousses, qui se transformeront en oliviers, et qui sept ou huit ans plus tard, donnent à nouveau des olives.

Mais sans savoir pourquoi, je scie, je traîne les troncs et les branches sur un grand tas où elle met le feu. Il fait chaud, mais je travaille avec plaisir. L'inconnue travaille sans relâche. Elle a une condition physique d'enfer. Je ne veux pas paraître une fillette, alors je travaille aussi dur qu'elle.

Des ampoules commencent à se former sur mes mains, et j'ai mal aux bras et aux épaules. Le soleil tape. Mais je continue. Au bout d'un moment, elle me fait signe d'arrêter. Elle me prend les mains, les regarde et voit les ampoules. Elle me regarde dans les yeux, secoue la tête et va vers sa voiture. Elle conduit une voiture bizarre, un truc en plastique qui fait pick-up au rabais. Plus tard, j'apprendrai que c'est une Méhari, une deux chevaux avec une carrosserie imitation de Jeep, en fibre de verre.

Elle me passe une paire de gants et une bouteille d'eau. Je bois profondément, mets les gants et l'on y retourne. Quelques dizaines d'oliviers plus tard, il commence à faire sombre. Elle fait signe d'arrêter. Je me relève, m'étire. Je lui rends les gants, bois une gorgée d'eau. Comme elle ne dit toujours rien, je lui dis en espagnol : merci. Elle me regarde surprise, sourit, me fait au revoir de la main et s'en va, sans un mot. Je la vois monter dans la Méhari et me sens même un peu coupable de lui mater le cul.

Je reprends mon vélo et rentre chez moi. Tout bizarre, dans la tête et dans les tripes. Ce soir-là, j'essaie de faire une omelette, mais les œufs que je rapportais de Med-Sid ont cuit au soleil. J'ai mal partout, mais je me sens satisfait de ma journée.

Retour à la réalité.

Entretemps, la petite chèvre que j'ai baptisée Esmeralda s'est allongée contre ma cuisse. Elle ne tremble plus, mais a clairement besoin de compagnie. Je la caresse doucement. Au début, elle bêle un peu, mais s'arrête bien vite. Le soleil s'est couché, c'est l'heure du loup. Je n'entends que les grillons. Un peu plus loin, un hibou se réveille. Il va probablement chasser dans les vignes. Alors, comme je suis bien et qu'Esmeralda a l'air de commencer à se relaxer, je continue à lui parler.

Le lendemain de la rencontre, j'ai demandé à José qui était cette inconnue. Il sait tout de suite de qui je parle. Dulcinea. Quel joli nom !

Il m'explique que c'est un peu une blague. Il ne connaît pas son vrai nom. Mais Dulcinea était l'amour de Don Quichotte. Voici quelques années, un gars de Madrid est venu s'installer dans le coin. Et il a décidé qu'il ferait de l'huile d'olive. Tout seul, sans aide extérieure. Sans faire partie d'une coopérative. Seulement de la culture biologique. En laissant de l'herbe entre les oliviers, pour aider à lutter contre la désertification et créer un piège à carbone.

Il a voulu partir de zéro, en plantant ses propres oliviers. Des oliviers qui venaient d'Italie, du Maghreb, du Liban et de Grèce, et d'autres endroits. Aucun olivier local. Bien sûr, il a eu tout le mal du monde à atteindre quoi que ce soit. D'abord, les permis. La pression des coopératives. Le manque d'aide et de soutien. L'agressivité des producteurs locaux qui avaient peur de pollinisation croisée et contamination des espèces locales.

Les gens du village ont commencé à l'appeler Don Quichotte, l'homme qui se battait contre des moulins. Par association, la belle inconnue a été baptisée Dulcinea. Ils ont fait quelques récoltes les années auparavant, mais n'ont pu vendre que sur les marchés. Le non-conformisme et le bio ne sont pas très bien vus dans le coin. Ils ont essayé de lancer leur propre marque et de la vendre à Madrid, mais sans trop de succès. La coopérative ne voulait pas de leur huile, même si elle était absolument excellente et probablement de bien meilleure qualité que ce qui se faisait localement. Même le pressoir les embêtait, car aucun autre agriculteur ne voulait passer après leur pression, pour ne pas contaminer le « goût » de leur huile avec les restes de Don Quichotte. Donc, le pressoir leur facturait un nettoyage complet. Quichotte et Dulcinea, et le fils qu'ils ont eu deux ans après s'être installés, vivaient chichement, mais avaient l'air heureux. L'année dernière, les oliviers ont gelé. Le mari est parti à la coopérative pour parler avec eux, et de comment ils pouvaient l'aider, et sur place, peut-être énervé de leurs réponses négatives, il a fait un AVC qui l'a tué sur le coup.

Dulcinea est restée toute seule, avec son fils de six ans. Personne n'avait vraiment fait grand-chose pour elle avant. Alors, quand les gens sont venus la voir pour compatir, elle les a tous mis à la porte. Elle les a traités de faux culs, de voyeurs, de charognards. Des producteurs sont venus la voir pour lui racheter ses terrains. Elle a écouté le premier, qui lui a expliqué que ses terrains ne valaient pas grand-chose parce qu'il fallait virer toute cette merde d'arbres qu'elle avait plantés, et qu'il fallait replanter avec du local. Elle l'a viré. Le suivant, elle l'attendait avec le fusil de chasse.

Depuis, elle évite le contact avec le village. Elle vit en presque autarcie avec son fils. Elle l'a mis à l'école de Medina Sidonia pour ne pas avoir à traiter avec les gens du village. Il n'y a que Maria qui la voit. Elle survit, mais difficilement. Le gel des oliviers et le fait qu'il y aura une baisse de rendement pendant sept à huit ans vont aggraver encore la situation.

Je me rends compte que je suis un vrai salaud. Ma première réaction en entendant tout cela est de me réjouir, me dire que j'ai un rôle à jouer. Ma première pensée est qu'elle a besoin d'un prince charmant, d'un chevalier blanc qui viendra la sauver sur son destrier. Je ne me sens pas encore dans la peau du personnage, mais qui sait ?

Mais tout de suite après, je me mets une ou deux baffes mentales. Quel con je suis ! Je pense tout de suite à moi, et non pas à elle. À ma satisfaction personnelle. Et en plus, qu'est-ce que je peux lui offrir ? Une espèce de Yankee, sans aucune fortune, sans maison, sans connaissances, un branque. Je ne parle même pas très bien la langue, et je ne connais pas grand-chose aux oliviers. Ou à la vie, d'ailleurs.

Esmeralda a bien l'air d'accord. Elle bêle un petit coup, comme pour dire : « Oui, tu n'es qu'un con ». J'aime bien la conversation que j'ai avec Esmeralda. Elle a l'air de me comprendre. Alors, je la prends doucement dans les bras. Elle se laisse faire. Je l'emmène à la maison. Qu'est-ce que ça mange, une petite chèvre de cet âge-là ? Je lui mets de tout par terre. Du pain, des pommes, une banane, des olives dénoyautées, de la salade, du lait dans un bol. Elle saute sur le lait et s'empiffre le bol entier. J'espère que le lait de vache ne lui fera pas de mal. Puis elle mange un petit morceau de pain. La pomme, elle a du mal, alors je la lui coupe en quatre. Pendant qu'elle savoure sa pomme à petites bouchées, je lui prépare un petit coin avec une vieille serviette. Elle n'est pas totalement à l'aise, mais cela n'a pas l'air de la surprendre, de rentrer comme ça chez moi. Bien sûr, elle ignore la serviette et se recroqueville près de la porte d'entrée, contre le mur. Je me fais à manger, me sers un verre de rouge et me remets à lire mes bouquins de loi sous la lampe de la cuisine. Bientôt, Esmeralda se met à ronfler légèrement, très délicatement. Elle a les pattes de devant repliées, son museau dessus. Ça fait chaud au cœur, une autre âme dans la maison. Avant de me coucher, je l'emmène dehors, faire un pipi. J'en profite aussi. Je me suis toujours senti le roi du monde quand j'étais dehors en train de pisser la nuit, sous les étoiles. Un reste de quand nous étions animaux, je suppose, il faut marquer son territoire. Cela ne devait pas être triste chez les hommes des cavernes, s'ils pissaient tous partout pour marquer leur territoire. Tiens, ce nouveau pot en terre cuite. À moi ! Et hop, petit coup de pisse. Cette peau de bête ! À moi ! Cette nouvelle femelle, que j'ai traînée ici par les cheveux. À moi ! Et hop, encore un petit coup. Et puis je lui ai cogné la tête avec ma massue. Elle aussi, elle sent bon la pisse, ma massue. C'est à moi tout ça !

Je reste quelques minutes à regarder les étoiles. Je n'en connais aucune. Ce truc-là, je crois que c'est la Grande Ourse. Mais cela n'a pas vraiment l'air d'une casserole. Plutôt une théière... Je n'en sais rien. Je sors mon harmonica, m'assieds sur le porche et joue un peu. Je n'arrive, pour l'instant, qu'à en tirer quelques notes un peu plaintives et rouillées, mais ça vient, petit à petit. Dans le juke-box de José, il n'y a qu'une chanson avec de l'harmonica, *Roadhouse Blues*, des Doors. Je l'écoute au bar et j'essaie de copier. Je m'entraîne ici le soir. J'essaie aussi les classiques westerns [8]et fais les chœurs tout seul.

Esmeralda se promène un peu, broute deux, trois brins d'herbe, renifle les fleurs, éternue un bon coup, gambade un peu et se reblottit contre moi. Le hibou s'est tu, et les grillons aussi. Je ne pense pas que c'est pour admirer les sons que je produis. Probablement plutôt hébétés devant cette pollution sonore... Ils doivent se dire que non seulement, il pisse sur nos terriers, mais en plus, il nous lance un défi ! Écoute-moi ces coassements ! Il se vante ! Il se gausse ! Quel Tarzan de pacotille !

Quand j'arrête, les bruits des grillons et du hibou reviennent lentement. Le hibou : « Où ? Il est où ? ». Les grillons : « Là, là, là, là ». Et les mulots, que je n'entends pas, depuis leur tanière : « Putain, le salaud ! Il a pissé dans le tunnel d'entrée ! J'ai de la pisse jusqu'aux genoux ! Le sofa de la salle à manger est à jeter ! Quel cochon ! ».

Je me lève et vais me coucher. Le temps de me laver les dents, et Esmeralda m'a volé ma place sur le matelas que j'ai rapporté pour remplacer le lit de camp, que j'ai remis dans le bar de José. Alors, je l'écarte doucement, m'allonge à côté d'elle, et c'est la première fois depuis longtemps que je dors avec une femme en tout bien tout honneur.

---

8 *The Good, The Bad and The Ugly. Main theme*. Ennio Morricone, et *Il était une fois dans l'Ouest*.

Une vie anormale, mais normale, enfin, je me comprends

Le lendemain, Esmeralda ne veut pas me laisser. Elle me suit partout. J'essaie bien de l'attacher à une corde dehors, mais elle panique. Je me rends compte que je ne suis pas très intelligent. Parce que si le chien sauvage la trouve là, attachée à une corde, il n'en fera qu'une bouchée. Donc, je mets un cageot à légumes sur le porte-bagages de la roue avant et l'installe dedans avec la vieille serviette.

Elle s'y installe comme une reine et ne bouge pas. Malgré le cahotement du chemin et les nids de poule, elle reste là, stoïque, à regarder le monde de ses beaux yeux bruns.

Je vais à Med-Sid. Devant la bibliothèque, comme un con, je me rends compte que je n'ai pas le droit d'y entrer avec une chèvre. Faut être con, quand même, d'oublier que j'ai une chèvre avec moi. Ce n'est pas que la bibliothèque risque grand-chose. C'est un peu la bibliothèque de lycée d'il y a trente ou quarante ans. Grandes fenêtres rectangulaires. Grandes rangées d'étagères en bois, hautes de trois ou quatre mètres, avec des allées au milieu. Lino gris au sol. Souvent, je suis seul. Un peu de pipi de chèvre ne s'y remarquerait même pas. Alors, je négocie avec la jeune fille à l'accueil, et dix minutes plus tard, elle m'apporte les trois livres dont j'ai besoin au café d'en face. Génial pour draguer, une petite chèvre. Je n'ai jamais su, sinon j'aurais utilisé le coup avant. Les femmes ont l'air surprises, puis s'approchent pour la caresser. En plus, elle s'est installée sur mes genoux (Esmeralda, bien sûr), et donc, elles s'approchent bien près pour la caresser. Un mec plus cochon que moi en profiterait pour regarder dans leurs décolletés, mais mon œil fourbe n'y est attiré qu'une fois ou deux. Les enfants aussi sont attirés.

Ma copine de la bibliothèque, elle aussi, est curieuse. Je lui paie un café et lui explique l'histoire d'Esmeralda. Elle en est tout émue. Elle fait vieille fille et est très gentille, mais n'a clairement pas l'occasion de parler beaucoup. Très vite, je connais presque toute sa vie. Il ne me manque que de savoir sa pointure de chaussures. Auparavant, trop timide, elle ne m'adressait pas la parole. Mais Esmeralda a rompu la glace. Elle me dit que si je veux entrer avec ma biquette, elle fermera les yeux, tant qu'elle ne mange pas les livres ou ne marque pas trop son territoire façon homme des cavernes. On commande un peu de lait et une pomme pour Esmeralda. Auréa (le nom de la jeune fille de l'accueil) rigole comme une gamine quand elle lui donne la pomme par petits morceaux. Il est vrai qu'Esmeralda fait un peu le chameau en mangeant la pomme, sa langue dépassant de partout et avec sa mâchoire qui se balade dans tous les sens.

Dans la bibliothèque, Emeralda a du mal à rester calme. Elle gambade un peu partout. Totalement concentré sur mes lectures de loi, je l'oublie un peu, mais je lève les yeux à la suite d'un grand vacarme. Esmeralda est montée sur une étagère et a bousculé quelques livres. Je ne savais même pas qu'une petite chèvre était aussi agile. Auréa s'empresse de tout ramasser, complice dans cet interdit. Pour la peine, Esmeralda et moi-même invitons Auréa à déjeuner. Je lui dis bien que c'est Esmeralda qui a eu l'idée, mais elle est trop contente. Le plaisir lui rend le visage tout rose et allume de petites étoiles dans ses yeux. Je la regarde d'un peu plus près. Elle est gauche et timide, et ses yeux sont trop grands derrière des lunettes trop grosses. Elle est nerveuse, mal à l'aise, fait des gestes trop grands et peu contrôlés avec ses mains. À plusieurs reprises, elle manque de peu de me crever un œil ou d'embrocher mon nez avec sa fourchette. Elle envoie voler deux verres, donne un énorme coup de coude au serveur, et fait tomber sa serviette quatre fois. Elle a un peu de mayonnaise au coin de la bouche, et les cheveux dans tous les sens. Sa pince à cheveux ne retient plus que deux ou trois mèches.

Elle se ronge les ongles. Mais elle est charmante.

Sa passion est la musique, toutes les musiques. Elle a envie de voyager. Son rêve est de partir aux États-Unis, avec un sac à dos. Soudainement, ça fait tilt. Je la regarde sous un autre œil. Un peu de maquillage, d'autres lunettes, d'autres vêtements, et elle serait assez mignonne. Assez mignonne pour un Antonio Banderas miniature. Ça y est, cela ne fait que quelques semaines que je suis là et déjà, je joue aux entremetteurs. Mais pourquoi pas ?

On retourne à la bibliothèque. Ma petite violette a pris des couleurs. Elle est toute guillerette cet après-midi. Elle joue un peu avec Esmeralda, au détour d'une étagère, quand elle vient ranger des livres. Le reste du temps, elle lit, et Esmeralda dort.

Je commence à comprendre un peu mieux les méandres de la loi espagnole. Mon copain le pourri, ou pourruiz, m'a en effet bien eu. Il y a en effet de la part d'un notaire le devoir d'informer son client d'un héritage. Il est clairement indiqué que le notaire doit déployer tous les moyens en sa capacité pour trouver et informer l'héritier potentiel, en y incluant et sans se limiter, la lettre recommandée, les appels intempestifs, et même l'embauche d'un collègue dans le pays de l'héritier pour lui communiquer son héritage. La valeur du bien joue sur les moyens à mettre en œuvre.

Je me mets derrière le seul ordinateur de la bibliothèque, peut-être même de Medina Sidonia. Auréa est toute fière de l'ordinateur qu'elle a récemment récupéré. Un vieux biclou, 300 MHz, mais qui permet d'accéder à internet. En faisant un tour sur le Net et en comparant la valeur des maisons mises en vente dans le coin, la valeur de la maison dont j'aurais dû hériter se situe entre 250 000 et 350 000 euros. Ce sont les terrains qui gonflent le prix, pas la maison en elle-même. Pas mal, comme héritage. Ça vaut certainement au moins une lettre recommandée à dix euros...

Donc, mon cher pourri chauve a dû se dire qu'un mec aux

États-Unis, dont personne n'avait entendu parler dans le village et qui n'y avait jamais mis les pieds, ne devait probablement pas être intéressé par cette maison. En relisant la lettre de Ruiz le gros, la photo qu'il dépeint de la maison n'est pas trop alléchante non plus. Je la donne à Auréa, qui me dit qu'en la lisant, elle a l'impression que j'ai hérité une bicoque immonde dans un bled paumé d'une grand-tante qui n'en a pas pris soin depuis des années. Et que, dans la même lettre, Ruiz le chauve se profile comme mon sauveur et comme un philanthrope qui me propose de vendre la maison en mon nom, sans frais autres que les impôts, car dans sa grande noblesse de cœur, il n'a besoin pour tout paiement que de la chaleur qu'il procure dans le cœur des gens et l'embellie de son âme. Il communique qu'il pense pouvoir décrocher environ 25 000 euros, frais non inclus, si je réponds tout de suite pour le tas de merde pourri dont j'ai hérité, mais qu'il est très bon vendeur et pense qu'il arrivera à me garantir ce prix incroyablement élevé pour ce poulailler que personne ne voudra habiter. Soit dix fois moins que la valeur que je pense qu'elle avait il y a cinq ou six ans. La petite maison qu'il m'a laissée en échange doit valoir environ 25 000 à 30 000 euros. J'ai bien fait de ne pas signer les papiers de la maison. En attendant, Ruiz a décidé de vivre dans le poulailler infâme qui ne valait rien. Je pense que j'ai un dossier intéressant contre lui, mais je dois comprendre comment arriver à mes fins.

Puisque je suis sur internet, et pour me changer les idées après la réalisation que le gros chauve vit dans mon poulailler, j'en profite pour chercher un peu sur le saint de Matavacas. Je ne trouve rien. Par contre, je suis surpris par le nombre de statues de saints auxquels on attribue des pouvoirs, de la guérison de personnes à l'influence sainte, de réconfort spirituel à l'amélioration des circonstances de vie. Les quelques plus connus sont avant tout le père Noël.

Eh oui, le saint Klaus, ou Sinterklaas, ou Santa Claus. Un vrai saint, qui protégeait les orphelins. On peut lui faire des prières. Il n'a rien à voir avec des elfes ou des rennes volants. Ces derniers lui ont été greffés plus tard. Il n'habite pas le pôle nord non plus. Et non, il n'était pas habillé en rouge et blanc – ces couleurs sont celles dont l'a affublé Coca-Cola quand ils ont commencé à lancer des campagnes de Noël. Et non, il n'existe pas vraiment. Quelle merde, cet internet ! Tous mes rêves d'enfance, détruits en moins de temps qu'il le faut. Je me disais bien que je ne recevais plus de réponses à mes lettres au père Noël, mais je pensais que c'était parce que je n'étais pas sage. Je pensais qu'un elfe avait dû me voir et me mettre sur la liste des gens méchants. Ou alors ce petit trader, qui m'a vu mettre une tranche de pizza dans l'aquarium. Il avait bien une stature d'elfe. Mais passer de la liste noire à aucune liste du tout, parce qu'elle n'existe pas puisque le père Noël n'existe pas, ça fait mal. Je préférais encore la liste noire...

Alors, je passe aux vrais saints. En voilà un vrai. Saint Jacques de Compostelle. Et pof, voilà que j'apprends que lui aussi n'existe pas. Mais où va-t-on s'arrêter ? Mais au secours ! Le monde est devenu fou ! Saint Jacques était l'un des apôtres de Jésus. Bon, jusque-là, ça va. Il a probablement existé. Mais voilà le hic. L'histoire dit qu'il aurait voyagé beaucoup sur la péninsule ibérique et converti au christianisme les Celtes qui y habitaient. Martyrisé à Jérusalem en 44 après Jésus-Christ, sa dépouille aurait été ramenée en Espagne et enterrée. Après la persécution des Romains, les catholiques ont « perdu » la tombe de saint Jacques. Elle aurait été retrouvée en 813 ou 838 par un ermite errant guidé par une étoile filante. Clairement, les étoiles filantes, c'étaient les GPS de l'époque. Le nombre d'étoiles filantes qui ont mené à des découvertes, c'est vraiment hallucinant, à commencer par ce bébé dans une étable.

Revenons à Saint Jacques de Compostelle. Bizarrement, la date de retrouvailles avec la dépouille vieille de 800 ans de saint Jacques coïncide avec la construction de la première église de Saint-Jacques-de-Compostelle, en 829. Quel hasard, quand même, non ?

Saint Jacques a fait la base de nombreuses légendes, comme saint Jacques Matamoro, ou le tueur de maures, qui est soudainement apparu sur un cheval blanc en 844 pour mener les catholiques dans leur bataille contre les maures. Pendant des siècles, et encore aujourd'hui, Saint-

Jacques a été l'une des destinations de pèlerinage les plus connues. Au XIIe siècle, Saint-Jacques-de-Compostelle était le lieu de pèlerinage par excellence. C'était plus proche que Rome ou Jérusalem, mais aussi plus sûr pour les pèlerins. Pendant une période, c'était même une manière d'éviter la prison, ou une obligation pour hériter. (Tiens, peut-être que j'aurais dû faire le pèlerinage, j'aurais peut-être eu plus de chances avec la maison et Ruiz ?) Les bénédictins construisirent des monastères et des hôtels le long de la route, pour s'en foutre plein les fouilles. Bref, c'était un peu le Disneyland de l'époque. Cependant (eh oui, cher lecteur, encore un saint de pacotille), tout était construit sur un mythe. Les historiens croient que saint Jacques n'a jamais mis les pieds en Espagne ou ne s'est pas approché à moins de 800 kilomètres de la péninsule ibérique. Il est très peu probable que sa dépouille ait abouti en Espagne, et en plus, ait été retrouvée 800 ans plus tard, juste quand on avait besoin de reliques pour ouvrir la nouvelle cathédrale. Qu'une dépouille a été utilisée est probable, mais elle devait être celle d'un pauvre paysan ou d'un serf. Et l'Église a payé pendant des années les agences de pub de l'époque – troubadours et raconteurs d'histoires – pour répandre les faits merveilleux de saint Jacques et de Saint-Jacques-de-Compostelle. L'Église a bien profité pendant des années et des siècles de la crédulité des pauvres croyants, qui se tapaient des milliers de kilomètres à pied dans les pires conditions pour aller embrasser les pieds d'une statue. Tout cela pour récolter une coquille de Saint-Jacques. Bref, statue emblématique, mais pas vraiment magique. Une espèce de Mickey Mouse moyenâgeux dans un Disneyland de la même époque. Je sais, je n'irai pas au Ciel si je compare saint Jacques à Mickey.

Comme la statue de Jésus qui pleura des larmes de sang à Cochabamba en Bolivie en 1995. Soi-disant, il pleure des gouttes de sang humain, et l'on aurait même trouvé une pièce d'épine comme celle de la couronne de Jésus. C'est une petite statue en plâtre de 30 cm de haut achetée par une hôtesse de l'air de 37 ans dans un magasin local. Dans les quelques heures après son arrivée à la maison, la statue s'est mise à pleurer des larmes de sang. Il y a beaucoup de controverses, mais qu'un saint en plâtre acheté par une hôtesse de l'air en Bolivie soit l'une des seules évidences modernes de l'existence de Dieu, j'ai un peu de mal à y croire. Je crois plus en Dieu quand je suis en train de pisser dans les vignes de ma maisonnette le soir sous les étoiles.

Mais tout le monde croit en ce qu'il veut.

José m'a décrit un peu le saint que les petites vieilles de Matavacas se passent entre elles. Je n'ai pas vu la statue. Faudrait que je demande à Maria. Ou au curé. Entre-temps, il est l'heure de fermer. Le vieux biclou d'ordinateur marche aussi à la vitesse espagnole, c'est-à-dire qu'il prend bien son temps. Mañana, mañana. Je n'ai pas vu l'heure passer. Je comptais passer par le champ d'oliviers pour voir si Dulcinea était là.

Je dis au revoir à Auréa, enfourche mon vélo, et je me retape les douze kilomètres dans l'autre sens. Pendant ce temps, je parle à Esmeralda, assise comme une reine dans le cageot. Elle a l'air de bien aimer son cageot, et ce que je lui raconte. Je parle de tout et de rien. Je fais quand même le détour, mais Dulcinea n'a pas l'air d'être venue aujourd'hui. Le feu est froid, pas de nouveaux oliviers abattus. Quelque part, tant mieux. Au moins, je ne l'ai pas loupée. Et puis j'ai bien trop mal partout. J'ai mal aux mains, et les kilomètres en vélo, même s'ils me font des mollets en béton, me cassent quand même pas mal le derrière.

Esmeralda renifle un peu les troncs d'oliviers. Puis elle court un peu, saute à droite et à gauche. Elle reprend vite sa place dans le cageot quand elle voit que je suis sur le point de partir. Il suffit que j'incline un peu le vélo, et elle saute dans le cageot. On va prendre une bière chez José. Je lui présente la nouvelle femme de ma vie. Ils s'entendent immédiatement.

Il lui sert du lait dans une tasse et quelques cacahuètes, et elle engouffre tout. La nouvelle femme de ma vie n'a aucune étiquette, elle en fout partout et en a plein la barbichette. Vraiment insortable. Je ne peux pas l'emmener dîner en public. Faudrait qu'elle se dépile et se fasse le maillot, de toute façon. Et quand elle fait un pipi énorme derrière le bar je me dis que je ne connais pas de femmes qui sont aussi à l'aise quand elles pissent en public. Je ramasse avec du papier du rouleau de cuisine.

José me sert une bière et l'on va se mettre à notre poste d'observation favori, la barre à chevaux qui n'a pas vu un cheval depuis des années. L'horreur de Harley-Bultaco-queues de renard est garée à son endroit habituel. Esmeralda est en train d'explorer l'intérieur du bar. On entend des chaises bouger, et un crash de quelque chose en verre soudainement lui fait peur et elle court nous rejoindre. Égal à lui-même, José ne bouge même pas. Esmeralda fait une tête qui en dit beaucoup. « Quoi, moi ? Entendu tomber quelque chose ? Mais de quoi tu parles ? » On parle de tout, de rien. Je lui parle de ma journée, d'Auréa. Il sent venir le coup foireux, donc je change de sujet et lui parle de Dulcinea.

Il rigole doucement, me dit que je suis déjà accroc. Me dit qu'il y en a plus d'un qui se sont cassé les dents. Mais il me souhaite bon courage. On parle du saint. Il n'en sait pas beaucoup plus. Mais il me dit d'attendre quelques minutes et part à l'église.

Esmeralda me regarde, prête à le suivre, mais décide de rester. Ce petit geste me fait chaud au cœur. C'est con, je deviens chèvre, je sais. Quelques minutes plus tard, José revient avec un monsieur d'entre deux âges, cheveux blancs, tout petit, tout sec. Il me présente. C'est Paco, le curé. Enfin, Francisco, mais en Espagne, on dit Paco. Il va lui chercher une anisette, pendant que nous parlons un peu plus. Paco n'habite pas dans le village, mais c'est l'une des trois paroisses dont il a la responsabilité. Économies obligent, il n'est ici que deux jours par semaine, et le dimanche entre 10 et 11. Il fait les trois messes du dimanche dans les trois paroisses, de 8 à 9, de 10 à 11 et de 11 h 30 à 12 h 30. La plupart de ses paroissiens sont des personnes âgées. Plus aucun jeune ne veut rester dans ces villages qui se dépeuplent, et ceux qui restent ne vont pas à l'église.
— Exactement comme José.

Lancé juste quand José sort avec l'Anis del Mono de Paco.
— Padre, tu sais très bien que le mec à la barbe et moi-même, nous sommes fâchés.
— José, je sais, je sais. Mais tu ne crois pas que tu dois enterrer la hache de guerre un jour ou l'autre ?
— Paco, Padre, toi, je t'aime bien. Et si le barbu a des soldats comme toi, je me dis qu'il n'est pas tout mauvais. Mais tu ne me verras pas mettre les pieds dans ton église.
— José, je m'en fous. Tu n'as pas besoin de venir chez moi. Mais essaie de le voir dans toutes les autres choses. Dans l'oranger, là-bas. Dans cette odeur de fin de journée. Dans le goût de cet anis et de ta bière. Dans cette bonne compagnie.

Nous buvons nos bières et notre singe[9] tranquillement. Esmeralda vient se frotter contre ma jambe. Je m'assieds sur le porche en bois, à côté d'elle, et la caresse. Paco sourit, me demande d'où elle sort. Je lui raconte tout. Je me surprends à parler de Dulcinea, alors que j'étais parti sur Esmeralda.

Il me regarde, sans juger, sans donner d'avis, de son air de vieux copain alors que je ne le connais que de ce soir. Alors je lui balance toute la sauce. Tout. Les parents. Le boulot. Les traders, comment je me suis fait jarter. Ruiz et ses saloperies. Mon envie de tout reprendre à zéro. Je lui mets tout. Je n'épargne rien. Ni lui, ni personne, ni moi-même.

José écoute, Paco aussi. Esmeralda est en train de renifler je ne sais quoi autour des orangers. Elle fait ses petites crottes, tout au pied de l'un des orangers. Du fertilisant, quoi, son offrande. Et moi, je me vide. Comme Esmeralda, je me vide de ma merde. José me colle un autre verre dans les pattes. Quand je n'y arrive plus en espagnol, je continue en anglais. Je lui parle de mon arrivée ici, de mon envie de faire sourire Maria, du coquetier qui m'a sauvé la vie, de José, d'Esmeralda.

Je ne sais pas combien de temps ça dure. Mais merde, ça faisait des années que je n'avais pas parlé comme ça. Un

9 Anis del Mono : l'anis du singe.

vrai con, quoi. Je prends la tête à tout le monde. Même à moi-même. Alors j'arrête de parler.

On reste comme ça, quelques minutes. On sirote nos boissons. Puis Paco me dit : « Putain, mec, t'es mal dans ta peau. » Et je ne peux pas m'en empêcher. Je me mets à rigoler. José rigole un peu aussi, mais pas des masses. Il rigole jaune. Esmeralda en a marre de mes conneries. Elle s'est allongée tout juste à côté de la porte, comme à la maison, et elle dort.

Nous rentrons dans le bar et nous nous asseyons. Je ne sais pas comment il fait pour vivre, José. À part nous, il n'y a personne. Nous parlons. Je lui demande plus d'infos sur le saint. Paco m'explique que ce truc l'a pris de court. Un jour, Maria et une délégation des anciennes du village se sont présentées à l'église, pour récupérer le saint. Elles avaient même une brouette pour le ramener avec elles. Un rapt en bonne et due forme. Cinquante petites vieilles pour un saint. Depuis, il ne contrôle plus rien. Elles sont convaincues que le saint véhicule mieux que lui leurs désirs et leurs prières. Quand elles n'ont pas le saint chez elles, elles viennent à l'église pour prier et faire communion. Mais quand elles ont le saint chez elles, elles oublient tout. Elles s'enferment chez elles, et prient et parlent au saint toute la semaine. Et elles veulent toujours le garder le plus longtemps possible. Un grand nombre de fois, il doit arbitrer entre elles, car elles se disputent tout le temps pour un retard, un oubli.

Il en rit un peu. L'emprise d'une statue de bois est plus forte que la sienne. Son influence s'arrête là où commence celle de la statue. Quelque part, il ne comprend pas. Il ne compte plus les couches de peinture qui ont été apportées à la statue depuis la guérison du mari de celle qui l'a retapé. On a dû le dorer une trentaine de fois lors des quatre dernières années. Il a été affublé de chasubles faites maison au moins une cinquantaine de fois. Repeint en bleu ou en rouge ou en vert une soixantaine de fois. Il le dit lui-même : un peu comme une Barbie pour vieilles dames. Elles l'habillent, le lavent, sont aux petits soins pour lui. Heureusement que le saint n'a pas de cheveux, elles seraient capables de lui faire des tresses.

D'après lui, depuis la guérison miraculeuse du mari malade, le saint n'a plus fait de miracles. Enfin, il ne sait pas vraiment. Si c'est le cas, les vieilles dames ne lui en parlent pas. Il se sert encore une fois en Anis del Mono. José lui a apporté la bouteille. Je passe au whisky, un truc horrible qui doit traîner ici depuis des années. Et nous parlons de tout et de rien. Paco a l'air d'un mec cool. Trop frais. Mais vers minuit, je dois y aller. J'ai du boulot demain. Je ne leur dis pas, mais avant tout, j'aimerais passer au champ des oliviers en chemin vers Med-Sid, rien que pour montrer Esmeralda à Dulcinea. Cela n'a rien à voir avec mes études de droit, c'est bien plus intéressé que ça. Mais je pars en leur laissant l'impression que je veux étudier pour les torts qui m'ont été faits, en leur faisant croire que je veux imposer mon œil pour un œil. Paco me rappelle que la Bible parle aussi de tendre l'autre joue, mais je préfère l'œil pour œil et lui dis.

Je réveille Esmeralda, qui a l'air un peu désorientée, la fais sauter dans le cageot et repars vers ma petite maison, Casa de las pistolas. En arrivant, Esmeralda s'est à nouveau à moitié endormie dans le cageot. Je la réveille. On fait chacun pipi dehors en admirant les étoiles, et hop, un petit coup d'arrosage aux mulots et leur nouveau sofa, et demain sera un autre jour. Deuxième nuit en tout bien tout honneur avec ma nouvelle copine. Je vais devenir saint, si je continue.

Ce soir, j'aurais pu le passer à analyser ce qui se passe. Je suis tout seul dans la nature, sous les étoiles. Cela n'a jamais été l'une de mes forces ou l'un de mes passe-temps favoris. De toute façon, je ne suis probablement pas le meilleur juge de mon propre caractère. En ce moment, je me découvre, j'apprends à marcher tout seul. Et merde, autant d'introspections, faut le fêter ! Alors je laisse Esmeralda sur le lit, à ma place. Elle ronfle déjà. Et je prends la bouteille de Carlos Vet – il s'appelle Carlos V, en symbole romain - un brandy espagnol. Mais j'appelle ça Carlos vé, ou Carlos Vet, comme vétérinaire, parce que c'est seulement bon à soigner les animaux. Je prends l'harmonica et m'en vais m'asseoir en bordure du terrain, juste là où commencent les vignes, un peu en surplomb, et je me prends une cuite du feu de Dieu. Au risque de sembler vouloir faire une analyse plus poussée, chose dont je ne suis pas capable, je me rends compte que j'essaie d'anéantir tous les sentiments que j'ai en moi en ce moment. Cette introspection avec José et Paco a ouvert une boîte de Pandore que j'essaie de refermer. Je ne sais pas faire face à tout ce remue-ménage, ces images, ces sentiments nouveaux, tous ces trucs que je ne contrôle pas et n'arrive pas à maîtriser. Je n'arrive plus à comprendre, alors je m'enfuis, me réfugie dans la cuite.

L'harmonica sonne bien. Soit je deviens vraiment meilleur, soit je suis tellement bourré que je pense que je suis bon. Je m'en fous. Je hurle ma douleur, ma merde et mon bonheur en même temps au travers de cet assemblage de bois et de métal. Plus rien à cirer des hiboux, grillons, mulots. Tiens, pour la peine, je me lève et pisse un coup. Bon voisinage, allez-vous faire voir, oui. J'ai même l'impression qu'à un moment donné, je chiale, comme un gamin. Je ne sais pas si c'est de bonheur, de malheur, d'envie, ou tout simplement le fait d'être bourré. Je passe du délire heureux à la dépression en moins de dix minutes, sors l'accordéon et me retrouve heureux comme tout à nouveau. Je joue *Roadhouse Blues*, et *Il était une fois dans l'Ouest*. Quelqu'un qui m'observerait penserait que je suis bon à interner. Putain, Dulcinea, je suis sûr que c'est à cause de toi, tout ça. Je suis en train d'essayer de me reconstruire, de me réinventer, de me refondre, de me refaire, de faire de moi quelqu'un que je n'étais pas, ou que j'aurais aimé être, et voilà qu'en plein processus, tu entres dans ma vie par la grande porte et fous tout en l'air. C'est con, mais j'ai dû atterrir ici au fin fond du monde à cause d'événements un peu en dehors de mon contrôle pour tomber sur toi. Peut-être que si nous nous étions rencontrés à un autre moment, je ne t'aurais même pas remarquée. Je ne t'aurai pas vue, ou nous aurions peut-être passé une nuit ou une semaine ensemble, et chacun aurait continué son chemin seul. Cependant, tu n'es pas du genre à passer une nuit avec un mec.

Mais aujourd'hui, peut-être parce que je suis un peu comme un nouveau-né, influençable, tout frais, ton effet est incontournable et dévastateur. C'est même assez grave, parce que comme je suis en train de me réinventer et viens de te rencontrer au début de ce processus, tu vas avoir beaucoup trop d'influence sur qui je vais devenir. Et ce, sans garantie du lendemain, sans savoir si tu seras là pour voir et pour apprécier qui je serai quand je me serai reconstruit. On ne jette pas tout, juste les choses qui sont devenues grises, mornes et sans intérêt à force d'avoir sombré dans le journalier, dans le train-train quotidien d'un boulot de trader, d'une vie réglée sans accrocs. Moi qui, comme les autres, ai été rebelle, hard rocker, dragueur, salaud, attentif, amoureux, enfant, plein d'idées, d'idéaux et d'images. Mais qui suis devenu terne comme la plupart des gens qui m'entouraient.

Alors je tète encore un peu, prends encore une gorgée du Vet qui guérit tout, sonne encore un coup de clairon. Je m'allonge par terre, regarde les étoiles, continue à jouer de l'harmonica. Et là, j'ai réalisé que j'ai eu mon coup de bile, j'ai sorti mon venin et me suis vidé du mauvais. J'ai chassé le démon. Et décide qu'à partir de maintenant, je ne ressentirais que du positif. Même si le mauvais lève la tête de temps en temps, je lui donnerai une bonne paire de claques et le renverrai dans son antre au plus vite.

Ce que j'ai commencé à sentir, ces sentiments que je n'ai plus eus depuis l'âge de dix ans, ces hormones que je croyais éradiquées depuis longtemps, je veux les cultiver, les rendre forts, faire en sorte qu'ils procréent et me rendent plus fort aussi. Et si possible, plus beau, plus attrayant, plus sympa, plus positif. Je dois croire en moi. Pense le poivrot allongé sur le dos dans le jardin d'une maison qui n'est pas même à lui, avec le goulot d'une bouteille de Carlos Vet presque vide à la bouche. Je souris, un peu jaune, c'est vrai, un sourire un peu bourré. Je finis la bouteille cul sec, la balance dans les vignes. Et décide que je n'ai pas envie de me lever.

Donc je décide de rester là à guetter le lever du jour, en jouant un peu de l'harmonica, une main derrière la tête. De toute façon, Esmeralda dort trop bien, je n'ai pas le cœur de la bouger et de la réveiller en allant me coucher. Seul truc qui me gêne, c'est que je ne me suis pas lavé les dents. Et sur cette pensée, je m'endors, une dernière image de Dulcinea dans la tête et un sourire sur les lèvres.

Tengo[10]

Le lendemain, je regrette ma décision. Grosse gueule de bois, un sacré torticolis et des raideurs partout. Je ne suis plus fait pour dormir à la dure. J'ai de la terre dans les cheveux, dans les yeux, en fait, partout sur moi. Douche rapide (froide, car rapporter les bouteilles de gaz à Casa pistolas, bonjour la difficulté à vélo), lavage de dents pour rattraper le lavage manquant d'hier. Deux litres d'eau avalés d'un trait. Et, désespoir, en partant pour Med-Sid, le champ d'oliviers est à nouveau vide. Esmeralda laisse quelques crottins en souvenir, et nous allons rejoindre Auréa pour continuer notre étude de la loi espagnole. La journée est assez pénible, je n'avance pas.

Vraiment, je fais tout à l'envers. Je pourchasse Dulcinea de mes attentions, je la cherche à tous les coins de rue. Vu qui elle est et ce qu'elle a vécu, il est clair qu'elle n'a pas besoin d'un petit con qui halète dans sa nuque pour lui montrer qu'il est là. Et pourtant, les hormones crient le contraire. « Non, tu te trompes ! Tu dois lui montrer que tu es là ! Tu dois lui montrer que tu penses à elle, que tu ne sais faire sans elle dans ta journée ! » Et l'on a beau leur dire de se la fermer, trop souvent, elles prennent le dessus. Alors je me fais violence aujourd'hui, et je reste à la bibliothèque. Esmeralda au moins profite de sa journée. Auréa l'emmène dans le jardin derrière la bibliothèque, et y passe tellement de temps que je dois assister un monsieur qui cherche des livres dont je n'ai jamais entendu parler. Heureusement que le système d'Auréa est très professionnel et logique, et je trouve assez vite ce dont il a besoin. Je reprends mon travail.

10 *Tengo*, chanson de Macaco.

Au bout de quelques heures, je n'en peux plus. J'invite Auréa à déjeuner, mais elle ne peut pas, elle a un rendez-vous avec son docteur. Auréa doit fermer la bibliothèque et me met à la porte.

Une des cartes de crédit ne marche plus, les autres débitent encore des sous au seul distributeur de Medina Sidonia. De manière relative, je suis encore riche. J'ai encore quelques milliers d'euros en poche, et ma vie actuelle ne demande vraiment pas beaucoup d'argent. Ne me sentant pas de courage à rester à Medina Sidonia pour reprendre les études, je reprends le vélo et repars direction Matavacas. J'achète quelques trucs en route, y inclus un abat-jour pour la cuisine, quelques cuillères en bois pour la cuisine et une casserole à paëlla. Jamais fait de Paëlla de ma vie, mais je voudrais bien essayer. Je demanderai à Maria de me montrer.

Je cède aux hormones et décide de faire un détour à nouveau, pour voir si Dulcinea est de retour. Elle y est. Putain d'hormones, parfois elles ont raison. Elle est accompagnée d'un petit garçon que je comprends être son fils. Je fais descendre Esmeralda du cageot. Le petit garçon est super intéressé par la petite chèvre, qui cabriole un peu quand il lui court après. Je sors la bouteille de lait que je viens d'acheter et cherche un récipient. Comme je ne trouve rien, le garçon m'apporte un gobelet en plastique. Je le remplis de lait, il le donne à Esmeralda. Qui, à nouveau, sans aucune retenue ou prétention à l'éducation, essaie d'engouffrer tout le lait d'un coup. Elle en met partout. Le garçon rigole aux éclats. Dulcinea me regarde, l'air renfrogné. Un peu comme si j'essayais de la séduire au travers de son fils. Fais-toi ami avec le fils, et le chemin vers le cœur de la mère te sera ouvert. Eh bien, Dulcinea, tu te trompes. Je ne fais pas ami-ami avec ton fils pour mieux te séduire. C'est toi que je veux séduire, pas ton fils. Si l'on devient copains, tant mieux, mais il n'y a pas de jeu ici. Ça marche ou ça ne marche pas, je ne joue pas des jeux à la mords-moi-le-nœud. Vous êtes un pack indivisible – c'est l'homme de ta vie. Donc, si je veux être avec toi, il y a intérêt à ce que cela marche avec lui.

Alors je me lève, vais vers la Méhari où j'ai vu les gants, les enfile, prends la hache et rejoins Dulcinea. Le tout en la regardant droit dans les yeux. Toujours sans une parole.

Elle tourne le regard, prend la scie en main et attend que je prenne l'autre côté. Je pose la hache que j'avais levée comme un défi. Elle a le don de me faire sentir con. On s'y met. Il est environ 3 heures de l'après-midi, pas l'heure la plus chaude, mais peu s'en faut.

On travaille mieux en équipe que la première journée. Il y a déjà un rythme que nous avions trouvé en fin de première journée, un confort de travail. De temps en temps, Dulcinea appelle Pablo, qui s'égare un peu. Il joue un temps avec Esmeralda, et quand il court, elle le suit. Il grimpe dans un olivier, elle essaie de l'y suivre. L'arbre d'après, c'est elle qui y grimpe en premier. Elle grignote quelques feuilles mortes, redescend. Pablo se met à jouer avec le feu, y lance des brindilles, les ressort. En remet une autre. Esmeralda mange un peu d'herbe, comme pour se donner un genre, et se couche à l'ombre, où elle fait la sieste.

Moi je sue et je souffre en silence, mais ce travail me plaît. Les muscles de Dulcinea jouent sous la peau fine et dorée de ses avant-bras. Son tee-shirt à boutons laisse deviner ses formes. Même là, sous le soleil, suant un peu, à faire un travail d'homme, elle exulte la féminité. Peut-être que c'est même ce contraste entre des vêtements d'homme, un travail d'homme qui exacerbe sa féminité.

On continue à travailler. Mon mal de tête disparaît un peu. En fait, il suffit de suer.

De la part de Dulcinea, pas un regard, sauf pour les choses liées au travail. Pas un mot. Quand je porte un tronc au feu, je parle un peu à Pablo. Elle m'attend, près de la scie, que je reprenne l'autre côté et l'on s'y remet. Je ne lui parle pas non plus. Je me suis introduit dans sa vie, c'est à elle de me montrer si je suis le bienvenu ou non, en m'adressant la parole. Ça me frustre, mais en même temps, cela me plaît. C'est clair, je me retiens de ne pas lui parler, mais c'est comme ça. Comme Esmeralda, il faut que je l'apprivoise.

Esmeralda, je l'ai apprivoisée en lui parlant. Dulcinea, ce sera en ne lui parlant pas. Quand j'ai soif, je demande de l'eau à Pablo. Il m'apporte une bouteille. Je me désaltère sans toucher le goulot, puis la tends à Dulcinea. Elle essuie quand même le goulot, pour bien marquer les distances, et boit aussi. Pablo commence à se lasser. Il est parti explorer la Méhari, fait un rallye imaginaire avec des bruits de freins, de dérapages, de chocs. Il grimpe partout dans la voiture. Maintenant, il s'imagine que c'est un bateau.

Nous travaillons jusqu'à 19 ou 20 heures. Mes ampoules recommencent à m'embêter, malgré les gants. Pendant que je traîne un dernier tronc d'arbre, Dulcinea commence à remballer les outils. Esmeralda y voit un signal de départ, se lève et s'approche de la Méhari et du vélo que j'y avais posé. Je ramasse un peu le feu, rassemble les branches éparses afin que ces dernières brûlent aussi. Le soleil est bas sur l'horizon, et je suis content de ma journée. Je me sens vivant. Je m'étire. Même mes ampoules me font sentir plus vivant encore. Quand on sent la douleur, cela veut dire que l'on n'est pas encore mort, comme disent les vieux ici.

Dulcinea a fini de ramasser les outils. Je lui fais signe de rendre les gants, elle me fait signe de la main de les garder. Elle monte dans la Méhari, la démarre, et me fait un au revoir de la main. Pablo se retourne dans son siège et fait au revoir jusqu'à un détour de la route. Alors je mets les gants dans le cageot. Je prends le fait qu'elle me les a laissés comme une invitation muette à revenir l'aider quand je veux. Esmeralda saute sur les gants, s'installe, et l'on est reparti. On rentre dans le village. La Bultaco est là, mais je ne vois pas José. Je vais sonner chez Maria. Elle a l'air surprise de me voir. Esmeralda essaie de passer par la porte entrouverte, mais Maria lui bloque le passage avec son genou. Maria a l'air encore plus surprise quand je lui demande de me montrer comment faire la paëlla. Elle m'explique, mais je m'emmêle. Il faut vraiment faire cuire des têtes de poisson dans de l'eau ? Alors je lui demande de me montrer, quand elle aura un moment. Elle me regarde, comme si j'étais fou. Mais me propose de venir dans deux jours, samedi. Elle me fait une petite liste de ce qu'il faut acheter. Je lui demande si j'aurai le droit d'emmener José et Esmeralda. Elle est OK pour José, pas chaude pour Esmeralda. Je la remercie vivement et rentre dans mon petit chez-moi. Hier, José m'a fait écouter un super truc d'harmonica sur son téléphone, *Rude Groove*, des Mannish boys. J'essaie de reproduire la chanson. Ce soir-là, les grillons ont l'air plus habitués à mon harmonica. En tous les cas, ils m'accompagnent. Et je ne fais pas pipi dehors ce soir-ci. Forcer les mulots à acheter un nouveau sofa tous les jours n'est pas très bon pour les relations de voisinage. Moyennement envie de picoler un coup, mais comme un con, je n'ai pas acheté d'alcool aujourd'hui, et il ne me reste plus rien. Tant mieux, je ne sais pas s'il y a beaucoup de spécialistes du foie dans le coin. Alors je me lave les dents, en réfléchissant à combien ce réflexe est ancré en moi. Déformation professionnelle, éducation stricte, réflexe pavlovien ?

All of me[11]

Le lendemain, idée fixe. Dès que je suis levé, je ne pense qu'à aller au champ d'oliviers. Mais je me retiens, exprès. Je vais me promener dans les vignes avec Esmeralda, en mangeant mon petit-déjeuner : un morceau de pain et un bon morceau de *lomo embutido*. Je ne pouvais plus boire de café aux États-Unis. Le café ici est extrêmement fort, mais j'en bois comme du petit lait et sans problème aucun. Je m'en sers un en revenant, et le bois froid. Du lait pour Esmeralda, une pomme, une carotte. Je traîne un peu. Je décide d'aller faire un saut au village.

José n'est pas encore là, donc je vais prendre un café chez mon ami le tavernier. Je commence à être un peu mieux accepté, même si pour l'instant, il est le seul à me parler. Deux retraités jouent aux dominos. Je les regarde un peu. Cela a l'air facile. Il y a une certaine technique, c'est clair, mais la chance semble faire partie du jeu. Je leur demande si je peux essayer. Ils me regardent comme si je venais de faire une lèse-majesté. Ils m'expliquent qu'ils sont en plein milieu d'une partie de 100 points, et que cela ne s'interrompt pas. Mon ami le tavernier me hèle et sort un jeu. Il le pose sur le bar. En 5 parties, il est à 30 points, je suis à zéro. Je n'ai rien vu passer. J'ai eu le temps de prendre sept fiches, d'en poser quelques-unes, et avant de m'en rendre compte, il fermait le jeu ou me forçait à tout piocher. Je lui redemande un café, et l'on y repart. Ce coup-ci, 7 parties et 30-2. Déjà mieux. Je lui demande si je peux lui acheter un jeu. Cela vaut une étude plus approfondie. Il me dit qu'il n'en vend pas, mais qu'il me prête l'un des jeux du bar, si je veux. J'en profite pour lui demander ce qu'est

11 John Legend, *All of Me*.

cette musique qu'il passe tout le temps. C'est très local, mais pas mal. Mais pourquoi il ne joue que ça ?

Il me regarde, horrifié. Deuxième faux pas en moins que rien. Les joueurs de domino font une apoplexie. À part leurs râlements, un silence de mort dans le bar. Mon tavernier fait une tête comme s'il allait me coller une baffe. Ou pire.

Comment ? Je ne connais pas Antonio Molina ? Ni Marifé de Triana ? Ni la Pantoja ? J'ai droit à une leçon immédiate sur les chanteurs de flamenco andalous. Les « vrais », les anciens, ceux qui savent. Antoñita Peñuela. Pepe Blanco. El Fary. Bebo y Cigala. Paco de Lucía. Et puis les petits jeunes, qui ne comprennent pas encore totalement, mais qui commencent à apprendre. Niña Pastori. Paco Candela. Ecos del Rocio. El Arrebato. Et j'ai droit à tous les morceaux de musique.

Ils se prennent au jeu, s'excitent, discutent entre eux des vertus de chaque chanteur. Vas-y, mets cette chanson-là ! Et puis celle-là ! Tout ça avec des CD en pagaille. Au bout d'un moment, il y en a partout sur le bar. Le tavernier ressert à boire à tout le monde, du rouge ou du fino. Il sort les olives et le saucisson. Il y a un grand débat sur Rosalia. Un des joueurs de domino est très dur avec elle. Elle n'est même pas Andalouse, mais Catalane. Elle est encore une ado. Comment une Catalane qui n'a pas vécu peut-elle chanter le flamenco ? Il faut le sentir, le vivre, le flamenco. Ça vient de l'âme, et il faut avoir souffert pour le chanter bien. D'ailleurs, les Catalans, ils n'ont rien à voir avec le flamenco. Et puis tous ces étrangers, les Ottmar et les Américains qui pensent le jouer bien, ils n'y connaissent rien. Désolé, le ricain, rien contre toi. Ils s'agitent, s'engueulent, vantent les mérites de chaque chanteuse, chaque guitariste.

Je ne dis pas grand-chose, je pose juste une question de temps en temps. J'observe, j'écoute, je regarde ce show dont je suis le seul spectateur. Leur passion est énorme. Je ne sais pas exactement comment réagir, mais j'adore.

Au bout d'une bonne heure et demie, les choses se calment

un peu. J'ai apprécié le cours intensif, et pour le montrer, je paie les factures de tout le monde. Promis, je reviendrai pour en apprendre plus.

Je pars avec mon jeu de dominos sous le bras. Je récupère Esmeralda que j'avais laissée attachée sur le porche du bar de José. Elle me fait la gueule. Elle n'a pas apprécié du tout, mais alors, pas du tout. Elle boude, mais pas très longtemps. Elle grimpe dans le cageot et trouve les dominos, qu'elle grignote tout de suite allègrement. Comment je vais expliquer à mon tavernier qu'une chèvre a mangé ses dominos, je ne le sais pas encore. J'ai dû battre tous les records de Lance Armstrong pour arriver au champ d'oliviers. Malgré mon vieux vélo pourri, je suis sûr que je lui aurais mis cinq minutes dans le nez sur ce trajet de quelques kilomètres. Esmeralda en a une crête d'Iroquois en arrivant. Mais pas de Méhari...

Je me sens con, comme un gamin privé de dessert. Je pars à Med-Sid, acheter une tronçonneuse et de l'essence. Je ne prends pas un gros truc, mais quand même costaud. Deux de mes cartes marchent encore, mais des quatre, il y en a maintenant deux qui ont rendu l'âme. Par contre, une tronçonneuse c'est chiant à transporter à vélo. Une chèvre sur la roue avant, une tronçonneuse sur la roue arrière, et le bidon d'essence en équilibre sur la fourche, entre les bras et les jambes. Lance, petit joueur à côté. Tu me mets un vélo comme lui, et je me le fais en deux coups de cuillère à pot. Mais je vais avoir de sacrés bleus à cause du bidon qui n'arrête pas de cogner dans mes jambes. Je retourne au champ. Il commence à faire chaud, et bien sûr, intelligent comme je suis, je n'ai rien emporté à boire. Mais Dulcinea me sauvera, j'en suis sûr.

Je me mets à couper les oliviers. Je démarre le feu, et avec la nouvelle tronçonneuse, je les coupe tellement vite que le feu a à peine le temps de brûler les troncs. Comme un forcené, j'en coupe au moins une quarantaine en ce qui reste de l'après-midi. Vers 17 heures, Dulcinea apparaît soudainement. Esmeralda lui fait la fête. Elle me regarde. Je ne la regarde pas et continue à travailler. J'abats un autre olivier, le traîne vers le feu. Au bout de quelques minutes,

elle m'apporte une bouteille d'eau. J'en bois une bonne quantité, et la lui rends. Elle me dit ses premiers mots.
— J'ai vu la fumée. Merci. Mais pour info, mon terrain s'arrête au niveau de ce poteau.
— …
— Tu as coupé une trentaine d'arbres chez mon voisin.
Tu parles d'une bonne première impression ! Et d'une première conversation… Je ne peux qu'en rigoler. Elle sourit, gentiment, un peu tristement.
— Comment t'appelles-tu ?
Je lui dis mon nom.
— Le Yankee.
— Et toi, à part Dulcinea ?
Elle me dit son nom. Je le répète. Le savoure. La conversation s'arrête là. On reste debout ensemble quelques instants de plus. Je lui demande :
— Demain, quelle heure ?
— 9 heures, ça te va ?

Elle retourne vers la Méhari. Je lui demande d'attendre et pose la tronçonneuse flambant neuf à l'arrière, avec le bidon d'essence.
— La chèvre et la tronçonneuse, sur le vélo, ça fait un peu beaucoup. Tu me la rendras quand je te rendrai les gants.

Elle fait demi-tour avec la Méhari, petit signe de la main, disparaît au tournant. Je me sens joyeux, heureux, tout guilleret. Comme un gamin. Alors je fais monter Esmeralda dans son cageot et l'on va au bar de José. Je fais du vélo sans les mains, sans les pieds, en chantant à tue-tête. Je ne sais même pas ce que je brame, mais je pense que ça fait rigoler Esmeralda. Ça fait aussi rigoler un couple de petites vieilles qui se promènent, mais elles rigolent de moi. C'est vrai que je dois avoir un peu l'air d'un attardé mental. Je me promène sur un vieux vélo pourri, j'habite dans une ruine, je suis copain avec le caïd de la ville, je porte des vêtements bizarres (mélange de costumes, de chemises, et de trucs que j'achète à Med-Sid), je ne parle pas la langue et je ne connais pas les coutumes.

José m'entend arriver de loin et il est déjà sur le porche avec deux bières et un bol d'eau pour Esmeralda. On a

arrêté de lui donner autant de lait, je ne pense pas qu'elle en a encore besoin.
— Ça y est, tu lui as parlé ?

Je monte sur le porche en virevoltant autour de l'un des piliers, un peu à la Gene Kelly dans *Singin' in the Rain*.
— Non, elle m'a parlé !
— Alors ?
— Elle m'a dit que j'étais con.
— Et ?
— Alors je lui ai donné une tronçonneuse en cadeau.
— Putain, mais qu'est-ce que t'es nul ! Va falloir que je te donne des cours, mec.
— Tu ne peux pas savoir, José. Je ne sais pas ce que je sens, mais je ne crois pas que je ne me sois jamais senti comme ça. J'ai l'impression d'être le mec le plus con de la Terre et le roi du monde en même temps. Mais c'est génial comme sentiment.
— Oui, tu es amoureux.
— Je ne sais pas, José ! Je n'ai jamais été amoureux. Enfin, si, quand j'étais môme et plein de boutons. Mais ça, je ne sais pas ce que c'est. Je ne sais pas si c'est amoureux, mais elle m'a parlé, José. Elle m'a parlé ! Même si j'ai coupé tous les arbres de son voisin, elle m'a parlé.
— Bon, explique-moi, mec. Je vais te filer un truc plus fort, genre whisky, et tu me racontes.

Il rentre dans le bar et met le juke-box en marche. Il met *The River* du Boss[12]. J'adore, mais il faudra qu'on revoie sa collection. Elle est vraiment trop hétéroclite US de base. Probablement aussi lui trouver un truc wifi/Bluetooth.

Quand il revient avec la bouteille de whisky, je déballe tout à José. Ça fait du bien. Je lui parle de Pablo, de la Méhari, de mes excursions au champ d'oliviers. De ses yeux, de son tee-shirt, de son postérieur, enfin, de son cul, de ses mains, de ses avant-bras. De son sourire, surtout. De ses cheveux, comment la sueur lui colle quelques cheveux dans la nuque, et combien c'est sensuel. De la force tranquille qui émane d'elle, et en même temps, cette impression de fragilité que cache cet extérieur aussi solide. Un peu comme

12 Bruce Springsteen.

un léopard, que l'on n'ose pas trop approcher, mais qui en même temps a l'air d'un gros chat, et qu'on aimerait approcher et caresser sans se payer un coup de griffes. Je ne sais plus trop ce que je raconte à José, mais au bout d'un moment, on passe à la vie de couple, les relations, les mômes.
— Pourquoi tu n'as pas de copine, José ?
— Je ne sais pas, mec. J'en ai eu pas mal, mais là, je cherche autre chose.
— Et pourquoi tu habites encore chez tes parents ?
— J'ai habité seul, mec. Mais personne ne faisait ma lessive, et j'en ai eu marre de me faire ma propre bouffe. Mes vieux sont chiants, mais je leur donne un peu de thunes, ce que je gagne avec les Cocas des gamins, et ils s'occupent de me donner à bouffer, ma mère fait la lessive et repasse, et mon père, même s'il me prend la tête et dit que je suis en train de foutre ma vie en l'air, est pas mal comme gars.
— Attends trente secondes.

Je vais au vélo, chercher les dominos. On s'installe à l'une des tables. Et l'on se met à jouer, en parlant. Juke-box en bruit de fond. Il me montre comment il faut faire, il m'explique.
— Et si je te montais un rendez-vous ?
— Avec qui, mec ? Tu n'as pas eu le temps de rencontrer qui que ce soit ici. C'est avec Maria que tu veux me caser ? C'est à peu près la seule que tu as eu le temps de connaître.
— Non. Je n'ai pas encore eu le temps de vraiment te connaître, ni elle non plus. Mais fais-moi confiance. Même s'il n'y a rien entre vous, je pense qu'au pire, la personne à laquelle je pense peut être une bonne copine. Je ne te connais pas, mais te connais suffisamment pour savoir que ce n'est pas ton style de t'enterrer dans un bar pourri dans un bled paumé. Ça fait appel à ton sens profond de « je suis nul et suis un mauvais garçon », mais tu veux plus. Cette fille est un peu l'opposé de toi, mais elle aussi a des facettes cachées qui valent la peine d'être découvertes. Et puis, elle adore Cary Grant et les États-Unis.

José me met petit aux dominos. Huit parties, je n'en gagne aucune. Meilleur résultat, je marque 11 points contre ses 30. Mais on parle. Je m'en vais encore trop tard, comme toujours. Personne n'est rentré dans le bar, il n'y a que nous à nouveau ce soir. Je ne sais vraiment pas de quoi il vit, mon copain. Surtout s'il donne le peu qu'il gagne à ses parents. C'est probablement pour cela qu'il porte encore la veste en jean de quand il avait quinze ans. Je réveille Esmeralda, qui s'est endormie dans son coin, près de la porte. J'adore comment elle bâille, elle s'étire, et d'un saut, elle est debout sur ses quatre pattes, prête à attaquer le monde. On rentre chez nous, en ziguant un peu plus que nous zaguons. À nouveau, j'épargne les mulots, même si j'en meurs d'envie. Esmeralda est moins fine, elle dépose même quelques crottins sur le toit de leur maison. On va avoir la police mulot à la porte, si l'on continue, pour se plaindre de dérangements de voisinage. Je me lave les dents, et je dois pousser à nouveau la chèvre du lit pour me faire une petite place. Faut que je lui explique quand même un de ces quatre qu'elle doit dormir par terre.

Le saint disparu et l'invitation à la paëlla party

Le lendemain, je vais prendre le petit-déjeuner chez le tavernier. Levé tôt, pour être à 9 heures aux oliviers. J'ai compris que José, de toute façon, n'est jamais là avant midi, même s'il laisse la porte du bar ouvert.

Mais le village a l'air bizarre aujourd'hui. Quelque chose se trame. Plein de petites vieilles habillées de noir dans la rue. Personne chez mon tavernier. Il me salue, et tout de suite met un CD de flamenco. Je prends mon sandwich à la tortilla et mon café, mon eau minérale. Mais la panique gronde dans la rue. Les gens s'agitent. Je demande à mon tavernier ce qui se passe. Il m'explique que d'après ce qu'il a compris, le saint a disparu. Le saint que le club des anciennes se passait toutes les semaines n'est plus. Normalement, le transfert devait se faire à 7 heures pétantes ce matin. Mais la statue a disparu. Les accusations volent. La dernière à l'avoir eu promet de l'avoir remis à l'église, dans sa niche, la veille au soir. Mais les autres l'accusent de l'avoir gardé pour elle. Il y a même eu fouille de sa maison du grenier à la cave. Une nuée de sauterelles noires s'est abattue sur sa maison pour tout vérifier. Elles n'ont pas trouvé le saint. La pauvre s'est écroulée en pleurs, leur promettant par tous les saints (c'est le cas de le dire) qu'elle n'a rien à voir dans sa disparition. Au lieu de l'amener directement chez la suivante, pour vouloir la « punir » de l'avoir gardé un jour de plus l'année dernière, elle l'a ramené à l'église. Mais il a disparu. On ne sait pas ce qui s'est passé.
— Qu'est-ce que tu en crois, tavernier ?
— Je n'en sais rien. Cela ne m'étonnerait pas que ce soit

un des mômes qui ait décidé de faire une bonne blague au village. Ou alors, c'est vraiment une des vieilles qui l'a escamoté chez elle, pour l'avoir en exclusivité. Comme on ne ferme jamais l'église...
— Et qu'est-ce qu'elles vont faire maintenant ?
— Tu sais, ça fait tellement longtemps qu'elles l'avaient, ce saint. Je ne sais pas si elles pourront vivre sans.

Dans la rue le remue-ménage bat son plein. Partout, des petites grappes de dames âgées, habillées de noir principalement, un peu comme des raisins trop mûrs, en train de parler et de gesticuler. De temps en temps, l'un des raisins change de grappe, va voir un autre groupe et la conversation reprend de plus belle, alimentée par les commentaires de la nouvelle arrivée. Depuis que je suis ici, je n'ai jamais vu autant de monde dans la rue en même temps. Leurs maris, un peu inquiétés par ce tapage, forment des petites grappes à eux, qui évitent soigneusement les groupes de femmes, de peur de se faire alpaguer par ces harpies. Ils les regardent, un peu inquiets, entre la peur de se faire incendier pour une effraction qu'ils n'ont pas commise et la peur de ne pas avoir un repas chaud à midi si cette situation ne se résout pas très vite. Mais ils reconnaissent tous le besoin qu'ont leurs femmes à échanger sur le sujet. Pour marquer le respect qu'ils ont pour l'inquiétude de leurs épouses, il n'y a même personne dans le bar. Le tavernier, Esmeralda et moi-même sommes seuls. Je reçois de la part des hommes dans la rue des regards envieux.

Depuis le pas de la porte, j'observe. Mais je commence soudainement à réaliser que je suis en train de mettre les pieds dans le plat. D'ici peu, l'une des femmes me verra et commencera à remonter les autres contre moi. Je suis l'élément nouveau, l'inconnu, ici que depuis deux mois environ. Je ne comprends pas leur culture et fréquente le mec bizarre du bar. D'ici peu, elles vont lancer une chasse aux sorcières et je vais finir lynché, accroché à la branche d'un oranger devant l'église, Esmeralda ma complice pendue à côté de moi.

Mais voilà Paco, le curé. Il me sauvera de ce sort horrible. Dès que Paco apparaît dans la rue principale, toutes les grappes se décomposent et se ruent sur lui. Il est submergé par une marée noire, par une masse de vieilles dames en robes et châles noirs. Il se retrouve encerclé par une horde sauvage, des sauvages qui piaillent et crient et se battent comme des corbeaux auxquels on aurait jeté un morceau de viande. Paco essaie de les calmer, mais sans succès. De loin, je vois José arriver. Je lui fais signe de la main. Paco réalise qu'il n'arrivera à rien, comme ça, planté dans la rue, et commence à se diriger vers l'église, à reculons. Dans l'église, il arrivera à faire baisser le ton sonore des piaillements, et dans son élément, avec la toute-puissance que lui confère Dieu, mais surtout son microphone et ses haut-parleurs qu'il utilise pour faire la messe, il arrivera à recentrer le débat.

José est arrivé à ma hauteur. Je lui souris. Je pensais qu'il rigolerait, mais il a un air sombre.
— Pourquoi fais-tu la gueule ?
— Alors là, mec, tu me déçois. Je ne pensais pas que ça t'amuserait.
— … ?
— Non, mec. Ces petites vieilles, elles en avaient besoin de ce bout de bois. Elles s'y accrochaient. C'était comme une canne pour s'appuyer, un confident, une échappatoire à leur merde de vie de tous les jours. Quand leur mec est en marcel devant la télé à regarder le foot, elles parlent avec le saint. C'est comme avoir un invité, de la famille, une semaine par an. Ça leur rendait leur quotidien plus supportable. Tu sais que dans ce bled, l'espérance de vie des petites vieilles est supérieure à celle de tous les autres bleds du coin ?
— Non.
— Tu sais pourquoi ?
— Non, mais tu vas me le dire.

— Parce que ce putain de bout de bois leur donnait quelque chose à attendre dans leur vie. Un point d'ancrage, un repère, quelque chose à désirer. Celles qui font partie du cercle des vieilles qui ont le saint une semaine par an l'attendent avec tellement d'impatience qu'elles en oublient de mourir. Quand elles ont le saint, elles lâchent en une semaine toute la pression, toutes les craintes, tous les désirs qu'elles ont emmagasinés depuis un an. Pendant une semaine, elles trompent effrontément leurs maris avec un saint en bois vieux de 300 ans. Elles lui parlent, elles prennent soin de lui, lui donnent à manger, le baignent, le nettoient, le caressent, lui prient.

Leurs maris ne les emmènent jamais nulle part. Peut-être à Medina Sidonia une fois par an. Ils exigent de bouffer à heures fixes, n'enlèvent pas leur casquette quand ils sont à table, ont du poil au cul et dans les oreilles et regardent le match de foot à la télé en rotant. Tu crois que c'est la vie dont une femme rêve ? Un vieux chauve bedonnant qui ne pense qu'à jouer aux dominos au bar et à se casser de la maison ? Toutes les femmes, et je te dis bien toutes les femmes, rêvent d'un mec romantique, qui prend soin d'elles, qui leur ouvre les yeux, les surprend en permanence. Un petit massage par ci, un bouquet de roses par là.

Ben le saint, c'est leur semaine de vacances avec un autre homme, avec leurs espoirs, leurs désirs, leurs délires. Un mec qui est juste là pour elles. Qui les écoute. Qui ne demande rien, ne pète pas, ne rote pas, ne critique pas la bouffe. Qui emmagasine toutes leurs douleurs et leurs peines, et qui continue à sourire béatement, comme pour leur dire : ne t'en fais pas, tout s'arrangera. Un rocher dans leur vie, auquel elles peuvent s'accrocher. Un mec qui leur offre en une semaine ce qu'elles ne vivent pas, car elles ont choisi de vivre dans ce bled pourri avec ce vieux mec qui vient de lever une fesse pour lâcher une caisse en critiquant la cuisson du steak qu'elle lui a fait.

On s'est appuyé au bar. Il boit une gorgée de la bière que lui a servi le tavernier.
— Et les autres ? Celles qui ne font pas partie du harem des 50 fidèles épouses du saint ? Elles attendent avec impatience que l'une de leurs copines crève pour accéder au cercle. Alors, celles qui en font partie, pour faire chier leurs copines, résistent encore plus. Voilà, mec. Voilà ce que l'on vient de voler à ce village. Son âme. Son espérance de vie. La survie des anciennes. Et toi, tu penses qu'on peut en rigoler ?

Je n'ai jamais entendu José faire un discours aussi long et aussi passionné. Il m'en laisse pantois. Mais je comprends pourquoi il est aussi remonté. Maintenant, je comprends. Nous parlons avec le tavernier. Nous construisons des théories sur qui aurait pu voler le saint. Le tavernier penche pour une petite vieille, José pour un jeune, et moi je n'ai pas de théorie. Sauf que je n'arrive pas à croire que ce soit quelqu'un du village. Tout le monde sait ce que représentait cette statue, personne n'aurait été aussi pourri. Nous finissons sur la terrasse.

Esmeralda s'est découvert une passion pour les cacahuètes et elle est sur mes genoux en train de quémander avec des petits coups de tête. Dès qu'elle en a fini une, elle donne un coup de tête dans mon bras, genre « allez, donne-m'en une autre ! » Ses cornes sont déjà bien grandes. Cela m'inquiète, d'ailleurs, elle prend l'habitude de s'installer partout, mais elle commence à peser bien lourd maintenant. J'ai fait quelques recherches, on dirait qu'elle fait partie de la race *blanca andaluza*. Poids moyen des femelles à l'âge adulte : 58 kilos. Ça va être plus dur de la transporter dans le cageot sur le vélo… Atteinte de l'âge adulte vers sept mois, donc il me reste peu de temps pour réfléchir à ce que je vais faire pour la transporter… Acheter un plus gros cageot ?

La réunion des anciens vient de se terminer, et la marée noire s'écoule doucement sur les marches de l'église. Il n'y a plus de piaillements, qu'un bruit sourd et hébété, presque résigné. La dernière à avoir eu la statue est assise sur les marches, pleurant à chaudes larmes. Sa robe est remontée un peu. On voit ses bas mi-mollets, des trucs horribles couleur chair qui encerclent ses jambes. Des cheveux blancs s'échappent de l'écharpe qu'elle a sur la tête. Mais dans sa douleur, elle est noble, elle est entière. Ses amies la réconfortent, lui glissent un petit mot, la tapotent sur l'épaule, comme pour dire : « Ne t'en fais pas. On sait bien que tu n'y es pour rien. ». Même si, clairement, elles ne le croient pas vraiment. Même si l'unité est plus forte que la suspicion et que les relations établies durant les années aident, elle sera toujours connue comme « celle qui a perdu le saint ». Il faudra qu'elle apprenne à vivre avec. Et avec ses bas mi-mollets couleur chair.

Il y a une expression espagnole que j'ai apprise récemment : *mataperros. Por un perro que mate, mataperros me llameron*. Pour un chien avoir tué, tueur de chiens j'ai été appelé.

L'Espagnol pardonne, mais n'oublie pas. Et l'Espagnole n'oublie pas et ne pardonne pas.

Je ne sais pas quoi faire dans ce village en ce moment. Ce désarroi me touche, mais je ne peux rien y faire pour l'instant. Alors, je dis à José que je le verrai ce soir, au tavernier de mettre tout sur ma note, et j'embarque Esmeralda et pars aux oliviers. Je suis à l'heure, mais personne n'est encore là. Je démarre le feu avec des brindilles qui restent d'hier. Il doit rester une centaine d'oliviers à couper sur ce terrain. Deux jours de travail environ. J'espère que ce sera assez pour amadouer Dulcinea. Je sais bien que pour l'instant, je ne représente rien à ses yeux. Mais elle n'a pas fermé la porte. Est-elle intriguée ? J'entends la Méhari arriver. Je vais à sa rencontre. Aujourd'hui, elle est seule. Elle porte à nouveau des jeans, une chemise en toile assez épaisse, et ses boots. Elle porte des lunettes de soleil, et avec sa queue de cheval, cela lui va parfaitement.
— Salut !
— Salut.

Je prends la tronçonneuse, vérifie les niveaux et attaque. Je ne vais pas vous décrire ma journée, mais nous avons travaillé encore plus en équipe que la veille. Pas d'accord parfait, mais une compréhension de ce que l'autre allait faire avant qu'il le fasse, d'anticiper son geste ou de l'accompagner. Je l'ai sentie me regarder de derrière ses lunettes deux ou trois fois, et je n'ai pu m'empêcher de la regarder deux ou trois fois aussi. Ou vingt fois, probablement. Vers 13 heures, elle va chercher un panier et une plaque de gril dans la Méhari. Elle me tend le gril, et je sépare un petit coin du feu en y ajoutant quelques pierres pour installer le gril pendant qu'elle prépare un coin-repas sous un amandier qui borde le chemin. Esmeralda se couche tout de suite à côté de la nappe. Rien de luxueux, mais elle a même apporté une nappe. Je trouve ça génial. C'est hors de ce monde, hors de ce temps. Elle m'apporte un paquet avec

dedans deux côtes de veau et quelques saucisses variées. Je vais cueillir un peu de thym et de romarin sauvage, et pose la viande dessus. Je les mets sur le gril et les fais griller. Elle m'observe depuis le coin-repas, en gratouillant Esmeralda. Au fur et à mesure que la viande cuit, je la passe du gril sur une assiette. On s'assied. J'ouvre la bouteille de vin qu'elle a apportée, nous sers. Elle me sert de la salade, des tomates.
— Bon app'.
— Toi aussi.

Nous mangeons dans un silence qui n'est pas lourd, juste là. Un silence partagé, ami. Quand nous avons fini les assiettes, elle sort du pain et du fromage. Il est excellent le fromage ici. Dur comme de la pierre, il sue à la chaleur. Fromage de chèvre, excellent, probablement fait avec le lait de la famille d'Esmeralda. Ça aussi, faudra que je m'en préoccupe, à un moment donné, il faudra la traire. Mais en attendant, le fromage pique un peu, craque sous la dent et est plein d'arômes.
— Tu ne parles pas beaucoup.
— Non, toi non plus.
— Je n'ai pas l'habitude de parler beaucoup ces derniers temps. Surtout pas avec des inconnus qui viennent m'aider à couper des oliviers, juste comme ça, sur un coup de tête.
— Tu avais l'air de pouvoir utiliser un coup de main.
— Ça fait combien de temps que tu es là ?
— Je suis né ici. Enfin, je suis en train de naître ici.
Elle a l'air surprise. Elle me regarde par-dessus ses lunettes de soleil.
— Raconte-moi ce que tu veux dire par là.

Alors je lui raconte la version courte de tout ce que j'ai pensé avant-hier soir. Bien sûr, je ne lui dis pas tout, et ne lui parle pas d'elle. En quelques phrases, elle connaît mon histoire. Elle me demande si elle a besoin de raconter la sienne. Je lui réponds que j'en connais une partie, mais racontée par d'autres. Elle me répond que pour l'instant, elle n'a pas besoin de m'en raconter plus alors. Nous nous taisons à nouveau. Je sirote mon vin, reprends un peu de fromage. Esmeralda aime bien les croûtes. C'est elle qui relance la discussion. Enfin, Dulcinea, pas Esmeralda,

bien sûr.
— Et Ruiz ? Si j'ai bien compris, tu es venu pour hériter la maison de ton arrière-grand-tante ?
— Oui. Il me l'a volée. Je ne vais pas me laisser faire. Je suis en train d'apprendre cet aspect de la loi espagnole et je vais le convoquer devant le tribunal.
— Tu es quand même très Américain. Tout de suite au tribunal, le poursuivre en justice.
— Comment aurais-tu fait ?
— Je l'aurais confronté d'abord. Lui aurait demandé de me rendre mon bien ou de me donner l'argent qui me revient.
— Tu aurais réussi sans lui coller ta main dans la gueule ? Parce que moi, j'ai du mal.

Elle sourit.

— Ça, ce n'est pas vraiment américain comme réaction. L'Espagne commence à prendre racine en toi, tu deviens Latin.

Nous parlons, de choses et d'autres. Un peu langoureux, cet après-midi. On attend que la forte chaleur passe – la chaleur torride et sèche est supportable, mais elle pèse. Les grillons chantent. Le vin dans la bouteille aide à apaiser et ralentir un peu. Je suis allongé sur un côté, tête appuyée sur la main. Esmeralda est allongée contre ma jambe. Je regarde les oliviers, devine Dulcinea sur ma droite, appuyée contre le tronc de l'arbre, ses genoux remontés sous le menton, la tête posée dessus. Je n'ose pas trop la regarder en face. Mon regard en dirait trop long.

Je lui parle de ce que je faisais avant. Elle rigole un peu de mes histoires de trader, d'aquarium et de pizzas. Elle ne dit pas grand-chose sur elle-même. Quand elle parle d'elle, ce sont plutôt des choses générales, comme sur le fait qu'elle n'aime pas les tomates crues, mais seulement quand elles sont cuites. Quand je lui demande « comme les carottes ? », elle ne réagit pas. Ça ne doit pas vouloir dire la même chose en espagnol. « Euh… quand elles sont cuites ? ». Regard sans compréhension. Bon, je m'enfonce. Devant ma mine dépitée, elle rigole.

En fait, nous ne reprenons pas le travail cet après-midi. Nous parlons, de tout et de rien. Même quand il y a des silences, ils ne sont pas lourds. Pleins de promesses, pleins de mots qui n'ont pas besoin d'être dits. Ou plutôt, pleins de mots qui auraient pu être dits, mais qui ne le sont pas, parce que ce n'est pas nécessaire. Pas besoin de meubler ce silence. En tous les cas, c'est ce que je pense. Peut-être qu'elle, elle les trouve lourds, ces silences. Mais je ne pense pas, parce qu'elle est encore là, et elle ne me demande pas de reprendre le travail. Lentement, l'après-midi passe. C'est quand même assez impressionnant. J'ai le cœur qui bat la chamade, et malgré cet air calme, cette après-midi langoureuse, je suis sur les nerfs. Cette opposition entre ce que je peux sentir et ce que je pense et notre conversation est assez saisissante. Cela me rappelle une chanson :

This girl, this beautiful girl, with eyes the size of the ocean
This man, this dutiful man, he's got these mixed up emotions.
I want it, can't have it.[13]

Vers 17 heures, elle fait signe de se lever. Elle doit aller récupérer son fils chez la voisine qui l'a gardé pour elle. Je me lève, m'époussette. Ça vole de partout. Esmeralda fait la tête. Elle était en train de dormir, paisiblement, et elle n'aime pas quand on la réveille. Je ne sais plus quoi dire à Dulcinea. Finir comme ça, cela ne me plaît pas. Alors je ne dis pas trop grand-chose. Je l'aide à récupérer les plats, les torchons, les verres, la bouteille. On remet tout dans le panier, que je porte à la Méhari. Là, elle me tend la main, que je serre, comme à un homme. Je suis tout gauche. Moi, le dragueur fou sans style de New York, je suis là comme un gamin de douze ans qui dit au revoir à la première fille qu'il aime bien, qu'il a rencontrée lors d'un pique-nique de famille et dont il ne pense pas qu'il la reverra, voire qu'elle se souviendra de lui. J'ai encore sa main dans la mienne. Alors, je saisis la première chance que j'ai pour la revoir et l'invite à venir manger la paëlla chez Maria le samedi. Et là, les mots s'entrechoquent tellement ils veulent sortir vite et nombreux de ma bouche. Je lui explique que je n'en

13 Saint Motel, *Move*. « Cette fille, cette belle fille aux yeux de la taille de l'océan – cet homme, cet homme dévoué, il a ces émotions mélangées. Je le veux, je ne peux pas l'avoir ».

ai jamais fait avant, que je ne sais pas si Maria veut bien qu'elle vienne, que José sera là aussi, et Esmeralda bien sûr aussi, donc qu'elle emmène son fils aussi, que j'espère qu'elle aime le riz trop cuit, ou grillé, car c'est la première fois que je fais la paëlla, qu'Auréa sera peut-être là aussi, car je veux la présenter à José, qu'elle est sympa et que je pense que José et elle peuvent bien s'entendre, que je ne sais même pas reconnaître la moitié des noms de poissons et de crustacés que je dois acheter, y inclus des *cigallas* que je pensais être des cigales, mais qui sont un type de grosse crevette, et que c'est la première fois que je fais la paëlla.

Elle retire doucement sa main de la mienne, et me sourit. Doux Jésus, comme son sourire est beau. Et elle me dit :
— Cela me fera plaisir de venir déguster ta première paëlla. Je serai là vers 14 heures, OK ?

Elle monte dans sa Méhari, et part. Sans un geste, sans un regard en arrière. Elle me laisse là, en proie à une surexcitation mêlée de gêne horrible pour le spectacle que je viens de donner. Mais j'ai un énorme sourire bien niais sur les lèvres.

La situation du Saint Empire

Première chose que me dit José, d'ailleurs, quand il me voit :
— Oh putain, mec, toi, t'as l'air bien niais. Toi, t'es amoureux.

Alors, je ne lui dis rien. Il n'a qu'à pas faire des commentaires à la con. Mais je pense que je continue à sourire, parce qu'il rigole, me sert une bière, et l'on s'accoude à la rambarde. Après avoir exploré un peu le bar et bu un peu d'eau direct dans les toilettes, Esmeralda se couche à l'ombre, près de la porte, et continue sa sieste interrompue. Au bout de quelque temps, Paco vient se joindre à nous. Le curé a l'air fatigué, il a les traits tirés.

José rentre dans le bar, et sans rien dire, vient servir un anis du singe à Paco.

Je lui demande :
— Alors, Paco ? Ça n'a pas l'air d'aller trop. Tu n'as pas retrouvé le saint ?
— Non, il a bel et bien disparu. Je n'avais jamais réalisé l'ampleur de l'emprise qu'il avait sur ce village. C'est toujours pareil : un seul saint vous manque et le monde paraît dépeuplé. Et le pire, c'est que je n'arrive pas à combler ce manque. Quoi que je dise, quoi que je fasse, je ne suis que Paco, le curé. Alors que j'ai dû faire autant de miracles que cette statue en bois, c'est-à-dire aucun. Mais c'est toujours plus simple de parler à un morceau de bois qui sourit béatement qu'à un être vivant de chair et d'os qui peut te juger. Toutes ces petites vieilles, elles préféraient parler au téléphone de Dieu plutôt qu'à l'homme de

Dieu. Zut, qu'est-ce que je me sens inutile, d'un coup !
— Eh, Paco, mec, tu ne nous fais pas une déprime, quand même ?
— Non, José, mais j'aimerais tant faire plus. Je me sens un peu dépassé et je ne peux rien pour réconforter tous ces gens. Je me sens vraiment con et vieux. Quand je m'approche d'eux, ils m'acceptent gentiment, mais ne veulent pas de réconfort, et c'est un peu comme si j'étais au moins en partie responsable de leur malheur et de la disparition du saint.
— Paco, mais n'est-ce pas bon pour toi ? Il n'y a plus de concurrence, ils vont devoir revenir à l'église.
— Mais non ! Elles venaient déjà à l'église ! Rien à voir ! Là, elles perdent une béquille morale de première importance ! Elles avaient besoin de ce saint ! Madame Hernandez, 91 ans, qui devait avoir le saint dans quatre semaines, a déjà dû être hospitalisée d'urgence aujourd'hui, après une syncope, alors qu'elle a toujours été dure comme fer depuis toutes ces années. Jamais malade, jamais quoi que ce soit qui flanche. C'est le début de la fin. Elles vont tomber comme des mouches, maintenant, tu vas voir. Plus d'espoir.

Il s'enterre le visage dans les mains, mais en gardant l'anis du singe dans l'une d'elles. Il connaît ses priorités, le Paco. Il sépare sa main du visage pour prendre une gorgée. Le soleil couchant illumine son église. Alors, comme ces derniers rayons de soleil m'illuminent, j'ai soudainement une illumination.
— Paco, tu ne peux pas le remplacer, ton saint ?
— Mais non, il était là depuis toujours. Elles vont s'en rendre compte.
— Mais es-tu prêt à nous aider à faire un petit mini miracle moderne ?

Paco me regarde. José me fait un petit sourire encourageant sans savoir exactement où je veux en venir.
— Écoute, Paco. Ce que tu veux, c'est leur donner espoir. Tout seul, tu n'y arrives pas. Alors, est-ce que tu crois que le barbu, là-haut, sur son nuage, il te tiendrait rigueur d'un petit mini mensonge si cela pouvait donner espoir à tes gens ?

— Je ne peux pas mentir, mais si tu as une idée, je suis preneur.

Alors je lui parle de ce magasin que j'ai vu à Med-Sid. Un vrai capharnaüm. Un antiquaire qui vendait de tout, mais au milieu de tout ce fouillis je me souviens avoir vu deux ou trois statues de saints qui avaient l'air véridiques, et qui avaient aussi au moins deux ou trois siècles. Je lui suggère d'en acheter une et de la mettre dans la niche réservée au saint de Matavacas, une nuit en douce, alors qu'il aurait « fermé » les portes de l'église comme il le fait tous les soirs. Il n'aurait qu'à mentir par omission. José et moi-même installerions le saint le samedi soir, avant la messe du matin. Il n'aurait qu'à arriver un peu en retard, ouvrir l'église et s'engouffrer dans la sacristie, laissant aux paroissiens, à ses petits raisins trop mûrs, le temps de découvrir par eux-mêmes la statue du saint. À elles d'en faire ce qu'elles voulaient. Accepter le « miracle » et accepter le nouveau saint, ou le rejeter en bloc. Mais laisser faire l'imagination et l'espérance des gens. J'essaie de convaincre Paco, qui doute de l'idée. Dans ma vie de trader, j'ai vu comment les gens s'accrochent à des pailles. « Mais cette société va remonter ! Tu vas voir ! Non, ce n'est pas grave que la FDA les accuse d'avoir trafiqué les données d'étude clinique. Ce n'est pas vrai. Ce produit marche, j'en ai la preuve ». Et les gens se convainquent eux-mêmes de ce qu'ils veulent, même face aux évidences les plus claires du contraire. Alors, je transforme cela en positif, et explique à Paco que s'il croit à la valeur de ces gens, et à leur volonté de rêver et de croire en quelque chose de vrai, à leur redonner espoir, il devrait considérer mon idée.

Je ne sais pas encore que par volonté de faire le bien, je vais pervertir tout ce que je suis en train de lui suggérer. De transformer quelque chose qui, au départ, part d'une bonne intention en quelque chose de très limite.

José se met de la partie, et petit à petit, sous le rouleau compresseur de nos arguments, Paco cède et commence à accepter notre idée. Arrive la phase cruciale dans la vente, la phase où l'on doit céder et revenir en arrière, afin de concrétiser la vente en faisant comme si l'idée de départ avait été celle de Paco. Alors, je commence à lui dire qu'il a raison, que cela ne marchera pas. Que les gens ne seront pas dupes. Et Paco de surenchérir. Mais non, c'est une bonne idée. Ce n'est pas con du tout, j'aime bien comment tu penses. Mais non, Paco, cela ne marchera pas. Qu'est-ce qu'elles vont faire avec un saint de pacotille ? Et Paco de surenchérir, défendant l'idée, se la faisant sienne. Je me tais, je le laisse sur sa lancée. Il imagine tout, jusqu'à la tête de ses paroissiennes quand elles verront le nouveau saint. Les chasubles qu'elles vont faire en crochet pour lui. Il veut un saint qui ne soit pas trop propre, qu'il faudra repeindre et dont il faudra prendre un peu soin, afin de faire appel à l'instinct maternel.

Il recommence à sourire, une lueur d'espoir, une étincelle dans l'œil. Il se redresse. Le saint n'est pas encore là, et l'on ne sait pas si les filles vont l'accepter en remplacement, mais Paco y croit, dur comme fer. Il reprend espoir, il sait maintenant comment rétablir ce qu'il voit comme étant sa faute. La soirée se finit sur une note très positive. Paco nous raconte des histoires à dormir debout, des choses qu'il a faites à l'armée quand il était plus jeune. Preuve que même sous Franco, on arrivait à rigoler encore un peu, alors que la vie n'était pas sympa tous les jours et que le voisin pouvait nous dénoncer pour un oui ou pour un non.

Soirée sous les étoiles et sous la sole

Tard dans la nuit, nous décidons de plier le camp. Esmeralda n'a pas envie de se lever. Je l'appelle, elle bouge les oreilles. Je la touche doucement pour la réveiller, elle grommelle presque comme un être humain, déplie une patte, la passe par-dessus sa tête, et ne se lève pas. Je la prends gentiment dans les bras, la pose dans le cageot, et nous y allons. Les étoiles sont sorties en nombre ce soir. J'arrive à voir assez bien, donc je ne colle pas la dynamo à la roue. Je préfère profiter pleinement du spectacle et roule un peu plus lentement. Je fais du vélo le nez en l'air, la tête presque dans les étoiles. Elles ont l'air d'être juste à portée de main, tellement elles sont brillantes et claires. J'ai la tête tellement en arrière que j'ai peur de happer une étoile filante avec la narine. Ce serait embêtant, mais quand même sympa, avoir une étoile filante en soi. À chaque éternuement, un peu d'étoile filante filerait, et l'on pourrait faire un vœu. Enfin, peut-être ce n'est pas si cool que ça. Atchoum ! Et hop, plein de débris d'étoile filante sur le sofa de madame Récamier, brûlant des trous dedans. Atchoum ! Et l'on met le feu au champ de blé. Et puis tous les gens qui me feraient éternuer exprès pour faire des vœux, non merci. Pas marrant.

Je prends la petite route pour aller à Casa pistolas, gare le vélo contre le mur, sors Esmeralda du cageot, la pose par terre. Elle fait la tête, secoue une patte arrière en bêlant, et s'empresse d'essayer d'entrer pour me voler la place dans le lit.

Je me sers un verre d'eau, éteins la lumière et m'assieds sur le pas de la porte. Mes grillons, mon hibou et mes mulots sont là, autour de moi. Et je suis amoureux, ça me remplit de bonheur.

Bien sûr, il y a la petite voix de la raison, qui essaie de m'avertir et de me mettre en garde. Mais elle est facilement étouffée et intimidée :
— Mais tu es sûr ?
— Ta gueule.
— Mais ce n'est pas intelligent du tout, ton truc.
— Ta gueule.
— Mais comment vas-tu faire ? Tu as des trucs à régler encore. Et puis, c'est comme des vacances, ce que tu vis en ce moment. Et les amours de vacances ne sont pas faits pour durer.
— MAIS TU VAS LA FERMER, OUI ?

Je me rends compte que j'ai un gros sourire sur les lèvres. Je me sens comme un môme. J'ai déjà connu ce sentiment d'être amoureux une fois, vers seize ans. Je suis tombé follement amoureux d'une fille qui habitait dans la même rue que moi. Elle avait dix-huit ans. Au départ, très positif. Elle m'a rendu mes regards, m'a laissé lui tenir la main, l'embrasser, me promener avec elle, l'emmener au cinéma. Elle était très belle. J'étais un peu grand, très maigre, dégingandé. Très gauche aussi, mais bien gentil.

Au bout d'un moment, elle a probablement voulu plus. Je n'ai pas saisi les signaux, donc elle m'a envoyé balader du jour au lendemain. Bien sûr, couillon comme je l'étais, je n'ai rien compris. Le positif a viré au négatif. Je l'épiais, mourais d'envie quand je la voyais avec ses copines, et assez vite, un nouveau copain. J'analysais où j'avais foiré alors que j'étais assis dans un buisson à l'arrière de sa maison, en essayant de l'entrapercevoir une seconde par la fenêtre. Je me morfondais, devenais triste, travaillais encore moins à l'école. Comme tous ces autres pauvres jeunes rongés par les hormones, je pensais que j'allais mourir. Il me fallait un regard ou une attention de sa part pour pouvoir continuer à vivre.

Et pourtant, mon cœur continuait à battre. Après chaque battement, je pensais qu'il allait s'arrêter faute d'alimentation sentimentale. Mais un nouveau battement suivait le précédent. Un des nombreux soirs où j'agonisais et poussais les râles de détresse qui annonçaient mon dernier souffle, ma mère, exaspérée, a pris son courage à deux mains et a provoqué une rencontre entre la mère, sa fille et moi.

L'horreur. J'en fais encore des cauchemars. Elle a expliqué à ma future ex-belle-mère que j'étais amoureux fou de sa fille et que cette dernière m'ignorait, alors que je l'avais toujours bien traitée. Que je mourais lentement de ce manque d'attention. Par culpabilité probablement, Jade m'a proposé devant sa mère et la mienne de sortir dîner un soir. Mon cœur a bondi d'un coup, presque hors de ma poitrine, et s'est remis à battre. Pendant deux jours, je n'ai vécu que pour cette soirée. J'ai calculé mon budget, choisi le restaurant, réfléchi à ce que j'allais mettre, essayé trente combinaisons de pantalons et de chemises, et même préparé tout ce que j'allais lui dire, avec différentes possibilités de réaction en fonction de ses réponses. Le soir venu, je suis allé la chercher chez elle. Elle passait le permis jeune aux États-Unis, lui permettant de conduire. J'ai eu l'air malin, véhiculé jusqu'au restaurant par celle que je voulais impressionner. Le voiturier a dû penser la même chose, il avait un sourire en coin qui m'a donné envie de lui coller deux ou trois tartes. Moi, le gringalet.

Et là, le scénario catastrophe. Il n'y avait aucun autre client dans le restaurant. Le maître d'hôtel nous a escortés à notre table, devant la cheminée. Où le feu flambait. En moins de cinq minutes, je me suis rendu compte qu'avoir choisi le blazer et le pantalon en laine gris était probablement une très mauvaise idée. Quand les premières gouttes de sueur ont commencé à dégouliner de mon front, j'en ai eu la certitude. Mais j'étais trop con à l'époque pour demander une autre table ou pour enlever ma veste par peur qu'elle voie les auréoles sous mes aisselles. Pas le droit de commander du vin, j'avais bien essayé de soudoyer le maître d'hôtel quand j'ai fait la réservation, mais ça ne rigole pas aux États-Unis. Donc, Coca pour tous les deux. Après nous avoir servis, le serveur est resté juste dans mon dos, à côté de la cheminée. Étant les deux seules personnes dans le restaurant, les quatre serveurs tournaient autour de notre table comme des âmes en peine. Difficile d'avoir une conversation normale avec une jeune fille que je voulais impressionner. Quatre mecs qui halètent dans ton cou et qui jugent tout ce que tu dis, cela limite un peu la créativité. J'étais sûr que chaque question, réponse ou réplique était analysée, décortiquée, jugée, et je les sentais penser :

« Oui, c'est ça. Tu fais de la muscu. Tu t'es vu, le sprat ? »

« Non, mais tu crois vraiment qu'elle va croire que tu as lu Dostoïevski ? Et Sun Tzu ? Et même si c'était vrai, tu crois que cela l'impressionne ? »

« Mais t'es dégueu, mec. Arrête de laisser tomber des gouttes de sueur dans ta salade. »

Je les imaginais déjà lever des panneaux avec des notes à la fin du repas, comme des juges dans une compétition de danse. N'étant déjà pas le plus à l'aise pour tenir une conversation, surtout avec une représentante du sexe opposé, cette présence et ce jugement qui n'avait lieu que dans ma tête faisaient que je m'emmêlais. Je commençais des discussions qui ne s'achevaient pas, parce que je perdais le fil de ce que je racontais. Je commençais avec une anecdote sur quelqu'un de l'école et finissais la phrase en parlant de peste en Inde. Une conversation pénible, lourde comme cette boue qu'amassent les chaussures quand on se promène dans un champ. À chaque pas que l'on fait, on accumule une couche supplémentaire de terre. À la fin, les chaussures pèsent des kilos, comme ma conversation. Elle était totalement embourbée et chaque phrase pesait une tonne.

Jade m'a gentiment aidé, mais je voyais déjà s'inscrire sur son visage la peine. Pas de dédain ou de mépris, juste un peu de peine, et une gentille compréhension. Une acceptation du fait que j'étais un loser et qu'elle n'avait qu'à tenir cette soirée avec moi pour être définitivement libérée de cette imposition. Je me suis mis une baffe mentale et j'ai repris le dessus. Pendant la salade, j'ai gagné le deuxième round, je suis reparti à la charge, et j'ai même arrêté de suer un peu. J'avais trouvé mon deuxième souffle. J'ai même réussi à la faire rigoler un peu. Les serveurs s'agitaient derrière moi, ne comprenant pas ce revirement soudain de situation, se demandant s'ils devaient considérer de sortir un autre panneau, avec une note légèrement plus élevée. Ils me croyaient déjà K.O., dans les cordes, épuisé. Mais tel Rocky, je suis sorti de mon coin, légèrement ensanglanté, mais d'autant plus hargneux, et j'ai repris le contrôle de la situation.

Jusqu'à ce que je dérape sur la sole meunière. Je ne sais pourquoi, mais j'avais choisi du poisson ce soir-là, moi qui jamais n'en mangeais. Quand la sole est arrivée, elle m'a regardé de ses yeux tristes de merlan frit. Moi, le poisson, je ne le connaissais que carré et pané, pas avec une queue et des yeux, et les nageoires encore attachées. Je n'en avais mangé que quelques fois, quand ma mère le préparait, mais elle le décortiquait pour nous. Et l'un des serveurs, pour me compliquer encore plus la chose, m'a donné un couteau tordu et plat. J'ai vu des gens à la télé qui mangeaient du poisson en utilisant ces instruments de torture, donc j'ai essayé. J'ai mis du citron partout en le pressant. Mais cela s'est à peine remarqué parmi les taches de sueur que j'avais déjà, donc j'ai fait celui qui n'avait rien vu. Jade aussi, d'ailleurs, a fait comme si elle n'avait rien vu, alors que je suis sûr de l'avoir touchée dans l'œil gauche. J'ai essayé de couper le poisson, mais le couteau que l'on m'avait donné ne coupait pas grand-chose. Et ces connards m'avaient laissé des arêtes partout. J'ai commencé à devenir tout rouge, à suer de plus belle. Au bout de quelques minutes, l'un des serveurs est venu m'aider et m'a montré comment il fallait soulever le poisson pour le détacher des arêtes. Je n'ai pas su si je devais le remercier ou lui coller mon poisson dans la gueule, et lui planter dans le ventre ce putain de couteau qui ne coupait rien. La honte était à son comble. Dans un élan d'inspiration artistique, pour prouver que je n'avais pas besoin de serveurs qui montrent leur science, j'ai retourné le poisson pour accéder à l'autre côté. Et je l'ai pris sur les genoux.

Silence de mort pendant quelques secondes. Et là, Jade s'est mise à rigoler. Mais à rigoler ! Aujourd'hui, je me serais mis à rigoler aussi, et tout se serait bien terminé. Mais à seize ans, j'ai fait le contraire. Vexé dans mon amour propre de garçon en pleine puberté et en besoin d'affirmation de soi, un boutonneux qui se croit homme, je me suis senti profondément blessé. Un serveur m'a aidé à débarrasser le pantalon de poisson, d'arêtes, de nageoires, de sauce hollandaise et d'un œil de merlan frit. Je suis parti aux toilettes, poursuivi par les hoquètements de Jade qui essayait de toutes ses forces d'arrêter de rire. Là, je me suis vu. Les cheveux plaqués à la tête par la sueur, la chemise trempée, le pantalon plein de taches, le visage plus rouge qu'un touriste allemand ayant passé la journée sur une plage espagnole.

Aujourd'hui, je me souviens de la tête de con que j'avais, et j'en rigole.

Ce jour-là, après m'être nettoyé du mieux que j'ai pu, je suis retourné m'asseoir à table. Le seul truc que je peux dire pour ce petit crétin de seize ans que j'étais, c'est qu'il était têtu et avait une certaine dose de courage. Parce que ce n'est pas évident de revenir s'asseoir face à la fille dont on est amoureux comme si de rien n'était. Fille qui a encore le hoquet à force de rigoler, et ce sous le regard moqueur des serveurs.

Bizarrement, la conversation a été plus facile, je n'avais plus rien à perdre. Le feu de cheminée était de moindre intensité, probablement parce que nous étions les deux seuls clients et à rien ne servait de brûler des bûches pour un loser et sa copine inaccessible. Le dessert a rapidement été liquidé. Non, pas de café, on est trop jeunes. J'ai réglé. J'avais l'intention de me pavaner avec Jade dans le café que je fréquentais comme tous les nerds, mais vu ma gueule et mon pantalon, j'ai préféré arrêter les frais. Jade m'a ramené chez moi. Je ne suis plus jamais allé rôder dans son jardin, même si je suis resté amoureux d'elle et qu'elle restait pour moi l'idéal inaccessible. Mon cœur a eu un petit pincement à chaque fois que je la voyais, jusqu'à ce qu'elle quitte l'école un an plus tard. Elle me parlait de temps en temps, et a été suffisamment sympa pour ne pas raconter l'épisode à ses copines, sinon j'aurais bien été grillé.

Quelques années plus tard, quand j'avais dix-neuf ou vingt ans, je l'ai revue et nous sommes sortis quelque temps ensemble. Je l'ai embrassée, je lui ai tripoté les seins dans la voiture. Mais ce n'était plus du tout la même chose. Les hormones de la puberté n'étaient plus présentes, et mon amourachement avait lui aussi été évacué en même temps que ces hormones. Je crois qu'aujourd'hui, elle vit près de New York et est mariée, mais n'en sait pas plus. C'est quelqu'un que j'aimerais bien revoir, justement aujourd'hui, parce que nous saurions rigoler ensemble de cette soirée. Si jamais je retourne aux États-Unis, j'essaierai d'aller la voir.

Mais je suis là, assis sur le pas de ma porte avec un verre d'eau. Esmeralda s'est relevée, vient derrière moi dans la pénombre et me donne un petit coup de tête, pour me pousser. Je m'écarte, elle passe, va faire pipi, puis revient s'étirer à côté de moi. Je sirote mon eau. Je repense à cette période de ma vie, qui aujourd'hui me paraît désuète et gentille, dont je peux rigoler.

Alors je me promets : cette fois-ci, je me laisserai faire et ne prendrai que le positif. Je ne me laisserai pas contrôler par les hormones et les humeurs. Ce coup-ci, si quelque chose allait avoir lieu, je le vivrais pleinement, pas au travers d'un écran de fumée polluant composé de jalousie, d'hormones, de volonté de possession, de contrôle. Non, j'ai eu trop d'exemples autour de moi de gens qui n'avaient pris que le négatif des relations, relations qui se finissaient comme un avion descendu en flammes, le pilote brûlé vif avant de s'écraser dans un tas de ferraille fumante. Et c'est absolument le contraire de comment l'homme est fait.

Parce que j'ai déjà envie de pouvoir dire de Dulcinea que c'est « ma » copine, « ma » fiancée, de la faire mienne, de l'obnubiler, qu'elle ne pense plus qu'à moi, d'être tout pour elle, de partager nos vies, dans la même maison. Je me dis que c'est pour cela que tellement de couples finissent mal : l'un commence à aimer trop l'autre. Quand la balance disparaît et qu'il y en a un qui pousse et pousse, le second s'efface devant cette pression. Plus le premier essaie de sortir le grand jeu et contrôler ce qui arrive, plus l'autre fuit. C'est con à dire, mais il faut se contrôler et ne pas être soi-même, et doser l'intensité de ce qu'on délivre. Alors que je cherche vraiment à pouvoir être moi-même, et me lâcher, et qu'il y ait la même réponse en face.

Le copain de la Madonna del Ghisello rentre en scène

Je me lève du pied gauche. Pas content. Envie de rien. Je ne sais pas pourquoi. Aucune explication, mais la déprime. Je reste assis au moins dix minutes sur le bord du matelas à bâiller, me gratter le bras, puis le cul. Esmeralda elle aussi a la flemme. Elle ne bouge pas. S'étend. Étire ses pattes. Je croyais que les animaux se levaient aux aurores, mais elle est clairement à moitié humaine. Bon gré, mal gré, j'arrive à me lever et à me doucher. Putain, va encore falloir que j'emporte mon linge à Med-Sid, plus rien de propre. Il y a une ancienne qui gagne un peu d'argent en faisant des lessives ; comme je n'ai pas de machine, elle me lave tout.

Pas grave, je remets la même chose qu'hier. Caleçon inclus. Eh, je vis à la campagne ! Cela ne vous est jamais arrivé ? Y en a des plus dégueulasses que moi dans le coin. J'avale un morceau de pain rassis et du café froid, pour aller avec mon humeur. Et hop, Esmeralda et moi sautons sur le vélo pour aller à Med-Sid. Le chemin a l'air beaucoup plus long aujourd'hui. Les quatorze kilomètres paraissent interminables (douze jusqu'à Matavacas, deux de plus jusqu'à ma bicoque, au cas où vous suivez). Il ne fait pourtant pas très chaud, et il n'y a pas de vent.

Je peste après Esmeralda, qui bouge quelques fois dans son cageot, se réinstallant mieux, mais faisant zigzaguer le vélo. Elle commence à prendre du poids dans sa croissance. Quand je peste après elle, elle me regarde, l'air de dire : « Mais va péter ailleurs, rustre ». Nous sommes au bord de l'engueulade. Notre première depuis que nous nous connaissons. Si elle continue à me regarder comme cela, je lui jure, je la fais descendre et courir après le vélo, cela lui fera perdre du poids. Mais je ne suis pas sadique, donc je me retiens.

Enfin, nous arrivons à Med-Sid. Je suis exténué. Nous nous asseyons à la terrasse du café. Une eau pour Esme, un Kas Lemon et un café pour moi. Et là, je me rends compte que je suis une lopette. Hier soir, je me suis promis plein de choses. Mais dès le lendemain matin suivant, je n'en ai plus rien à foutre. Je ne tiens plus compte de mes propres idées et opinions, décisions importantes et qui doivent changer ma vie, et ce moins de huit heures plus tard. Je commence déjà à déconner, à trouver des excuses à ce que je fais. Alors je me mets deux paires de baffes mentales. Je double la dose aujourd'hui. Ça suffit, mec, arrête de déconner. Y en a marre. J'offre un lait à Esme, rien que pour lui montrer que je tiens à elle et que notre presque engueulade n'était pas voulue. Je me ressaisis et fixe un sourire sur mon visage. D'abord, j'irai voir Auréa, ensuite, j'irai à la brocante acheter la statue d'un saint. Enfin, j'irai au magasin d'électronique acheter un microphone. Parce que voilà, j'ai décidé d'installer un mini microphone dans le nouveau saint. C'est simple. Les petites vieilles ont besoin d'un saint qui leur fait des miracles. Leur saint a été volé. Il n'a jamais fait de miracles. Alors, que diraient-elles d'un saint qui fait de vrais miracles ? Un nain de jardin en bois qui arrive, devine leurs besoins les plus secrets, et les satisfait ? Un saint qui vit avec elles pendant une semaine et apprend tout ce qui les fait souffrir, et prendrait action afin d'aider à soulager un peu leur vie ? N'est-ce pas le rôle d'un saint d'intervenir dans leur existence et de la rendre plus tolérable ? Je ne me mets pas à la place d'une quelconque déité ni ne prétends avoir la moindre intention de remplacer qui que ce soit, mais toutes ces demandes à un truc inerte qui reste là sans rien foutre, autant essayer d'en faire quelque chose de bien.

Je passe un moment à y réfléchir et définir les besoins plus clairement. Mais je n'ai pas la moindre idée de comment faire. Je paie, vais voir Auréa. Elle a l'air contente de nous voir. Je lui demande si elle connaît un magasin d'électronique qui se spécialise dans la miniaturisation. Blanc total.

Elle n'a pas la moindre idée d'où je peux trouver ça. Elle réfléchit, prend l'annuaire. Elle ne me demande même pas pourquoi j'en ai besoin.

Il y a une annonce qui paraît prometteuse, mais le numéro ne répond pas. Alors je note l'adresse, regarde le plan, et décide d'y aller à vélo. J'invite Auréa à ma paëlla de samedi. Elle rougit de plaisir, avant d'accepter en regardant ses pieds. Soudainement, j'ai peur qu'elle se monte un film. Je lui demande si je dois venir la chercher avec mon vélo, pensant déjà que j'enverrai José en moto-bylette, mais elle me dit qu'elle viendra avec sa voiture, une Seat 600. J'en ai vu quelques-unes, et je crois que j'ai rarement vu une voiture aussi petite. C'est une variation de la Fiat 500, faite par Seat. Généralement, on parle de pot de yaourt en parlant de petites voitures, mais je suis sûr qu'on arrive à mettre six Seat 600 dans un pot de yaourt. À prononcer dix fois de suite le plus vite possible : six Seat six cent. C'est la sœur lilliputienne d'une Fiat Panda. Je ne veux même pas imaginer ce qui en resterait en cas de choc frontal avec une autre voiture. À moins que ce soit mon œuf à la coque. Lui, dans sa Piaggio, il joue les suicidaires chaque fois qu'il s'engage sur la route. En fait, je n'ai jamais vu autant de conducteurs suicidaires que depuis que je suis en Espagne. Le nombre de Seat, Panda, de Seat 600 et de Piaggio, en passant par les Fiat 127 et d'autres pots de yaourt assortis serait suffisant pour donner des cauchemars jusqu'à la fin de ses jours à n'importe quel agent d'assurance. En bon Américain, je suis habitué à des 4x4 énormes, avec des pare-buffles immenses, qui mangent des Seat Panda au petit-déjeuner, et qui les recrachent sous forme de fumée noire. Je n'avais jamais vu une voiture plus petite qu'une Golf avant de venir ici. Je fais mes adieux à Auréa, désolé de la laisser seule dans cette grande bibliothèque poussiéreuse, alors qu'il fait si beau dehors. Mais elle prend satisfaction dans l'organisation de sa bibliothèque, se contente de classement et s'évade mentalement en gardant à jour le système archaïque de fiches – et vit une vie probablement beaucoup plus remplie que la mienne au travers de ses livres.

Le magasin d'antiquités est ouvert. Et tout de suite, je vois le saint que je veux. Une statue en bois massif, probablement du chêne. Il est en position debout, une main sur son cœur, l'autre tenant un bâton, probablement de berger, mais la crosse a disparu avec les années. La peinture est écaillée, mais on devine encore les couleurs originales. Il a une barbe, et malgré le fait que les traits sont taillés de manière assez enfantine, on devine un visage noble. Le port de la tête est altier, et le regard, pour autant que l'on puisse le voir, semble serein. Il est vêtu d'une tenue simple, qui fait des plis sur son pied droit avancé d'un pas franc, comme s'il allait de l'avant pour lutter en ce qu'il croit. Il est éminemment sympathique. Les petites vieilles vont flasher sur lui, c'est sûr. Un vrai George Clooney des saints. De l'arrière-boutique sort un homme d'un certain âge, une barbe blanche jaunie par le manque d'entretien et la nicotine. Il a un superbe regard bleu, pétillant et malicieux. Je sais immédiatement que j'ai affaire à un négociateur coriace. Comment survivre comme antiquaire brocanteur dans une petite ville comme celle-ci si l'on n'est pas un bon négociateur ?

Il s'approche et me demande s'il peut m'aider. En souriant et en ne forçant que guère mon accent américain, je lui explique que je suis à la recherche d'un cadeau pour une amie qui m'apprendra à faire une paëlla chez elle le samedi suivant. Je lui raconte toute l'histoire et le soule pendant quinze bonnes minutes. Lassé, avant même que j'aie terminé mon monologue, il commence à me proposer des choses. Une lampe à huile antique. Un tableau horrible, une vraie croûte d'un goût plus que douteux, mais je ne réagis même pas. Premier objectif : ne pas parler de l'objet qui m'intéresse le plus. Deuxième objectif : faire en sorte qu'il investisse beaucoup de temps avec moi, pour que me laisser partir sans acheter lui devienne plus difficile. Troisième objectif : jouer au con, mais montrer que je ne le suis pas autant qu'il peut le penser de prime abord, sans vendre la mèche. Il me montre aussi un prie-Dieu, un jeu de chandeliers qui n'ont pas l'air mal du tout, quelques articles de faïence, un vieux bijou sur lequel je passe quelques minutes avant de le rejeter, une série de petits verres à liqueur, et plein d'autres brics, bracs et brocs. Au bout d'un moment, il commence à me regarder différemment, il commence à se douter du fait que je fais durer le plaisir. Il sourit, et me dit :

— Comme je vous l'ai dit, une superbe affaire, des chandeliers d'église du 17e siècle en bronze. Ils sont superbes, et j'ai déjà eu des offres dessus. Là, vous faites un superbe cadeau à votre amie. Je vous les propose à 180 euros chacun, alors que le prix affiché est de 200 euros chacun.

Je continue à regarder les chandeliers. Et lui annonce qu'ils sont trop chers. Je commence à arpenter le magasin et vais fouiller dans une boîte qui contient des 45 tours. Il y a des trucs pas mal – surprenant. Lui demande par-dessus l'épaule combien vaut la statue. Il me dit :
— Vous savez, j'ai su dès le départ que c'est le saint qui vous intéressait.

Zut. Tous mes efforts à la poubelle. Rappelez-moi de ne jamais jouer au poker avec cet homme.
— Vous avez un bon œil. Je ne sais pas exactement d'où il vient, mais il est probablement de fin XVIIe. Pourquoi vous voulez un saint ?

Je lui explique un peu l'histoire. Alors, il décide de me faire un prix. 800 euros pour le saint. Je lui demande *que cara piense que tengo, piensa que soy un giri o que ?* [14]

Après d'âpres négociations, je le lui achète pour 300 euros et j'y rajoute une vieille lampe à huile tempête, elle ira bien dehors le soir. Et une dizaine de 45 tours. Il y en a des pas mal, certains que je ne connais pas du tout, mais je les prends pour voir.

Je sors du magasin. L'antiquaire me donne de la corde et de la ficelle pour attacher le saint à mon vélo. La meilleure position a l'air d'en être une où je l'attache à la fourche du vélo et l'appuie contre le guidon. Pas facile, mais ça marche. Je fais remonter Esme dans son cageot, et elle a l'air un peu vexée de voir qu'elle a un nouveau voisin un peu inquisitif – il est vrai que le saint a la tête penchée sur

---

14 Mais quelle tête pensez-vous que j'ai ? Je ressemble à un étranger ou quoi ?

elle –, et après l'engueulade de ce matin, elle commence clairement à se dire que le rustre avec son caleçon de la veille exagère un peu. Je n'arrive pas à trouver l'adresse du magasin d'électronique et dois demander des renseignements à trois reprises. Les gens me regardent un peu bizarrement... Un Américain avec une chèvre assise sur des 45 tours et un saint sur un vélo d'avant-guerre...

Quand je suis devant le numéro, je ne vois rien qui ressemble à un magasin. Mais en regardant bien, il semble y avoir un panneau indiquant quelque chose à l'entresol. Je pose le vélo tant bien que mal, ce qui n'est pas évident vu que maintenant, il est très lourd de l'avant, débarque Esmeralda et m'enfonce dans un couloir, traverse une cour inondée de soleil, avec de superbes plantes vertes et une petite fontaine, et monte l'escalier se trouvant tout au fond, jusqu'à l'entresol. Là, je trouve un petit magasin avec un énorme comptoir en bois, taillé de vieilles poutres. Superbe. Sur une étagère derrière le comptoir, quelques télés et lecteurs vidéo éventrés. Ça fait des siècles que je ne vois plus de VCR, mais ici, c'est clairement encore d'actualité. De la poussière un peu partout, un relent de cigarette froide et une odeur comme de fer à souder.

Je frappe sur le comptoir avec mon poing. Esmeralda a l'air surprise, mais continue à renifler partout. Au bout d'une très longue attente, j'entends quelqu'un qui se lève en grommelant, jette un objet lourd sur une table, pousse sa chaise en un fort crissement, et se dirige vers moi en faisant craquer le plancher. Apparaît alors un monsieur, cheveux blancs, 1,50 m de haut, sec et droit comme un haricot. Il me demande ce que je veux, mais tout dans son attitude indique que je le dérange. En plus, je n'ai clairement pas de télé ou de vidéoscope à lui faire réparer, donc il s'attend à perdre son temps. Je lui explique ce que je cherche : un microphone miniature alimenté par de toutes petites piles, avec un émetteur de très petite taille envoyant le son à un récepteur placé à quelques centaines de mètres. Il me dévisage, a l'air de penser un peu.
— T'en as besoin pour quoi, *joven* ?
— Rien d'illégal.

— Dès le départ, si tu as besoin de ce type de matériel, c'est illégal.

C'est la troisième fois que je dois raconter l'histoire aujourd'hui, mais cette fois-ci, je ne lui dis qu'une partie de la vérité. Je lui raconte qu'une statue de saint a disparu à Matavacas et que je voudrais installer une caméra et un microphone dans une nouvelle statue de saint pour vérifier qui vole. Il me regarde pensivement, il a l'air de douter. Mais je lui rends son regard, ne surenchéris pas.
— Tu crois vraiment que je vais croire à ça ?
— Écoutez, je vous ai expliqué ce dont j'ai besoin. Soit vous l'avez et vous avez l'intention de me le vendre, soit vous me le dites clairement et je me débrouille autrement. Qu'est-ce que ça va être ?

Il me regarde encore un peu. Il regarde Esme, qui essaie de monter sur le comptoir. Et il prend une décision, se disant probablement qu'un grand criminel international n'aurait probablement pas de chèvre comme side kick. Il me dit :
— Attends-moi là.

Je l'entends fouiller dans l'arrière-boutique. Il grommelle un peu, se parle à lui-même. Il s'arrête, je devine, juste le temps d'allumer une cigarette et continue à fouiner dans sa tanière. C'est un peu à ça qu'il ressemble, un peu un croisement entre une fouine et une pie, attirées par les objets brillants. J'entends des objets tomber, d'autres semblent écartés un peu hargneusement. Enfin, il réapparaît avec quelques boîtes, empilées tellement hautes dans ses bras qu'on ne voit plus son visage. Il a du mal à les poser sur le comptoir, tellement il est petit. Il les désempile et les pose les unes à côté des autres. Il prend la première et m'explique :
— Il y a neuf ou dix ans, un de mes clients m'a demandé de lui acheter cette caméra pour espionner sa femme. Mais avant même qu'elle m'arrive des États-Unis, il était déjà enfermé en prison pour avoir collé un coup de chevrotine dans le cul de l'amant. Alors, depuis, j'ai ce truc ici qui pourrit et devient vieux. Parce qu'aujourd'hui, la même caméra est quatre fois plus petite et utilise des piles boutons. Mais si tu veux, je te fais un prix. Je l'ai achetée à l'époque 500 euros plus les frais de transport, je te la fais à 500 euros.

Je rigole.
— Mais tu viens de me dire toi-même que cette caméra a plus de dix ans. C'est une antiquité ! Et je ne veux pas de caméra, je veux un micro.
— Justement, c'est une antiquité. Ça vaut des fortunes, et c'est un truc prouvé, qui marche du feu de Dieu. Pas comme ces merdes japonaises ou chinoises qui tombent en panne au bout d'une semaine. Ça, c'est de l'américain, bien solide, même si c'est un peu plus gros. Pas de piles boutons de merde ici, juste de vraies piles triple A.
— Combien d'autonomie, et combien de place occupe la caméra ?
— En mode veille, près d'un mois. En mode film, environ huit heures.
— Et le microphone ?

Il prend la boîte qu'il a posée à gauche de la boîte de la caméra.
— XS 1800. Le meilleur microphone du marché. Enfin, il y a dix ans. Un microphone qui a été utilisé par les Marines américains et le FBI pour espionner les Russes.
— C'est cela, oui.
— Non, c'est prouvé. J'ai lu plein d'articles sur le sujet. D'ailleurs, je dois en avoir un ici quelque part…

Et il fait signe de repartir derrière les étagères, chercher l'article en question.
— Non, non, c'est bon, je te crois. Alors, entre la caméra et le microphone, cela prend combien de place, et la pile dure combien de temps ?
— Ben, juste le microphone, t'en as pour 36 heures en continu. Si tu enclenches le mode veille, il tient trois semaines, avec environ 20 heures d'enregistrement. Caméra et microphone ensemble, t'en as pour cinq à six heures en continu.
— Et pour envoyer les données ?
— Là, il te faut le module de transmission de données. Excellente portée jusqu'à un kilomètre, après, plein de friture. Mais cela te réduit le temps d'autonomie à quatre heures.
— Et si je ne prends que le module audio et transmission ?

Finalement, je ne lui prends que le micro, le transmetteur et l'enregistreur. Ça commence à faire beaucoup : 400 euros pour le tout. Ma blague du saint m'a bouffé 700 euros, soit presque un quart de ce qui me reste pour vivre…

J'ai l'impression de me faire arnaquer de manière sérieuse pour la deuxième fois dans la même journée, mais je m'en fous. C'est pour la bonne cause. Je lui prends le lot, mais lui demande une boîte en carton pour tout transporter. En fin de compte, j'ai besoin de tout mettre dans un sac-poubelle et de le poser dans un carton sur le porte-bagages arrière. Je m'en vais, cahin-caha, sur mon vélo. Et je dois m'arrêter en urgence, car j'ai une attaque de fou rire. J'ai une chèvre dans un cageot sur le porte-bagages avant, un saint du 17e attaché sur la fourche avant, et un kit d'écoute du FBI qui a au moins dix ans d'âge dans un sac-poubelle attaché sur le porte-bagages arrière. N'importe quoi. Il y a trois mois, j'étais trader à New York, là, je suis en train de vivre des choses que je n'aurais jamais imaginées auparavant. À grand-peine, je rentre à Matavacas. Le saint pèse lourd, et je perds même le sac-poubelle qui tombe par terre. J'espère que je n'ai rien cassé. Les deux derniers kilomètres, je les fais à pied. Heureusement, Esmeralda descend du vélo et me suit, broute quelques herbes avant de me rattraper en courant, parce que ces quelques kilos en plus seraient insupportables.

Le saint suppositoire

Juste avant d'arriver au village, j'entends une voiture dont le bruit ressemble à celui d'une Méhari. J'espère que ce n'est pas Dulcinea, parce que comment lui expliquer ce que je suis en train de faire ? Commandant McCoy, nous avons un passager suspicieux avec une canisse de jus de raisin... J'ai un air très suspicieux avec mon saint, ma chèvre et ma lime à ongles[15]... Mais, bien sûr, c'est elle. Elle ralentit, se met à ma hauteur et avance à la même vitesse que moi.
— Bonjour !
— Bonjour.

Esmeralda en profite pour sauter dans la Méhari, et va fêter la présence de Dulcinea, frétillant de la queue et se jetant sur ses genoux, lui mettant le museau dans le visage. Dulcinea arrête la voiture, rigole, et repousse un peu Esme. Elle la caresse, la gratte sous le menton, juste comme elle aime, pendant qu'Esme frétille. Je suis un tantinet jaloux. Je pensais que j'étais le seul qui savait ce qu'Esmeralda aimait. Mais en même temps, ça me fait plaisir. Comme si l'on commençait déjà à partager quelques petites choses.
— Comment vas-tu ?
— Ben, tu vois, je promène un saint et la chèvre.
— Oui, il est un peu blanc, ton saint, besoin de couleurs. Il devrait prendre un peu le soleil. Tu as raison de le promener. Mais pourquoi tu promènes tes ordures ? (*Elle montre le sac poubelle du doigt.*)
— Euh... (*et je m'en veux de dire « euh », cela fait des années que personne ne m'a fait dire « euh »... et voici trois fois dans la même journée que je dois chercher mes mots !*) ce n'est pas très gentil de parler de mon vélo et du saint comme

15 *Les Têtes à Claques : Le Pilote, DC1-32.*

ça… Et puis d'abord, ce ne sont pas des ordures.
— Ah bon ? De la contrebande ?
— Oui, presque bon.
— Ah bon ? Raconte-moi.

Elle m'a pris au dépourvu et m'interroge sur une idée que j'ai eue qui m'a paru un peu idiote dès le départ, et qui m'incommode un peu. Alors je réagis :
— Écoute, Dulcinea, c'est un peu trop long à t'expliquer en marchant, comme ça. Si tu veux savoir, je pose mon vélo dans la Méhari, et on va prendre un verre chez José, et je t'explique.
Elle hésite dix secondes, me regarde, regarde la route, gratte Esmeralda sous le menton.
— D'acc.

Alors, sans rien dire, je pose le vélo dans la Méhari. C'est un peu incommode avec le saint. Je mets les 45 tours dans le sac-poubelle et le pose gentiment juste derrière mon siège, puis je monte à côté de Dulcinea. C'est génial d'être assis à côté de cette femme dans son cabriolet. J'ai toujours été le plus fort dans toutes les relations que j'ai eues, celui qui dominait, parce que je n'en avais rien à faire et qu'en général, je ne séduisais pas les femmes avec les caractères les plus forts. Pour la première fois, j'ai trouvé quelqu'un avec qui je pense que je vais devoir lutter pour rester au moins à égalité. Aucun des deux plus fort que l'autre. Établir une balance, un équilibre, sans déraper. Je n'ai pas l'expérience de ce genre de relations, mais j'ai envie d'apprendre.

On ne parle presque pas, en route vers Matavacas, et le chemin m'a l'air trop court. Le vent dans les cheveux, le soleil dans la gueule, je me sens bien. Il ne manque qu'un peu de bonne musique, mais la Méhari ne s'y prête pas. Alors j'invente ma propre symphonie, faite du bruit du vent dans mes oreilles, du vrombissement du moteur, du craquement de la carrosserie, de l'odeur de poussière, du léger parfum de Dulcinea, le tout ponctué par un ou deux bêlements d'Esmeralda. Je ferme les yeux, je profite, je suis content, et cet interlude est bien trop court à mon goût. Je veux un roadtrip dans cette Méhari, avec Dulcinea et Esmeralda.

Quand Dulcinea arrête la voiture devant le bar de José, j'ai presque envie de lui demander de continuer à rouler encore un peu. Juste jusqu'en Inde, ou en Afrique du Sud, juste au bout de la Terre, où il n'y aurait personne d'autre. Mais bon, je suppose que la Méhari ne tiendrait pas jusque-là, et je ne voudrais pas que Dulcinea se retrouve sans voiture. De plus, il n'y a pas de place dans la Méhari pour trois personnes, et je pense qu'entre son fils et moi, le choix sera assez rapide. Donc, je descends de la Méhari à contrecœur. La moto-bylette de José est là. Dulcinea reste en contemplation devant la machine et me jette un coup d'œil complice. Je lui fais un clin d'œil et fais chut avec le doigt, pour lui dire de ne pas faire de commentaire. Esmeralda saute de la Méhari et entre en trombe dans le bar. À ses bêlements, je comprends que José est à l'intérieur. Je prends le saint sous un bras et le sac-poubelle dans l'autre, et suis Dulcinea à l'intérieur. Je fais les présentations.

José est un peu gauche, ne sait comment réagir. C'est comme si c'était la première fois qu'une femme entrait dans son bar. Et c'est probablement le cas. Même les trois, quatre jeunes qui sont au flipper sont intimidés, et très vite viennent régler leurs Cocas pour s'enfuir. José propose une panoplie entière de cocktails à Dulcinea, qui lui demande juste *una cañita,* soit une petite bière. José sourit, clairement, elle a fait un choix qu'il approuve, et avec un soin que je ne lui ai jamais encore vu, lui sert la *cañita* la plus parfaite du monde. La mienne est faite bien plus vite et avec moins de soin. Le bol d'eau d'Esmeralda mérite lui aussi bien plus de soin que ma bière. Esmeralda frétille de la queue en le buvant. Elle a appris à être bien plus propre en buvant de l'eau, c'est à peine si une goutte tombe par terre.

Nous sortons pour nous accouder à la barre mais avec Dulcinea entre nous. Esmeralda s'allonge à son endroit favori. Alors, j'explique mon plan à José, en parlant à Dulcinea. José me répond de la même manière, me parlant, mais s'adressant à Dulcinea. Je vais chercher le saint, leur montre. Leur montre comment on peut faire un trou dans la base, l'évider un peu, pour y insérer le microphone. Dulcinea ne dit rien. José va nous resservir des bières. J'ai

l'impression de devoir me justifier et repasse en revue tout le raisonnement que j'ai eu au départ. Soudainement, il m'a l'air bien timide, le raisonnement, bien faible. Dulcinea regarde la rue, ses mains, l'église. Au bout d'un moment, je me tais. José revient. Elle se tourne vers moi, et me dit :
— Je comprends ce que tu veux faire, et je pense que c'est motivé par un bon sentiment. Mais je n'aime pas trop, et je pense que ça va mal se terminer.
Je me tais quelques instants.
— Mais comprends-tu pourquoi je veux le faire ?
— Oui. Et c'est tout à ton honneur. Mais il y a un élément de voyeurisme malsain là-dedans qui me laisse un peu inquiète.
— Je suis d'accord. Mais ne regarde pas que le négatif. Je préférerais regarder le positif. Je pense que même s'il y a quelque chose qui n'est pas très sain, je voudrais essayer pour voir si je peux aider ces femmes. Elles le méritent. J'ai toujours pensé que rien n'est blanc ou noir dans ce monde, il y a beaucoup de gris. Et là, on est dans le gris. Je voudrais faire l'essai et voir ce que cela peut donner. Au bout de quelques semaines, nous ferons une analyse ensemble, et j'aimerais que tu nous aides à juger à quel niveau de gris nous sommes : gris clair ou gris foncé. Mais je voudrais essayer. Et surtout, pas une parole à Paco.
— Paco, le curé ? Tu vas faire ça sans l'en informer ?
— Ben, oui.
— Putain, pas cool. Je le sens mal, ton truc. Et pourtant, je ne peux rien dire, car dans l'ensemble, même si ton plan est nul, c'est motivé par une envie de faire le bien. Mais fais gaffe, il ne faut pas que cela devienne du voyeurisme. Et pour être sûr que cela ne dérape pas, tu dois mettre Paco au courant. Tu ne peux pas faire cela sous son nez, sans qu'il le sache. Et si tu as besoin d'un coup de main pour accomplir tes « miracles », tu me fais savoir, je suis prête à aider. Mais ne me fais pas écouter les enregistrements, cela ne m'intéresse pas.

José me dit :
— Mec, moi aussi je suis prêt à t'aider, mais ne me fais pas écouter tes enregistrements non plus. Je t'aiderai à monter le micro dans le saint et à faire tes miracles, mais pas plus.
Je sirote ma bière.

— Vous êtes sûr que c'est une bonne idée ? Parce qu'une fois lancés, on ne peut plus faire marche arrière. Enfin, je ne peux plus faire marche arrière.
— Non, mec, on est partie prenante. Mais si Maria découvre, je me fais lyncher.
— Oui, moi aussi je suis de la partie. À nouveau, je ne suis pas d'accord avec tout, mais suis d'accord avec le fond, qui est bon.

Dulcinea me regarde, finit sa bière d'un coup sec, se relève de la barre. Elle rentre dans le bar pour remettre sa bière dans l'évier. Pendant qu'elle est à l'intérieur, José lève son pouce, avec un regard approbateur. Il se fout de ma gueule, je viens de me faire mettre à ma place. Je souris et lui montre mon majeur. Dulcinea sort du bar, nous fait au revoir de la main et me dit :
— À demain, pour la paëlla.

Je me précipite pour lui ouvrir la portière de la Mehari, en faisant une courbette :
— Je vous en prie, ma mie, donnez-vous la peine de monter dans votre carrosse.
— N'importe quoi, paysan.
— Sapristi, ma mie, vous êtes bien critique à mon égard.
— Je ne fais que vous aider dans votre expression orale, mon cher. Vous m'en saurez gré bien assez tôt de corriger votre langage de rustre. À demain, pour votre noble repast.

Elle démarre dans un nuage de poussière. Je n'ai jamais su qu'une Méhari avait autant de reprise. Ou alors la sienne a été équipée d'un moteur Porsche.
— Putain, mec, elle est cool. Dure comme fer, mais cool.

Je ne réponds pas.

Je souris. José sourit lui aussi. On rentre, et il ouvre une bouteille de vin. Il sort du pain, du saucisson, du fromage, et nous mangeons un morceau. Il sort des outils qui traînent dans l'arrière-boutique. On commence à aligner le micro, les piles et le transmetteur sur la table. Il y en a une pile impressionnante. Ça se voit que le matériel a au moins dix ans. Je me demande s'il n'a pas servi pour le Watergate…

Au bout de quelques minutes, nous nous lançons. Nous enlevons tous les cartonnages. En assemblant le tout, micro et transmetteur, nous avons un paquet de sept centimètres sur sept centimètres sur cinq centimètres. Difficile de le faire entrer dans le saint sans l'excaver de manière importante. José sort un marteau et un ciseau à bois de sa caisse à outils. Il cale le saint à l'envers entre ses jambes, et fait un beau rond à l'embase du saint. Il le taille en pyramide, et arrive à sortir une pièce de bois assez belle du fond, sans trop de dégâts. Je continue à lui remplir le verre de vin, et vais mettre de la musique sur le juke-box. Quelques vieux tubes de Supertramp, du Boss, et de Led Zep. J'essaie d'y mettre les 45 tours que j'ai achetés. Après un peu de bidouille, j'y arrive. Dans ceux que j'ai pris, il y a un peu de country : Willie Nelson, un Johnny Cash, et Alan Jackson. Des vieux trucs. Quelques trucs de blues, Américains, mais aussi des groupes espagnols – Caledonia Blues Band, et Tonky Blues band. Je ne savais pas qu'il y avait des groupes de blues espagnol. Et un disque d'un gars qui s'appelle Charlie Musselwhite, que je connais vaguement, et qui joue de l'harmonica. Mon répertoire musical s'agrandit.

José est concentré. Je ne peux pas faire grand-chose pour l'aider. Je sors m'asseoir sur le porche pour regarder le soleil couchant. J'essaie de copier Chicken Shack à l'harmonica. *Chan Chan*, je connaissais, sans le connaître. La chanson cubaine la plus connue. Je ne savais pas qu'on pouvait le faire à l'harmonica. Je la joue. J'essaie de faire le texte aussi, forçant bien l'accent américain. Ça fait rigoler José. Dès que je fais le texte, il est mort de rire.

Esmeralda vient s'étirer contre moi. L'œuf à la coque passe dans son tricycle et je lui fais signe de la main. Il me répond, me crie quelque chose avec un gros sourire que je ne comprends pas. Je lui renvoie son sourire. Au bout d'un moment, je vais relayer José. Il a creusé un trou profond de quelques centimètres dans le saint. Je continue à utiliser le ciseau à bois. L'angle est mauvais, et le chêne vieux de quelques siècles est dur comme fer. Mais petit à petit, le trou s'agrandit et s'approfondit. Quand j'arrive à une douzaine de centimètres, nous commençons à

essayer d'y mettre le paquet microphone-piles-émetteur. Il entre parfaitement, mais il faut maintenant accrocher le microphone afin qu'il capte un signal sonore. Le microphone marche bien en dehors du saint, mais à l'intérieur, il ne capte rien. Deux gros problèmes : le premier est qu'il faut faire un trou vers l'extérieur, à un endroit où nos chers raisins ne le découvriront pas. Ce qui va être difficile, vu l'état un peu délabré du saint. Elles vont vouloir le repeindre, l'astiquer, le chouchouter. Second problème est que maintenant, à force de creuser la base du saint, le haut est plus lourd que la base et il manque de stabilité. La tête a tendance à partir vers le côté dès qu'on le prend dans les mains. Il est clair qu'il y a un creux dans sa partie basse.
— Flûte, José, que peu d'esprit vous avez, mon cher. Vous auriez bien sûr dû vous rendre compte que ceci allait se produire. Ce saint a la tête mieux pendue que vous.
— Ouais, mec, tu vas voir, je vais te prendre par les pieds et te secouer un peu, on va voir de quel côté tu atterris.
Venant d'un petit mec d'un mètre soixante quand il porte des talons, et qui doit peser 50 kg tout mouillé.
— Mon cher, si vous ne cessez de suite ces propos désobligeants, je me verrai dans l'obligation de vous faire manger ce savon qui traîne dans ce réduit que vous appelez toilettes, si je ne m'abuse ?
— Putain, mec, essaie, on verra ce que tu sais faire.

Je passe derrière le bar et attrape l'eau de Seltz.
— Arrière, manant ! Ne me poussez point dans mes retranchements, ou je vous le garantis, je vous occis !
— Vas-y, petit con, on verra bien qui rira le dernier.
Dit-il en se saisissant de l'extincteur :
— Mortecouille, manant, avec quelle armée pensez-vous pouvoir me faire face ? Je me ceins de mon baudrier de ce pas, monte sur mon noble étalon, et vais vous montrer la couleur de votre sang !
Et pof, une rasade d'eau de Seltz dans sa gueule de manant. Bref, quelques coups d'extincteur, d'eau de Seltz, et même d'une bouteille de limonade que j'ai trouvée, on s'assied, morts de rire, chacun sur une chaise. Flûte, cela fait bien 25 ou 30 ans que je ne me suis pas laissé aller à des conneries pareilles. Je me passe la tête sous le robinet pour enlever la mousse d'extincteur, José pour enlever le

liquide vaisselle que je lui ai aussi mis sur la tête, et l'on nettoie le bar. Esmeralda a à peine bougé, elle commence à s'habituer à tout.

On s'attelle au travail sur le saint. Pendant que José continue à creuser le saint, je fais un beau paquet du microphone et du transmetteur et les connecte aux piles. J'entoure le tout avec du sparadrap. On n'a pas mieux. Le microphone pendouille, accroché à deux fils. Je ne peux pas m'imaginer que le bidule marche, mais je me mets dans l'arrière-salle, branche le récepteur sur la prise, et j'entends bien les coups de ciseau que donne José. Je lui dis de parler.
— Oh, le noble de mes couilles, tu m'entends, tête de pioche ?
— Manant, je vous prie de bien vouloir soigner un peu votre langage et votre tenue, il y a un saint présent dans cette infâme demeure, cet antre du diable.
— Tu parles, oui, si le saint ne dit rien alors que je suis en train de lui mettre des coups de ciseau à bois dans le postérieur, tu crois qu'il va dire quelque chose pour mon langage ?
— Cher manant, les coups de ciseau que vous donnâtes dans le postérieur de ce saint sont pour la noble cause ! Mais votre langage châtié et vos expressions on ne peut plus populaires ne sont pas ouiables.
— Ne sont pas quoi ?
— Ouiables, comme écoutables.
— Flûte, noble duc, vous êtes aussi piètre dans l'utilisation de notre langue que dans votre manière de draguer.

Je reviens dans le bar, et cette fois-ci, l'ensemble piles-émetteur-micro rentre bien dans le postérieur du saint. S'il y a un Dieu, il me punirait probablement pour faire un commentaire quant à la taille du suppositoire qu'on est en train de mettre au saint. Mais José, ça le fait rigoler bêtement. C'est bien d'avoir un copain aussi fin et délicat que moi. Nous enlevons le suppositoire du saint. José gratte le trou au ciseau, pour s'approcher de la paroi abdominale. Il va chercher un tire-bouchon, et avec une dextérité qui trahit des années d'expérience, fait un trou presque invisible à hauteur de poitrine du saint, juste là où la main de

la statue est posée sur son cœur.
— T'es sûr que ce n'est pas saint Napoléon ?
— Pourquoi ?
— Ben, il se tient l'estomac, comme Napoléon quand il avait mangé trop de grenouilles.

José creuse ensuite depuis l'intérieur, fait un petit tunnel avec un ciseau recourbé, la cigarette au bec. Au bout de dix minutes, je prends l'une de ses cigarettes, et j'essaie. C'est fort. Même très fort. Mais pas si déplaisant que ça.
— T'as pensé à comment on recharge les piles ?
— Non. Tu penses qu'on peut changer les règles ?
— Comment ça ?
— Demander que le saint passe une nuit par semaine à l'église ? Pour se recharger en énergie spirituelle ? Et en piles ?
— Tu crois que les petites vieilles vont accepter ça ?
— Si Pablo leur dit ?
— Peut-être.

Flûte. Je n'avais pas pensé à ça. Je n'avais pas pensé plus loin qu'à l'installation du saint. J'y réfléchis pendant que José fignole l'emplacement du micro. Je reprends une cigarette et un verre de vin.
— Fais gaffe, l'aristo. T'es en train de devenir accro à la nicotine.
— Quoi, avec deux clopes ?
— C'est comme ça qu'on commence.

Eh, ce n'est pas mauvais... Faut que je m'y fasse, mais c'est pas mal. Est-ce que Dulcinea fume ? Je ne sais pas, je n'ai pas remarqué. Je ne l'ai jamais vue avec une cigarette.
— Arrête, mec.
— Arrête quoi ?
— Arrête de penser à elle, Ducon.
— À qui ?
— Fais pas ton idiot, tu sais bien de qui je parle.
— Ça se voit ? Comment tu as pu voir ? Tu n'as même pas levé la tête.

José lève la tête, me regarde, fait un petit haussement d'épaules et se remet au ciseau.

— Ça s'entend même depuis ici, quand tu souris. Tu as les muscles du sourire tellement atrophiés qu'ils grincent.
— Arrête tes conneries. Comment as-tu su que je pensais à elle ?
— Je ne sais pas, mec. J'ai juste senti que tu pensais à elle.

Put... Flûte (je jure trop). Je suis plus accro que je ne le pensais si j'arrive à véhiculer ça. Et je ne la connais même pas. Alors j'écrase la cigarette qui me brûle la gorge et les yeux et vais chercher du sable dehors. J'en ai vu dans l'arrière-cour de José, un petit tas qui doit être là depuis des lustres. Je prends un bol avec moi, le remplis avec quelques poignées de sable.

José a fini de creuser l'intérieur du saint, il est en train de parfaire son travail. Quelques coups de ciseau, il sort la cigarette de sa bouche, souffle dans le trou pour chasser les copeaux. Redonne quelques coups de ciseau, sort la cigarette de sa bouche, souffle. Esmeralda rentre, s'allonge contre le bar. José dit que ça y est. On enfile le suppositoire au saint, et avec un bâtonnet, on essaie de positionner le microphone dans l'emplacement que José a fabriqué. Trop petit. Quelques coups de bistouri supplémentaires, et la chirurgie plastique du saint est terminée. Le microphone tient avec un morceau de sparadrap. Je verse le sable sur la table. Nous positionnons le suppositoire, l'entourons d'un sachet plastique, et faisons couler le sable autour du sachet plastique pour faire tenir le tout. Ensuite, nous repositionnons la base en bois, le morceau que José a sorti au ciseau au départ. Ça ne tient pas très bien. Mais le poids est bon à nouveau, le saint ne part plus de la tête quand on le porte. Il faudrait trouver un moyen de faire tenir le bouchon en bois. José insère quelques copeaux de bois pour le bloquer. Il sort, prend un peu de terre au pied de l'oranger, revient avec, la met dans un verre, rajoute de l'eau et fait de la boue. Dont il badigeonne la base du saint, et le trou qu'il a fait pour le micro. En regardant de près, impossible de ne pas découvrir la supercherie, mais qui sait ? Nous essayons le micro. C'est acceptable, mais pas super comme son. On n'entend rien quand on parle doucement, mais à voix normale, c'est compréhensible. On fera avec. J'essaie de déloger le bouchon en bois, de secouer le saint pour le faire tomber. Je fais même tomber le saint par terre pour voir, mais rien n'y fait, ça tient bien. Le sable a l'air de bloquer le microphone aussi, ça continue à marcher. C'est bon.

José et moi trinquons un petit coup de vin, et j'embarque Esmeralda pour rentrer chez moi. Plus d'harmonica ce soir, il est bien trop tard. La police mulot va passer, à force. Je me lave les dents pendant qu'Esme est dehors, mais ce coup-ci, c'est moi qui suis couché en premier. La chieuse essaie de me pousser de ses petites cornes, mais je fais le mort, en souriant, alors elle se fait une raison et s'allonge à côté de moi, en me plantant juste trois ou quatre coups de sabot, juste pour montrer qu'elle n'est pas contente. Dodo, demain, c'est paëlla !

La paëlla de Maria

Je me réveille à nouveau du pied gauche. Pas content aujourd'hui. Mal dormi. Et je ne sais pas ce qui m'a pris d'inviter tous ces inconnus chez une inconnue, pour tester des capacités culinaires jusqu'alors non découvertes. Je ne sais même plus où j'ai rangé la liste de poissons pourris inconnus que Maria m'a dit d'acheter pour cette paëlla de merde. J'ai la gueule à l'envers. Je me lève, bois du lait à même la bouteille. Esmeralda vient se frotter à ma jambe, comme un chat. Cela ne m'étonnerait pas qu'elle miaule bientôt. Je lui donne sa portion du lait. Faudrait vraiment que je me renseigne pour savoir jusqu'à quel âge on peut donner du lait à un chevreau. Je prends un quignon de pain, fais chauffer du café de la veille, et m'assieds sur le porche. Le soleil est levé depuis deux heures au moins, il fait déjà chaud. Les poissons vont bien puer sur le chemin du retour de Med-Sid. Tant mieux, cela donnera du goût à la paëlla.

Je mange mon pain, bois mon café. Ça va un peu mieux. Je mange un yaourt. Beaucoup mieux. Je me lave, me rase, m'habille, et j'enfourche le vélo. Esmeralda saute dans le cageot. Et nous filons comme le vent vers Med-Sid. Il fait chaud, très chaud. Mais au lieu d'en être aggravé, je souris et je pédale comme un fou. Aujourd'hui, la chaleur et l'exercice me motivent, comme un challenge que je dois surmonter. Alors je pédale encore plus fort, comme si la vitesse me rafraîchissait. Le vent souffle dans mes cheveux, remplit mon nez, vibre dans mes oreilles, s'engouffre dans ma chemise, sèche la sueur sur mon front. Et c'est comme s'il m'ôtait tous les mauvais sentiments, toutes les mauvaises vibrations. Le vent me remet la tête à l'endroit, me regonfle, me redonne envie. Alors je roule encore plus vite. Esmeralda a l'air surprise. Elle n'a jamais roulé aussi vite. Mais elle a l'air d'aimer, en tout cas, elle ricane de toutes ses babines, un grand sourire. Elle a dû apprécier la Méhari hier, mais je n'ai même pas fait attention à elle à ce moment-là. Je suis un père indigne. Mais moi aussi, je ricane. Et je pédale encore plus fort. Quand j'arrive au marché couvert de Med-Sid, je suis trempé de sueur. Mouillé comme une soupe. Mais content. Heureux. La tête à l'endroit. Envie de partager ma première expérience culinaire avec ma petite famille espagnole.

Je pose le vélo contre le mur. Au départ, je voulais acheter une chaîne et un cadenas. Mais on ne me l'a pas encore volé. Tu me diras, si l'on vole les saints, peut-être que le vélo n'est pas en sûreté. Il doit bien avoir 30 ou 40 ans. Je ne pense pas qu'il intéresse les voleurs d'antiquités. Pas assez récent pour être intéressant, et pas assez vieux pour être une pièce de collection. Un peu comme moi.

J'entre dans le marché couvert. Une superbe structure en fer, comme une vieille gare. Des tuiles posées sur la structure, des vitres insérées dans les montants verticaux. Il y a un peu de fumée ou de vapeur dans le marché, les rayons du soleil entrent par les différents trous du toit et par les fenêtres. J'entre sous le chapiteau où a lieu ce spectacle magique. La tête en l'air, je regarde le ballet de la fumée et des particules de poussière dans les rayons de lumière. C'est superbe. Mais quelqu'un me bouscule, et soudainement le bruit m'assaille. Retour sur la planète Terre. Les odeurs, la foule, le bruit. C'est impressionnant. Plein de petits stands de légumes, viandes, poissons, choses diverses. Tous en train de vendre et promouvoir leurs produits. En train de crier, en train de gesticuler, montrer, couper, peser, empaqueter. Une caverne d'Ali Baba de nourriture, de légumes, de vins, de jambons, d'olives, de salaisons, de poissons.

Ah oui, poissons ! C'est pour ça que je suis venu. Je regarde les différents étals. Ne vois pas trop de différence. Alors je regarde les gens devant les étals. Et les vendeurs. Il y en a un qui ne crie pas trop, un peu plus âgé. En regardant de plus près, il a moins de choix que les autres, mais les poissons sont mieux arrangés. Soigneusement alignés. La glace a l'air fraîche, et même si je n'y connais rien, les poissons ont l'air reluisants de santé. Comme s'ils venaient de sortir de l'eau. Je me mets dans la file, qui se résume à une vieille dame avec un panier dont débordent des branches de céleri. Elle prend son temps pour choisir, un petit poisson, deux ou trois crevettes, quelques moules. Et ils parlent. Du temps, du manque de pluie, de la récolte de raisins, de la qualité de vin que cela donnera. C'est tellement banal et sympa que ça en est beau. Je suis encore sous le charme des rayons de lumière, des poussières virevoltantes.

La dame fait ses adieux. C'est mon tour. Esmeralda a l'air un peu inquiète, elle ne me lâche pas d'une semelle. Alors j'explique au poissonnier que c'est la première fois que je vais faire une paëlla, et que je ne sais pas ce que je dois acheter. Je lui tends la liste, un peu froissée et mouillée de sueur. Il me demande combien de personnes. Comme je ne sais pas, je lui dis huit. Il commence à me faire des petits paquets. Quelques calamars. Quelques gambas, quelques moules. Il y a une chose qu'il n'a pas, les cigallas, mais il me demande d'attendre quelques secondes, et il va en chercher chez son collègue. Enfin, il me prépare un énorme sac avec des têtes de poissons, des ouïes, une aile de raie désossée. Je ne sais pas à quoi ça sert, ça a l'air un peu dégueulasse, mais bon, il doit savoir mieux que moi. Il met tout dans un grand sac. Je lui demande de me mettre un peu de glace. Juste de quoi tenir pour rentrer à Med-Sid. Il donne un peu de persil à Esmeralda. Juste pour être gentil. Il ne doit pas voir de chèvres tous les jours, plutôt des petits enfants. Mais je ne sais pas ce qu'il donne aux petits enfants. Une huître ? Une crevette ? Une joue de truite ? Il doit être trop content de pouvoir enfin donner quelque chose à l'un de ses petits clients. Esme n'a pas l'air de trop aimer, mais pour faire plaisir au poissonnier, elle le mange quand même. Je suis fier d'elle, et me félicite de son éducation. C'est un père fier qui paie, et qui s'attarde un peu plus dans cet endroit. Là où Dulcinea fait plutôt l'image de la maman lion, protégeant son lionceau, je suis le papa chèvre. Devinez qui se fera manger en premier ?

J'achète quelques bouteilles de cava espagnol, et du riz pour la paëlla. Des olives, du fromage, un morceau de jambon, du saucisson, du pain. Chargé comme un des voleurs, je sors de la caverne et retourne au vélo, qui heureusement est encore là. Faut vraiment que je me procure un autre cageot, un devant, un derrière. Ma nouvelle idée du luxe. Un deuxième cageot sur mon vélo vieux de 40 ans. *Quien me ha visto, y quien me ve !*[16]

Je prends l'un des cageots d'une pile, un morceau de ficelle, le monte sur le porte-bagages et mets mes courses dedans. Et je repars dans l'autre sens. Il fait encore plus chaud, et je n'ai pas la moindre idée du temps qu'il faut pour préparer une paëlla. Alors, à nouveau, je roule comme un taré. Dans ta gueule, Lance ! Tour d'Andalousie, je te mets petit ! Enfin, si tu descends de ta Trek et prends un vélo comme le mien. Je ne sais même pas quelle marque c'est. Je me penche un peu et essaie de voir. Catastrophe. Le cageot arrière, sous la pression du vent due à ma vitesse, qui doit maintenant être de proche de 150/160 km/h, et sous l'effet de 3 ou 4 G dégagés par mon mouvement brusque, s'envole et va atterrir à 100 mètres du vélo. Bon, j'exagère légèrement, mais je fais une embardée et le cageot se ratatine par terre. Tout est mélangé, de la glace partout, une des bouteilles de cava cassée ; les moules sont pleines d'herbe et les calamars ont mangé les pissenlits par la racine. Enfin, de manière figurée, ils avaient déjà mangé les pissenlits par la racine, mais ils sont couverts de sable et de pissenlits. De plus, je suis sûr que je viens de voir Esmeralda uriner sur le fromage.

Je ramasse tout mon petit monde, le mets sens dessus dessous dans les quelques sacs plastiques plus ou moins entiers, et j'essaie de rafistoler le tout. Rien à y faire. Alors, je mets tout dans le cageot d'Esmeralda et la prends dans mes bras. J'essaie de faire du vélo sans les mains, et ma foi, je n'y arrive pas trop mal. Je suis tout content. Ça fait au moins 25 ans que je n'ai pas fait ça, et j'y arrive du premier coup ! Esme n'aime pas du tout, et je suis sûr qu'elle va me faire la gueule parce que son cageot pue le poisson, mais c'est la vie. Un jour, ton cageot pue la chèvre, le lendemain le poisson.

Et ça, mine de rien, c'est l'une des pensées les plus philo-

16 Qui m'a vu, et qui me verrait maintenant !

sophiques que j'ai eues depuis que je suis en Espagne. C'est un peu nivelé par le bas. Mais j'aurais bien aimé voir Descartes philosopher sur un vélo d'avant-guerre, avec un ramassis de poisson poisseux dans un cageot avec lequel il doit faire un repas de fête à ses copains et sa future amoureuse. Le tout avec une chèvre dans les bras et Lance Armstrong aux trousses. C'est comme cela que je rentre au village. Pas vraiment un retour triomphant. Je n'ai pas pu dépasser les 100 km/h sur la dernière partie du voyage, parce que les calamars faisaient trop prise d'air et que je n'aurais pas aimé devoir les ramasser à nouveau. Je ne sais pas si l'on met des pissenlits dans la paëlla, mais si c'est le cas, et j'en doute, il y en a bien assez comme ça.

À l'entrée du village, je pose Esmeralda par terre. Elle me suit en trottinant et en bêlant. C'est clair, elle aime encore moins que d'être dans mes bras. Je roule doucement, mais quand un petit chien commence à courir après Esmeralda en aboyant, je suis prêt à intervenir. Esmeralda réagit comme la princesse qu'elle est. Elle se campe bien droite sur ses quatre pattes, regarde l'insecte droit dans les yeux et le charge de ses petites cornes quand il ne cesse pas d'aboyer. Le truc qui a l'air d'un chien s'enfuit en courant sans demander son reste. Esmeralda secoue la tête et trotte vers moi, toute fière, comme avec l'air de me dire : « T'as vu ? Mais je ne vais pas me laisser faire, moi ! » Je suis vraiment fier de ma fille adoptive.

On arrive devant chez Maria. Soudainement, je me sens un peu gauche. Il n'est que 10 heures environ, vu la position du soleil. Est-elle là ? Son invitation était-elle vraiment sincère ? Mais je prends mon courage à pleines mains et sonne en retenant mon vélo qui manque de se casser la gueule. Au bout de quelques minutes, j'entends Maria s'approcher et un verrou être tiré, la clef tourner dans la serrure.

Elle entrouvre la porte et a un regard un peu surpris à me voir là. Enfin, je pense, elle le cache tout de suite.
— Tu es déjà là ?

Bon, elle l'a caché dans le regard, mais la question est sans

équivoque.
— Oui. Je suis désolé, mais je n'ai pas la moindre idée de combien de temps il faut pour une paëlla, je ne suis pas sûr d'avoir acheté tous les ingrédients, et je ne sais pas si les pissenlits sont vénéneux.
— Les pissenlits ?

Je lui explique brièvement l'histoire de Lance Armstrong et Bernard Hinault qui m'avaient pris en course poursuite, et que je les avais distancés d'au moins deux minutes. Mais que mes calamars n'étaient pas encore morts, et ils n'aimaient pas la vitesse, alors ils ont sauté par-dessus bord. Lance m'a attendu, mais ce cochon d'Ullrich en a profité pour prendre la tête du peloton.
— D'ailleurs, tu n'as pas vu passer un mec en maillot rose Telekom ? Sur un vélo ? Garde-moi mes calamars, je vais le rattraper et lui expliquer que ce n'est pas cool de ne pas attendre.

Maria doit penser que je suis fou, mais elle rigole. Elle doit bien aimer les fous. Elle me laisse entrer. Je suis vraiment un peu con, au lieu de l'amadouer, je lui raconte des âneries. Mais elle a l'air d'apprécier, donc je continue. Je rentre mon vélo sous le porche et prends les quelques sacs plastiques.
— D'ailleurs, il devait avoir un calamar collé dans le dos, je le lui ai lancé quand il m'a dépassé, pour me venger. Lui, je ne l'ai pas invité aujourd'hui.

Le porche donne sur une pièce qui fait séjour-salle à manger, mais une arche la connecte à une cuisine immense. C'est un chef-d'œuvre rustique. Une énorme cheminée au fond, avec un rebord en poutres assez grossières. On peut y rôtir un bœuf. Un tas de bois et une vieille pompe à eau sur la gauche de la cheminée. Sur la droite commence un plan de travail qui court sur bien sept ou huit mètres, avec évier, four, plaques. Des cuivres sont accrochés partout, ou presque. Un superbe vaisselier et quelques meubles épars bien paysans, mais qui ont vraiment vécu. Et au centre, la table dont j'ai toujours rêvé. Je ne le savais pas avant de la voir, mais elle est parfaite. Énorme, elle fait bien quatre mètres sur un mètre et demi,

épaisse de quinze centimètres au moins. Deux grands bancs de chaque côté, une chaise à la tête. Un énorme plat en terre cuite, d'au moins 70 centimètres de diamètre, est posé en plein milieu de la table, rempli de fruits. Une abondance de fruits : oranges, pommes, poires, prunes, quetsches, même des tomates. Je ne pense pas que Maria mange tous ces fruits à elle seule, elle a dû les acheter pour nous. Elle a fait l'effort de nous acheter tous ces fruits, et ça me fait quelque chose au cœur de voir qu'elle attache suffisamment d'importance à ce repas pour acheter des fruits.
— Maria, au moins, si je loupe ma paëlla, il y aura de quoi manger !
Dis-je en lui montrant les fruits. Maria rigole un peu.
— Oui, ça vient de mon jardin, et je ne sais pas quoi en faire. J'espère que vous en mangerez beaucoup !
— Oh, tu sais, Maria, avec ce qu'il y a de pissenlits sur mes calamars, je ne sais pas s'ils vont vouloir encore manger des légumes ou des fruits ! Tu dis qu'ils sont de ton jardin ?
Et Maria me montre son jardin. Une porte dans le mur de gauche, près de la cheminée, donne sur le jardin, qui est énorme. Il doit bien faire 30 mètres de large et 60 mètres de long. Et il est rempli d'un potager, d'arbres fruitiers, de framboises, de fraises, de groseilles, d'herbes. Aucun arbre inutile, aucune plante inutile. Toutes servent à quelque chose. Tout est planté d'une manière très organisée et très chaleureuse à la fois. Il y a même un peu de vignes. Superbe, ce jardin. Un tout petit coin ne sert à rien, avec une table en bois déglinguée et quelques chaises qui ont sérieusement besoin d'une couche de peinture, mais qui ont un charme fou. Je le dis à Maria, et décide sur-le-champ qu'en remerciement, je lui peindrai les chaises.
On rentre dans la cuisine, et je sors les provisions sous le regard de Maria, qui juge chacun de mes achats
— Quelques moules !
Et je les brandis avant de les poser dans l'évier.
— Des cigallas, je crois.
Et dans l'évier. Maria les sort sur sachet, les inspecte, et approuve.
— Des calamars aux pissenlits !
Maria approuve, mais les passe tout de suite sous le robinet. Au revoir, pissenlits. Et je continue ainsi. Je ne me fais

pas gronder, donc *a priori*, c'est OK. Elle approuve même beaucoup les têtes de poissons, disant que cela donne un fumet sans pareil. Juste le riz, où elle me dit que ce n'est pas la bonne marque, elle en préfère une autre. Quand je lui fais une tête stupide en disant que du riz, c'est du riz, elle me fait une leçon sur le riz *arborio* et sur les autres riz. Je ne savais pas que le riz était aussi important. Mais je continue à m'espagnoliser. J'apprends tous les jours un peu plus. Le fromage, le saucisson, les olives, le jambon, tout est approuvé, et le cava est son préféré. Faudra que je m'en souvienne.

Elle commence à nettoyer le poisson, mais je lui dis que non, ça fait partie de ce que je dois apprendre. Elle me montre comment nettoyer les calamars, et je m'y mets. Je ne savais même pas que ça avait une peau, ces trucs-là. C'est bien moche, comme bête, mais si le poulpe peut être aussi moche et aussi bon, le calamar doit être acceptable aussi. Pendant ce temps-là, elle range tous mes autres achats dans son petit frigo. Tout arrive à rentrer, je suis ébahi. Même les bouteilles de cava restantes. Elle me propose un petit verre de vin, et j'accepte. Il n'est pas loin de 11 heures, quand même. Nettoyer les poissons, ce n'est pas de la rigolade. Mais quand j'ai fini, il manque encore beaucoup de temps avant de commencer à cuisiner, alors nous prenons mon verre de vin, son café et les olives, et allons nous asseoir dehors. Je suis totalement relaxé. C'est absolument génial. Je suis même surpris de comment je me sens à l'aise ici. Nous parlons de tout et de rien. Elle est un peu gênée au début, ne sait pas trop comment réagir, mais assez vite, elle aussi se relâche. Mes plaisanteries bêtes la déstabilisent un peu, mais elle s'adapte assez vite, alors c'est moins marrant et je deviens plus sérieux. Elle me raconte un peu sa vie. Beaucoup de zones d'ombre, mais j'apprends que son mari est décédé il y a maintenant sept ans. Une soirée, il a joué aux cartes avec ses copains jusqu'à une heure avancée de la nuit, dans le petit salon attaché à la cuisine. Bien sûr, ils ont fumé énormément, et bien bu. Vers 2 heures du matin, le canari qui était accroché dans une cage au-dessus de la table est tombé raide mort, asphyxié par la fumée de cigare. Alors, en déconnant, son mari a pris le canari et l'a avalé avec les plumes, les pattes et le bec, lui donnant un enterrement digne. Malheureusement, il s'est étranglé avec le canari, et ses copains n'ont rien pu faire. Ils l'ont vu s'étrangler sous leurs yeux, mais n'ont pas pu sortir le canari de sa gorge. Trois des quatre sont partis sans demander leur reste, le quatrième est allé la réveiller, lui a expliqué ce qui s'était passé, et lui aussi s'est éclipsé. Je ne sais pas si je dois croire à l'histoire ou non, mais elle a l'air tellement sérieuse que je ne peux qu'y croire. Mais je n'y crois pas. Elle insiste, cependant.

Quelle manière conne de perdre son mari ! Pardon, quelle manière étrange de voir disparaître son époux ! Ses enfants n'y ont pas cru non plus, au départ. Finalement, elle a été seule à l'enterrer, à part ses amies du village. Ses enfants ne sont pas venus, et les meilleurs amis de son mari ont été absents eux aussi, gênés de leur attitude le soir de sa mort. Le seul homme à avoir été présent était José, qui s'entendait bien avec son mari. Quand José était petit, son mari l'a surpris en train de voler des framboises dans le jardin. Au lieu de le gronder, il l'avait invité à revenir quand il voulait pour manger des fruits, mais en passant par la porte d'entrée.

Depuis, elle ne parle plus aux hommes du village, sauf à José, Paco et au tavernier. J'en reste quand même un peu silencieux. Je ne sais plus trop quoi dire. Je fais remarquer qu'en fait, elle parle à quatre hommes dans le village. Elle me répond qu'elle ne me parle que parce que j'ai l'air tellement perdu, que José m'aime bien, et que je me suis imposé à elle avec cette histoire de paëlla.
— Mais maintenant que tu me connais un peu, tu me parlerais si je ne m'étais pas imposé ?
— Je ne sais pas. En fait, je ne te connais pas. Tu es chez moi, tu es assis sur ma chaise, tu bois mon vin, mais je ne te connais pas. Et je ne sais pas ce que je fais à te raconter tout ça sur mon Nacho.
— Nacho ?
— Oui, enfin, Ignacio, mais on le raccourcit à Nacho.
— Qu'est-ce que tu veux savoir sur moi ?
— Je ne sais pas. Qu'est-ce que tu fais ici ? J'ai vu que tu as eu affaire à l'ignoble Ruiz. Et que tu es à Casa pistolas maintenant, qu'il a essayé de refourguer aux touristes

depuis des années. La rumeur est qu'il t'a arnaqué de la maison de ta grand-tante, qu'il habite lui-même aujourd'hui. Une grande dame, elle, une très bonne amie. Je suis désolé qu'elle soit morte, mais elle a bien vécu. Par contre, si elle savait que la limace de Ruiz habite dans sa maison, elle se retournerait dans sa tombe.

Alors je lui raconte tout, à elle aussi, mais de manière plus objective que je n'ai pu le raconter à José, Pablo, ou Dulcinea. Et je lui affirme mon désir de reprendre mon bien à Ruiz, et que c'est ce que je fais de mes journées : apprendre la loi espagnole. Et puisque j'y suis, je lui parle aussi un peu de ce village, de ce que j'y apprends, du fait que je me reconstruis, et de Dulcinea. Pas trop, mais elle est fine, et elle me fait un sourire en coin, un sourire entendu. Il est moins beau que son sourire Mona Lisa, mais il n'est pas mal non plus et la rajeunit. Elle devait être absolument superbe, plus jeune.

Je suis à sec, alors elle va me chercher un peu plus de vin. Nous continuons à parler et à nous raconter des bêtises.

Quand la sonnerie de la porte retentit, je suis surpris de voir combien de temps a passé. Esmeralda s'est endormie sous les tomates, dont elle a grignoté quelques pousses. Je suis sûr que Maria l'a vue faire, mais elle n'a rien dit. Esme se lève d'un bond et gambade vers la porte, comme un petit chien. Je ne sais pas quelle heure il est, je ne porte plus de montre depuis plusieurs semaines. À vue de nez, il doit être midi environ. Nous rentrons, et Maria va ouvrir. C'est José. Il est chargé d'une caisse de vin, d'un énorme pain et d'un bouquet de saucissons. Esmeralda gambade à la tête de ce petit groupe, la tête haute, frétillant de sa queue, comme pour dire : « Regarde qui j'amène ! ». José laisse tout tomber sur la grande table, qui résonne sourdement sous le poids des bouteilles. Je vais à sa rencontre, le prends à bras-le-corps et lui tape l'épaule. Il a l'air surpris, mais me rend la pareille. Je ne suis pas aussi démonstratif normalement, mais le vin aide, et je me sens bien. L'escapade de ce matin m'a fait un bien énorme, et je me sens chez moi dans ce village. Je sais que je ne serai jamais vraiment chez moi ici, je serai toujours l'étranger, le Yankee, l'intrus. Comme Dulcinea est encore l'étrangère au bout de toutes ces années. Il faut probablement trois ou quatre générations avant que l'on soit considéré comme un vrai Matavacassien, mais je commence à me sentir à l'aise, plus accepté ici que je ne l'ai été nulle part ailleurs.

José se sert en vin comme s'il était à la maison, prend une planche et un couteau, et commence à couper ses saucissons en lamelles. Maria sort des ustensiles, met une casserole d'eau à bouillir, et commence à découper tous les ingrédients que j'ai semés le long de la route ce matin. Ne sachant pas quoi faire, je l'aide. L'ambiance est calme, détendue, nous continuons à plaisanter et à parler du village. Quelqu'un frappe à la porte. José va ouvrir, Maria a les mains pleines de calamar. J'espère que c'est Dulcinea, et mon cœur commence à battre plus vite, un serrement au niveau du cœur et le diaphragme qui remonte. Soudainement, je suis tendu. Mon premier rendez-vous galant, et il y a tout ce monde que j'apprécie énormément, mais qui d'un coup est de trop. Je n'ai plus envie de tous ces gens, de cette foule. Je n'ai envie que d'être tout seul avec Dulcinea. Son fils à la limite. J'ai tellement de choses à lui dire. Ou ne pas lui dire justement. Seulement la regarder, prendre sa main dans la mienne – si elle se laissait prendre la main – et tellement de choses à lui dire avec mes yeux. Je me rends compte que je suis habillé comme une cloche, n'importe comment. J'ai les mains sales, me les frotte avec un torchon, me les passe sous l'eau. Pas manière de voir comment je suis coiffé, mais après ma course contre Jan Ullrich, et après avoir ramassé mes calamars dans les champs, probablement pas très bien. Je ne sais pas si je dois rester dans la cuisine ou m'enfuir au fond du jardin, me terrer parmi les tomates.

Mais ce n'est qu'une fausse alerte. José entre avec le boulanger, qui a livré un gâteau que Maria avait commandé. Le boulanger, bien sûr, accepte le verre que Maria lui propose. L'ambiance se détend à nouveau – enfin, c'est plutôt mon diaphragme qui redescend à sa place habituelle. Le boulanger reste un peu, parle de la pluie et du beau temps, se plaint de la sécheresse, finit son verre d'un coup et s'éclipse en faisant au revoir à la cantonade.

Maria me gronde parce que j'ai coupé au moins trois fois plus d'oignons qu'il ne le fallait. Elle me fait préparer la *picada,* mélange de noisettes, persil, ail, amandes écrasés dans un mortier. C'est un bon travail qui occupe bien, mais mes oreilles sont sur le qui-vive. Le moindre bruit de l'extérieur est immédiatement analysé, décortiqué et jugé pour ce qu'il est. Quelques fausses alertes. Le chien d'à côté qui aboie, une voiture qui passe, des voix dans la rue... Mon diaphragme fait des bonds. José voit bien mon état, me ressert un verre de vin que je finis bien trop vite. Il m'en ressert un autre, m'emmène dans le jardin cueillir des tomates. Ça ne me calme pas trop. Sans le faire exprès, j'arrache trois ou quatre branches avec les tomates, et déterre même presque un pied entier. Rapidement, José me dit de le laisser faire. Je m'assieds dos contre le mur de la maison, à l'ombre. Entre la chaleur et le vin, je me relaxe un peu à nouveau.

Auréa a dû sonner, et Maria lui ouvrir, parce que je la vois venir vers nous. Elle est mignonne aujourd'hui, n'a pas mis ses lunettes, et porte une robe toute simple, mais qui lui va très bien. Je me lève et l'embrasse sur les joues. Je lui présente José. Il lève la tête, fait un bonjour à Auréa, grommelle quelque chose, devient au moins aussi rouge qu'un des fruits qu'il récolte, et plonge dans les plants de tomates à nouveau pour cacher sa gêne. Je souris. Sa réaction m'encourage. Je ne me suis pas trop trompé sur le potentiel qu'il peut y avoir entre lui et Auréa. Voyager 7 000 kilomètres pour jouer l'entremetteur, on aura vu des choses pires dans cette vie. Mais au moins, on sera deux gros patauds aujourd'hui. La conversation risque d'être limitée à table... beaucoup de pieds dans les plats.

Je prends Auréa par le bras, la raccompagne à la cuisine. La différence de luminosité fait que je ne vois pas tout de suite l'intérieur de la cuisine, mais avant de la voir, je sens son odeur, puis je l'entends parler. Dulcinea est là. Elle est à l'évier, en train d'aider Maria. Elles sont en pleine conversation. Je ne sais pas trop quoi faire. Je m'étrangle avec un « bonjour » qui sort un peu comme un cri de crapaud en rut. Je ne sais si je dois m'approcher de Dulcinea et l'embrasser. Je me sens à nouveau comme un gamin de quatorze ans, à sa première boum, quand pour la première fois une fille l'invite à danser. Qu'est-ce que l'on fait dans ces situations ? On met la main au panier tout de suite ? On roule sa pelle ? Ou on la joue fleur bleue tout du long ? Dulcinea a entendu mon râlement de grenouille écrasée par un trente-trois tonnes et se retourne, me sourit, et me dit bonjour à son tour. C'est à peine si je peux encore respirer. J'ai lu beaucoup de livres dans ma vie. Beaucoup de ce que j'appelle de la littérature de métro, ou d'avion, ces bouquins qui sont bien écrits, racontent une bonne histoire, mais n'ont pour but que de distraire. Dans ces bouquins, toujours des descriptions de premières rencontres, comment le héros voit sa compagne de loin et tombe éperdument amoureux d'elle. Comment il croise son regard, et soudainement, il sait qu'il va passer le restant de ses jours avec elle. Comment elle lui rend tout de suite ce regard, qui véhicule la même chose, et la promesse de nuits de passion à venir. Moi, je dois encore avoir des problèmes avec la langue espagnole, avec ce que véhiculent les regards, ou avec mes hormones juvéniles que je pensais disparues, car je n'ai pas cette assurance. Mon regard ne doit véhiculer qu'un désarroi fébrile empreint d'une volonté de chien battu de plaire à sa nouvelle maîtresse. Un « est-ce qu'elle me trouvera à la hauteur ? ». Justement tout le contraire de tous ces bouquins où les héros, bardés de muscles, relèvent la tête après avoir pris 30 coups de fouet sans avoir bronché, et croisent le regard d'une belle inconnue, lui donnant son cœur pour la vie. Les femmes préfèrent les hommes sûrs d'eux. Je le suis, normalement. Mais là, l'enjeu est tellement important que j'ai du mal.

Dulcinea me rend un regard complice, plein d'étincelles, gentil, acceptant mon désarroi. Alors, je me ressaisis et décide que je jouerai le tout pour le tout, que je serai copain avant d'être plus, même si mon cœur et mes tripes ne peuvent déjà plus se passer d'elle. Le changement mental s'opère, et me revoilà en presque total contrôle de mes neurones. Je n'avais pas vu non plus que son fils, Pablo, était aussi là, et le salue. Je redeviens rigolo, sympa, attentionné, et presque moi-même. Je dérape quand même encore un peu. Quand je fais une scène du *facehugger* d'Alien avec un calamar pour faire rigoler Pablo, elle rigole aussi. Je me rends compte que là, je force peut-être un peu trop la dose. Surtout quand je me fous de l'encre un peu partout sur la gueule. Je ne savais pas que ces bestioles, ça contenait encore de l'encre.

Bref, pourquoi m'étendre en banalités ? Le déjeuner est un franc succès. Je ne fais pas grand-chose, à part suivre les ordres de Maria, je coupe, découpe et hache menu. Les pissenlits sont lavés et ôtés des calamars, que je coupe en petits morceaux. Les calamars, pas les pissenlits. Je les fris. Je fais revenir des moules à la vapeur et les ouvre en laissant la chair dans l'une des moitiés. Je coupe d'énormes haricots qui viennent du jardin, un genre de haricot que je n'ai jamais vu avant. Je hache menu des oignons. Je touille les têtes de poissons.. Je fais frire un élément après l'autre dans une grande quantité d'huile, le but étant que l'huile s'imbibe de tous les goûts. Puis je fris le riz dans l'huile avec un peu de tomate râpée et l'oignon (il en faut très peu en fait), remets tous les autres trucs, et j'arrose le tout avec des louches entières de jus de têtes, un mélange qui m'a l'air absolument dégueu. Je picole bien, et suis bien joyeux, mais ce qui est absolument impressionnant, c'est que même quand je suis aux fourneaux et que j'ai le dos tourné vers la cuisine, je sais exactement où est Dulcinea. À n'importe quel moment, je sais où elle est. Je sens sa présence. Je rigole avec Maria, et avec Auréa, qui vient laver la salade et les tomates, probablement rien que pour me rendre plus intéressant à ses yeux. J'envie José, qui est en train de lui parler. Putain, pourquoi ce n'est pas lui qui veut apprendre à faire la paëlla ? Que ce soit moi qui puisse lui parler ? Il fait chaud à côté des plaques, et tout le monde est affairé dans la cuisine. Auréa a rejoint José et Dulcinea, et ensemble, ils mettent la table. Pablo vient me demander pourquoi je veux apprendre à faire la paëlla. Et ce qu'on mange dans mon pays à part des hamburgers et des hot-dogs. Je lui invente des histoires à dormir debout, qui le font bien rigoler. Je lui explique qu'il y a des arbres à pain de hamburger, l'arbre femelle donne la base, et l'arbre mâle le haut. Pareil avec les balles de ping-pong, d'ailleurs. Une moitié de la balle est donnée par l'arbre à Ping, et l'autre par l'arbre à Pong.

Je drague par procuration, j'espère qu'en faisant rigoler son fils, j'attirerai l'attention de Dulcinea, que j'aurai droit à un regard bienveillant ou deux. En y repensant, c'est absolument étonnant les états dans lesquels on peut se mettre. Je me revois dans cette cuisine et repense à ces idées, et la succession de frustrations, d'espoirs, ces hauts et ces bas qui se succédaient dans la même minute. Cette envie de courir vers elle et la prendre dans mes bras, la serrer pour ne plus jamais la laisser. Et puis cette envie de jeter ma cuillère en bois par terre, enlever le torchon que j'avais coincé dans mon jean, et me casser d'ici la tête haute avant de chuter encore plus bas, de faire une croix sur elle. Un sentiment d'abandon alors qu'elle est dans la même pièce et qu'elle est venue spécialement sur mon invitation. Un sentiment de frustration énorme alors que je vais lui parler pendant des heures quand j'aurai fini de cuisiner. Un déferlement de sentiments, un feu d'artifice d'émotions, un raz-de-marée de pensées, un tourbillon d'hormones. Je ne sais plus qui je suis. Je n'ai jamais senti ça. Plutôt maître de moi en toutes situations, je ne sais pas ce qui m'arrive. Je n'aime pas du tout cette perte de contrôle. Mais alors, pas du tout. Je ne suis plus maître de moi, de ce que je sens. Mes tripes se nouent.

Je suis en train de me faire violence, de me concentrer sur mes têtes de poissons, de me reprendre en main pour ne pas faire la gueule, et soudainement, un rayon de soleil effleure mon dos. Une sensation électrique, tellement bonne, les petits poils sur ma peau se hérissent, et je suis prêt à courber le dos et à ronronner, comme un chat. Elle est juste passée derrière moi et m'a effleuré la chemise du bout des doigts en passant, et j'ai le dos illuminé. Tous les atomes de ma peau sentent le passage de ses doigts, juste là. Je ne me retourne pas, mais elle a senti comment je me suis raidi. Cet effleurement me stimule, me titille, me charge en ions positifs. Cette petite marque d'attention est suffisante pour faire le ménage dans ma tête, pour tout remettre en perspective. Je redresse les épaules, souris, me ressers un verre, et m'y remets. Vous devez penser que cela fait déjà beaucoup de verres, mais dans ce coin on boit dans des petits verres de bistro, en verre épais, sans pied. Il y a peu de contenu. On mange le *pica pica*, ou l'apéro espagnol, debout autour de la table de la cuisine, pendant que je continue à arroser le riz de soupe de cervelles de poissons. C'est super sympa. La porte est grande ouverte, le repas sent bon, et le fromage et la saucisse sont absolument superbes, comme la compagnie. Nous levons le verre à Maria, à la paëlla, à mes talents culinaires. Puis nous nous asseyons.

Le repas est gargantuesque. La paëlla est servie dans la casserole typique, large comme une roue de camion. Elle n'est vraiment pas mauvaise, pour un truc mariné dans des extraits d'ouïes et d'aliens pleins de jus d'encre, en plus faite par un Américain. Je suis assez fier de cette première paëlla, même si je n'ai pas fait grand-chose et que Maria m'a guidé à chaque pas.

L'ambiance est bonne, on rigole bien. Maria est bien moins sérieuse que d'habitude, elle a bien regardé le fond de son verre plusieurs fois. Je suis assis face à Auréa, en bout de table, à côté de Pablo qui me sépare de Dulcinea. José est assis à côté d'Auréa, et Maria à la tête de la table. Ça a l'air de marcher entre José et Auréa. En tout cas, elle est très animée et ses joues sont bien colorées, comme quand elle parle de choses qui l'intéressent vraiment. José est bien plus animé que d'habitude, et je le vois bien jeter un regard du coin de l'œil à Auréa de temps en temps. Bien trop vite, le repas est fini et Maria commence à dodeliner de la tête. Elle se lève brusquement pour aller chercher le dessert, le gâteau du boulanger et des cerises du jardin superbes, et je la remplace au feu pour préparer le café. Elle va chercher le rhum pour faire des *carajillos*, mais une fois qu'elle a fini le sien, sa tête penche sur sa poitrine, et elle s'endort doucement, comme un oiseau. Je ne serais pas surpris si elle mettait la tête sous son bras. Pablo se lève pour aller jouer dehors avec Esmeralda, et nous baissons le son de la conversation. Soudainement, je suis assis à côté de Dulcinea. Je ne sais plus quoi faire de mes mains, mes bras, mes jambes, mon regard. Je me retourne vers elle pour lui parler, mais je manque de foutre le banc par terre, avec nous dessus. Je suis gauche et pataud, et soudainement, je me rends compte des bras de singe que j'ai. Je n'ai jamais remarqué, mais les mains doivent traîner par terre quand je marche. Je passe l'une des jambes par-dessus le banc, pour me mettre à cheval, et donne un coup énorme dans la table avec mon genou. Heureusement qu'elle pèse aussi lourd ou j'aurais tout cassé. Dulcinea sourit, ses yeux pétillent. Elle est sur le point de rire, je le sais. Alors je continue un peu mon cirque, fais comme si je n'arrivais pas à sortir ma jambe de sous la table, puis je m'aide avec le bras, enfin, je suis forcé de m'allonger sur le banc pour y arriver. Ma technique de super dragueur : quand tu te sens con, fais le con. Je n'ai jamais su draguer. Mais je crois que j'ai déjà dû le dire 25 ou 26 fois.

Enfin debout, je prends son verre et le mien et lui fais signe de me suivre dehors. Elle me regarde en me demandant pourquoi. Alors je fais des signes de tête et des grimaces horriblement peu discrètes et exagérées pour lui montrer qu'il faut laisser Auréa et José ensemble, tout seuls, et que nous devons nous éclipser sur la pointe des pieds afin qu'ils ne s'en rendent pas compte. Mon cirque dure bien deux ou trois minutes, et Auréa et José rigolent aussi, un peu gênés, mais ne déniant pas leur envie d'être seuls.

En passant à côté de Maria, je pose les verres et lui recoiffe une mèche de cheveux. Je positionne un coussin sous sa tête. Elle respire doucement. Du bout des doigts, j'effleure la peau de son visage, qui est douce comme de la soie. Beaucoup de rides, grandes et petites, et pourtant, cette peau est douce comme la peau d'un nouveau-né. Sur sa tempe, une veine bat doucement, visible juste sous sa peau. Elle a l'air fragile et bien plus vieille. Ses cheveux ont l'air plus blancs, et l'énergie vitale qu'elle transmet par ses yeux et ses gestes est absente. Je lui caresse doucement la joue du dos du doigt, et lui murmure « merci ». Dulcinea m'attend à la porte, sourit. Nous sortons et allons nous asseoir à la table près de la porte de la cuisine. Dulcinea s'installe et me dit :
— L'aimes-tu ?

J'hésite quelques secondes. J'ai envie de lui répliquer : pas autant que je t'aime toi. Mais je me retiens.
— Tu sais, c'est un peu tôt pour le dire. Je la respecte énormément, et elle m'a accueilli, m'a fait entrer chez elle, m'a

pris sous son aile sans rien savoir de moi. Je pense que c'est un peu tôt pour dire que je l'aime, mais oui, je la respecte, et je pense que c'est une relation humaine qui peut aller plus loin, mais le temps nous le dira.

Je me dis que je suis vraiment con. J'aurais pu en profiter pour tout lui dire, que je ne peux plus vivre sans elle. Oui, que je sens un certain attachement à Maria, mais qu'elle me rend fou, que je ne peux plus vivre normalement. Que ma première pensée quand je me lève est pour elle, et la dernière avant de m'endormir est pour elle aussi. Bon, sauf quand Esmeralda me donne un coup de patte pour se faire plus de place dans le lit.

Tiens, elle est où, ma fille ? Ah, elle est en train de jouer avec Pablo. Enfin, elle a trouvé les plants de courge, et Pablo lui en donne feuille après feuille. Je dois vraiment me renseigner sur ce qui est toxique pour les chèvres, et comment l'alimenter. Je devrais dire quelque chose, mais je n'ai pas envie de me lever de cette table. Je suis enfin en tête à tête avec Dulcinea, depuis tout ce temps, et rien ne me l'enlèvera. Rien que le fait de lever la tête pour regarder ce que fait Esmeralda a rompu le moment magique, et donc je ne peux pas revenir sur le sujet. Si je lui déclame ma flamme maintenant, cela tombera comme un cheveu sur la soupe. De toute façon, tant mieux, car c'est trop rapide, trop fort, et je n'ai pas envie de brûler les étapes. Je ne sais même pas si l'attraction est mutuelle, et j'ai même du mal à y croire. Comment une femme aussi belle, aussi attirante, aussi intelligente, aussi vivante, pourrait-elle tomber amoureuse d'un loser comme moi ? Heureusement que je n'ai rien dit. Un mauvais film que j'ai vu dans l'avion disait que c'est ce que font les hommes. Ils sautent dans le vide et espèrent savoir voler. Si la personne en face est celle qui saura leur apprendre à voler, tant mieux. Et si ce n'est pas le cas, eh bien, en tombant comme une pierre au fond du gouffre, on a tout le temps de se demander pourquoi on a été suffisamment con pour sauter. Je me colle deux baffes mentales, et l'on relance la discussion dans un autre sens. Je ne sais plus trop de quoi nous avons parlé. De tout et de rien. Des enfants, de la famille, de nos vies, du village, de Maria. À un moment donné, José vient nous resservir du vin et nous apporte quelques morceaux de pastèque. Esmeralda vient s'étirer à côté de nous. Pablo s'amuse avec un seau qu'il vient remplir d'eau à intervalles réguliers. À chaque passage, il est un peu plus couvert de boue. Le robinet est derrière elle, et elle ne le voit pas. Je décide de ne pas le dénoncer.

Je suis bien. L'ambiance est super, calme et détendue. On s'intègre bien tous les six, il n'y a aucun stress. Je n'ai plus vécu de moments comme celui-ci depuis que je suis petit, quand ma mère était encore vivante et invitait des amis et de la famille à la maison. J'ai oublié que j'essayais de draguer Dulcinea. Il n'y a plus de pression, juste un vrai échange. De temps en temps, je flashe sur une chose qu'elle dit, ou un geste qu'elle fait, et une petite voix qui me dit « wow ! Elle est vraiment bien cette fille », mais je la pousse, l'enfonce, m'en débarrasse. Je ne veux pas être distrait par quoi que ce soit. Je ne veux pas être le mec qui la regarde avec des yeux de merlan frit. Des yeux de bouillon à la petit Nicolas : « Regardez-moi dans les yeux ». Cet échange est parfait. Parler pour ne pas dire grand-chose. Il y a même des silences dans notre discussion.

Nous sommes assis dans une bulle, dans notre petit univers. L'équilibre y est fragile, et la moindre pensée déplacée peut le rompre. Alors je me retiens de penser. Que ce moment dure, toujours ! Je veux en profiter, espère que le temps est élastique et que je peux l'étirer au maximum, presser ce citron jusqu'à la dernière goutte.

Bien sûr, un moment arrive où l'équilibre est rompu. Les tensions sur la surface d'une bulle de savon font toujours qu'à un moment donné, celle-ci explose. Je suis sûr que vous avez vu comment avant d'exploser, les couleurs changent sur sa surface, toutes les couleurs de l'arc-en-ciel y passent. De l'or, de l'argent, du vert, du bleu, du bronze glissent ainsi en volutes sur sa superficie. Et juste quand on pense enfin deviner le dessin sous-jacent, la bulle explose. Juste quand des couleurs moirées, l'or et le bronze apparaissent dans notre bulle, elle aussi explose.
Car Maria vient nous resservir à boire, et s'assied avec nous.

Elle ne se rend pas compte de ce qu'elle a fait, mais je ne lui en veux pas. Ou alors, si, peut-être qu'elle s'en rend compte et le fait exprès.

Mais c'est bien. Il faut un changement de rythme. Ça va trop fort, trop vite. Même là, avec Maria présente, je sens encore un lien avec Dulcinea. Dans ce petit coin de jardin, quelque chose est passé entre nous et cela nous a rapprochés. Maria parle, nous la regardons tous les deux, mais sommes conscients l'un de l'autre. Une énergie passe entre nous. Je sens presque ses pensées, mais pas tout à fait. Je suis sûr que j'arriverai à les lire un jour, quand je la connaîtrai mieux, mais il y a déjà quelque chose. Peut-être que je me trompe. Mais quand je réponds à Maria, je ne suis là que partiellement, le reste est concentré sur Dulcinea. Nous parlons de choses et d'autres. Maria me félicite de mes talents culinaires, dit que j'ai ça dans le sang. Ici, en Espagne, peu d'hommes cuisinent, et jamais auparavant un homme n'a cuisiné chez elle. Mais elle aime bien essayer de nouvelles choses, et ça ne lui déplaît pas d'avoir un homme à qui montrer ses recettes. Je profite de l'occasion et lui demande ce que nous allons préparer la semaine prochaine. Elle me regarde, et joue la jeune fille outrée. Clairement elle y était préparée. Elle attendait cette suggestion de ma part. Si je ne l'avais pas évoqué, probablement que c'est elle qui l'aurait fait. Elle a repris des couleurs, cela lui va bien.
— Malotru ! Tu crois vraiment que je n'ai rien de mieux à faire durant mes week-ends que de t'apprendre à cuisiner ?
— Ben, je ne sais pas. Tu n'es pas à l'église toute la journée quand même ? Et ça ne te plaît pas ?
— Attends, je suis une pauvre vieille moi ! Et t'as vu la vaisselle qui m'attend ?
— Parce que tu crois que je vais te laisser comme ça avec ta vaisselle ? Mais tu rêves, Maria ?
Et je me lève pour y aller.
— Non ! Ne rentre pas dans la cuisine ! me dit Maria à voix basse.
Je me rassois.
— Ils concrétisent déjà ?
— Non, mais ils sont dans leur cocon. Faut les laisser seuls un peu plus de temps, leur laisser tisser leur truc, histoire que le fil soit incassable.

Ah bon ? Parce que nous n'étions pas dans un cocon, nous ? On ne tissait pas, nous ? Clairement, elle lit mes pensées.
— Je suis sortie parce que vous, votre cocon, il est déjà là. Vous avez déjà établi un lien. Eux, ils commencent. Faut leur donner un peu de temps.

Je regarde Dulcinea, qui sourit légèrement, l'œil pétillant. Elle dit :
— En fait, j'étais en train de lui dire combien je regrettais son invitation à déjeuner, et que je n'aime pas les pissenlits dans ma paëlla.
— Oui, c'est ça ! Si Maria ne t'avait rien dit, tu n'aurais même pas su que mes calamars avaient fini dans les pissenlits !
— Oui, parce que Eddy Merckx te poursuivait ?
— Oui, Madame ! Et lui, il n'avait pas d'Esmeralda, de calamars et de champagne sur son vélo, et pourtant, je l'ai mis petit !

Je suis content. Dulcinea n'a pas démenti le fait qu'un lien s'est créé entre nous. Elle a l'air de le sentir aussi. Je ne suis pas si con que ça. Pendant qu'elle critique mes talents culinaires et mes capacités de cycliste, je la regarde, en souriant béatement et réagissant suffisamment pour que la discussion continue. Maria rigole doucement et met son grain de sel, tantôt d'un côté, tantôt de l'autre. C'est une sacrée entremetteuse. Elle renforce cette complicité naissante entre Dulcinea et moi juste en étant là. Je commence à me demander si sa sieste n'était pas feinte non plus…

Arrive Pablo, couvert de boue, voulant chercher un nouveau seau d'eau. Ce coup-ci, Dulcinea le voit et se lève d'un bond de son siège. Elle saute sur lui et commence à le rouspéter. Esmeralda vient voir ce que signifie ce remue-ménage, tout en broutillant une carotte et sa fane, qu'elle a clairement déterrée. Ces femmes sont vraiment toutes pareilles ! Dès que l'on trouve quelque chose de marrant à faire, qui par obligation salit (par définition, toute activité sympa est salissante : voile, quad, voiture, rugby, cheval, bricolage, moto…), elles nous tombent dessus. Maria se lève aussi, pour aller vérifier l'étendue de l'hécatombe que

Pablo et Esmeralda ont créée. Je fais des grimaces à Pablo, pendant que, appuyé à sa mère, il se fait frotter le short, les jambes et les chaussures avec un torchon. Elle a vraiment un beau postérieur, qu'elle me montre allègrement, alors qu'elle est penchée sur lui. Lui rigole et me rend mes grimaces. Dulcinea continue à vociférer sur l'état dans lequel Pablo s'est mis, mais malheureusement, Pablo rigole de la grimace la plus horrible de l'univers que je lui fais à ce moment-là. Dulcinea lève la tête, et tout de suite, je redeviens sérieux. Trop sérieux, je prétends être en train d'observer le ciel. Dès qu'elle a les yeux baissés, ça repart de plus belle. Pablo rigole à pleins poumons. Elle relève la tête, prête à m'incendier, mais je regarde avec minutie mon verre de vin. Et hop, rebelote. Là, quand elle me trouve en train de me regarder les ongles, elle me gronde, mais en rigolant. Elle se retourne sur Pablo, lui interdit de rentrer dans la maison comme ça, mais le libère. Il veut une glace. Elle va lui chercher un morceau de pastèque. Il rechigne, mais l'accepte quand même, en donne un morceau à Esmeralda et repart au fond du potager, suivi de la chevrette. Maria revient. Les dégâts sont assez minimes, Pablo a donné beaucoup d'eau aux carottes, mais elles survivront. Esmeralda s'est engouffré deux demi-plants de tomates, mais elle survivra. Les plants aussi, *a priori*. Maria se rassoit, Dulcinea aussi. Je souris. Dulcinea bougonne un peu, mais le cœur n'y est pas. Elle voit mon sourire.
— Quoi, ça te fait rire ? Ton Esmeralda est en train de pervertir mon fils.

Je souris de plus belle. Elle doit sourire aussi.

Le reste de l'après-midi passe sur le même ton. Au bout d'un moment, José et Auréa nous rejoignent, l'air un peu penaud, mais clairement, ils se plaisent mutuellement. J'en suis content. Ce sont deux belles personnes qui méritent une autre belle personne à leurs côtés. La conversation est tantôt légère, tantôt sérieuse. On passe d'un sujet à l'autre, avec une aise impressionnante. Ce petit groupe d'inconnus fonctionne, it clicks – ça clique – comme on dit en américain. Rien à jeter. Quand la lumière commence à disparaître, Maria va chercher une lampe à pétrole et quelques bougies. José et moi l'aidons à sortir ce qu'il reste de l'énorme miche de pain que José avait apportée, et la quantité énorme de fromage et de saucisson qui reste. On improvise un dîner. Vers 23 heures, José propose à Auréa de la ramener chez elle. Elle accepte avant de se rappeler qu'elle est venue avec son pot de yaourt. Alors, il lui propose de la ramener à sa voiture. Il reste dehors au moins une demi-heure. Maria commence à avoir l'air fatiguée. On rentre pour faire la vaisselle. Nous forçons Maria à s'asseoir sur sa chaise. Dulcinea ramasse les assiettes et les plats, je les lave, et Pablo les essuie. Presque une unité familiale parfaite, sauf qu'à la place du chien, on a une chèvre. Maria se lève pour ramasser le fromage et le saucisson restant, dont elle fait deux paquets, un pour moi et un pour Dulcinea. Nous refusons, mais sans rien pouvoir y faire. Quand José rentre, Maria nous sert un petit verre d'aguardiente pour la route. Le verre est tout petit, avec un pied. Tant mieux, parce qu'il est tellement fort qu'une quantité plus grande aurait fait un trou directement au niveau de mon nombril, et toute la paëlla, le bon vin et le fromage se seraient écoulés par là. Mais l'arrière-goût est super bon. Enfin, ce que je peux en noter parmi les brûlures au troisième degré que j'ai au fond de la gorge.

Je n'arrive pas à croire au fait que l'heure de se quitter est déjà arrivée. Cela fait quatorze heures que je suis chez Maria, et j'ai l'impression que cela ne fait que quelques minutes. Je n'ai pas envie que cela se termine. Mais toutes les bonnes choses ont une fin. À la porte, je prends Maria dans mes bras, la serre fort, l'embrasse sur les deux joues, et lui dis un grand merci. Elle répond que non, c'est elle qui me remercie. Que cela fait si longtemps que sa cuisine n'a pas vu une ambiance pareille, et qu'elle a résonné avec les sons d'une famille, même si ce n'est que pour un jour.

Alors je lui demande si elle sait faire le riz à l'encre de calamar. Elle me regarde, sourit, et me dit :
— Dimanche prochain, même heure ?
— Mêmes gens ?
— Oui, mais j'inviterai peut-être aussi quelqu'un d'autre.
— J'achète les ingrédients, tu me fais la liste ?

Et Maria me fait la liste. Cela a vraiment l'air de lui plaire que nous nous revoyions la semaine prochaine. Dulcinea aussi a accepté, ce qui me réchauffe le cœur. José lui aussi, et il appellera Auréa pour voir si elle peut venir. C'est génial, mon premier *date* a bien marché, et j'ai obtenu un deuxième rendez-vous, pensé-je, en roulant doucement sur mon vélo, Esmeralda confortablement installée dans son cageot sur l'avant du vélo. Je fais des embardées, et je ne pense pas que c'est l'aguardiente, mais plutôt le poids que gagne ma chèvre. Je suis content. Dulcinea m'a fait un beau sourire en partant dans sa Méhari. Pablo était déjà à moitié endormi, mais il m'a lui aussi fait un beau sourire et un petit coucou avec la main. Quand je travaillais encore, aux USA, en rentrant chez moi, je repassais mentalement ma journée et analysais toutes mes actions et mes comportements. Je me donnais des notes. Comportement ou réaction mauvaise : colonne de gauche. Comportement ou réaction bonne : colonne de droite. Et puis je faisais le total. En règle générale, je voulais au moins quatre fois plus de positif que de négatif. Cette journée, qu'un négatif : le fait que je ne contrôlais pas mes émotions à l'arrivée de Dulcinea. Même laisser tomber les calamars sur le chemin est rentré dans la colonne des positifs, vu comment j'ai retourné la situation. Je profite pleinement de mon retour à Casa pistolas. Les derniers kilomètres du chemin ne sont éclairés que par la lune et les étoiles, et c'est royal. Je n'entends que le zouf zouf de la dynamo, que j'arrête assez vite, car elle fait trop de bruit, le crissement des cigales, et doucement, derrière, le ronflement des pneus sur l'asphalte de la route, et le bruit du vent dans mes oreilles. C'est génial. C'est une sensation que je n'ai jamais vraiment sentie avant mon arrivée ici à Matavacas, et c'est impardonnable de ne pas l'avoir fait avant. C'est aussi la première fois que j'ai vraiment l'impression de commencer à appartenir à un endroit, l'impression de me poser, et l'impression de rentrer dans un vrai foyer en retournant à Casa pistolas. Malgré tous les défauts de cette maison, son premier étant que Dulcinea ne m'y attend pas. Quand j'arrive, je laisse descendre Esmeralda du cageot, qui s'ébroue, puis écarte ses pattes arrière pour uriner bruyamment. Je pose le vélo contre le mur, entre sans allumer de lumière, me sers un verre d'eau, prends mon harmonica et vais m'asseoir à la limite des vignes. Je joue tout doucement de la musique. Ça commence à ressembler à quelque chose, enfin. Les cigales s'arrêtent un moment, jugent la musique acceptable, cherchent le rythme, puis m'accompagnent. Concert en sol mineur pour harmonica et cigales.

Dejame vivir[17]

Les jours qui suivent sont assez remplis. Je suis tous les jours à la bibliothèque. Je travaille dur. Le champ d'oliviers a été terrassé, et j'ai décidé que je ne ferais rien pour essayer de voir Dulcinea. Elle sait où j'habite, elle sait où je suis la plupart des soirs : chez José. Donc je me jette dans le travail et je développe une stratégie de défense pour récupérer ma maison. J'en profite pour aussi relire ce que je peux sur la loi américaine, par rapport à moi, renvoi sommaire avec confiscation de tous mes biens. Mine de rien, malgré le fait que j'aime mon vélo, mon Aston me manque. La dernière fois que j'ai essayé mes cartes, il n'y en a plus qu'une qui a marché. J'ai sorti tout ce que je pouvais du distributeur. Je commence à ressembler à un vrai péquenaud : vivre dans ma cabane au milieu des vignes, un vieux vélo pourri avec un cageot dessus, ma chèvre dedans, et mes billets sous mon matelas. L'argent me permettra de tenir un moment au rythme de vie que je mène ici. Mais quoi après ? Mes talents de courtier ne sont pas trop à la côte ici à Matavacas, peu de débouchés pour des gens avec ma spécialisation. Je pourrais investir les économies de tous les petits vieux de Matavacas, mais entre leur matelas et moi, je ne sais pas à qui ils feraient plus confiance.

Je veux récupérer l'argent que j'avais. En repensant un peu, je devais avoir économisé quand même plus d'un million de dollars. Sans compter la valeur de mon appartement, dont j'avais bien payé la moitié, de mes meubles et de mes voitures. Je devais valoir au moins 2 millions de dollars quand ma société m'a tout pris. Aujourd'hui, je me

---

17 *Dejame vivir,* chanson de Jarabe de Palo et Lamari.

rends compte que je me fous de l'argent, ce n'est pas ça qui est important, mais cette situation reste injuste. J'ai pris toutes les décisions avec l'accord de mon chef, et c'était mon premier échec chez Volksbrott. Je me souviens d'une histoire liée à Rockefeller, confronté à la grosse bourde faite par un jeune dans sa société. Cette erreur a coûté une fortune à Rockefeller. En marchant dans les couloirs, il voit ce jeune mettre ses affaires dans un carton, et lui demande ce qu'il fait. Le jeune lui dit que vu la somme d'argent qu'il a fait perdre à la société, il s'attend à être viré. La réponse de Rockefeller m'a toujours paru exemplaire. Il a dit : « Pourquoi je vous renverrais alors que je viens de payer une fortune pour vous former ? »

Les erreurs doivent être permises dans les sociétés. Oui, dans mon cas, on ne parle plus d'erreur, mais de pari stupide. Mais ce sont ces paris qui m'ont fait apporter tellement d'argent à Volksbrott. Je trouve donc ceci très injuste, et dois me pencher sur comment récupérer mes biens. Et si les affaires de Dulcinea vont si mal, cet argent pourrait servir à l'aider à se sortir de cette situation. Il faut replanter, et il faudra attendre au moins sept ans avant que les oliviers ne donnent à nouveau des fruits. Cet argent pourrait être utile. Donc, j'étudie pour une raison maintenant : récupérer ma maison pour avoir un coin potable dans lequel je pourrais vivre avec ou proche de Dulcinea, récupérer mes sous pour lui payer des oliviers, pouvoir attendre sept ans avant qu'ils ne recommencent à produire de l'huile en quantité potable. Et tout cela sans même savoir si mon histoire avec Dulcinea va quelque part…

Je passe tous les jours à la bibliothèque de Med-Sid. Esmeralda n'aime pas trop, elle s'ennuie, alors elle dort beaucoup et me fait la tête le reste du temps. Elle doit entrer dans l'adolescence. Mais il est clair qu'elle serait mieux dehors. Cependant, elle ne veut pas rester à la maison, et a horreur d'être attachée à une corde. Auréa la sort de temps en temps. Auréa a l'air d'une autre personne : elle sourit beaucoup, porte d'autres vêtements, et a relevé ses cheveux. Un matin, elle porte même un peu de rouge à lèvres. Elle a enlevé ses lunettes, mais n'a pas de lentilles, ce qui fait qu'elle se prend régulièrement les pieds dans des objets ou des cartons qu'elle ne voit pas, et qu'elle juge mal les distances. Quand elle s'est levée pour me faire la bise ce matin, elle a mal calculé, et elle m'a donné un sacré coup de tête. J'en ai encore une bosse énorme sur le milieu du front. Je suis unicorne. Ma corne est dangereuse quand je travaille, et j'ai déjà embroché un livre ou deux et un petit vieux qui passait par là à cause de mouvements de tête inconsidérés, mais au moins, je bosse et Auréa a l'air heureuse. Elle a l'air amoureuse, et ça a l'air de la gonfler à bloc, de la faire voler, de la faire flotter, de lui donner des ailes.

Moi, je ne sais pas si cela me donne des ailes. Ça dépend des jours. Je me dis parfois, quand le trader resurgit en moi, que je suis con, que ce sont des ailes en plomb, que ces ailes me retiennent ici dans ce bled pourrave où je perds mon temps. Que cela ne sert à rien, et qu'est-ce que je suis venu foutre ici à m'emmouracher d'une vendeuse d'olives divorcée et ruinée, à habiter dans un taudis dans un champ ?

Et le moment d'après, je repense à ce que je sens. Comment mon cœur bat quand je la vois. Comment je me sens soudainement gauche et inutile, et le plus génial des mecs en même temps. Parce qu'elle me regarde de ses yeux noisette et qu'elle me parle. À moi. Je pense au fait que pour la première fois, il y a quelqu'un dans ma vie pour qui je suis prêt à me battre, à me battre vraiment. Pour la première fois, quelque chose qui ne vient pas facilement, mais qui est tellement naturel. Il faudra travailler dur, et ce ne sera pas facile, mais je pense que pour une fois, le jeu en vaut la chandelle. Je n'ai jamais compris comment certains écrivains arrivent si bien à parler d'amour, de leurs états d'âme, de ce qu'ils sentent. Je dois être bien plus basique, ou alors mes sentiments sont bien plus basiques. Ou je n'arrive pas à exprimer en quelques phrases ce que je sens, et j'ai besoin d'un livre comme celui-ci. Chez moi, c'est plutôt les montagnes russes. Ça va un jour, je suis aux cieux, porté par l'espérance, par le positif, par les « ailes du désir ». Et le lendemain, je suis aux oubliettes, en dessous de tout, coulé par le poids de ce cœur malade d'envie, désespérant de le sentir battre normalement à nouveau.

Quelque part, c'est quand même mieux quand on n'en a rien à faire de rien, comme quand j'étais auparavant. Pas d'états d'âme, pas de prise de tête, pas de sentiment d'être seul ou de ne pas être complet. C'était plus facile. Mais que faire sans ce sentiment d'élation ? Le sentiment de n'être complet que quand l'autre personne est là, même si elle n'est pas directement visible, ou que l'on n'est pas à côté d'elle. Même quand je me promène dans Matavacas, je suis heureux rien qu'à l'idée que dans l'air que je respire flottent quelques petits atomes de l'air qu'elle aussi a respiré à un moment donné, un très, très léger soupçon de son parfum. Ce soleil qui m'éclaire l'éclaire aussi, ce ciel que je vois, elle le voit. Ce nuage… Tiens, ce nuage, il a la forme d'un perroquet !

Enfin, ce nuage en forme de perroquet, elle le voit aussi. C'est très égoïste, en fait, l'amour. Quand on y a goûté, on ne peut plus s'en passer. Mais il faut une fixette permanente, et si l'on n'arrive pas à prendre sa dose de manière régulière, on pète un câble. Moi, je suis bien accro. J'ai toujours pensé qu'être amoureux est de vouloir tout faire pour l'autre, se sacrifier pour elle (ou lui) et faire tout pour rendre l'autre heureux. C'est vrai. Mais quelque part, c'est super égoïste. Parce qu'en rendant l'autre heureux, on ne lui donne pas de raisons d'aller regarder ailleurs. C'est pour mieux le ou la garder que l'on essaie de tout donner. On montre en permanence qu'il n'y a pas mieux ailleurs. Alors, pourquoi t'en aller et me laisser comme un con ? Tu n'es pas heureuse ? Tu n'as pas tout ce qu'il te faut ? Et à force de donner, de se pencher sur les besoins de l'autre, on l'étouffe. Et l'on s'oublie. Donc on va droit dans le mur.

Ou alors, au bout d'un moment, on se sent en sécurité. Ça fait maintenant deux, trois ans que l'on est ensemble. Les hormones ont fini de faire la fête, les jus sont redescendus. Avant de faire l'amour, on ne se prend plus la tête à savoir si ça va être magique, si l'on va tenir au moins quinze minutes et si l'on arrivera à lui faire avoir un orgasme. Maintenant, c'est cinq minutes un soir sur deux ou trois, ou le samedi, mais pas les soirs de football, parce que la partie de foot est sacro-sainte. On arrête d'essayer de surprendre. Quand on rapporte des fleurs à la maison, c'est parce que l'on a quelque chose à se faire pardonner, ou que c'est le 14 février et l'on y est obligé. Et même si ce n'est pas le cas, c'est en tout cas ce qu'elle pense, donc à quoi ça sert ?

Tout dégénère au moment où on lâche la première caisse au lit, ou que l'autre entre dans la salle de bain alors que le premier est en train de couler un bronze. Je ne dis pas que c'est prohibé. Il y a un côté complice à lâcher une caisse au lit et à en rigoler ensemble. Mais ce sont les détails qui au début font rigoler, et au bout d'un moment, c'est la fin de la romance. On se retourne dans le lit, on lève la fesse, et hop, vas-y mon coco. Et puis on prend quelques kilos, et l'on porte ce tee-shirt pourri rempli de trous qui a l'air d'une serpillière, mais qui est tellement confortable. La cellulite prend le dessus, et puis on ne va plus aller se faire dépiler du tout. Sauf avant d'aller en vacances à la plage parce que là, les boules si des inconnus nous voient avec des poils. Par contre, montrer ses poils à l'être cher, et le fait que le mari se lève le matin avec une boule de poils dans la gorge comme un chat, ce n'est pas grave.

Lors de la séduction, on est au mieux. Les premières nuits, on dort nu. Puis on sort la chemisette. Un an plus tard, elle dort avec le pyjama en flanelle type armure de Jeanne d'Arc. Lui, pas mieux. Au départ, il se retient, il la serre contre lui, en petite cuillère. Lui fait des massages. Se douche avant de se coucher. Puis il dort en tee-shirt, les couilles à l'air. Sur le dos en ronflant. Sauf quand il doit péter, et alors, il se tourne vers elle pour en lâcher une. En tirant toutes les couvertures à lui. Plus de massages, plus de préliminaires.

Et d'un côté comme de l'autre, cet être autour duquel tournait le monde il y a encore quelques mois devient juste un meuble de plus, un animal de compagnie. D'un côté, le gars devenu chauve, qui se gratte le cul en regardant le match de foot, et serrant une cannette de bière. Le mec qui a pris au moins dix kilos depuis le mariage, en Marcel. De l'autre, mon collègue sympa qui me fait rigoler et qui est aux petits soins. Qui m'a déjà dit trois fois que je suis belle, et qui m'invite à prendre un pot. Faut pas être surpris si certaines femmes acceptent l'invitation du collègue. Chez les mecs, pareils. Entre le machin hirsute qui se réveille à côté de lui le matin, bigoudis, poils aux jambes qui cachent la cellulite, et qui pue au moins autant de la gueule que lui en se levant (le fait de puer de la gueule n'est pas une exclusivité masculine) et les poupées qu'ils voient dans Playboy, il est normal que les mecs gambergent.

Désolé d'avoir divagué. Je suis toujours assis à Med-Sid, en train de bosser, mais comme vous le voyez, j'ai parfois des problèmes de concentration. Auréa est toujours là, en train de voleter dans sa bibliothèque. J'ai un cric au cou à force de regarder ces livres, alors je l'invite à déjeuner. Elle ne peut pas s'empêcher de me parler de José pendant tout le repas. Et c'est marrant parce que je le découvre à nouveau sous un autre œil. D'abord ce que je connais de lui. Puis ce que m'a raconté Maria. Ce que j'ai découvert sur le fait qu'il est le gars qui fait en sorte que les moteurs du bled tiennent le coup. Et maintenant, ce que me raconte Auréa.

Plein de choses que j'ai aussi relevées de son caractère, pas mal de choses que je soupçonnais, cachées sous l'extérieur qu'il veut un peu dur et patibulaire, et pas mal de choses que je ne savais pas du tout. José a suivi ces cours de danse de salon ? Et a été classé au niveau espagnol ? Qu'il ait été enfant de chœur ne me surprend guère, cela explique pourquoi il a cette bonne relation avec Paco.

Bref, déjeuner sympa, pendant lequel on rigole bien, parlant d'un sujet que nous aimons bien tous les deux. On s'attarde un peu. Auréa se fait gronder par le vieux monsieur qui vient lire le journal après le repas de midi tous les jours. Il attend devant la porte, pas très content que son agenda soit bouleversé de manière aussi violente par une simple employée de la ville. Auréa s'empresse d'ouvrir. Il grommelle, mais n'est pas bien méchant. C'est marrant et un peu triste comment ce genre de personnes, parce qu'elles ont des journées tellement vides, ont besoin de se rattacher à des agendas extrêmement précis. Des habitudes de tous les jours dont elles ne veulent pas dévier.

Afin de meubler leurs journées ? D'avoir des raisons de se

plaindre ? Un voisin de mes parents écrivait au journal une lettre de plainte tous les jours. Il passait le journal au peigne fin, relevait toutes les fautes de frappe, et envoyait une lettre d'insultes. Cela meublait ses journées et il vivait pour cela. Il est mort d'une attaque cardiaque. On n'a pas trouvé de lettre ce jour-là. Peut-être qu'il n'y avait aucune faute d'orthographe dans le journal ce jour, et que sa raison de vivre avait disparu ?

Je m'installe à ma place sur la grande table et reprends mes études. Je me rappelle soudainement que ce soir, nous allons installer le saint à l'église. Paco viendra au bar de José vers 21 heures. Nous mangerons ensemble, et puis nous installerons le saint dans sa niche quand la rue sera calme, vers minuit. Je repense à tout, vérifie mentalement que nous n'avons rien oublié. Je n'arrive toujours pas à juger si le projet est mauvais ou immoral, mais suis quand même un peu préoccupé. On verra après le premier essai si l'on continue. Ou pas. J'ai à nouveau du mal à me concentrer. Je remballe mes cahiers et mes papiers, les mets dans la sacoche surplus de l'armée que j'ai achetée il y a quelques jours – j'ai aussi acheté quelques shorts, tee-shirts et des bons gros écrase-merdes de l'armée que j'adore –, ramasse Esmeralda, bise Auréa et rentre à Matavacas un peu plus tôt.

Je m'installe chez mon copain le tavernier pour manger un morceau et faire deux ou trois parties de dominos. Mon niveau est un peu meilleur, et maintenant, j'ai le droit de jouer avec les gars qui sont là. Je pense que c'est surtout parce que je leur paie des coups quand ils me laissent jouer avec eux, mais c'est sympa. J'ai même réussi à gagner une partie contre l'un d'entre eux. Normalement, je me fais écraser, mais ce coup-là, j'étais chauffé au rouge vif, et j'ai gagné 86-100. Ça a bien fait rigoler. Mais la partie d'après, il m'a mis 100-22, donc il a sauvé l'honneur. Il y a un caroubier qui donne de l'ombre sur la petite terrasse, et l'on y est bien. Bière, un peu d'ombre, dominos, compagnie, musique flamenco. Ça va bien ensemble. Après quelques parties, je vais m'accouder au bar, parle avec le tavernier de choses et d'autres. Quelques tapas, et je vais chez José. Esmeralda s'est fait un copain du petit chien qui nous pourchassait la dernière fois, et il nous suit dans la rue. Alors je ralentis et elle joue avec le chien. Ils se courent un peu après. Il essaie de lui renifler le popotin, alors elle sautille un peu. Ils se courent après. Elle le charge avec ses petites cornes, et il s'en va en courant, fait un cercle, et vient courir après elle. Ils sont marrants à voir. Quand j'arrive chez José, le petit chien, de marque et modèle inconnus, s'allonge à côté d'Esmeralda. José n'est pas encore là, mais la porte est ouverte, comme toujours. Je me sers une bière et m'accoude à la barre, le soleil en pleine poire, mais il ne chauffe plus à cette heure-ci. C'est bon.

Je suis un peu dans un état second, et je bois ces rayons de soleil à pleins pores. La bière est vraiment bonne, rien à voir avec la piquette américaine. Et mes doutes par rapport à ce que je fais ici s'estompent. Il y a une raison pour laquelle tous ces éléments s'enchaînent, cette histoire de cellules souches, le fait d'avoir été viré, pourquoi au dernier moment j'ai retrouvé cette lettre, et pourquoi j'ai atterri ici. J'ai toujours cru en une forme de destinée. En fonction des choix que l'on fait à des moments cruciaux de la vie, on suit un chemin ou un autre. Ces choix forment notre futur. Un peu comme des rats dans un labyrinthe. S'ils choisissent les bons couloirs, ils tomberont sur le morceau de fromage. Je ne veux pas dire que je suis le rat et que Dulcinea est mon morceau de fromage. Ce serait réducteur. Mais l'image est acceptable. Tiens, d'ailleurs, il n'y a rien à manger ici ?

Pendant que je fouille dans le bar pour trouver des bretzels ou des chips, José arrive.
— Au voleur ! dit-il en souriant.
Je prends un verre et lui sers une bière.
— Non, je suis juste un rat dans mon labyrinthe qui cherche un morceau de fromage.

On trinque.
— Putain, mec, faut que t'arrêtes de faire du vélo, ça rend zinzin. Faudrait que tu achètes une bonne vieille moto comme la mienne.
— Oui, une Da-bultaco-vidson ? Je préfère être plutôt zinzin que ridicule ! Et puis je la mets où, Esmeralda, avec

toutes les queues de castor qu'il y a partout sur une bécane comme ça ?
— Eh, mec, tu ne peux pas savoir ce que c'est de rouler en Bultaco. Mais après ce commentaire, tu ne sauras jamais, parce que jamais tu ne poseras ton gros derrière ricain sur ma super selle imitation Skaï importée directement d'Asie. Ça se mérite, un tour en Bultaco, et là, tu viens de faire des années-lumière en marche arrière.
Il crie à sa moto :
— Ne t'en fais pas, chérie ! Il ne le croyait pas vraiment !
À moi, sur un ton normal.
— Faut surtout pas la fâcher. Après, elle me fait des crises. Elle est trop fière pour tomber en panne, elle ne m'abandonnera jamais, mais si je la traite mal ou si elle entend un commentaire désobligeant, pendant une semaine, l'allumage va déconner, ou le phare ne marchera plus.
— Tu crois qu'elle est vivante ? (*En souriant.*)
— Non, je ne crois pas, mais parfois je ne sais vraiment pas (*sérieux*).
— Et c'est moi que tu traites de zinzin ?
— Oh, ça va, mec, on ne peut rien te raconter !
— Non, mais vaut mieux pas lui présenter Auréa alors, elle risque de te faire une crise totale.
— Le dernier soir, quand je l'ai raccompagnée à sa voiture, elle m'a fait une panne d'alternateur.
— Qui, Auréa ?
— Putain, mec, t'es con ! (*En souriant.*)

On parle de choses et d'autres, jusqu'à ce que Paco arrive. Je retourne chez le tavernier chercher le plateau de montaditos[18] que je lui avais commandé avant, et prends en même temps un morceau de fromage, du pain, de la saucisse, une bonne bouteille de vin et une de fino[19]. Ça va être un repas de rois. On mange tous les trois. Le chien de fabrication inconnue est encore là, et bizarrement, il aime les olives aux anchois et le fino. Il a l'air d'en raffoler. Par contre les câbles dans sa tête n'ont pas l'air d'avoir été très bien raccordés au moment de la fabrication. Il n'aime ni le jambon ni le fromage. Il a dû être un chat dans une vie antérieure, mais ça n'explique pas son goût pour le fino.

18 Comme des petits sandwichs/tapas, mais plus garnis.
19 Du vin de jerez, aussi appelé fino.

À la fin du repas, je vais chercher le saint. José pousse les assiettes et je pose le saint sur la table. Après le commentaire de Dulcinéa, on a décidé de tout lui dire. Au départ, il n'aime pas. Je lui refais le même coup que la dernière fois, quand on lui a vendu l'idée du saint. Petit à petit, il commence à se faire à l'idée. Il hésite, mais ne veut pas s'opposer aux bonnes actions que nous sommes prêts à faire. Je vous passe la discussion, mais au final il accepte de faire un test. Avec de nombreuses réserves. Mais je pense qu'il veut lui aussi faire du bien à ses villageois. Il examine la statue du saint. Paco est surpris par la qualité du travail. Mis au défi, il met longtemps avant de trouver le microphone, et il le trouve seulement parce qu'il sait qu'il y en a un. Le trou dans la base est plus évident, mais Paco croit que les filles n'y verront que du feu. Il veut tout essayer. On lui montre comment marche le micro. La qualité du son est loin d'être bonne. José lui montre l'enregistreur, un peu bricolé, qui enregistrera les conversations. Il faudra cependant planquer l'enregistreur à proximité du saint. La portée de l'émetteur est fortement réduite par l'épaisseur du bois. On a environ 50 mètres. À cause de cela, on n'est pas sûr que nous pourrons enregistrer tout chez tout le monde, mais on verra en fonction. Pouvoir aider quelques personnes est déjà mieux que rien.

Vers minuit, José prend le saint dans ses bras pendant que Paco et moi faisons écran. Nous arrivons à l'église sans être vus. Paco ouvre la porte et José dépose le saint dans sa niche. Paco allume quelques cierges devant lui, et l'effet est impressionnant. Paco n'a pas voulu allumer pour ne pas donner le change. Mais à la lumière des cierges, je ne reconnais pas le saint que j'ai acheté il y a quelques jours à Med-Sid et qui a voyagé le nez sur ma biquette en rentrant. Il a pris une stature majestueuse. C'est comme s'il était chez lui. Je m'imagine même qu'il me regarde d'un regard un peu hautain, me jugeant pour le suppositoire-microphone que je lui ai collé dans le postérieur. Même Paco et José sont sous le choc. Nous décidons de tester l'enregistreur. José le coince dans les branches de l'un des orangers dehors, et nous parlons un peu devant le saint sur différents tons de voix. José retourne chercher l'enregistreur, et nous nous écoutons. La qualité est acceptable, mais quand nous chuchotions, il fallait être très près du saint pour que ce soit enregistré. Les conversations sont compréhensibles. Nous laissons le saint là, à méditer avec ses cierges, et retournons au bar. Un petit Anis del Mono pour Paco, une bière pour José, un whisky VAT 69 pour moi. Je ne savais pas que cela existait encore. C'était la boisson de Bill Ballantine, le copain de Bob Morane. Des livres que je dévorais en étant petit, un cadeau régulier de ma mère française. Elle me les achetait quand elle revenait de France. J'avais toujours pensé le goûter, que c'était un nectar pour les super héros. Mais je l'ai essayé quand j'ai eu 21 ans aux États-Unis, le premier soir où j'ai pu le trouver dans un bar. C'était bien naze, et bien naze à nouveau. Faut être un super héros pour boire ça, en effet. Nous finissons la soirée, tranquilles. D'un commun accord, nous décidons qu'aucun de nous ne sera dans les parages demain matin, pour éviter d'être associés à l'arrivée du saint. Nous nous séparons vers 2 heures, et Esmeralda me fait la gueule parce qu'elle a dû dormir quelques heures sur les dures planches du porche au lieu de pouvoir dormir dans mon lit. Quand on arrive à Casa pistolas, elle trace une ligne droite vers le lit. Pas d'arrêt à la case départ, ne récoltez pas 20 000 dollars. Elle pousse mon oreiller et s'installe. En trente secondes, elle ronfle à nouveau. Impressionnant. Je me lave les dents. Bien sûr…

La meilleure manière de prédire l'avenir, c'est de le créer

Le lendemain, je me lève tranquillement. Pas envie de manger le vieux quignon de pain qui traîne comme petit-déjeuner, donc je décide d'aller voir mon ami le tavernier. Une bonne tortilla, un peu de jambon. J'en salive déjà. Esmeralda fait toujours la gueule. Je ne sais pas pourquoi. Même si elle a des cornes et des poils partout, des sabots et un petit bouc, elle n'en reste pas moins femme. Parfois, il vaut mieux ne même pas essayer de deviner pourquoi elles font la tête. Elle bougonne quand je la fais monter dans le cageot. Elle bougonne quand on démarre. Elle râle quand on heurte un nid de poule. Elle grinche quand je prends un virage un peu serré. Elle ronchonne quand je freine un peu brusquement pour laisser passer un tracteur. Ça me fait sourire.

Quand nous arrivons au village, c'est le remue-ménage. Il y a foule sur les marches de l'église, des discussions animées en cours. Pas de Paco, pas de José. Toujours à vélo, je zigue et je zague entre les personnes, en hochant de la tête aux quelques personnes que je reconnais, et je vais poser mon vélo contre l'arbre devant la taverne. Esmeralda saute du cageot et va boire un peu d'eau dans le bol qui est apparu là depuis que je l'emmène. Quand j'ai regardé le tavernier en levant le sourcil, il a fait un haussement d'épaules, comme pour dire qu'il ne fallait pas y attacher d'importance. Bourru, mais sympa, comme le pays. L'Espagne est un pays dur, bourru, pourri de terre durcie par le soleil et de cailloux. Peu d'eau. Mais beau et chaleureux, et quand on plante une graine, et qu'elle prend, et qu'on l'arrose un peu de temps en temps, on a une végétation florissante.

Les gens sont à son image. Le bol d'eau est un petit geste bienveillant, mais surtout, il ne faut pas y prêter de l'importance, car la réponse sera bourrue. Il faudra y répondre d'une autre manière, avec une petite attention.

Pendant qu'Esmeralda boit, je regarde l'église. Le saint a l'air de faire un tabac. Juste à ce moment-là, Paco arrive. Esmeralda s'allonge au pied du caroubier et je commande café, tortilla, croissant. Le tavernier met un CD de flamenco et à ma demande m'explique ce qui arrive. Ce matin, Doña Carmen est entrée dans l'église avec son trousseau de clefs, afin de faire le ménage pour la première communion du petit Daniel, le fils de Manuel et Conchita, tu sais, les enfants de la famille Gonzalez, ceux qui habitent en face de la maison avec le puits, etc., etc. Aucune histoire ne semble être racontée en Espagne si le cadre n'est pas exactement dressé. Il faut connaître le nom exact des gens, de qui ils sont la descendance, avec qui ils sont mariés, où ils habitent, d'où ils viennent, ce qu'ils font comme métier, les bêtises qu'ils ont faites quand ils étaient jeunes, et ce jusqu'à la troisième génération. J'ai décidé de tout simplement zapper les noms depuis quelque temps, puisque l'on me raconte tout depuis le départ à chaque fois. Mon quotidien est aujourd'hui peuplé de quelques caractères principaux, dont je connais les noms, ou auxquels j'ai moi-même donné un nom (exemple : le tavernier). La plupart des autres sont des gens que je croise moins régulièrement, mais dont je connais tous les détails les plus intimes de vie.

Par exemple, la dame en noir qui est souvent assise sur le banc devant chez elle a eu un enfant illégitime avec un guardia civil pendant l'époque de Franco, mais son fils est mort très jeune d'une pneumonie. Le guardia civil a été muté au Pays basque avant la naissance de l'enfant et ne lui a plus jamais écrit ou donné signe de vie depuis. Quand ses parents se sont rendu compte qu'elle était enceinte d'un gendarme qui avait pris la poudre d'escampette, le père est parti à San Sebastian, tout un voyage à l'époque, pour raisonner avec le soldat. Il est revenu en disant qu'il était normal que ce va-nu-pieds ne donne plus de nouvelles. Le guardia civil avait été tué lors de l'explosion d'une bombe posée par les résistants à la franquisation des Pays basques. Personne n'a su si c'était véridique, mais l'encloqueur n'est jamais revenu au village. Une rumeur court que le père lui aurait planté un couteau dans les tripes après un refus caractérisé de revenir et d'assumer ses fonctions de père auprès de la fille.

Cependant, la dame en noir a été mise à l'écart par les gens bien-pensants du village, et elle n'a jamais trouvé de mari. Il n'y a que Maria qui est restée proche d'elle. Depuis quelques années, depuis qu'elle avance en âge, elle est mieux acceptée.

Pour vous montrer le niveau de détail dans lequel entrent les Espagnols quand ils expliquent les choses : je connais même le nom de la ville où était la caserne de l'encloqueur.

Mais je ne me souviens plus du nom de la dame. On m'a expliqué une fois que c'est parce que je suis profondément égoïste, et donc je ne fais pas l'effort de me souvenir des noms. J'y ai cru pendant une période. Aujourd'hui, je me dis que quelque part, connaître le nom de ces personnes les rend plus humaines. Leurs souffrances ou leurs problèmes deviennent plus réels et plus palpables. Donc, je ressens un sentiment de culpabilité d'être à peu près heureux et bien portant. Un peu comme ces publicités pour aider les enfants qui meurent de faim en Angola ou en Éthiopie. Des images de pauvres enfants rachitiques, couverts de mouches. Mais on a la télécommande en main et l'on zappe avant que l'image ne devienne insupportable.

Peut-être que c'est pour cela que j'ai eu l'idée du saint. Je veux faire quelque chose pour aider, mais tant que cela reste distant, vu au travers d'une caméra ou écouté au travers d'un microphone, cela reste un peu irréel. S'il n'y a pas de solution au problème ou si nous manquons une occasion d'aider quelqu'un, ce n'est pas grave. Il n'y avait aucune promesse de résultat. De plus, le problème nous a été posé de manière impersonnelle au travers d'un microphone qui enregistre une plainte. Un peu comme un curé. Comment peut-on attendre d'un simple curé qu'il fasse le boulot de Dieu ?

Quelque part, je pense que j'ai envie d'aider les gens à résoudre les problèmes, mais surtout, surtout, ne pas les rendre trop personnels ou être trop impacté par eux, ne pas avoir à être confronté à leur souffrance. Garder la télécommande en main, et ainsi préserver la possibilité de zapper à tout moment, changer de chaîne quand on veut. Oublier ces visages de petits enfants en train de mourir de faim, la demande de l'Unicef de les aider, et zapper bien vite pour aller regarder une série qui fait rigoler.

Pendant que je pense à tout ça, mon tavernier a eu le temps de me dresser l'arbre généalogique complet de Daniel Gonzalez et de Doña Carmen, tout en me préparant mon café, mon croissant et ma tortilla. Il m'explique que Doña Carmen était donc entrée dans l'église pour y faire le ménage. Là, à sa grande surprise, il y avait un nouveau saint dans l'alcôve réservée au saint de Matavacas, entouré de cierges qui brûlaient encore. Elle est ressortie pour aller demander au tavernier d'appeler Paco (il n'y a pas de téléphone dans l'église) et ensemble, ils lui ont annoncé que l'église avait un nouveau locataire. Paco a prétexté l'ignorance, ce qui a tout de suite jeté l'ombre d'un mystère sur l'affaire. Doña Carmen a appelé toutes les filles du club du saint, et toutes se sont précipitées à l'église pour admirer ce nouveau venu. Depuis, le club du saint est en conjectures sur l'origine de ce bel homme et de son apparition mystérieuse. Le tavernier me raconte qu'il a déjà entendu cinq ou six théories différentes depuis ce matin. Il n'y a pas eu de sujet de discussion aussi intéressant depuis que la femme du boulanger a poursuivi ce dernier tout nu dans la rue, en lui lançant de la vaisselle à la tête, après l'avoir surpris avec la cousine de passage de l'un des habitants du village. Les théories (non, pas celles sur le boulanger, mais celles sur le saint) sont assez carabinées. La plus simple est que les voleurs ont été gênés de leur acte et ont remplacé la statue volée par une nouvelle. Une autre est que l'une des femmes du club a décidé de relancer la tradition et de remplacer le saint, ni vu ni connu. Une troisième attribue à Paco l'arrivée de ce saint. Mais d'autres théories parlent d'intervention divine, de buissons ardents, de téléportation et bien d'autres encore. Quand le tavernier me demande ce que j'en pense, je hausse les épaules (j'ai la bouche pleine), et réponds que peu importe comment il est arrivé là, le plus important est qu'il y soit. Je suis impressionné qu'il arrive à comprendre ce que j'essaie d'articuler autour de l'énorme morceau de tortilla que je suis en train d'avaler. Mais le tavernier doit avoir l'habitude d'écouter des mecs bourrés ou avec la bouche pleine, et il acquiesce. C'est marrant à voir, il secoue vigoureusement la tête pour dire oui, et au même rythme passe son torchon à carreaux sur le bar en faisant des cercles. Je suis sûr qu'il faut des années d'entraînement pour arriver à faire ça. Quand il arrête de secouer la tête, il arrête de passer le torchon aussi, s'appuie sur le comptoir, et continue à parler.

Lui pense que le voleur est l'une des petites vieilles. Qu'elle a voulu garder le saint pour elle. Mais quand elle a vu le ramdam que cela a créé, elle a décidé de jeter un os à ses copines et a acheté un nouveau saint, gardant l'original pour elle. Il me demande mon avis. Je lui réponds que comme je n'ai pas encore vu le saint, je n'en sais rien. Alors, il raccroche son torchon, me dit d'avaler ma tortilla, et m'emmène voir le miracle. On a du mal à se frayer un chemin au travers de la garde d'honneur du saint, toutes les petites vieilles en noir, ou en robe d'intérieur. Je suis certain que ces robes en polyester horribles, vendues sur le marché pour des fortunes, font des étincelles dans le noir dès que celle qui les porte bouge un peu. C'est au danger de notre vie que nous nous frayons un chemin au travers de ces robes polyester. Il faut surtout éviter de toucher deux femmes portant l'une de ces robes en même temps. Imaginez que l'une soit chargée en ions positifs, prête à faire des étincelles, et l'autre vient de faire des étincelles, donc s'est vidée de sa charge. Si l'on fait contact entre les deux, le corps fait super conducteur, et une décharge de 20 000 volts vous transperce. Il y a un phénomène qui s'appelle combustion humaine spontanée, où des gens ont pris feu sans raison apparente. Je réalise que personne n'a probablement pensé à regarder s'ils étaient à proximité de l'une de ces robes super-conductrices. Trois de ces dames prenant le thé ensemble génèrent probablement plus d'énergie qu'une petite centrale atomique.

On ne peut presque pas voir le saint. La foule s'agglutine

devant, s'émerveille, ébahie. Les signes de croix fusent. C'est vrai qu'il a l'air imposant et serein en même temps. Il en jette quand même largement plus dans cette alcôve que chez l'antiquaire ou sur mon vélo, le nez sur ma chèvre. Les cierges qui l'illuminent par en dessous le rendent encore plus impressionnant, projetant des ombres vacillantes sur le visage et le corps. Son attitude, une main sur la poitrine, l'autre tenant le fantôme de son bâton de berger, est seigneuriale, sereine, et alors qu'elle pourrait paraître hautaine est plutôt bienveillante. Je me sens oppressé. Le niveau sonore m'assomme et l'encens m'étouffe. Les yeux fixés dans ceux du saint, je ne m'étais pas rendu compte des décibels générés par la cohue qui m'entoure. La vague de bruit m'assaille, m'engouffre, déferle sur moi en rouleaux serrés. Elle m'entraîne vers le fond comme un surfeur, me bouscule, m'abasourdit. Je n'ai qu'une hâte : sortir de cette église. Je réalise ce que j'ai fait avec ce saint. Tout un village va rêver à nouveau, mais je vais devoir assurer derrière.

Mon tavernier a été happé par un groupe d'octogénaires. Je décide que c'est une mission trop périlleuse que de le sauver. Le seul avantage de ne pas encore avoir été accepté totalement dans ce village est que je peux encore circuler sans trop de danger dans ce genre d'agglutinement. Bon, mis à part le danger des robes de chambre incendiaires. Même s'ils me regardent de manière intéressée, aucun des groupes ne me happe et personne ne me demande de les rejoindre. Ou s'ils le font, je fais un sourire niais, les ignore et continue mon chemin.

Je me retrouve dehors sans trop d'encombres. Les vagues de bruit, de chaleur et d'encens me suivent en cascade sur les marches de l'église, mais je vais tout de suite mieux. Je traverse la rue et allume le récepteur enregistreur que José a planqué dans une armoire. Au péril de ma vie, je retourne dans l'église et vais m'asseoir sur un banc pas trop loin de la statue. Je reste une dizaine de minutes. Pendant ce laps de temps, au moins une douzaine de dames font un signe de croix et une génuflexion devant le saint. Deux d'entre elles lui touchent la poitrine en murmurant quelque chose. J'espère que ce n'est pas « tiens, un microphone ? ». Une troisième lui baise les pieds. Ça, j'ai du mal à le supporter.

Cette statue n'est qu'un leurre, un truc miteux que j'ai acheté chez un antiquaire et auquel nous avons mis un suppositoire high tech. Enfin, moyen tech. Ce tas de bois, cet homme qui ne valait pas 3 milliards, mais 700 euros n'a pas mérité qu'on lui baise les pieds.

Je retourne chez José et me sers une bière. Tonneau vide. Zut. Je n'ai jamais changé de fût de ce type, moi. Quand j'étais étudiant aux États-Unis, c'était une technique différente. En fait, même si j'en mets un peu partout, ce n'est pas si dur que ça.

Bière servie et dont la première gorgée est savourée avec joie après cette mini victoire, je rembobine la cassette et l'écoute. Beaucoup de brouhaha. Mais on entend distinctement les voix de quelques-unes des personnes qui sont venues faire des génuflexions. Je ne sais pas à qui appartiennent ces voix.

« Merci à Dieu ».

« Merci d'être de retour ».

« Faites attention à mes enfants, guérissez mon mari de la goutte. Amen ».

Et d'autres dans le même style. Celui qui me tue, c'est « Merci à la ou les personnes qui vous ont amené ici. Vous me soulagez du péché d'avoir perdu votre prédécesseur ».

Merde de sentiment de culpabilité. Je me ressers une bière, vais m'accouder à la barre. Il y a encore pas mal de monde sur les marches de l'église. Dès qu'arrive une nouvelle, l'une des femmes qui est là depuis quelque temps lui touche les mains, un peu comme des fourmis se touchent les antennes, et la guide à l'intérieur. J'observe.

José arrive environ une demi-heure et deux bières plus tard. Je suis toujours accoudé à la barre. Il ne me demande même pas comment ça va. Il dit juste : « Alors ? ». Je lui fais signe avec la tête d'aller voir à l'église. Il se retourne et s'y dirige, j'en profite pour rentrer et lui servir une bière.

Ça lui prend quelques minutes. Je pose sa bière sur la barre. Quand il revient, il en boit profondément. Avec une moustache de bière, il me dit :
— Tu te sens aussi naze que moi ?

Je hoche oui de la tête
— Tu penses que c'est une mauvaise idée ?

Je finis ma bière, le regarde, hausse les épaules. Il me dit :
— D'accord, ce n'était pas une très bonne idée. Mais tu l'as bien défendue, et on pensait tous les trois que c'était pas mal. Je ne comprends pas que de redonner espoir à ces dames nous fait nous sentir coupable. Donc, on s'accroche et on continue. Et on regarde ce que ça donne. On ne va pas abandonner pour si peu, quand même ?

Cela faisait longtemps que je n'avais pas eu droit à un speech aussi long de José. C'est rare quand il aligne plus de cinq mots d'affilée, sauf quand il a bu un peu. Je me demande comment il fait avec Auréa. Peut-être qu'en fait, c'est une pipelette frustrée, et qu'avec elle, il parle tout le temps. Je reprends un peu de ma bière. Le soleil tape dur, et les fourmis-raisins commencent à se cacher de son ardeur. Il y a encore pas mal de monde dans l'église, mais une bonne moitié des gens se sont dispersés. Il est l'heure de préparer à manger, et les maris ne seront pas contents si le déjeuner est trop retardé à cause d'un autre mec, même s'il est en bois.

Un peu plus tard, Maria sort de l'église. Elle dit au revoir à tout le monde, descend les marches avec peine, se prend les reins à deux mains et se redresse. Elle nous voit et lentement se dirige vers nous. Esmeralda la voit avant qu'elle n'arrive et va lui faire la fête. Je dois vraiment la mettre avec ses congénères un de ces jours, elle se comporte de plus en plus comme un chien. Ou un humain. Maria se penche pour la gratter un peu derrière la barbiche et derrière les oreilles. Esmeralda aime trop. Ça prend quelques minutes, et quand Esmeralda escorte Maria jusqu'au porche, elle frétille de la queue, toute contente, ayant l'air de dire : « T'as vu ? T'as vu ? Moi j'y ai eu droit, et pas toi, na na na nère ! ». Moi aussi je dois passer un peu plus de temps avec

mes congénères. Je deviens trop chèvre dans mon attitude, et pense déjà savoir parler leur langue.
— Bonjour, Maria.
— Bonjour, José. As-tu vu le saint ?
— Oui, juste maintenant. Comme tu le sais, je ne mets pas très souvent les pieds dans l'église.
— Et toi, tu l'as vu ?
— Oui, je l'ai vu. Pas mal. On sait déjà comment il est arrivé là ?

Maria me dévisage avant de répondre.
— Je ne sais pas. En sauriez-vous plus par hasard ?

Nous regardons Maria. Je fais mon imitation de Clint Eastwood, le visage impassible. Il ne me manque que le morceau de cigare mâchouillé au coin de la bouche, et j'y ressemblerais à s'y méprendre.
— *Go ahead punk, make my day*[20].
— Quoi ?
— Rien, blague personnelle. Non, je n'en sais rien.
— Parce que le maire a eu l'idée de faire venir la police. Il veut faire relever les empreintes de doigts sur la statue. Juste pour voir qui l'a eue entre les mains et qui peut être responsable du vol de la précédente. Il ne croit pas trop aux miracles, lui.

Merde. Ça, je n'y avais pas pensé. D'un coup, il est difficile de maintenir mon extérieur Clint Eastwood.
— Mais je ne sais pas si la personne qui nous a ramené le saint le mérite, donc je l'ai bien essuyé avec mon châle, comme dans les films, pour enlever les traces de doigts.

L'assurance de Clint revient. Ça ne résout pas le fait qu'il y a des empreintes à la base du saint et sur le suppositoire.
— Vous ne savez vraiment pas d'où vient ce saint ?
— Maria, même si nous le savions, nous ne le dirions pas. Répond José.
Maria nous sourit. Elle pige vachement vite, cette drôle de dame.
— José, où sont tes manières ? Voici dix bonnes minutes que nous parlons, et tu ne m'as toujours pas demandé ce

---

20 *Dirty Harry*, Clint Eastwood.

que je voulais prendre.
— Désolé, Maria. Entre. Qu'est-ce que je te sers ?
— Un fino, s'il te plaît.

José se relève de la barre, la salue comme un soldat saluerait un général cinq étoiles, et entre dans le bar.

Maria entre elle aussi. Elle a un peu de mal avec les deux marches. Elle les monte comme un enfant. Un pied sur une marche, puis on ramène l'autre. Puis on monte le premier pied sur la marche suivante, et rebelote. Je lui donne la main, l'escorte jusqu'à la porte. Quand elle entre, elle s'immobilise, regarde autour d'elle.
— José, est-ce que tu veux vraiment continuer à faire les choses à moitié ? Combien de fois t'ai-je dit que si tu voulais vraiment que ton bar soit considéré comme l'antre du démon, il te faut jouer la musique du diable et y installer des machines à sous pour voler l'âme de ces pauvres enfants ?
— L'antre du démon ?

Maria me répond, en s'asseyant sur le banc en bois de l'une des tables :
— Une grande partie des parents du village interdisent à leurs enfants de venir ici. Avec les flippers et le fait que José leur sert des Cocas quand leurs parents ne sont pas là, cet endroit a très mauvaise réputation.
— Mais les gens connaissent José ?
— Oui, mais pas comme moi. Il a habité dans le village depuis toujours, mais a toujours été différent et a toujours été un peu mis à l'écart, même si les gens l'aiment bien. Mais avec sa moto, son négoce en mobylettes, ses vestes en cuir et sa musique, il a toujours été isolé. Trop têtu pour laisser tomber ce qu'il aime, il n'a pas voulu accepter sa culture, ne supporte pas les « sevillanas » et la musique espagnole...

Intercession de José qui apporte le fino de Maria en faisant des bruits horribles, comme s'il vomissait
— ... Comme je disais, il n'aime rien de ce que les gens aiment ici, a toujours rêvé des États-Unis, et n'a jamais eu trop de copains. D'ailleurs, en étant copain avec lui, tu

te limites pas mal dans le groupe de gens qui voudront te côtoyer dans ce village. Même s'ils ont besoin de lui pour leurs moteurs, pour le reste, ils ne l'aiment pas.
— Mais toi, tu le côtoies bien ? Et moi par procuration ?
— Moi, je suis la vieille folle du village. Je ne suis pas la plus populaire. J'ai des pensées trop arrêtées, des avis trop tranchés.

C'est quand même grave d'être rejeté parce qu'on a une opinion. Moi, ce n'était pas difficile. Je n'avais jamais eu trop d'opinions dans ma vie. Je suivais les tendances, me laissais porter. Je suivais la vague. Mon boulot me demandait d'être distant et froid, et je l'étais. Pour séduire les filles, je devais essayer d'être un tantinet marrant et romantique. Je faisais le nécessaire. Je n'ai jamais fait de vagues, n'ai jamais dit un mot plus haut que l'autre. Jamais été bon élève, mais jamais mauvais non plus. Étant jeune, j'écoutais du hard rock, mais n'étais pas à fond dedans. Je n'ai pas dansé comme Michael Jackson non plus. Pas fait de Moonwalk, pas fait de head-bang ou de pogo. Pas fait grand-chose, en fait. La seule fois où j'ai fait une connerie, ou deux, mon père me collait une raclée et je rentrais dans le droit chemin à nouveau. Un jour, on s'est amusé à faire des ricochets sur l'eau avec les tuiles que mon père avait achetées pour refaire le toit, et l'on s'est pris une sacrée raclée. Une autre fois, j'ai fait le mur pour aller à une soirée, malgré son interdiction absolue, et il m'a cassé ma guitare sur le cul. Mais à part ça, je n'ai jamais été trop mauvais élève ou jamais été remarqué pour quoi que ce soit.

Alors, j'essaie de m'imaginer. Vivre toute sa jeunesse et toute sa vie dans un petit village où tout le monde vous ignore et vous rejette, parce que l'on a des opinions et des pensées différentes. Aucun copain, aucune personne sympa avec vous, sauf une vieille grande mère. Maria m'explique que de nombreuses fois, José revenait de l'école, le nez ensanglanté, les genoux écorchés, les poings abîmés. Jamais un colosse par sa stature, il n'hésitait pas à se battre avec les garçons plus grands que lui et rien ne lui faisait peur. Quand les grands le poussaient à bout, et qu'il était acculé dans un coin, il se battait. Il savait que les grands allaient lui casser la figure et gagneraient, mais il leur ferait mal lui aussi. Et il se lançait sur eux, en faisant tournoyer ses poings, ses pieds, en donnant des coups de tête, de coude et de genou. Il se battait comme un chiffonnier enragé. Il utilisait tout ce qui lui tombait sous la main, chaises, bâtons, une fois même une crotte de chien. Il mordait et ne lâchait plus prise. Un des garçons de l'école a même dû recevoir quelques points de suture sur la joue.

Vers douze ans, José regardait les films de Kung Fu. Ces films très bas de gamme, les mauvais exports de Hong Kong qui ne se montraient que dans les salles de ciné miteuses de la campagne reculée dont faisait partie Matavacas, et il imitait leurs gestes et attitudes.

De prime abord, les grands ont pensé qu'ils l'avaient tapé trop fort. Qu'il avait pris un coup sur la tête, et qu'il n'allait pas bien. À le voir sur une jambe, en train de faire des moulinets des bras en faisant des bruits de chat que l'on est en train de castrer, ils ne savaient plus quoi faire. La première fois, quand il s'est approché d'eux en sautillant et en miaulant, les grands se sont reculés, puis l'ont laissé partir. À force, comme il leur faisait quand même mal avec ses petits poings, les grands l'ont laissé en paix. S'est installée alors une espèce d'armistice entre José et les autres enfants du village. Il n'était jamais invité à jouer avec eux, à partager leurs moments. Il s'est rabattu sur la mécanique et a commencé à rafistoler des vélos, à fabriquer des boîtes à savon qu'il revendait aux autres mômes pour se faire de l'argent de poche. Les boîtes à savon, les mômes se les arrachaient. Ils se cotisaient et mettaient leurs sous ensemble pour acheter ensemble une caisse.

Puis il s'est mis aux mobylettes. Il allait à Med-Sid avec son père, et récupérait de vieilles mobylettes à la casse, qu'il retapait. Il devait payer son père pour l'essence et l'utilisation de la voiture, mais très vite, tous les jeunes petits branleurs s'arrachaient ses mobylettes. C'était même devenu une espèce de culture dans ce village, un microcosme. En tant que gamin qui se respectait, tu craignais grave si tu n'avais pas de mobylette de José. Pour être quelqu'un, il te fallait une mobylette. José vendait même à crédit et personne n'avait de retard dans les paiements – vu sa réputation de hargneux. Les mômes venaient scrupuleusement payer José quand l'argent de poche rentrait. Il y avait la queue devant chez lui tous les samedis matin. Maria me raconte qu'il y avait régulièrement des scènes. Certains garçons cachaient à leurs parents qu'ils avaient acheté une mobylette. Quand ils rentraient tout écorchés d'une chute ou que la voisine racontait à ses parents que leur fils avait failli l'écraser dans la rue principale, le premier coupable était toujours José. Alors les parents venaient se plaindre auprès des vieux de José. José, souvent à travailler sur les mobylettes dans l'atelier au fond du jardin, devait alors comparaître devant le tribunal des géniteurs. La première fois, son père lui a mis une raclée. Cela n'a rien changé.

La seconde fois, il lui a juste demandé si José savait ce qu'il faisait quand il réparait ces bécanes. José lui a répondu que oui. Son père l'a regardé pensivement et lui a tapoté l'épaule. À partir de ce moment, il l'a défendu face aux accusations des villageois. Il était fier de son fils qui, à treize ans, montrait une âme de négociant hors pair. Quand le marché des mobylettes a été saturé, José a continué à gagner de l'argent avec la réparation des bécanes, et puis il est devenu un peu le mécanicien officieux du village. Le garage le plus proche étant à Med-Sid, José est devenu expert en moteurs en tous genres, en passant des moteurs à pompe à eau pour les puits aux moteurs de tracteurs.

Il a obtenu un certain respect à la force de ses poignets puis à la force de ses clefs anglaises, même s'il n'est toujours pas accepté dans le village. Un mal nécessaire. Je pensais qu'il passait ses journées à dormir, mais en fait, il s'occupe des moteurs de l'ensemble du village. Si les récoltes rentrent, c'est grâce à lui. Si la Méhari continue à rouler, c'est grâce à ses doigts de magicien. C'est comme ça qu'il a entretenu une longue relation avec mon sauveteur du premier jour, Che, en lui entretenant son plateau-repas – œuf à la coque depuis plus de vingt ans. Avec l'argent qu'il gagnait, il s'est acheté ce bar à 18 ans, quand il a été assez vieux pour obtenir une licence d'alcool en son nom. Il a mis un certain nombre d'années à l'ouvrir, mais c'est son hobby. Il travaille le jour, et vient traîner ici quand il a le temps, le soir et les après-midis de peu de travail. Les jeunes qui errent ici roulent tous en josécyclette. Son bar est le repaire des Hells Angels locaux. À queue de castor pur nylon importée de Chine. Ils glandouillent, sirotent leur Coca, parlent de comment augmenter la puissance de leurs bécanes, rajouter des pots chromés, des guidons de chopper, des jantes de sport. Mais José ne veut rien entendre. Il est prêt à leur monter leurs volants, leurs jantes, mais il ne va pas augmenter la puissance des bécanes et refuse de limer les lumières[21] ou changer les zones de squish. Il ne veut pas d'ennuis avec les parents.

Même si José le mécanicien s'est rendu indispensable à la vie du village, ce n'est pas pour cela qu'il est bien vu. José le mécano est OK, mais José le décalé n'est pas accepté. Il est respecté pour ses capacités, mais n'est pas le bienvenu. Un de mieux que moi, qui ne suis ni respecté ni intégré. Je vois mon copain sous un autre œil. Le glandu hirsute n'est peut-être pas si glandu après tout…

Maria finit son fino, se lève difficilement, lisse sa robe avec ses mains, prend sa canne et s'en va, en faisant un petit signe de la main. Elle se tient à la rambarde et descend les marches comme elle les a montées. D'abord un pied, puis on ramène l'autre, et l'on descend la marche suivante. Je la regarde, un peu attendri. C'est l'une des seules qui m'a accepté. Dulcinea et José, c'est quelque part compréhensible, ils sont tous les deux un peu en dehors de la vie bien rangée du village. Entre chiens perdus sans collier, on se reconnaît. Mais elle et le tavernier n'avaient pas de raisons particulières de m'accepter ou de me prendre sous leur aile.

21 Une technique qui est de « limer » légèrement les orifices d'admission des mélanges et de limer la sortie des gaz d'échappement pour augmenter la puissance du moteur – voir « effet venturi » ou « zone de squish »

Te souviens-tu de la première fois ?[22]

Presque tout foire la première fois que nous décidons d'utiliser le saint. Faire des miracles est bien moins facile que nous le croyions, et cela nous donne presque envie de ne plus recommencer. La statue est restée quelques jours dans l'église. Les piles ont bien tenu. On a arrêté le microphone après le premier essai pour les conserver. José voulait laisser le microphone allumé pour écouter les policiers afin de voir ce qu'ils allaient déduire et penser de toute cette affaire. Finalement, on s'est dit que cela ne servirait à rien, puisque nous ne savions même pas quand ils allaient passer. Et même s'ils trouvaient des empreintes, la probabilité qu'ils aient les nôtres dans une base de données était vraiment infime.

La première à recevoir la statue chez elle est Encarna. Le premier raisin de la grappe est celle qui a monté le cinéma sur les marches de l'église, accusant à voix haute une autre petite vieille d'avoir égaré le saint. C'était la prochaine dans la rotation, donc c'est à son tour d'avoir le nouveau saint en premier.

José et moi sommes accoudés à la barre de son porche cowboy, en train de regarder la grand-rue calme. Peuplée de deux chats errants et quelques enfants qui jouent, probablement parqués chez leurs grands-parents pour les vacances.

Arrive depuis la gauche, d'un pas décidé, une petite vieille habillée comme sur les bouteilles de porto portugais. Tout en noir avec un châle autour de la tête. Elle pousse une

22 *Do You remember the First Time ?* Chanson de Pulp

brouette trois fois plus grande qu'elle. Pour pouvoir la faire avancer, elle est obligée de lever les bras tellement haut qu'on dirait que c'est la brouette qui la trimballe, comme une marionnette déglinguée. Ça me rappelle un jouet que j'avais en étant môme. Un petit bonhomme fait de billes de bois attachées ensemble par un élastique sur un socle. Quand on enfonçait le bouton sur la base du socle, l'élastique se détendait et le bonhomme se relâchait. Quand on lâchait le bouton, le bonhomme se remettait tout droit. Encarna, c'est un peu ce bonhomme, qui se détend et se retend à chaque pas.

C'est cela qui est impressionnant chez ces vieilles femmes espagnoles. Elles s'en sont pris plein la gueule toute leur vie. Des beautés à 17 ans, elles se mariaient avant la vingtaine, et à partir d'alors, leur vie leur sapait petit à petit leur beauté et leur féminité. Passer des heures à frotter les vêtements sur les pierres du lavoir, frotter les sols, les culs des morveux, peler les légumes, faire la cuisine, labourer les champs, s'occuper du potager…

Cela fait longtemps qu'elles auraient dû tomber en pièces détachées, mais elles continuent à avancer, à se battre, à surmonter tous les obstacles que la vie et Dieu leur jettent sur leur chemin. Quand je fais le commentaire à José, il rigole. Il me dit que si jamais il y a une guerre nucléaire, les seuls survivants seraient les cafards et les petites vieilles espagnoles. Mais si les petites vieilles survivent, les cafards ne survivront pas. Il me fait le commentaire alors que sans nous être concertés, nous nous dirigeons vers Encarna pour l'aider avec sa brouette. Il ne faut quand même pas croire que nous sommes des malotrus qui restent là, accoudés, à voir une vieille dame se battre avec une brouette de géants.

Je prends la brouette. Encarna ne veut pas vraiment la lâcher, mais je lui prends des mains et la roule jusqu'en bas des marches. José et Encarna entrent. La chaleur du soleil fait que les quelques orangers qui entourent l'église sentent vraiment bon. Une odeur enivrante que j'associerai toujours à ce petit coin du monde. Je m'assieds sur la marche la plus basse. Esmeralda, toujours couchée sur le porche du bar, et qui m'a regardé d'un œil tout le long de ces deux cents derniers mètres, se lève d'un bond et arrive en courant, sautant en l'air de ses quatre fers, avec cette course désarticulée et disjointe que n'ont que les chèvres ou les très jeunes chiens. Ou moi.

Quand elle arrive à ma hauteur, soudainement, elle fait comme si je n'existais plus, se met à renifler le tronc de l'oranger en me regardant du coin de l'œil. Je lui fais un petit claquement de langue. Elle continue à renifler le tronc, essaie de m'ignorer, mais sa queue frétille malgré elle, animée d'une vie propre. La porte de l'église grince en s'ouvrant, et elle se précipite sur José pour le saluer comme si elle ne l'avait pas vu depuis des semaines. Quelle dragueuse celle-là !

José porte le saint dans ses bras et manque de se casser la gueule sur les marches, les jambes emmêlées dans les pattes d'Esmeralda. Manquerait plus que ça. Que le saint répande ses tripes électroniques partout devant Encarna…

Je le rattrape et l'aide à poser le saint dans la brouette. Je me remets entre les poignées, et hop, direction la maison d'Encarna. Le saint sautille partout dans la brouette, à cause des pavés. Heureusement, Encarna a pensé à poser une couverture pliée en quatre au fond de la brouette, et on cale mieux la statue. C'est la première fois que je regarde le saint en plein jour, en étant sobre et en n'ayant pas de Paic citron ou de mousse d'extincteur dans les yeux. Il n'est pas si mal que ça, notre saint. Ça ne se voit pas trop qu'il a été bidouillé et qu'il a eu une opération à cœur ouvert, en passant par la voie rectale. C'est d'ailleurs ce que je dis à José, mais il ne comprend pas quand je le félicite pour ses talents de proctologue. Il ne comprend pas le mot. Je n'ai pas envie de lui expliquer – mon humour d'un niveau tellement élevé ne m'amuse pas non plus.

Nous arrivons à la maison d'Encarna. C'est l'une des maisons typiques de ce village, formant part de toutes les façades unies et blanches donnant sur la rue. Un grand portail en fer sans aucun charme, qui donne sur un long passage large et haut passant sous la maison pour déboucher sur un énorme jardin potager tout en longueur.

Le passage est sur la gauche du bâtiment, et un grand porche couvert permet d'entrer dans la maison par la droite. C'est bien pensé, en fait. Ce passage laisse courir l'air, et l'ombre et la pierre le rafraîchissent. L'air frais entre par la porte grande ouverte. Nous suivons Encarna. Je prends le saint dans les bras comme un nouveau-né, enveloppé dans la couverture. Encarna me fait signe de le poser sur une table en bois, un autel fait maison. Je le pose, et le saint titube un peu, comme s'il avait le mal de mer après avoir été ballotté dans la brouette. Il y a un crucifix au mur, de grandes bougies de chaque côté, de vieilles photos couleur décolorées, tellement sépia qu'elles paraissent être en noir et blanc. La couleur des souvenirs qui s'estompent lentement avec le temps. Toujours là, visibles, mais aux traits, couleurs et odeurs fanés.

Sur les photos, des personnes heureuses et souriantes. Des enfants en train de jouer. Deux photos interpellent mon regard. L'une, d'une fille de deux ou trois ans, assise par terre les jambes écartées, montrant sa culotte, regardant droit dans la caméra avec un sourire éclatant de quelques dents. L'autre, une photo noir et banc austère d'un couple en tenue d'apparat. Je suppose qu'il s'agit d'Encarna.

Mais je n'ai pas le temps d'y penser plus ou de les regarder de plus près parce qu'Encarna nous chasse. Elle le fait un peu brusquement, mais sans méchanceté. Clairement, elle n'aime pas avoir des gens chez elle. C'est un peu comme si elle avait été tellement concentrée sur le saint qu'elle venait tout juste de se rendre compte que nous étions entrés en même temps que lui. Elle nous chasse avec les mêmes mouvements de main qu'elle utiliserait pour chasser des mouches qui se seraient introduites chez elle.

Nous nous retrouvons devant le grand portail en fer, qui résonne longtemps après être retombé derrière nous, et clignons des yeux dans le soleil intense. Esmeralda en profite pour pisser dans le caniveau – au moins, je l'ai bien éduquée. José fait le sioux, protégeant ses yeux du soleil, et me regarde. Je hausse les épaules, et indique la buvette du tavernier d'un geste de la tête. Nous allons nous installer sur la terrasse, commandons deux bières et du jambon. Jamais avant aurais-je même eu l'idée de manger du jambon Serrano comme ça, sans rien. Aux États-Unis, l'idée de manger une patte de porc morte qui a été accrochée en plein air pendant des mois à sécher et d'y prendre plaisir me paraissait impossible.

Oui, je sais, j'étais un courtier, et nous avons la réputation d'avoir des goûts raffinés. Mais pour moi, si le fromage contenait des bactéries et avait traversé le moindre océan, je n'en voulais pas. Donnez-moi du fromage en plastique, sous plastique, stérilisé, en cubes et en carrés. Pareil pour le vin. J'ai honte de le dire aujourd'hui, mais j'ai à plusieurs reprises bu de très bonnes bouteilles, mais avec un Coca à côté. Ce sur quoi José me dit qu'en Espagne, dans le Pays basque, on mélange le vin rouge et le Coca, pour en faire une boisson qui s'appelle le « kalimocho ». Mais on utilise du vin rouge dégueulasse, trop fort et sirupeux pour le boire tel quel. Je me rends compte que je fais ça de plus en plus ces derniers temps – parler à voix haute alors que je pense. C'est à cause d'Esmeralda. Je lui parle tout le temps. Je deviens sénile, bon à enfermer.

— Oui, mec, tu deviens sénile. Mais j'aime bien, comme ça au moins, je sais ce que tu penses. Tu n'as pas trop l'esprit pervers, par contre. Je m'attendais à plus de pensées obscènes.
— Et Auréa, qu'est-ce qu'elle devient ?
— Salaud ! Pas de pensées lubriques sur ma copine ! Je vais te nettoyer le cerveau moi, tu vas voir !

Si je le laisse faire, ça va encore se terminer en bataille d'extincteur et d'eau de Seltz. Je ne pense pas que mon tavernier serait trop content, donc j'amadoue José tout de suite.

Après dix bonnes minutes sans parler, dans un silence confortable interrompu de temps en temps par un salut de l'un des autres clients entrant ou sortant dans le bar, nous nous levons et repassons devant la maison d'Encarna. Juste

à côté, il y a une allée. Le potager d'Encarna est séparé de l'allée par un mur à hauteur d'homme. Sur le haut du mur, des tuiles arrondies pour le protéger. Nous trouvons une tuile qui bouge, et cachons l'enregistreur dessous.
— José, on a allumé le micro ?
— Crotte… Je ne sais plus. Tu t'en souviens ?
— Non. Il y a moyen de le voir avec l'enregistreur ?
— Vu que le micro ne s'active que quand il y a du bruit…
— Qu'est-ce qu'on fait alors ? On poireaute jusqu'à qu'Encarna parle ?
— Non, laisse-moi faire.

José part en courant, sonne la cloche et tambourine le portail d'Encarna. Le micro ne se déclenche pas. Encarna arrive en grommelant et en criant « qui est là ? ».

J'en profite pour me hisser par-dessus le mur et me précipiter dans la cour intérieure. Encarna a le portail ouvert, la moitié du corps sorti en train de parler avec José. J'entre et arrive devant le saint. Je pousse le bouton minuscule qui se trouve sous son aisselle gauche pour activer le micro. On l'a collé sous le bras du saint, impossible de remarquer quoi que ce soit. J'en profite pour prendre le cadre de la petite fille et le retourne, l'ouvre, et regarde le dos de la photo. Il y a juste écrit « Maya, anniversaire, 5 sept. 1985 ». Je referme vite, repose la photo environ où je l'ai trouvée, et m'enfuis. Encarna est déjà en train d'essayer de fermer le portail. Mais clairement, José la retient. Je cours et me hisse péniblement par-dessus l'enceinte du château fort. Je m'écroule lamentablement de l'autre côté du mur en position assise, et halète, appuyé contre les pierres. Au grand plaisir d'Esmeralda qui en profite pour me lécher le bras, le cou, puis me mordiller les cheveux – que j'ai bien trop longs, d'ailleurs. José revient par l'allée, les mains dans les poches. Il me fait « alors ? » du menton.
— Mec, je ne sais pas ce que tu lui as dit, mais mission accomplie, le saint est allumé.
— Je sais. Je n'en attendais pas mieux de toi.
— Qu'est-ce que tu lui as raconté ?
— Rien, vraiment, juste lui dire que si elle voulait, je lui récupérais le saint quand elle doit l'emmener à la prochaine personne.

Inoubliable[23]

Il s'installe à mes côtés, lourdement. Il salit sa veste en jean en la raclant contre le lichen sec du mur. Un nuage de poussière s'envole autour de lui quand il se laisse tomber au sol. Ses santiags se dégueulassent de terre, mais il s'en fout. Il cueille un brin d'herbe sec qui pousse entre les pierres, se met à le mordiller. Esmeralda veut le lui voler de la bouche. Il prend le brin d'herbe, le lève au-dessus de sa tête, le plus haut possible. Esmeralda saute en l'air de ses quatre fers, essaie d'attraper la mauvaise herbe.
— Tu sais qui c'est, Maya ?

Il me regarde, surpris. Esmeralda en profite pour lui voler la brindille. Clairement, elle lui mord le doigt en passant, parce qu'il secoue la main.
— Qui t'a donné ce nom ?
— Personne. J'ai juste regardé l'arrière de la photo de la petite fille.

Il me regarde, me jaugeant.
— Tu te rends compte que j'étais en train de lui tenir la jambe dehors ?
— Oui, bien sûr.
— Et que si elle t'avait vu, il y a de fortes chances que l'histoire du saint soit compromise ?
— Non, je te fais trop confiance pour lui tenir la jambe. Tu es le maître teneur de jambes.
— Et tu n'as pas pensé au fait que si sa photo est là, tu sauras bien assez vite qui est Maya, parce qu'elle en parlera probablement au saint ?
— Eh… Oui, mais au moins, maintenant, on sait que c'est

23 *Inolvidable,* chanson de Julio Gutierrez, Bebo &Cigala

une fille qui est née le 5 septembre 1985.
— Ça, j'aurais pu te le dire.
— C'est qui alors ?

Il soupire. Il tourne la tête et regarde le mur devant lui, comme s'il voyait ses souvenirs au travers. Les grillons chantent, le soleil tape sur mes cuisses. Mon torse est à l'ombre, il fait bon, mais mes jambes ont chaud. Avant, je portais des shorts, mais j'étais le seul adulte à Matavacas à porter des shorts. Ici, cela ne se fait pas. Les adultes portent des pantalons longs. Inconsciemment, je me suis mis à porter des pantalons longs moi aussi. Ce n'est que maintenant que j'ai chaud aux jambes que je me rends compte du fait que ça fait bien un mois ou deux que je n'ai plus porté de short.
— C'est Maria, la fille adoptive d'Encarna. Quand elle était petite, elle avait du mal à dire Maria, et disait Maya. C'est pour ça que tout le monde s'est mis à l'appeler Maya. Ses parents sont morts dans un accident de voiture. C'est Encarna qui l'a éduquée. Elle est arrivée dans le village à l'âge de onze ans. Elle a toujours été un peu sauvage.
— Et elle a été la première fille qui m'a volé le cœur. On était les cancres du village, les mauvais. On fumait dans le cimetière, on volait des bouteilles de bière à l'arrière du bar du tavernier. On s'est pris une cuite à l'Anis del Mono un jour dans l'église.
Il rit un peu.
— Quand ils sont venus faire la messe pour l'enterrement du vieux Pablo, ils nous ont trouvés raides assommés, couverts de vomi.
Ça a été ma meilleure amie pendant des années. On a tout partagé : nos envies, nos rêves, nos frustrations. On était comme cul et chemise. Encarna ne nous supportait pas ensemble, ne supportait pas ce qu'elle voyait comme un manque de respect à tout ce qu'elle essayait de lui inculquer.

Il soupire, joue avec l'herbe sèche qui pousse dans les interstices du mur, en arrache des brins, des touffes, les jette à Esmeralda, qui s'est couchée contre lui. Chaque fois que les brins touchent sa tête, elle souffle, bouge ses oreilles, prend un air excédé. Mais elle reste là.

— De onze à seize ans, on a été inséparables. Puis un jour, une grande dispute entre elle et Encarna. Enfin, elles se disputaient sans arrêt, s'engueulaient pour tout et pour rien. Leur mode de communication était simple : soit elles ne parlaient pas, soit elles criaient. Je ne les ai jamais entendues parler autrement. Et pourtant, je suis sûr qu'elles s'aimaient. Elles étaient juste incapables de se le dire, car elles étaient trop différentes. Un jour, après une dispute encore plus violente que d'habitude, Encarna lui a dit qu'elle regrettait le jour où elle avait accepté de la prendre sous son toit. Vivement le jour des 18 ans de Maya parce que comme ça, elle pourrait la foutre à la porte.

Il soupire à nouveau. Maintenant, il fait des petits dessins dans la poussière avec ses doigts. Comme il s'est avachi de plus en plus, sa veste en jean lui est remontée le long du dos, et son col lui arrive à peu près au niveau des oreilles.
— Le même soir, elle est venue chez moi. Elle grimpait le long des toits et frappait à mon carreau quand elle en avait envie. Elle n'a rien dit, elle m'a juste embrassée et on a fait l'amour, tous les deux pour la première fois. À chaque fois que je voulais parler, elle me posait le doigt sur les lèvres. Le matin, elle s'est juste levée, s'est habillée, a pris le peu d'argent que je cachais dans une chope de bière pour acheter des cigarettes, et est ressortie par la fenêtre. Pendant trois ans, ni Encarna ni moi avons eu de nouvelles. Ce n'est qu'à mon anniversaire trois ans plus tard que j'ai reçu une cartouche de Marlboro – en échange de l'argent qu'elle m'avait pris – avec une note de sa part. Quelques mots et un numéro de téléphone. Pendant des jours, j'ai gardé la note, sans l'appeler. La cartouche a traîné là pendant des semaines sans que je la touche. Elle trônait sur la table qui me servait de bureau. Un peu comme si je m'engagerai sur une voie sans retour quand je l'ouvrirais. Mais un jour, j'ai pris mon courage à deux mains, et j'ai ouvert la cartouche. J'ai ouvert le premier paquet, et j'ai fumé la première cigarette, couché sur mon lit. Je regardais le plafond. La cigarette avait un goût normal de Marlboro. Je me disais qu'elle aurait dû avoir un goût spécial, venant de celle que j'avais aimée pendant aussi longtemps. La fumée montait au plafond, et j'avais comme l'impression que la peinture écaillée et les fissures

du plafond l'absorbaient. J'ai dû fumer sept ou huit cigarettes d'affilée. Je me suis demandé où pouvait bien partir cette fumée. J'ai pris mon couteau de poche et me suis mis debout sur mon lit. J'ai creusé un peu une des fissures... Je ne sais pas ce à quoi je m'attendais... Je l'ai creusée et encore creusée, en ai fait une rainure profonde et longue de quelques mètres, tout en fumant clope sur clope. Puis j'ai pris un gros marqueur noir et j'ai commencé à dessiner un paysage, une carte, utilisant les fissures et les écailles de la peinture de mon plafond. C'est devenu une obsession, comme une carte pour retrouver Maya. Tu sais, la carte du pays imaginaire qu'il y a au début du livre de Tolkien ?

Je fais oui de la tête, mais ne parle pas. De toute façon, la question était rhétorique, il est lancé dans son explication.
— Eh bien, je créais ma propre carte magique, un monde imaginaire, une carte imbue de pouvoirs spéciaux, de la fumée magique des Marlboro qu'elle m'avait envoyées. De mon désespoir ravivé de l'avoir perdue et du manque d'elle que je ressentais. Un dessin de mon dessein de la retrouver. Je peignais, dessinais, sculptais, creusais une carte qui m'aiderait à la revoir.

Il s'arrête. Il ne parle pas pendant de longues minutes. Je ne sais pas s'il a arrêté de me parler, ou s'il essaie de formuler mieux les idées et les émotions qui ont l'air de bouillonner sous la surface impassible de son visage. Je ne dis rien, ne voulant pas déranger le processus de triage qui se fait. Je ne le regarde même pas. Je regarde fixement un énorme clou rouillé qui a été planté dans le mur d'en face. Je ne sais pas à quoi il sert. Il ne tient rien, ne rattache rien, n'a pas l'air d'avoir de but. Peut-être qu'un paysan accrochait là son chapeau, comme Staline sur son clou dans son palais. Peut-être, en fait, que ce clou ancre ce mur dans notre réalité. L'accroche dans l'étoffe de ce quotidien. Peut-être que si je retire ce clou du mur, ce dernier s'écroulerait. Puis l'autre mur derrière moi. Puis la maison d'Encarna. Qu'un tourbillon se crée et commence à avaler tout ce qui nous entoure. Peut-être que ce clou est celui qui retient notre monde. L'axe autour duquel notre univers pivote. Peut-être que c'est le clou, planté là par Dieu, quand il a créé le monde, pour admirer son œuvre. Comme on planterait un clou dans un mur avant d'y accrocher le tableau que l'on a acheté pour égayer le salon. J'ai envie de me lever et de tirer sur le clou, comme sur une chasse d'eau. Pour voir si je m'enfonce dans un tourbillon dans la cuvette de chiottes du néant. Mais je me retiens et décide que je peux détruire l'univers à un autre moment. Je peux toujours revenir un autre jour pour annihiler le monde. Le clou sera encore là plus tard. Je patiente. J'ai bien fait, car enfin, José reprend.

— Ma chambre était couverte de plâtre pendant des jours. J'avais les yeux rouges à force de recevoir de la poussière de plâtre dedans. Ma mère me demandait de ranger et mon père gueulait. Les quelques fois que je sortais de ma chambre, j'avais l'air d'un fantôme. Tout blanc et couvert de plâtre.

Pause.

— J'ai ouvert le dernier paquet de cigarettes, et j'ai commencé à le fumer. J'avais une demi-bouteille de rhum, je me la suis fumée aussi. Allongé sur mon lit, je regardais la carte qui me permettrait de retrouver Maya. Mon incantation magique. Je dois dire que j'étais impressionné. Je n'aurais jamais cru que j'aurais pu faire un truc pareil. Il y avait des dessins assez nazes partout, des petits bonhommes bâtons, des poissons comme dessinés dans les caves sous Rome. Des sirènes aux seins nus mal proportionnées. Des monstres à quatre têtes et deux pattes. Des feux rouges, des panneaux de signalisation, des noms de villes. Rome, Paris, Ouagadougou, Remungol, Amsterdam. Des cabines téléphoniques, des voitures, des bus, des trains, des avions… Malgré le fait que je ne savais pas dessiner, l'ensemble était impressionnant et avait un côté magique. Il était presque impossible que ce soit moi qui ai créé cette chose abstraite tout seul, sur le plafond de ma chambre, avec un couteau, un marqueur et quelques feutres… Ça me rappelait un dessin que j'avais vu avant, qui décorait le plafond d'une chambre mortuaire d'un pharaon… mais en plus bizarre et plus positif.

Quand il ne me restait plus qu'une cigarette dans le dernier paquet, je l'ai allumée. Je suis descendu à la cuisine enveloppé dans la fumée de ce dernier bâtonnet d'encens. La fumée montant aux cieux comme pour implorer les dieux.

Et je l'ai appelée.

Il mordille un autre brin d'herbe
— Je devais faire peur : tout pâle, les cheveux poisseux et blancs, les yeux rouges, les doigts noirs de marqueur, de la fumée qui me sortait de la bouche. Mon père est entré dans la cuisine pour se chercher une mousse et je l'ai vu sursauter, surpris. Il s'est mis à me gueuler dessus. « Arrête de fumer dans la cuisine ! Espèce de poivrot ! Faudra que tu me paies pour ce coup de fil. Et puis arrête de foutre du plâtre partout dans toute la baraque », et des conneries dans le style. Vachement bien pour me mettre dans le bain... le rhum m'avait attaqué l'estomac et j'avais des aigreurs, ça n'aidait pas non plus.

Je l'ai appelée. Bien sûr, c'est un mec qui a décroché. Je n'ai rien dit. « Oui ? Oui ? »
Une voix derrière « c'est qui ? ». J'ai reconnu Maya. Il m'était impossible de ne pas la reconnaître. J'entendais de l'eau couler, je l'imaginais sous la douche.

Le mec a dit : « Je n'en sais rien. Quelqu'un qui respire. Soit un pervers, soit un de tes ex... mais c'est possible que ce soit un de tes ex pervers aussi. Salut, pervers ! Tu dis bonjour ? ».

Je ne disais toujours rien. Maya lui a dit un truc dans le style « ben, raccroche et viens me rejoindre. Mais même si c'est un pervers de mon passé, dis-lui bonjour de ma part ». Le mec m'a dit « bonjour de la part de Maya, sale pervers » et a raccroché.

C'est impressionnant comment je peux m'identifier à lui en cet instant. On est assis au soleil, l'odeur de terre chauffée dans nos narines. Une faible odeur d'herbe fraîchement coupée, à cause des ravages de José sur le mur. On sent aussi un peu l'odeur d'Esmeralda. Pas désagréable, de bouc, enfin, de chèvre. Mais je suis transporté dans une cuisine espagnole, baignée dans une lumière blafarde de néon. Un José plus jeune, sentant le rhum et la cigarette, du plâtre sur les mains et dans les cheveux. Des traces de feutre sur les doigts. Espérant une intervention presque divine. Qui, en conséquence, après avoir fait son invocation et encensé son corps des cigarettes de Maya, avait pris son courage à deux mains pour appeler la femme de sa vie. Mais qui se retrouve abasourdi et aplati par cette attitude dénigrante. L'estomac noué, et en plus acide avec le rhum de mauvaise qualité. Les yeux qui le piquent, un peu par la poussière, un peu par les larmes qu'il retient. Tous ses espoirs aplatis d'un grand coup de pied, au moins du 45. En arrière-fond, la voix de son père qui l'insulte, assis devant la télévision avec sa bière, gueulant des insultes à voix haute par automatisme, sans vraiment y penser. Mais sans y penser, par automatisme, faisant plus de mal encore que s'il avait voulu le faire intentionnellement, enfonçant sous l'eau son fils. Son fils qui espérait une autre issue à cet appel, de toutes ses forces ; et à qui il donne un coup de grâce, l'achevant sans même s'en rendre compte, comme quand on marche dans l'herbe et que l'on écrase une fourmi cachée, continuant à siroter sa bière et regarder son programme de merde à la télé, son gros ventre mettant à épreuve les fibres synthétiques de son marcel sale. Je ne connais pas le père de José, il ne m'en a jamais parlé, donc, probablement que cette image est injuste, et qu'il ne portait pas de marcels, mais j'applique ma liberté d'imaginer. Diego, libre dans sa tête.

Je tourne la tête et regarde José. À son tour, il regarde intensément le clou que je fixais tout à l'heure. Je me demande si lui aussi pense à une cuvette de chiottes cosmique ou à la casquette de Staline. Il continue à parler.

— Je n'ai plus jamais essayé d'appeler le numéro. Je me disais tout le temps que je le ferais le lendemain, ou le surlendemain. Je l'ai gardé sur moi pendant des mois, rangé dans mon portefeuille. Je le sortais régulièrement, m'asseyais dans la cuisine, levais le combiné, parfois même marquais les premiers chiffres, mais jamais je ne l'ai appelée. Je n'ai plus jamais regardé le plafond, mais le voyais en permanence du coin de l'œil. Ce qui avait paru presque magique à un moment me paraissait hideux, déjanté, l'œuvre d'un malade mental. La grosse sirène mal proportionnée soudainement ressemblait à une Médusa aux dents aiguës, alléchant les marins avec ses mamelles disproportionnées. Soudainement, j'avais l'impression que toutes les signalisations routières étaient des sens interdits, des limitations de vitesse, des panneaux indiquant des dangers et des interdictions. Au bout de quelques semaines, je faisais des cauchemars sous cette voûte, cette chape de plomb qui me pesait. Alors, j'ai acheté du plâtre, bouché toutes les fissures, et j'ai repeint le plafond en blanc. Et enterré tout ça au plus profond de moi. Et j'ai arrêté de fumer des Marlboro. Mais chaque fois que je voyais le cowboy Marlboro, j'avais le cœur qui se déchirait en deux.

Il rigole jaune.
— Va expliquer ça à quelqu'un, surtout un autre mec... Dès que tu vois le cowboy Marlboro, tu as le cœur qui se déchire.

Je ne dis rien. Je lève juste la main et la pose sur son épaule, le tapote un peu, puis laisse retomber ma main.
— Oui, c'est ça, profites-en pour me tripoter, maintenant que je t'ai dit ce que je ressentais pour le cowboy Marlboro. C'est marrant, cependant, comment on arrive à enterrer les choses. Ma vie a continué, et ce sentiment pour celle que je croyais être l'amour de ma vie, celui dont je ne me remettrais jamais, s'est doucement estompé. Au risque de paraître basique et de paraphraser tout ce que disent tous ces auteurs, le temps estompe le contour de toutes les choses...

Mais pour répondre à ta question, oui, je connais Maya, et non, je ne sais pas ce qu'elle est devenue.

Je me lève, un peu péniblement. Je lui tends la main pour l'aider à se lever.
— Viens, on va acheter à manger, je te fais la cuisine à ton palace, et puis on reviendra chercher la cassette plus tard.

Il prend ma main, je le hisse. Et j'essaie de détendre l'atmosphère, à la mec, en montrant que son histoire a été entendue, comprise et respectée, mais qu'en tant que bons mecs bien lourds, on passe le plus vite possible sur des sujets comme ceux-ci, sur les douleurs du cœur. Un peu comme dans *Le Salaire de la peur*, où sur les routes

cabossées, qui ne sont qu'un nid de poule après l'autre, il faut rouler le plus vite possible, ce qui réduit les cahots au maximum….
— Tu sais, la prochaine fois que je te demande si tu connais quelqu'un, tu n'es pas obligé de me raconter toutes tes histoires de cul…

Il me sourit, tristement, mais réagit comme un mec :
— Au moins, j'en ai, des histoires de cul à raconter. Toi, tu commences à vivre comme un moine ici. Suivi partout avec ta chèvre, les gens vont commencer à jaser.

Et sur ce ton, nous sortons de l'allée qui longe la maison d'Encarna, laissant là le clou qui contrôle la fin du monde.

Heureusement que la chasse d'eau n'a pas marché

L'allée nous retrouve le même soir. Il est minuit passé, et quoique nous essayons d'être silencieux, le simple repas que j'ai préparé a été accompagné de quelques bouteilles de vin. Quoique lucides, nous avons cependant des mouvements un peu désordonnés et notre coordination est limitée. Nous sommes venus à vélo, José sur mon porte-bagages. Nous avons failli nous écraser plusieurs fois en beauté. Nos chuchotements sont loin d'être des chuchotements, mais comme nous sommes à une bonne trentaine de mètres de la maison d'Encarna et que celle-ci doit déjà dormir depuis longtemps, le risque n'est pas trop important. José peste :
— Mais merde, elle est où cette tuile sous laquelle on a planqué le schmilblick ?
— Sais pas, moi.
— Oh, merde... On est con, on aurait dû laisser une marque ou quelque chose...
— En fait, y en a une, elle est environ en face de la chasse d'eau universelle.
— Hein ?
— La chasse d'eau de la fin du monde... un clou rouillé dans le mur d'en face.

José me regarde, enfin, il essaie, dans la lueur de la lune.
— T'as fumé quelque chose pendant que je ne regardais pas ? Tu sais, tu m'inquiètes...
— Meuh non. Che t'espliquerai un de ces quats... L'est où ce clou de malheur ?

Je le trouve, plus par hasard qu'autre chose, en y restant

accroché avec la manche de ma chemise. Clairement, ce n'est pas la chasse d'eau de cuvette de chiottes de fin de l'univers, car vu la violence à laquelle se déchire ma manche, elle aurait dû se déclencher. Pendant que je marmonne et me tripote le bras et la chemise esquintés, José trouve la bonne tuile, prend l'enregistreur, sort la cassette et en remet une autre, et l'on repart vers la rue principale. Je trouve mon vélo en me prenant les pieds dedans, et l'envoie valser. Il fait au moins cinq mètres avant de s'écraser en plein milieu de la rue, dans un tintamarre à réveiller les Maures – même les Maures morts. Je ne tiens plus très droit et manque de m'écraser en essayant de ramasser le vélo. José, qui voulait me retenir, en fait me pousse et je manque de me retrouver à nouveau par terre. Tant bien que mal, nous nous rétablissons et marchons en direction de son bar, qui doit se trouver à deux cents mètres de là. Je ne sais pas si vous avez déjà essayé, mais marcher sur des pavés en espadrilles alors que l'on est bourré, c'est l'une des meilleures manières de se casser la gueule. Heureusement que j'ai mon vélo pour me retenir. En santiags non plus, ça n'a pas l'air facile, et José se tord la cheville avant de s'étaler de tout son long. Il se met à pester et à rigoler en même temps. Des chiens se mettent à aboyer. Mais personne ne vient se mettre aux fenêtres pour nous engueuler.

Vu le boucan que nous faisons, peut-être pensent-ils que nous sommes des Maures morts, mais plus vraiment morts, réveillés quoi. Des zombies maures morts. Par la suite, nous réalisons combien nous avons été inconscients. Des chuchotements si forts que nous aurions aussi bien fait de parler à voix haute, des coups, des rigolades, se casser la figure avec vélo et tout, pisser contre l'arbre devant le bar de mon tavernier (eh oui, désolé de te l'apprendre, mon ami le tavernier), rigoler encore plus bêtement après que José se soit uriné sur les doigts.

Après une marche qui est au moins deux fois plus longue au retour qu'à l'aller, boucles, arrêts, et zigzag inclus, nous arrivons enfin au bar de José.

La porte est encore ouverte, et la lumière allumée… Je

m'arrête.
— Tu sais, mec, il n'est pas si mal ton bar... Il a l'air vraiment accueillant comme ça. Tu pourrais vraiment faire quelque chose avec.
— Tu as trop bu, mec. C'est une grouille, ce bar. Un trou perdu dans un village qui est un trou perdu. Le trou du cul du trou du cul du monde, et moi le trou du cul qui le gère.
— Non, tu sais, il a quelque chose d'exotique.
— Ah ! Ne me fais pas rire.
— Non, quand je te dis exotique, je veux dire pas vraiment typique du coin. Quelque chose que les gens pourraient rechercher. Y a quelques années, je me suis tapé une fille folle de country, comme toi.
— Euh... Si je me souviens bien, tu ne me t'es pas encore tapé... ou alors, ce n'était vraiment pas mémorable.

On range le vélo et l'on entre dans le bar en parlant. Il passe derrière et se sert une bière et un Anis del Mono pour moi.
— Non, je te dis que je suis sûr qu'il y a une clientèle qui serait heureuse de venir passer un week-end ici et traîner dans ton bouge à écouter de la country. Ou même des locaux qui voudraient apprendre à danser la country.

Il boit profondément, rote, s'essuie la moustache. C'est sa manière de s'arrêter quelques minutes sur ce que je viens de lui dire. Il arrive à sa conclusion.
— Arrête tes conneries, mec, d'accord ? Je n'y crois pas et je n'ai pas envie d'avoir l'air d'un naze. D'abord, je ne sais pas danser le square.

Je décide de laisser là le sujet, mais je me promets de m'y repencher. Je lui demande :
— Alors, on écoute comment on peut aider Encarna ?

Il se retourne, sort la cassette de la poche de sa veste, prend le lecteur de cassette de l'étagère et le pose sur le bar. Il insère la cassette dedans et appuie sur Play. D'abord, rien. Un souffle. Puis les bruits de notre conversation avec Encarna quand nous avons livré la statue. Clairement, j'ai dû penser à l'allumer à ce moment-là ; les commentaires d'Encarna quand nous l'avons posé ; de faire attention aux bougies, puis un vide. Ensuite, le retour de José à la porte, les échos de ses coups sur le métal, leur conversation – on ne capte pas ce qui se dit. Puis les bruits que j'ai faits en vérifiant que le micro était bien branché. Je suis bruyant, c'est le moins que l'on puisse dire.

Nous écoutons, sans avancer la cassette, juste les bruits de fond. À chaque fois qu'Encarna passe devant le saint, elle lui fait un commentaire – elle lui parle. Des commentaires du style : « Qu'est-ce que je suis contente de te revoir », « Merci à Dieu qu'un saint soit de retour dans ce village ». Ou des petites prières de rien du tout, une ou deux phrases, ponctuées d'un *amen*. Parfois, nous n'entendons pas ce qu'elle dit, tellement elle le dit vite. Elle semble s'affairer dans la maison, puis penser à quelque chose qu'elle veut demander au saint, interrompre ce qu'elle fait pour venir lui parler, lui faire une petite prière, et reprendre ses activités.

Cela dure toute la journée, ou presque. Comme l'enregistrement s'arrête dès qu'il n'y a plus de bruit, cela passe bien plus vite pour nous. Les demandes sont toutes assez basiques. Elle demande santé et bonheur pour elle ou pour ses amies, sa famille.

Le micro qui devait s'activer seulement quand il y avait du bruit semble fonctionner de manière intermittente, à revoir donc. Mais même pendant les moments de silence où la cassette crache et souffle, nous ne parlons pas. De temps en temps, l'un d'entre nous se lève pour aller chercher un verre, et bizarrement, étant à moitié ivres et écoutant la voix de cette vieille dame, une espèce de révérence gênée, mais captivante s'installe. C'est une vision profonde d'une autre vie, l'intimité la plus secrète d'une autre personne, ses désirs, ses peurs. C'est gênant, parce que l'autre personne ne sait pas ce que nous faisons. D'un autre côté, c'est pur, parce que cette personne est pure. Pour l'instant, à aucun moment elle n'a demandé quoi que ce soit pour elle-même. Toutes ses demandes sont pour les autres, et positives. Il y en a même une qui nous fait rigoler. De cette manière gênée entre mecs, dans laquelle elle demande de faire en sorte que « l'Américain et José ne soient pas homosexuels et qu'ils trouvent enfin une fille pour eux et qu'ils soient heureux avec elles et que l'Américain trouve un travail parce que s'occuper d'une chèvre toute la journée, ce n'est pas acceptable ».

José rigole et me dit : « Tu vois, je t'ai dit exactement la même chose ce soir. Les gens jasent et tous doivent penser comme elle : toi à te promener partout avec ta chèvre ! »

Presque tout le village y passe, finalement. Quelques personnes sont notoirement absentes de la liste de courses, comme Juan Carlos, le notaire, mais sinon, presque toutes sont mentionnées. On apprend aussi des secrets dont nous ne devrions pas être au courant. Comme le fait que Juanita, l'une de ses voisines retraitées, est amoureuse de Vittorio, le charpentier italien qui est venu s'installer au village il y a bien des années et qui est maintenant veuf. Note prise… une BA à accomplir.

Mais nous attendons de savoir ce que nous pouvons faire pour Encarna. Le fait que pour l'instant, elle ne demande rien pour elle me donne encore plus envie de faire quelque chose pour elle. Cette attitude dévouée et concernée me fait chaud au cœur. Ou peut-être est-ce l'alcool. J'en ai marre de boire de l'anis infâme, mais José n'a pas beaucoup d'argent ou de bouteilles, et c'est à peu près la seule chose qu'il y a à foison dans son bar. Il n'a jamais voulu accepter de l'argent.

En repensant à la conversation d'avant, si je veux l'aider à faire de son bar un endroit country, va falloir s'équiper sérieusement en bourbons et alcools divers et variés. Du Jack, noir, single barrel et vert. IW Harper, Jim Beam, Old Crow pour arracher les dents, rien de vraiment haut de gamme, mais les bases. Des décors et de la musique. Etc.

Je prends note, et pendant que je suis parti à faire une liste de tous les noms de bourbon dont je me souviens (14 pour l'instant), la voix d'Encarna revient. Là, clairement, c'est le main feature. Fini les annonces et les trailers. On l'entend bouger un meuble, probablement le prie-Dieu. Quelques grincements et craquements. Peut-être ses genoux pendant qu'elle s'installe, et un grand soupir. Puis elle commence à prier. D'abord, elle demande pardon de ne pas lui avoir parlé depuis longtemps – on ne sait pas s'il s'agit du saint ou de Dieu. Puis elle parle de sa vie de tous les jours et comme c'est dur d'être si seule. Oh, elle s'y fait, comme tout, elle a toujours dû s'assumer, mais cela reste dur malgré tout. Cependant, s'il y avait quelqu'un, elle aurait de la compagnie. Ensuite, que le gouvernement lui donne de moins en moins d'argent. Qu'aujourd'hui, elle n'a plus la force et que ses rhumatismes l'empêchent de travailler la terre. Elle ne peut donc plus compenser la perte de son pouvoir d'achat par les fruits et légumes de son potager. Cela fait plusieurs mois qu'elle n'a pas pu s'acheter de vêtements, alors qu'elle en a un besoin important, et qu'elle a du mal à payer la facture de gaz et d'électricité. Tu sais, chéri – là, on assume qu'elle parle à son mari, mais bizarrement, c'est comme si elle parlait à Dieu, le saint et son mari en même temps, une espèce de trinité adaptée à ses besoins. Enfin… Tu sais, chéri, ce que je paie aujourd'hui pour un kilo de pommes ? À l'époque, pour ce prix, on pouvait avoir un quart de cochon de lait ! (Je demande à José ce que c'est, un *lechal*, c'est un mot que je ne connais pas encore.)

Soudainement, elle se met à pleurer. Cela nous prend par surprise, parce que sa voix était plutôt indignée jusqu'à ce stade. En pleurant, elle dit au saint qu'elle ne sait pas où est Maya et que cela fait maintenant bientôt trois ans qu'elle n'a pas de nouvelles. Elle espère que tout va bien avec elle, et qu'elle est en bonne santé et heureuse. À nouveau, elle pense aux autres avant de penser à elle-même. Elle pleure un peu plus, puis se ressaisit et se met à donner des nouvelles du village – clairement, à son mari ce coup-ci. Nous écoutons un peu plus, mais n'apprenons rien de nouveau. Nous sommes un peu gênés de la laisser à sa peine, mais je regarde José, pose le doigt sur le bouton Stop, et quand il me fait oui de la tête, j'éteins. D'un coup, on a l'impression d'être seuls. Comme quand on sort d'un cinéma où l'on a vu un film qui nous a captivés. On se retrouve dehors en clignant des yeux au grand soleil, alors que la foule des gens avec lesquels on a partagé ce moment fort, qui ont rigolé ou pleuré en même temps que nous, nous contourne à droite et à gauche, redevenus de parfaits

inconnus. C'est l'effet que ça me fait. Ou c'est l'Anis del Mono, mais l'effet est là.
— Merde, alors ! dit José en passant derrière le bar se resservir.

Je hoche de la tête. Je prends mon anis et vais m'accouder dehors, sur la barre du porche, celle qui sert à attacher les rênes des chevaux. Y a pas de cheval dehors, et pas de cowboys non plus. Mais l'odeur un peu poussiéreuse, l'église avec ses orangers, la chaleur et l'ambiance s'y prêteraient à merveille, un vrai décor de western. À cette heure-ci de la nuit, la rue est vide et l'on n'entend pas un bruit, sauf un peu le vent dans les orangers, et un chien qui aboie au loin. José sort et s'accoude à son tour. Ses santiags font du bruit sur les planches. Ça renforce l'image du western, les deux bandoleros solitaires qui attendent l'invasion des brutes dans le village abandonné par sa population. Je demande à José s'il a une bêche. Il n'a même pas besoin de me demander pourquoi. Notre amitié est inattendue, mais on se comprend. Il me demande juste :
— Ce soir ? Ou demain ?
— Allons-y pour ce soir, puisqu'on est chauds. Demain, on s'occupe de retrouver Maya.

Il acquiesce de la tête et va farfouiller dans l'arrière-salle. Il ne trouve qu'une binette poussiéreuse et une vieille fourche. On les prend quand même, et une grande bouteille d'eau, espérant trouver sur place ce qu'il faut. L'escalade du mur est un peu plus dure, le sens de l'équilibre impacté par l'alcool. Ce coup-ci, c'est mon pantalon qui reste accroché et se déchire au niveau du fessier, ce qui fait rire José. Il manque de s'étrangler en essayant de rire doucement. À tâtons, nous arrivons à trouver une remise qui regorge d'ustensiles et d'outils pour travailler la terre. Je n'en connais pas la moitié, et dans cette demi-pénombre, avec ces reflets métalliques durs et froids, on dirait presque des instruments de torture. José me passe une espèce de fourche à six ou sept dents et s'empare d'une bêche. Il me fait signe de le suivre. On chuchote. On n'a pas trop peur de réveiller Encarna, elle doit dormir à poings fermés à cette heure-ci. Mais nous n'avons qu'un temps limité pour faire du bêchage – les anciens se réveillent tôt dans ces parages.

Il est difficile de trouver quel morceau de terrain Encarna a essayé de bêcher. On en commence un, mais bien vite, on se rend compte que ce terrain n'est rien d'autre qu'un chemin de dalles recouvert d'herbe – après quelques horribles grincements et chocs qui auraient dû réveiller tout le voisinage, mais qui ne font qu'aboyer le chien d'à côté.

Un peu plus loin, nous tombons sur un petit lopin de terre qui a été bêché sur quelques mètres. Clairement, l'effort d'Encarna. Alors, nous nous y mettons, nous travaillons chacun d'un côté du terrain et parallèlement nous bêchons. Quand nos rangées se touchent, nous repartons dans le sens contraire. Ça devient une espèce de jeu, on se fait un peu la course. Mais ça ne dure pas longtemps. Je n'ai jamais encore bêché de ma vie, et jamais je n'aurais cru que ce travail serait si difficile. Je porte des espadrilles, et dans le quart d'heure, mon pied commence à morfler grave. Mon dos est en feu. Mes mains que je pensais être bien endurcies depuis mon arrivée à la campagne ne sont pas à la hauteur et assez vite, j'ai une première ampoule. Je sue comme un porc et dois m'arrêter environ toutes les cinq minutes pour me redresser et boire un coup d'eau. Quand j'enlève ma chemise et l'enroule autour de mes mains, ça va un peu mieux. José, lui, est un professionnel. Il plante la bêche, l'enfonce d'un coup sec de sa santiag, et en utilisant sa cuisse pour faire levier, soulève la bêche et la retourne d'un coup. Ses rangées deviennent de plus en plus larges et les miennes de plus en plus étroites, mais je ne me laisse pas faire. Je continue et je m'accroche. On ne parle plus beaucoup, on œuvre ensemble, collégialement. Le temps s'arrête. Quand José me fait signe de nous reposer un moment, je me rends compte que nous avons retourné au moins six hectares de terrain. Presque sept. La terre fume encore et ma fourche est chauffée au rouge vif tellement j'ai travaillé vite.

Non. Nous n'avons labouré qu'un morceau de terre de dix sur quinze mètres environ. Pas un record. Mais un morceau acceptable. L'aube se dessine au loin. On se regarde. José lui aussi est bien dégueulasse et couvert de sueur. D'un commun accord, sans un mot, on nettoie les bords du morceau de terrain labouré, on en fait un rectangle parfait. On va ranger la fourche et la bêche, et l'on y va. J'ai à nouveau du mal à passer le mur, et y laisse à peu près toutes mes ampoules. Je sens que je vais m'en souvenir dans les jours qui viennent…

Tant bien que mal, on se traîne jusqu'au bar de José. Il part avec sa moto-bylette. Gros dégueulasse que je suis, je ne fais que passer la tête sous le robinet. Je bois trois litres d'eau et encore en sueur m'écroule sur le lit de camp. Je m'endors aux premières lueurs du soleil. Je ne pense même pas à me laver les dents…

They can't take that away from me[24]

Le lendemain, j'ai du mal à me lever. Je suis vermoulu. Je vous garantis qu'aller bêcher un potager en pleine nuit après avoir bu un peu trop n'est vraiment pas une activité recommandée pour un homme du mauvais côté des 35 ans. Et ce sans entraînement aucun. En plus, j'ai eu chaud cette nuit. Je me suis réveillé couvert de sueur, totalement déshydraté. J'ai un rayon de soleil en plein visage, et il y a des poussières qui virevoltent dedans. C'est beau. Elles font comme des paillettes dorées, capturées dans ce rayon de lumière. Elles se détachent du fond sombre fait par le plafond en poutres et briques. Un petit feu d'artifice rien que pour moi.

En fait, je suis assez content que le clou de la fin du monde n'ait pas marché hier.

Ce sont les bruits de José en train de se démener avec la machine à café qui m'ont réveillé. Je l'écoute pester un peu, puis essaie de me lever. C'est dur. J'ai du mal à me mettre en position assise. Mon dos n'est plus. Mon pied droit me lance, juste sous la plante, là où j'ai appuyé sur la bêche. Mes mains sont des serres que je n'arrive pas à ouvrir totalement ou à fermer entièrement. J'ai quelques superbes ampoules. L'une d'elles a éclaté et suinté toute la nuit. J'ai la main pleine de cristaux jaunes entourant un cratère rouge d'où coule du pus. Je n'arrive même pas à desserrer les mains suffisamment pour gratter la barbiche de Esmeralda, qui vient me dire bonjour. Je reste assis sur le rebord du lit de camp. Peu de courage de me lever. José sort de derrière le bar et plante un café devant moi, sur la

24 *They Can't Take That Away from Me*, Ella Fitzgerald et Luis Armstrong

table que j'ai à hauteur de mon nez. Il a l'air en meilleure forme que moi. Je serre la tasse dans mes serres.

Je me rends compte que je deviens vraiment espagnol en prenant mon café. J'apprécie cette petite quantité de liquide âcre, avec un dépôt au fond. Je me délecte de cette amertume et de ce goût légèrement farineux qu'il laisse dans la bouche. Il colle aux dents. Les premières fois que j'en buvais, je ne le supportais pas. Habitué aux cafés liquides et sans âme des grandes enseignes américaines, avant, je buvais du café par litres entiers, et non pas en petites doses concentrées. Même si le café de l'enseigne au symbole vert était pas mal…

Je lève la tête et regarde José. Il me dit que j'ai vraiment une sale tête, de la terre sur le visage, et que je pue.

Bonjour à toi aussi, mon pote.

En fait, nous nous rendons compte en prenant le café que nous ne pouvons pas vraiment nous promener dans le village avec nos ampoules et en marchant comme des zombies arthritiques. On n'avait pas pensé aussi loin.

Encarna doit déjà être en train de répandre son histoire partout. En nous voyant tout déglingués, le village n'aurait pas beaucoup de mal à déduire que nous y sommes pour quelque chose. Alors nous élaborons un plan. Pour cacher le fait que nous sommes délabrés physiquement, nous allons repeindre le bar de José. D'abord parce qu'il en a bien besoin. Ensuite, parce que José a acheté de la peinture il y a des années qui vieillit dans l'arrière-pièce. Et qu'il s'est promis qu'il ouvrirait vraiment un jour ce bar. Mais surtout parce que cela peut expliquer notre douleur au dos, et nous pouvons porter des gants pour cacher nos ampoules.

Décidés, nous nous affairons. À la vitesse d'octogénaires qui viennent de prendre des calmants, nous nous levons, montons sur la moto scintillante queue de castor de José, et allons chez moi. Je me douche, me change, et mets l'une de mes autres tenues. Je n'ai plus que quelques chemises et quelques pantalons. Mes caleçons sont si fins que l'on peut voir la lune à travers. Il n'y a plus que les chaussettes que j'ai en grand nombre, car j'ai commencé à vivre presque exclusivement en espadrilles.

Le retour est un peu plus mouvementé. Clairement, Esmeralda voulait rester à la maison, ou elle n'aime pas les queues de castor, car elle se démène un peu. Je la tiens serrée contre ma poitrine, entre José et moi. Elle est tranquille un moment, puis soudainement s'agite et veut sauter de la moto. Je la calme. Elle s'apaise quelques minutes, puis se débat à nouveau. Bref, nous manquons de peu nous encastrer dans un mur, puis un arbre, faire un passage dans un champ, passer par le lit du ruisseau plutôt que d'emprunter le pont, et faisons connaissance presque intime avec une grosse benne à ordures à l'entrée du village. C'est à ces moments que l'on reconnaît ses vrais copains – José ne lance qu'une petite centaine de gros mots pendant tout le trajet, mais à aucun moment insulte Esmeralda ou me demande de descendre. Mais bon, c'est probablement parce qu'il se rend compte qu'il a vraiment besoin de mon aide pour peindre son bar. Et qu'Esmeralda et moi sommes un pack indivisible. Ne peut être vendu à l'unité.

Quand nous arrivons au bar, Esmeralda s'allonge tout de suite à son endroit préféré, sur le porche. On ouvre les portes et les fenêtres, et un bon petit courant d'air frais court par la pièce. Ça me rappelle presque le Maine, où j'ai passé plein d'étés étant petit. Il y avait des jours où soudainement, la température chutait le matin et un vent frais se levait ; un vent qui rafraîchissait, requinquait, nettoyait, avant de laisser place à la lourdeur de la chaleur de l'après-midi. Mais ces après-midis étaient eux aussi, bizarrement, plus purs que les autres jours. La chaleur était là, mais elle était plus azuréenne, les couleurs plus claires et précises, les ombres plus sombres, les bleus pétants et les blancs purs et limpides.

Ou peut-être était-ce juste que je me sentais bien, un ressenti subjectif d'avoir accompli une bonne action. Après un inventaire rapide des peintures, nous rédigeons une liste de courses. Il y a peu de pinceaux, pas de toiles de protection, et quelques-uns des pots contiennent de la peinture qui est retournée à l'état solide. José s'en va en pétaradant sur sa queue de castor faire les courses et je commence à préparer les murs et la pièce.

Au bout d'une heure, je suis appuyé sur le balai dehors, en train de converser avec Esmeralda, quand je vois approcher ma voiture préférée, la Méhari de Dulcinea. Immédiatement, mon cœur s'emballe, ma bouche devient sèche, et je perds tous mes moyens. La Méhari s'arrête devant le bar, un peu de poussière virevolte. Dulcinea en descend et me sourit. Elle ferme la porte de sa voiture avec soin – elle m'a engueulé la dernière fois quand j'ai claqué la portière. Elle monte les marches du porche. Ses chaussures résonnent comme les bottes de cowboys dans les westerns. Je la regarde s'approcher, incapable de détacher mes yeux d'elle. Elle me sourit, me serre le bras. Pas de bisous. On n'en est pas encore au stade des baisers langoureux, et je ne supporterai pas la bise sur la joue avec elle. Je préfère ne rien avoir plutôt qu'un succédané.

Elle me demande où est José. Je lui raconte nos plans et comment il m'a planté là à peindre son bar. Qu'il s'est débiné et me fait faire son boulot. Alors que je devrais être en train d'étudier pour poursuivre en justice l'affreux jojo adipeux Juan Carlos. Il devient de plus en plus inconséquent, ce notaire de pacotille. J'ai parfois du mal à me souvenir que je dois bosser et à me motiver et à étudier pour lui reprendre mon bien. Enfin, quelque part, je me sens hypocrite. Parce que je ne savais même pas que cette maison, ou cette arrière-tante existait il y a moins d'un an, et je m'en foutais comme de l'an quarante. Ce n'est qu'en arrivant ici que j'ai su que quelqu'un m'avait fait du tort. Et c'était pour me donner un but, une ancre dans cette vie espagnole que j'ai immédiatement trouvé un projet auquel m'accrocher, un travail auquel m'atteler : apprendre espagnol, la loi espagnole, et reprendre cette maison. Mais les lignes directrices que je m'étais fixées comme mes priorités se sont largement estompées. Ma priorité n'est plus d'aller à Med-Sid et de travailler. Il faut que je me force pour monter sur le vélo et aller m'enterrer dans cette bibliothèque. C'était mon cocon, mais aujourd'hui, je ne suis plus une chrysalide. Maria, Auréa, José, Pablo, Esmeralda, tous ces gens m'ont fait découvrir une personne que je ne soupçonnais pas sommeiller en moi. Ils m'ont fait naître comme personne à part entière et ont fait de moi ce beau papillon que je suis en train de devenir…

Enfin, en ce moment, le papillon regarde Dulcinea comme si elle était la bougie qui l'attire. Il a une folle envie de s'y jeter entier en sachant que probablement, il se brûlera les ailes.

Elle continue à me regarder. Elle a de beaux yeux bruns, lumineux quand le soleil les éclaire, quand il fait beau dehors. Un peu comme des yeux de lion, chauds et chaleureux, mais empreints de puissance.

Elle me demande :
— Donne-moi ta main une seconde.

Perdu dans ses yeux, je n'hésite même pas. Je tends l'une de mes serres à ma tendre et douce princesse, ma bougie qui brûle de mille feux et qui va m'incinérer.
Elle baisse la tête et regarde ma paume. Elle a les cheveux n'importe comment, à cause de la Méhari, mais ça lui va bien d'avoir les cheveux dans le vent.
Quand elle relève la tête et me regarde à nouveau, elle ne lâche pas ma main, mais me demande :
— Si je demande à José de voir sa main, est-ce que je risque de voir des ampoules aussi ?
Brillant orateur que je suis, je hoche la tête et acquiesce.
— Vraiment, il va falloir que je vous parle sérieusement, à toi et à ton copain José. Qu'est-ce qui vous a pris ?
Mais elle le dit avec un sourire.
— De quoi parles-tu ?
— Enfin, ne me dis pas que tu n'es pas au courant de ce qui est arrivé à Encarna ?
— Non, qu'est-il arrivé à Encarna ?
— Bon, soit. Joue l'idiot. Encarna ce matin s'est levée et a trouvé tout son potager bêché. Cela faisait des semaines qu'elle se plaignait du mal au dos qu'elle avait et la difficulté de bêcher son potager toute seule. Elle dit qu'elle a

demandé au saint hier, et que ce matin, tout était bêché. Elle est très contente. Mais maintenant, elle se plaint du fait qu'il y a trop de superficie bêchée et qu'elle va être obligée de tout planter et donc de faire des conserves cet automne. Et elle dit que vraiment, ça se voit que le saint n'a pas l'habitude de se retrousser les manches, et que le bêchage a été fait n'importe comment.
— Comme par un manche ?
— Comme par un manche qui ne sait pas utiliser un manche de bêche.
— Et tu sais qui est ce manche ?
— J'ai des doutes sur le sujet.
— Tu penses que tu dois partager tes doutes avec le reste du village ?
— Pas pour l'instant.
— Bien.
Et, pris d'un élan chevaleresque, je colle ma bouche sur sa bouche, tout en gardant une main sur le balai et l'autre dans la sienne, et je l'embrasse. Je ne sais pas d'où me vient cet élan, j'en suis surpris moi-même.
Elle ne se retire pas, mais ne participe pas plus non plus. Alors, gêné, je coupe court et me relève. Notre premier baiser, et je me trouve l'air con. Notre premier baiser, et clairement il est venu à un moment où elle ne s'y attendait pas. Tellement de semaines que j'ai envie de ce moment. Je l'imaginais bien différent. Dans mon imagination, elle aurait participé, peut-être même se serait pâmée dans mes bras, et plus si affinités. Ses yeux brilleraient au soleil couchant, prendraient cette teinte couleur or. Ses yeux de lion quand les rayons de soleil illuminent son visage. Elle me regarderait avec amour, envie, confiance, complicité.
Mais non. C'est foiré. Je suis vraiment super bon pour lire les moments, et savoir exactement quoi faire et quand. Ça fait au moins deux ou trois décennies que je n'ai pas autant été attiré par une fille. Cette foirade me décompose, me rend naze, nul, et non avenu. C'est impressionnant comment quand je n'avais rien à en faire, je les emballais en un ou deux tours de main. Même à l'école, j'étais meilleur. Et j'étais gauche et con, et au lieu de séduire, j'irritais en taquinant. C'était ma manière de séduire. Au moins, Dulcinea, je ne la taquine pas trop. Je ne lui ai pas coupé l'une de ses couettes en cours de dessin. Je ne lui ai pas

trempé les couettes dans l'encre de Chine pour en faire des pinceaux. Heureusement qu'elle n'a pas de couettes. Même si j'ai quelques années de plus, je suis clairement toujours aussi nul autour des filles que j'apprécie. Je perds clairement tous mes moyens quand je suis amoureux d'une femme. Tout ça me passe par la tête en quelques microsecondes. Je me colle une paire de baffes mentale. Je m'en veux d'avoir foutu en l'air un moment aussi important de manière aussi débile.

Je la regarde dans les yeux, gardant ma main dans la sienne et l'autre sur le balai. Elle a un petit sourire, me regarde avec une petite étincelle dans les yeux. Elle change son regard de mon œil droit à mon œil gauche, puis revient. Elle sourit. Elle prend ma main droite de ses deux mains, la retourne pour en regarder la paume. Elle trace mes ampoules de son index gauche. Au bout de quelques instants, elle relève les yeux et me demande, sérieuse soudainement.

— Comment toi et José allez cacher vos ampoules à Maria quand vous irez préparer la paëlla demain ?

Zut, je l'avais oubliée celle-là. On a un nouveau rendez-vous paëlla demain. Alors je lui explique notre brillant subterfuge. Que nous sommes en train de peindre le bar, ce qui explique nos ampoules. Elle jette un coup d'œil derrière moi, pour juger l'étendue des travaux.

— Vachement avancée, la peinture…

Je lui explique comment pour l'instant, nous avons tout poncé. Je ne sais pas ce que je raconte.

— Ah oui ? L'intérieur des placards alors, parce que je ne vois pas trop de traces de ponçage…

Tout ça en tenant ma main dans la sienne et en continuant à tracer les courbes de ma paume. C'est bon.

Elle me regarde, toujours avec cette étincelle dans les yeux.

— Tu m'expliqueras comment tu as su qu'il fallait bêcher le jardin d'Encarna.

Là, je me trouve con. Elle sait. Elle savait tout le long.

— Ne me prends pas pour une nouille. Il n'y a que deux idiots qui auraient pu avoir une idée pareille, et c'est toi et ton copain à la queue de castor.

— Je lui dirai que tu as dit qu'il avait une queue de castor, cela lui fera plaisir. Comment tu sais, d'abord ? Je veux

dire pour le bêchage, pas pour le fait qu'il a une queue comme un castor.
Admirez mon esprit brillantissime et mon sens de la répartie sublime.
Elle m'explique que c'est logique, rien de pareil n'est jamais arrivé dans le village auparavant. La seule chose qui a changé dans l'équation, c'est mon arrivée. Ergo, l'élément nouveau crée un état de déséquilibre qui résulte en un jardin bêché. Avec un saint espion.
Je confirme qu'en effet, c'est bien moi et queue de castor qui avons labouré le jardin d'Encarna.
Elle sourit à nouveau, me serre légèrement la serre, et la lâche. Soudain orpheline, la main tombe le long de mon corps, inerte, abandonnée, sans raison de vivre. Elle croise les bras sous sa poitrine. Clairement mal à l'aise soudainement, elle me sourit, puis me fait un petit bisou sur la bouche, précipité. Elle doit se mettre sur la pointe des pieds, manque de me donner un coup de boule, et loupe un peu ma bouche. Ses lèvres atterrissent sur le coin des miennes. J'essaie de la prendre dans mes bras, mais le balai me gêne. Elle s'est déjà échappée, est déjà presque arrivée à sa voiture. Je bouge vraiment comme un octogénaire. Elle me fait signe de la main et me dit qu'elle me verra le lendemain chez Maria. Elle monte dans la Méhari. C'est un feu d'artifice dans ma tête, mes neurones font la fête et dansent la java, rejoints par mon cœur qui bat la chamade, pendant que je regarde partir la Méhari qui emporte mon cœur. Elle m'a embrassé ! Je n'en reviens pas !
Je dois avoir l'air idiot, bouche bée, sur ce porche. José croise Dulcinea quand elle tourne pour s'engager sur la route principale. Ils se font signe de la main, un coucou rapide.
José s'arrête devant le bar, béquille la bécane, en gardant la main sur l'énorme pot de peinture de vingt litres qu'il a sur le porte-bagages. La pétrolette manque de s'écrouler, il la retient avec son corps. Tant bien que mal, il défait les tendeurs et les cordes qui entravent le monstre de seau, et décroche le sac plein d'ustensiles du volant. En peinant, il le monte sur le porche. Il s'arrête devant moi et laisse tomber le pot et le sac qui font résonner les planches. Il me regarde, se massant le bas du dos avec les mains.

— Tu as une mouche ou deux sur la langue. Faudrait penser à fermer ta bouche de temps en temps.
Je ferme la bouche.
— Elle a accepté un rendez-vous ?
— Mieux.
— Ça y est ? Tu as concrétisé ?
— T'es naze ou quoi ? C'est quoi ces mots de gamin ? Concrétisé, c'est con comme mot.
— Oui, c'est con, y en a qui crétisent et y en a qui sont cons et qui concrétisent. Toi, t'es plutôt dans le deuxième cas de figure.
— Non, je n'ai pas concrétisé. Je viens juste de passer un moment privilégié avec celle que j'aime.
— Eh ben, tu n'y vas pas avec le dos de la petite cuillère. Que tu aimes... Pfff. En attendant, aide-moi à rentrer le monstre.
Je ferme ma bouche à nouveau, mais sans arriver à effacer le sourire niais que je sais que j'ai sur la gueule. Je l'aide à porter le seau à l'intérieur. Nous sacrifions le monstre, en lui arrachant la tête et en nous répartissant son sang dans des pots. Moi dans une espèce de soupière en alu que José a trouvée dans l'un des placards.
Je lui raconte qu'elle sait que nous avons bêché le jardin d'Encarna. Inquiet, il me demande si Dulcinea sait pour le saint bionique à l'oreille qui valait six milliards. Je lui réponds que bien sûr que oui. On en a parlé en long en large et en travers avant d'insérer le suppositoire. Par contre si Dulcinea a su deviner immédiatement que les bêcheurs c'était nous, qui d'autre pourrait arriver à la même conclusion ?
Nous lançant dans la peinture, un silence tombe, chacun absorbé par le travail. Je mets le juke-box. La première chanson qui passe est *While My Guitar Gently Weeps,* des Beatles. Qui pensait entendre un truc comme ça dans ce trou à rats ? Je l'aime vraiment bien, ce José.
Il y a quelque chose d'hypnotique dans le fait de peindre. Une tâche répétitive, mais en même temps, une tâche dans laquelle on s'applique. En bonne compagnie, et avec une bonne musique dans le fond. Le juke-box tombe malade. De bizarres taches de peinture jaune-ocre apparaissent sur les boutons du juke-box comme par magie, et étrangement surtout sur les chansons que nous choisissons.

J'essaie de résoudre un problème existentiel pendant que je peins. José m'a raconté l'histoire de son amour d'enfance, et Encarna voudrait renouer des liens avec elle. En même temps, José semble être assez heureux avec Auréa. Alors, est-ce que j'essaie de retrouver l'amour d'enfance, ou est-ce que j'oublie ? Faire plaisir à José et Encarna. Mais s'il retombe pour Maya, si ce n'est pas réglé dans sa tête, détruire Auréa ? Et comment trouver ce Vittorio pour le remettre en contact avec Juanita ? Maria sait peut-être. Ou le tavernier.

Je pense à Dulcinea, et ce que je dois faire pour aller plus loin. Et je pense à ce que nous pouvons faire pour la prochaine personne qui aura le saint. La statue déménagera dans quelques jours. Comment pouvons-nous aider la personne sans nous vendre ? Enfin, je pense au gros Juan Carlos. Ma stratégie d'attaque. Je commence à savoir comment le serrer et pense avoir les connaissances de base nécessaires aujourd'hui pour le faire. Et en badigeonnant les murs de peinture ocre, comme un bleu, je pense comment Juan Carlos Ruiz sera vert de rage et verra tout rouge quand le tribunal lui communiquera la plainte déposée contre lui pour détournement de biens et abus de position de confiance, et qu'il a violé la confiance des autres. Il ne verra plus la vie en rose. Je pense que je suis prêt, mais on verra bien assez tôt.

En attendant, ce n'est pas facile de peindre avec les mains pourries d'ampoules. Mais quand on prend une bière le soir, accoudés à la barrière, la peinture collant le verre dans nos mains, un petit vent de coucher de soleil nous rafraîchissant, Il y a une chanson de *Estopa* sur le juke. J'aime bien. À nouveau, j'ai cette impression que tout est bon, que je suis où je dois être et au moment où je dois y être. À ma place. Enfin.

Introspection et chiromancie

Je suis assis à l'une des tables de la bibliothèque de Med-Sid. Une pile de livres énormes devant moi. Frustré. Je n'ai pas l'impression d'avancer aujourd'hui. Le langage juridique espagnol est lourd et retors. Ces livres ne sont pas des plus récents, et ça les rend encore moins digestes. Je pensais être prêt à clouer Juan Carlos au mur, et me rends compte que rien que de remplir le document de plainte contre lui est un travail de titan.

En plus, je n'avais plus rien à manger à Casa pistolas ce matin. Les nombreux cafés que m'a apportés Auréa au défi de toutes les règles internes de la bibliothèque m'ont donné des aigreurs d'estomac. Mais je n'ose pas refuser. Enfreindre les règles est quelque chose de nouveau pour Auréa. C'est une vraie petite rebelle depuis qu'elle a fait l'amour avec José sans être mariée et que le ciel ne s'est pas abattu sur sa tête. Elle teste les limites depuis qu'elle n'a pas été immolée par un éclair fulgurant venant des cieux pour avoir péché.

Je regarde mes mains. J'ai fait un peu de chiromancie il y a quelques années. Ça m'intéressait. Je trouvais ça absolument impressionnant que peut-être, le secret d'une vie est là, apparent, dans la paume de la main. Et que tellement de gens passent à côté de ces connaissances, alors que c'est tellement facile de connaître son futur. Avoir tracé dans sa main tout son avenir, et n'avoir qu'à apprendre une autre langue pour savoir le traduire, savoir de quoi demain est fait. Malheureusement, ce n'est pas si clair que ça. Ma main a une ligne de vie très courte. Enfin, elle est bien tracée sur la première partie, puis se dédouble et devient très fine. Au même moment, ma ligne de destinée devient apparente. Trois grandes lignes parallèles croisent ma ligne de vie, tête et cœur au même moment. Avant la troisième ligne, beaucoup de points, lignes, creux et impacts sur ma ligne de cœur, vie et tête. Après, ma ligne de tête et ma ligne de vie deviennent ininterrompues et continues…

Plusieurs traductions possibles. L'une d'elles est que j'ai une vie mouvementée jusqu'à un certain stade, et puis je trouve le parfait équilibre. Une période pendant laquelle je coule le parfait bonheur jusqu'à la fin de mes jours. Une autre explication est que je vais avoir un AVC et que je deviendrai un vrai légume. Sans sentiment aucun, dans le coma le plus profond.

Cela me ferait profondément chier. Je viens enfin de découvrir que j'ai un cœur, que je peux tomber amoureux. J'ai enfin des buts dans la vie. D'abord, me venger de cet enculé de Juan Carlos. Ensuite, me défendre contre ma boîte qui m'a sommairement mis à la rue. Enfin, tel le chevalier blanc sauveur des donzelles en détresse, séduire ma dulcinée et l'emporter sur mon destrier vers mon château. Missions annexes, voir si je peux faire en sorte que José et Auréa restent vraiment ensemble, faire le bar country avec José, être le tour manager du saint et exécuter ses vœux, trouver un bouc de bonne famille pour Esmeralda, améliorer ma paëlla avec Maria, et généralement vivre heureux pour toujours dans ce bled qui commence à me rentrer dans la peau.

C'est vraiment la première fois que je fais des plans sur la comète. Moi qui ne me suis jamais préoccupé de ce qui viendrait demain. Mais voilà, maintenant que j'aime ce que je commence à vivre aujourd'hui, j'ai hâte d'en reprendre du rabe demain. Une autre louche de vie, s'il vous plaît. Reservez-m'en un peu. Je n'ai jamais vraiment cru en Dieu, mais si j'y croyais, je lui demanderais de me garder ici un peu plus longtemps pour faire tout ce que je voudrais faire. Je ne crois pas dans la grande théorie de Descartes, qui dit que dans le doute, autant croire en Dieu. Si j'investis en quelque chose, c'est parce que j'y crois, non pas pour voir au cas où. Il n'aurait jamais fait un bon trader.

Mais bon, je ne crois pas trop en ce grand zigoto à barbe blanche sur son nuage enveloppé dans ses draps. Et surtout pas dans cette Église catholique et ses mercenaires qui se foutent de la progression du sida et de la pauvreté. Tant que les pauvres catholiques font plus d'enfants pour avoir plus d'âmes que les musulmans. Et que ces pauvres pays paient pour le voyage du pape afin qu'il vienne baiser le sol de l'aéroport de ses lèvres. Même si j'aime bien le pape actuel, et qu'il y a de vrais bons comme Paco dans l'Église.

Alors, je vais faire de mon mieux pour rester en forme et ne pas faire d'AVC. Le vélo, la diète espagnole, le manque d'argent et de restaus de luxe m'ont permis de perdre pas mal de kilos. Et je vais essayer d'apporter un peu de positif autour de moi tous les jours. Mais cette putain de ligne de vie trop courte et sans relief m'inquiète soudainement. Alors qu'enfin, j'ai trouvé quelque chose qui vaut la peine, vais-je me transformer en légume ou vais-je sortir de ce monde par la voie express ?

Quand j'étais plus jeune, et que mes parents me forçaient à étudier, à faire mes devoirs, à aller à l'école, je rageais. Je m'imaginais souvent ce que ce serait d'être né avec des capacités intellectuelles limitées. Un cerveau qui ne tournait pas rond, un légume, un imbécile heureux. C'est ce à quoi j'aspirais, être con et niais. Au moins, comme cela, le monde n'attendrait rien de moi. Mais surtout, il ne fallait pas que je m'en rende compte – aucune frustration avec le fait d'être con. Et en plus, si j'étais riche, ce serait encore mieux. Être con et avoir des gens à mon service, et surtout ne pas me rendre compte du fait que je sois à la ramasse.

Heureusement pour moi, ces rêves enfantins ne se sont jamais réalisés. En plus, j'ai eu l'occasion de fréquenter une fille qui avait un enfant avec des problèmes. À l'époque, aucune intention d'être bon ou sympa. C'était juste une fille de plus que je me suis tapée pendant ma période de trader jeune et fougueux. Je ne savais pas si je serais sorti si j'avais su à l'avance qu'elle avait un enfant handicapé – à l'époque, j'étais comme Lucky Luke, je tirais plus vite que mon ombre. Aucun discernement dans qui, quoi, comment. Mais comme nous nous sommes revus plusieurs fois, j'ai pu fréquenter un peu son fils. Ce n'est pas que j'étais intéressé. Rappelez-vous, à l'époque, je ne vivais pas. J'étais presque incapable d'avoir un sentiment quelconque. Les seules choses que je sentais étaient le froid, ou le chaud, ou éméché quand je prenais un Martini de trop.

J'ai bien vu les frustrations auxquelles était sujet ce garçon. À un autre niveau, certes, que les miennes, mais tout aussi réelles. J'ai honte, je ne me souviens plus de leurs noms. Je me souviens que nous sommes allés au zoo une fois. Je ne sais plus pourquoi je me suis laissé embarquer là-dedans. Je ne faisais jamais de trucs sociaux avec les filles dans les lits desquelles je passais. Mais ce jour-là, la maison des primates était fermée. La discussion a été impossible avec son garçon. Son ressenti d'injustice était énorme, son incompréhension terrible. Impossible de négocier avec lui. Il était venu au zoo pour voir les singes. Il nous en avait parlé tout le voyage en taxi. J'avais du mal à le comprendre, mais sa mère traduisait pour moi. Petit à petit, c'est devenu ma faute. C'était parce que j'étais là que les singes n'étaient pas là. C'était ma faute que la maison des primates était fermée pour entretien et qu'on ne pouvait pas voir les chimpanzés.

À l'époque, je me suis demandé pourquoi il avait autant envie de voir les singes. Mais aujourd'hui, je me rends compte qu'il aimait probablement ça, car ces singes ne portaient pas de jugement sur lui. Ils se comportaient avec lui comme ils le feraient avec n'importe qui. Il comprenait cet humour de la même manière que sa mère ou moi. C'était l'un des seuls moments de vrai partage qu'il avait avec sa mère – un partage non teinté de niveau de compréhension différent. Au bout de longues minutes de négociations, sa mère a réussi à l'éloigner des cages vides. Nous avons fait une longue promenade maussade au travers du zoo de Brooklyn – où je mettais pour la première fois les pieds. Je les ai plantés dans un taxi, et je ne les ai plus jamais revus. C'est bizarre que je me souvienne d'eux aujourd'hui, en regardant mes lignes de vie.

Il y a tellement de choses que je ferais autrement si j'en avais l'opportunité. En plus, je viens de me rendre compte que je m'étais dégoté cette fille grâce à la chiromancie. Comme outil de drague, imparable. Absolument dangereux, létal. À utiliser sans modération aucune dans les bars. Au bout de quelques minutes de discussion, on fait un commentaire sur son caractère, ou ses mains. Genre « Tiens ? Vous êtes artiste ? Vous peignez ou vous écrivez ? »

Surprise de l'autre côté. On montre alors comment sont faits les phalanges, les ongles, l'orientation du doigt. Un ongle fin et élancé, sur des doigts longs et élancés, avec des lunes apparentes, avec beaucoup de peau autour montre un caractère plus rêveur et poétique, avec une vie intérieure plus importante. Un doigt plus court, avec des ongles plus ronds et larges, indique un caractère plus terrien, plus ancré dans la réalité et le côté pratique des choses. La discussion établie, on continue sur le sujet. Après un « puis-je ? » délicat, on se saisit de la main de sa victime, et doucement, on trace les lignes de vie, de tête, de cœur avec les doigts. Un doux massage de la paume de la main en lui faisant des compliments. Incroyable emprise que l'on a à ce moment-là. On inquiète pour rassurer tout de suite. On met en garde contre des dangers amoureux alors que l'on caresse doucement la paume de sa prochaine victime. On explique la vie d'une parfaite inconnue en ayant des vues sur une petite tranche de son existence. Juste cette nuit par exemple.

L'avantage, c'est qu'en quelques minutes, elle vous en a plus dit sur ses espoirs et ses rêves qu'en n'importe quelles autres conditions. La glace a fondu plus vite que les icebergs de nos jours. Et surtout, vous avez déjà établi un contact physique important. Si en plus, j'arrivais à placer subtilement quelques commentaires sur le mont de Vénus développé ou les gouttes d'hyper sensualité sur le bout des doigts, je savais déjà s'il y avait une chance ou pas. Et s'il n'y en avait pas, il y avait toujours la copine qui voulait, elle aussi, tout savoir de son avenir et son destin. C'était le succès assuré. Ça prend un peu d'études et de travail pour être crédible, mais ça en vaut la peine.

Je viens de vous vendre l'un de mes meilleurs trucs pour

draguer. Mais je m'en fous, si je retourne à New York dans quelques mois et que tous les mecs dans tous les bars sont en train de faire de la chiromancie, cela me ferait bien rigoler. Mais je n'en ai plus besoin de ce truc. J'espère ne plus jamais être ce mec, celui qui a besoin de draguer dans les bars pour se sentir complet. Il y a bientôt quatre mois que je suis en Espagne, et je n'ai pas couché avec une seule femme pendant cette période. J'ai donné mon cœur à quelqu'un pour la première fois. J'espère bien faire l'amour un jour avec ma Dulcinée. C'est peut-être ce que me dis ma ligne de vie. J'atteindrai alors le paroxysme du plaisir et mon cerveau explosera. Je deviendrai légume et confirmerai ma ligne de vie.

Dirt on my boots[25]

Le saint a changé de maison. Encarna voulait le garder encore, pour le remercier. Il paraît qu'elle lui a même fait la cuisine, plein de petits plats. Elle lui a tricoté une écharpe et l'a enguirlandé de fleurs. Elle a fait brûler des cierges et de l'encens nuit et jour. Elle a prié, passé des heures à genoux sur le prie-Dieu, avec son arthrite et ses rhumatismes. Jamais le saint n'a dû voir telle dévotion, rangé comme il l'était au fond de son magasin perdu. Il doit se dire que ça doit valoir la peine de se faire défoncer le postérieur et avoir un microphone et un émetteur dans le ventre si ça lui permet de revenir comme une star, et de faire à nouveau son boulot. Sûr que pas mal de stars déchues voudraient nous parler si cela les aidait à retrouver leur public.

Dans le bar de mon ami le tavernier, tout le monde en parle. Je me sens dégueulasse et nul, voyeur et vicieux, manipulateur et mauvais quand j'entends tout ça. Mais ils ont déjà fait le tour du foot, de la politique, et de qui a gagné le « gros »[26] – et c'est la nouvelle la plus intéressante dont il restait à discuter. Ça, et le fait que l'un des paysans du bled d'à côté a fait irruption avec son fusil de chasse dans la maison de l'un des paysans de notre bled pour venir buter le fils de ce dernier qui avait osé toucher sa fille. Alors qu'il avait déjà pris un emplacement à Séville pour la feria d'avril pour la présenter à des soupirants potentiels. Maintenant la réputation de la jeune fille est détruite. Les avis dans le bar sont partagés : y a-t-il six ou sept des fils

---

25 *Dirt on my boots*, chanson de Jon Pardi

26 Le ticket gagnant de la loterie en Espagne s'appelle *el gordo*, ou le gros.

de Matavacas qui sont passés sur la fille ? En tout cas, l'un d'entre eux est à l'hosto avec du plomb dans les fesses.

De retour au bar, j'en parle à José, lui demande si l'on devrait arrêter. Il me dit que je ne suis qu'une mauviette.
— Soldat ! 40 pompes ! Votre faiblesse risque de coûter la vie à votre régiment !
— Sir ! Yes, Sir ! Mais ça me fait chier quand même.
— Soldat ! Ça me fait chier quand même, SIR !

Et plus de conneries dans le genre. Il comprend malgré notre ton rigolard. J'ai fabriqué un banc avec un morceau de planche et deux des seaux de peinture qui s'étaient solidifiés. C'est un endroit parfait pour jouer de l'harmonica le soir. Vue sur la rue principale paisible, les orangers et l'église. Et j'entends parfaitement le juke-box, j'accompagne les chansons pour apprendre. On s'assied dessus, dos au mur, une bière dans la main. Faut que j'arrête un peu – peut-être suis-je en train de devenir alcolo. Mais José me dit que je dois boire. Le problème est qu'une fois qu'un nouveau fût est entamé, faut le vider dans les 30 jours ou il commence à avoir mauvais goût. 50 litres en moins de 30 jours, c'était sa moyenne à lui tout seul. Donc, on doit tourner à 50 litres tous les 15 jours, ou je suis une mauviette.
— SIR, yes, SIR !

Il me convainc que nous devons continuer encore un peu. Ce que nous avons fait pour Encarna et sa joie devant notre acte dépassent de loin l'attente qu'il avait de ce projet. Il me demande si cela ne me satisfait pas d'avoir fait quelque chose pour mon prochain. Et dans une envolée lyrique, il m'explique que toujours, toute sa vie, il a été le marginal. Le gars qui vivait en bordure, celui qui ne faisait pas vraiment partie de ce village. D'abord, il a été le rejeton, le loser. Puis quand il a utilisé ça en sa faveur, et en faisant ce qu'il voulait vraiment faire, et en s'habillant comme il voulait vraiment, il est devenu le mauvais garçon, celui qui ne ferait jamais rien de sa vie, celui qui finirait en taule. Il m'explique qu'il a toujours vécu dans ce village un peu en observateur, appuyé à cette rambarde. Dans un bar style américain qui ne s'intègre pas dans ce paysage. Une barre

le séparant du reste du village et un porche qui le rend haut perché, un peu comme s'il toisait de haut cette vie à laquelle il ne participe pas. Il se rend compte, depuis qu'il est avec Auréa, qu'il ne s'intègre pas du tout dans cette vie et qu'il est temps qu'il fasse quelque chose pour tous ces gens qui l'entourent.
— Tu sais, un des trucs qui m'a surpris est comment toi, l'Amerloque qui n'a même jamais mis les pieds dans ce bled avant, en quelques mois, tu as fait plus que moi pour t'intégrer et pour aider les gens. Tu as appris la langue et les coutumes en un rien de temps. En quelques jours, tu avais Esmeralda qui te suivait partout. En quelques semaines, tu avais des amis, Maria, moi, le tavernier, Auréa. Tu avais un but, qui était de t'attaquer à Juan Carlos, et tu en as un autre maintenant, qui est de séduire Dulcinea. Et puis tu as eu l'idée du saint, vouloir aider tous ces gens que tu ne connais pas. J'ai vécu toute ma vie ici, et je n'ai rien fait. J'ai vendu des mobylettes et je répare des moteurs. Mais j'ai vécu dans ce bled comme observateur, sans participer.

Il me décrit comme un saint. Je refuse son opinion. La différence, je lui dis, est comme celle de la grenouille dans l'eau chaude. Il ne connaît pas.
— Voilà, c'est bien connu. Si tu mets une grenouille dans une casserole avec de l'eau, et tu fais chauffer l'eau graduellement, la grenouille ne bouge pas. Elle se fait ébouillanter vivante, sans réagir. En revanche, jette une grenouille dans de l'eau trop chaude, et elle fera tout pour s'en échapper. Toi, tu es dans la casserole depuis toujours, et tout a évolué autour de toi. Moi, je viens d'arriver, et je dois faire ma place.

Il me dit qu'il n'en avait jamais entendu parler, mais que si je lui trouve une grenouille, il peut me fournir la casserole, pour voir si ce que je lui raconte est vrai.

Mais je pense que j'ai raison. Je n'ai aucune racine et aucune attache dans ce bled, et j'ai été téléporté ici à la Star Trek par un Scotty un peu bizarre avec un plateau-repas et un coquetier. Et je me suis fait une place. Je devais parce que je ne correspondais à aucun *a priori* ou caractère défini, aucun stéréotype. C'est ce qui m'a aidé. C'est

la première fois de ma vie que j'ai pu définir qui je voulais être ou comment je voulais être perçu. Sans aucun cadre ou moule préexistant. José a toujours vécu ici, et sa place est celle qu'il a occupée depuis des années. C'est celle du rebelle qui ne s'intègre pas. Chaque village doit avoir son James Dean. Chaque village a son curé, chaque village a son tavernier, chaque village a sa Maria ou sa Dulcinea. C'est écrit comme ça. On peut passer tous les bleds andalous au peigne fin, et d'une manière ou d'une autre, dans un groupe d'âge ou un autre, il y aura un José, le rebelle qui vit à part. Que ce soit le vieux pépé qui tire au fusil sur les mômes quand ils jouent sur son terrain ou la vieille qui ramasse les cartons et les empile chez elle, il y a toujours un rebelle vivant à l'écart.
— Alors, dans le style rebelle, tu n'as pas trop mal fait. Tu pourrais être la vieille qui vit avec 26 chats et les pièces de ce bar remplies de carton sentant la pisse. Et puis pour une femme, tu aurais vraiment été moche, ce qui explique pourquoi tu serais solitaire.
— Ta gueule ou je lui dis.
— Tu lui dis quoi à qui ?
— Je dis à Dulcinea que tu as dit qu'il y en a une comme elle dans chaque bled.

Là, je suis désolé, mais le verre d'eau que je m'étais servi en même temps que la bière part tout seul dans sa tronche d'ahuri de rebelle de village.

Le samedi matin, rebelotte. Je pars au marché, j'achète tous les ingrédients chez le même poissonnier. Je suis bien plus assuré maintenant, je sais quoi commander. Il a l'air content de me voir, et Esmeralda commence à aimer le persil. Au final, je passe sur l'idée du riz noir, je veux refaire une paëlla, tout seul ce coup-ci. Comme un grand. Je dois apprendre. Je n'achète pas de saucisson ou de fromage, José s'en charge, ainsi que du vin et du cava. Le marché est toujours aussi charmant, j'aime vraiment. Le retour, je le fais calmement, tranquillement, sans hâte, et Esme commence à s'habituer à cohabiter avec des têtes de poisson dans son cageot. J'arrive chez Maria vers 11 heures, et on se refait un tranquille apéro comme la première fois. C'est bien plus sympa cette fois-ci, on s'est un peu apprivoisés. Je passe les détails du repas et de la journée – mais j'adore cette deuxième paëlla avec ma famille. C'est encore mieux que la première fois, aucune gêne, et une vraie complicité. Je parle à nouveau longuement avec Dulcinea pendant que José et Aurea se bécotent dans la cuisine. Maria s'est éclipsée. Pablo joue avec Esmeralda. Je lui ai dit de surtout ne pas lui donner de plants de tomates – je me suis renseigné et en fait c'est toxique pour les chèvres. Je n'ose même pas regarder la partie du potager ou Maria cultive les carottes, car je les ai vus passer deux ou trois fois avec des fanes de carottes dans les mains et la bouche (pour Esmeralda). Bref, une autre super journée qui se termine à nouveau trop vite. Et en plus j'ai droit à un autre bisou quand je les ramène à la Mehari, trop rapide, mais de son initiative. Et j'ai à nouveau droit à un ciel étoilé, lumineux, et incroyable quand je rentre à notre petit chez nous avec Esmeralda. Et même pas trop de coups de pattes en allant dormir. Après m'être lavé les dents, bien sûr.

Le lendemain, le saint continue son périple. Encarna a du mal à le lâcher, et il part avec une journée de retard, repu, dorloté, sentant l'encens et emmitouflé dans son écharpe. Comme un pacha dans sa brouette, sa limousine. La dame suivante a fait un sit-in devant la maison d'Encarna pour le récupérer. Elle a attendu toute la matinée du dimanche, après la messe, avec sa brouette devant sa maison. À intervalles réguliers, elle tirait la cloche qui sert de sonnette. Encarna faisait la sourde oreille. C'est le père Paco qui est allé libérer le saint pris en otage. La nouvelle victime du saint, c'est une autre veuve qui s'appelle Yolanda.

Le lundi soir, nous allons récupérer l'enregistreur chez Encarna. Nous l'avions remis pour tester le microphone qui marche de manière intermittente. Je saute par-dessus le mur, pour aller planter des graines de tournesol le long du parapet. Je ne sais pas pourquoi je fais ça, mais je trouve que l'idée est sympa. J'adore la fleur du tournesol, le fait qu'elle puisse pousser n'importe où, que ce soit dans les tas d'ordures, les champs, les jardins, la ville. Mais peu importe où ses racines sont posées, toujours le tournesol vous attend, les bras ouverts, et le visage tourné vers le soleil. Sur un coup de tête j'avais décidé que j'allais faire cela à chaque fois que le saint va chez quelqu'un. Comme si c'était la signature de notre bienfait, un peu comme le gant blanc d'Arsène Lupin.

Nous avons un peu plus de mal à cacher l'enregistreur - Yolanda n'a pas de jardin. En fin de compte, nous le cachons dans la fourche d'un arbre devant sa maison. *A priori*, personne ne nous a vus, mais il va falloir trouver une manière de protéger l'enregistreur. S'il flotte, on est morts et il faudra opérer le saint à nouveau avec un nouveau système-espion.

Le lendemain, on peint. Maria savait où vivait Vittorio le charpentier. On a utilisé l'excuse des travaux dans le bar pour l'appeler. Il passe, et fait un devis pour refaire le bar, et les étagères pour les bouteilles. On lui demande aussi des tables en bois rustique et des bancs. La planche avec les seaux, c'est un peu bas de gamme. José en profite pour laisser tomber que Juanita avait toujours bien parlé de lui. Il le taquine un peu, en le traitant de Don Juan. On dirait que le commentaire ne tombe pas dans l'oreille d'un sourd. On espère qu'il la contactera. Sinon, on trouvera une autre manière. Madame Claude, vous avez de la concurrence.

Le soir, nous allons récupérer la cassette.

Yolanda parle de ses problèmes d'argent avec le saint. Notamment comment elle ne peut plus payer la redevance sur le caveau de son mari, au cimetière. Ici, les morts ne sont pas enterrés dans le sol, mais encastrés dans des alcôves. Un peu comme un HLM pour les morts.

Le cimetière a envoyé une notice à Yolanda lui disant que si cette dernière ne paie pas, le corps de son mari ira dans la fosse commune. Elle s'en lamente auprès du saint. Le lendemain, José et moi nous rendons à Med-Sid – moi en vélo avec Esmeralda dans le panier, José en moto, me tractant.

Bref, pour raccourcir une longue histoire, nous rallon¬-geons le loyer du mari de Yolanda de vingt ans. José paie pour cinq ans, et je m'engage à venir travailler 40 jours au cimetière pour payer l'autre partie. Je leur ferai la comptabilité et d'autres travaux divers. À condition que Yolanda ne sache pas qui a fait ce geste pour elle et que le cimetierreux mette aussi des fleurs sur la tombe de manière régulière. Ce qui « n'est pas un problème. Je récupérerai les fleurs des citadins qui viennent ici une fois par an pour assouvir leur culpabilité. Ils se sentent orgueilleux à l'idée qu'ils ont échappé à ce trou à rats et qu'eux, ils seront enterrés à Séville ou à Madrid ».

Quelques jours plus tard, nous sommes sur le porche avec notre bière du soir après une bonne journée de peinture. Ça prend forme, même si les murs étaient tellement gras qu'il a fallu mettre trois couches. On aurait dû les laver avant.

Les ampoules sont parties. Chaque jour après mon travail dans la bibliothèque de Med-Sid, et l'administration du cimetière, je passe chez José peindre quelques heures. Aujourd'hui, j'ai ramené Auréa sur le porte-bagages. Voyage sympa, très long. Elle doit avoir les fesses en compote, mais elle n'a pas arrêté de rire. Et elle a été impressionnée par le boulot que nous avons fait dans le bar. C'est vrai qu'il a meilleure mine, et il commence vraiment à ressembler à un bar de western. Je suis appuyé sur la barre du porche, poncée et vernie par mes soins, en train de penser que pour faire plus western encore, on devrait installer un abreuvoir et une vieille pompe devant. José et Auréa sont en train de se bécoter sur mon super banc. Arrive le bus de Med-Sid, et en descend Yolanda toute de noir vêtue. Elle se précipite vers la maison de l'une de ses amies. Quelques minutes plus tard, elles en sortent toutes les deux, chacune vers une autre maison. D'où sortent quelques minutes plus tard deux petites vieilles de plus. C'est le miracle de la multiplication des vieilles dames. C'est une suite mathématique simple. 1, 2, 4, 8, 16, 32, 64, 128…

Avec horreur, je partage avec José et Auréa que si cela continue, dans 22 minutes, on aura 262 144 petites vieilles de noir vêtues dans la rue principale. Mais petit à petit, l'activité se dissipe.

Plus tard, Dulcinea passe aussi. Je viens d'accrocher quatre lampes tempête aux poutres du porche, et cela rend vraiment bien. Va falloir faire quelque chose avec la sempiternelle lumière de néons qui vient de l'intérieur. Pour ça, les Andalous n'ont vraiment aucun goût. Il n'y a rien de pire que de manger chez le tavernier avec les néons allumés. Cela aplatit tout, enlève tout caractère à un endroit, et la lumière rend tout le monde blafard et la nourriture peu attractive. J'avais déjà vu cela à Cuba et en Amérique latine, mais ici, on dirait qu'ils n'ont jamais entendu parler de lampes à incandescence. J'entends arriver la Méhari au loin. Tout de suite, mon pouls passe de 60 à 180. Je fais le dur, celui qui ne remarque rien. Mais je suis sûr qu'elle entend mon cœur dès qu'elle arrête la voiture. Elle se gare à quelques mètres de moi, envoie la poussière virevolter. Elle descend de son noble destrier avec ses bottes usées de cowgirl et son mouchoir autour du cou. Elle jette un *olà* à José et Auréa, s'approche de moi. Je ne sais pas si elle veut me faire la bise ou pas, mais je la prends dans le creux de mon bras et lui fais un bisou sur les lèvres. Je la garde serrée contre moi, ayant l'air nonchalant, et lui demande ce qu'elle pense de nos travaux. Elle reste dans mon bras un peu, puis se sépare de moi en disant :
— Pour compléter l'effet, ce serait pas mal de mettre un abreuvoir en bois devant le bar, et peut-être même une roue de carriole.

Je regarde José.
— T'as vu ? Les grands esprits pensent pareil !

Et comme je ne veux pas continuer à vous prendre la tête avec les bisous, semi-bisous, bisous manqués, battements de cœur, regards voilés, directs, admiratifs, rapprochements et prises de distances, commentaires nazes de José, je ne vais pas parler plus de cette soirée. Suffit de dire que nous passons un bon moment à envisager comment faire du bar de José un endroit pour faire de la line-dancing, sur de la musique western. D'en faire un endroit plus animé qu'il ne l'est aujourd'hui. Faut dire qu'il commence à faire plus vrai que vrai. Manque plus que Yul Brynner sur le porche. On planifie quand on pourra prendre des photos du bar afin que je puisse faire un site web. Auréa se porte volontaire pour répondre aux demandes de renseignements. Je m'occuperai aussi d'acheter des disques et faire des playlists. À José de se démerder pour trouver un instructeur de square dancing – le plus gros boulot.

Je m'engage aussi à construire les barbecues dans l'arrière-cour, mais il me faudra (regardez comme je me place délicatement) un transport motorisé pour aller acheter des briques et un gril. Nous nous organisons, et quand j'escorte Dulcinea à son noble destrier, suffit de vous dire que j'ai droit à un autre bisou, du bout des lèvres, mais avec l'une de ses mains posées sur ma poitrine, et à son initiative !

Penses-y à deux fois – c'est un autre jour au paradis pour toi et moi[27]

Problème non anticipé : le club des petites vieilles se rend compte que ce saint a quelque chose de magique. Il y a bataille entre trois d'entre elles pour savoir à qui le prochain tour. Elles se chamaillent si fort et si dur que Paco le prêtre est appelé d'urgence et doit intervenir. Les trois dames lui expliquent que le saint ne fera pas de miracles tout le temps. Un peu comme une pile qui se décharge. Chacune d'entre elles dit avoir une vraie raison pour avoir besoin de lui. Au bout d'âpres négociations, Paco arrive à désarmer le conflit. Avec Maria, qui gère la liste du club, ils démontrent que ce n'est le tour d'aucune de ces trois charmantes mégères, mais le tour d'une autre qui ne revendique rien. Chapeau. J'espère que cette dame a un vœu que nous pouvons réaliser facilement. Elle s'appelle Carmen. Je ne sais pas si je l'ai vue auparavant. Elle n'a pas l'air de se promener beaucoup dans le village. Ou alors, elle s'y promène aux horaires où je n'y suis pas. Même José a du mal à trouver sa maison. Mais nous y arrivons. Après avoir changé les piles du machin enregistreur, nous le planquons sous un tas de tuteurs en bambous qui pourrissent doucement dans un coin du petit jardin de la maison. La pile dans le ventre du saint marche encore, et il faut espérer que cela dure. Depuis que cette histoire a commencé, nous enfreignons toutes les règles de la bienséance. Nous risquons probablement des problèmes légaux, vu le nombre d'infractions à la loi que nous commettons.

Le lendemain, je suis à la bibliothèque de Med-Sid. Auréa est en train de jouer avec Esmeralda. Elle lui tend un vieux

27 *Another Day in Paradise*, Phil Collins.

bottin, et comme deux chiots, elles tirent chacune de leur côté. Je fais une recherche internet. Je dresse une liste de toutes les infractions et les peines que José et moi pourrions encourir. Je vous épargne les termes techniques.

1/ mise sur écoute d'autrui sans autorisation ou mandat : amende de 30 000 à 300 000 euros et passible de cinq ans de prison. Le fait est aggravé si l'information est utilisée à des fins personnelles ou pour profit.

2/ entrer par effraction et sans autorisation dans la maison d'autrui : casier judiciaire et peine si l'acte est aggravé ou répété, ou s'il y a vol.

3/ s'immiscer sans autorisation ou désir de la tierce personne dans sa vie privée : pas d'amende ou de peine de prison, mais laissé à l'opinion du juge.

Et toute une flopée d'autres petits délits qui ne sont pas trop punis. En fait, ce n'est pas trop mal. Puisque nous utilisons l'info pour faire le bien, ce n'est peut-être pas si grave si nous nous faisons choper.

Je n'arrive pas à étudier aujourd'hui, et de toute façon, j'en ai marre de l'inaction. Je veux aller coincer ce pourri de Juan Carlos. J'embarque Esmeralda. J'ai du mal à lui faire abandonner le bottin qu'Auréa lui a donné. Elle a préféré sacrifier un bottin afin de préserver tous les autres livres. Esmeralda semble bien aimer le papier téléphonique. Je fais une bise à Auréa, et nous voilà en route vers Matavacas.

Je déchire l'entrejambe de mon pantalon kaki en montant à vélo. Bien. Il ne me reste plus qu'un jean, quelques pantalons de costard et un treillis. Les autres pantalons sont pleins de trous, d'herbe ou de peinture. Je serai en treillis et en espadrilles quand j'irai affronter Juan Carlos le truand au tribunal… Non, il doit me rester un costard quelque part.

De toute façon, je n'ai plus trop d'argent pour acheter des fringues. Après avoir acheté les briques, le ciment, les feux à gaz, la plancha et les grils pour construire les barbecues, le four et le fumoir. J'ai commencé à construire une installation impressionnante dans l'arrière-cour du bar. Deux structures pour le gril, une pour la plancha, et un four à bois. Pour faire des pizzas et de l'agneau – genre l'agneau kleftiko que j'aimais manger à New York. Pour un mec qui n'a jamais tenu une truelle de sa vie, et qui apprend la maçonnerie sur internet, le résultat est plutôt pas mal. Le fumoir pour le pulled pork ou les ribs. Je connais la théorie du barbecue, mais c'est un art. Je n'y connais rien. Il faut des années d'entraînement. Mais comme l'harmonica, ou éduquer une chèvre, je vais apprendre.

À cause du poids que représentaient tous ces éléments, on a dû faire sept voyages au magasin de bricolage. Quatorze trajets dans la Méhari avec Dulcinea, répartis sur quatre jours. Des moments vraiment géniaux qui renforcent encore plus mon envie de lui plaire. J'ai été moi. Enfin, le nouveau moi. Pas le New-Yorkais, le dragueur de pacotille. Je ne me cache plus. Je me livre. Ces trajets ont été des moments hors du temps. J'aime vraiment cette femme.

Il me reste un peu moins de 2 000 euros. La richesse. C'est bizarre, je ne m'inquiète pas pour mon futur. Faudrait que je fasse un bon investissement. Genre donner 1 000 euros à José pour acheter 5 % de son bar. Comme ça, on en fait un super endroit de country et l'on se fait des couilles en or. Enfin, lui. Pour l'instant, les miennes, elles prennent l'air sur la bicyclette au travers de mon pantalon déchiré. Je passe au cimetière, mais le gardien n'est pas là, donc pas de possibilité de réduire ma sentence.

Je ne suis pas loin du champ où j'ai vu Dulcinea pour la première fois. Je m'y rends sur un coup de tête. Par déduction, sa maison doit se situer quelque part au bout du chemin qui longe le champ. Soudain, je me rends compte que ça fait longtemps que je n'ai pas vu Pablo. Le croque cheville rase moquette me manque un peu.

Le chemin est plein de caillasses et d'ornières. Pas évident d'y circuler. Quand Esmeralda saute du panier à force d'être secouée, je descends du vélo. On marche tranquillement. Esmeralda se traîne, broutille, renifle. C'est frustrant d'être si près de Dulcinea et de devoir marcher aussi lentement. L'envie me prend de courir, pédaler le plus vite possible, me prendre un gadin, me ramasser la gueule en beauté afin qu'elle me mette du mercurochrome sur les genoux et me fasse des bisous pour que la douleur parte. Mais voilà, je suis accompagné d'une pétasse herbivore, qui fait exprès de grignoter par-ci, par-là, sans se presser. J'avance et j'avance, et la saloperie ne me suit pas. Elle est trop intéressée à renifler. Elle me regarde en mâchant, la mâchoire allant de gauche à droite, un regard moqueur dans ses beaux yeux striés. Genre : « Ah ! Tu vas en voir une autre, hein ? Ben, pas tant que je pourrai t'en empêcher. Pas de cornes tu me mettras ! ».

Je remarque en passant que le travail dans les champs a peu avancé. Je suppose que la plupart des champs d'oliviers que je vois des deux côtés du chemin appartiennent à Dulcinea, mais ils ont l'air assez mornes. Oui, les oliviers morts ont été coupés en grande partie, mais pas partout. Quelques arbres, environ un sur six ou sept, ont repris, et une foultitude de nouvelles pousses vertes peuvent être vues autour des souches mortes. Il y a aussi quelques très jeunes plants, plantés en rangées dans l'un des champs. Ils sont vraiment fins et ont probablement moins de cinq ans. Si j'ai bien compris, pour qu'un olivier commence à donner bien, il faut qu'il ait vingt à trente ans. Si c'est le cas, Dulcinea a un gros problème. Pas de récolte en vue pendant des années. De quoi va-t-elle vivre ? Soudainement, j'ai un pincement au cœur. Je suis tellement occupé avec mes propres conneries que je n'ai pas même fait attention un seul moment aux problèmes ou préoccupations que pouvait avoir ma Dulcinea. Tellement occupé à jouer avec le saint ou José que j'ai oublié les réalités de la vie telle que peut la vivre Dulcinea. Tellement occupé à étudier la loi espagnole que je n'ai pas pensé à ce dont pouvait avoir besoin Dulcinea. De manière égoïste, je me suis entouré d'amis – enfin, quelques amis. Sans penser au fait que tous les soirs, Dulcinea est toute seule avec son fils dans sa petite maison au milieu de nulle part. Et que le mec qui se dit être amoureux d'elle a été un sale égoïste et n'a rien fait pour améliorer sa vie. Il rend des services aux vieilles dames qu'il ne connaît pas, mais ne fait rien pour celle qu'il veut dans sa vie. Sauf peut-être lui compliquer encore plus sa vie. Ça ne doit pas être facile d'avoir perdu son mari, d'élever seule son fils, sans argent et sans prospects d'en gagner dans un futur proche. Alors qu'un Amerloque sans avenir, sans un sou en poche, dont on ne sait pas s'il va rester longtemps, essaie de la draguer et que, *a priori*, elle a l'air attirée par lui.

Je glisse et m'effondre sur la boue sèche d'une ornière. Le vélo gling-glangue en tombant à la renverse. Surprise, Esmeralda s'approche de quelques pas et m'observe, toujours en mâchant. Voyant que je ne risque pas de partir dans les quelques minutes, elle continue son inspection des buissons alentour. Je joue avec un brin d'herbe. Je suis vraiment trop nul. Comment n'ai-je pas pu faire un peu plus attention ? Devant moi, les arbres morts se foutent de ma gueule. Leurs bois nus, couleur de la terre, me narguent et me montrent mon impuissance. Tout est poussière, tout y retournera. Le fantôme de leurs feuilles vertes semble peser sur les petites pousses ridicules. L'effort que Dulcinea a mis dans ce champ afin de le nettoyer est évident, mais paraît si dérisoire. Elle n'a rien replanté, et il y a encore plusieurs très gros arbres qu'elle n'a pas coupés. Je suis un peu dégoûté par la futilité de son effort héroïque. Elle n'est pas bien grande, et toute seule, elle a fait tout ça. Mais ça n'a servi à rien.

J'ai un copain dont le grand-père était dans la cavalerie polonaise. Leur moment de gloire a été de charger les panzers quand les Allemands ont envahi la Pologne. À dos de cheval, le sabre nu, ils ont attaqué les chars de l'envahisseur. Bien sûr, après cela, mon copain n'a plus eu de grand-père. Je pense que les Allemands devaient se sentir un peu comme je me sens maintenant. Impressionnés devant cet esprit de lutte, mais secouant la tête devant cet effort qui semble inutile.

Merde. Quelle merde de vie ! Son mari emporté il y a quelques années par un accident – je ne sais toujours pas exactement comment. Seule à élever un fils dans une ferme au plein milieu de nulle part. Et un coup de verglas et voilà que son avenir et le rêve qu'elle avait avec son mari eux aussi sont morts. Le double Whammy, ou l'effet Kiss Cool. Clairement, elle n'a pas les ressources de replanter ses champs, ou elle ne se serait pas efforcée de planter les petits brins d'olivier que je vois là, devant moi.

Je n'ai pas vraiment remarqué d'absence d'arbres dans les autres champs, le long de la route. Certains ne sont pas aussi dégagés et donc ont moins souffert du gel. D'autres ont déjà été replantés. Avec de bons arbres bien solides, clairement venant d'autres régions non impactées par le gel. Merde et remerde. Je sers à quoi, moi, dans tout ça ? Je fais quoi maintenant ? Je lui sers à quoi, dans cette vie ? Je l'ai laissée se débrouiller toute seule, sans même me rendre compte de sa lutte journalière, son désespoir sûrement, et ses doutes. Mais voilà, les brindilles d'arbre plantées là, devant moi, indiquent une âme qui positive. Une personne qui ose espérer et construire pour le futur. Elle n'a pas abandonné. Elle continue à lutter. Elle se prend des coups de manière régulière qui déstabiliseraient n'importe qui d'autre. Mais elle continue à avancer, les défaites de la vie coulent sur elle comme de l'eau. Petit soldat.

Faut que je trouve une manière de l'aider. Je repasse en tête les scénarios possibles.

Je n'ai pas d'argent – quelques misérables centaines d'euros. Mais j'en avais. Première piste, à suivre. Jusqu'à maintenant, l'argent de mon autre vie m'a laissé indifférent, je n'en avais pas besoin. Je pense que je viens de trouver une raison de récupérer l'argent. Une motivation pour lutter contre Volksbrott. Pas pour moi, mais pour elle. Enfin, si, pour moi, parce que je compte bien revenir ici et continuer à construire une vie qui me plaît. Elle aura du mal à accepter mon argent. Je ne pense pas qu'elle soit faite comme ça. Mais pour faire vivre le rêve qu'elle avait avec son mari. Et pour le futur – lui assurer un revenu et un avenir pour son fils. Je ne sais même pas combien de terrain elle a, et si elle peut en vivre. Je me lève de mon ornière et je me mets à arpenter les champs, en réfléchissant. J'essaie en même temps de compter l'étendue des champs qui ont gelé et qui n'ont pas été replantés.

Donc, option numéro un : récupérer l'argent que j'avais et que je n'ai plus. En réfléchissant plus, je trouve d'autres options. Certaines sont rejetées d'office, comme faire un prêt à la banque. Ma petite bicoque, dont je ne sais même pas si elle m'appartient aujourd'hui, ne vaut pas vraiment beaucoup. Je ne sais même pas ce que vaut un olivier, donc je ne sais même pas combien d'oliviers je peux en tirer.

Tâche numéro 1 : en savoir plus sur les oliviers et le terrain de Dulcinea afin de savoir de quel budget on parle

Tâche numéro 2 : trouver l'argent

Option 1 : récupérer ce que j'ai aux États-Unis

Option 2 : récupérer la maison de ma grand-tante et la revendre

Option 3 : faire tourner le bar de José et en sortir des sous – pas faisable tout de suite et il faudra des années avant d'avoir assez d'argent

Option 4 : rencontrer les autres agriculteurs, comprendre comment ils ont replanté et voir s'ils veulent aider Dulcinea

Option 5 – en pensant à l'énorme olivier que Maria a dans son jardin, y aurait-il moyen de convaincre les locaux de donner leurs olives à Dulcinea ?

Au bout d'une heure sous le soleil tapant à déambuler dans les champs, voilà ce que j'ai identifié comme étant les options les plus faisables. J'en ai eu, des idées, toutes plus farfelues les unes que les autres. L'une d'elles a même été d'acheter un camion-grue, des pelles, et des vêtements et cagoules noirs… et peu dormir la nuit. Mais je ne suis pas un voleur. Fou ce qu'une femme peut faire faire à un mec, quand même.

Dulcinea semble avoir une bonne étendue de terrain. Plutôt orienté en arc de cercle autour de la colline sur laquelle j'entraperçois ce que je suppose être sa maison. Mais chaque hectare est semblable. Environ un arbre sur six, généralement les plus gros, a survécu. Leurs branches ont clairement gelé, et ils ont été taillés de manière violente. Un arbre sur trois avait de la vie dans sa souche, coupée au ras du sol, et a repris – à en juger les pousses vertes. Et sur les souches restantes, pas une seule pousse. Il est possible que cela vienne encore. Je ne sais pas combien d'arbres reprennent tout seuls. En comptant les rangées sur la partie de terrain que je peux voir, j'en déduis que Dulcinea a environ 500 oliviers sur le morceau que je vois. Dont un peu plus du tiers a repris. Potentiellement 300 oliviers à remplacer. Faut vraiment que je me renseigne. Je ne suis pas un pro, mais en général, je crois me souvenir que les oliviers les plus gros donnent le plus de fruits – et donc sont aussi plus chers. Donc, deux options : on achète des arbres de trente ans à quarante ans pour tous les champs ; ou l'on partage : quelques hectares de centenaires pour donner plus et permettre de vivre, et des vingt ans sur le reste. Je fais de savants calculs mentaux et me rends compte que mon ordinateur me manque. C'est la première fois que je le regrette. Je préparais tous mes plans de bataille avec lui : documents PowerPoint avec toutes les avenues d'attaque ; documents Excel en appui pour les détails financiers des différentes options. Je veux rentrer et m'asseoir avec une feuille de papier et un crayon, rédiger mes listes.

Je recrapahute donc vers mon vélo abandonné et ma chèvre. Elle m'attend, sagement allongée contre le vélo, toujours en train de mâchouiller ses brins d'herbe. Cette chèvre est l'une des plus intelligentes qui existent. Je n'ai jamais entendu parler d'une chèvre qui, par déduction, arrive à la conclusion que si mon vélo est là, il est normal que je revienne.

Je relève le vélo, attends qu'Esmeralda saute dans le panier, et fais demi-tour. Voyage avorté vers la maison de Dulcinea, mais je préfère ne pas aller la voir dans cet état d'esprit. Avec la soudaine réalisation des problèmes qu'elle a, je me sens un peu dégoûté par qui je suis. En m'engageant tout à l'heure sur le chemin menant à sa maison, mon cœur palpitait et j'avais une envie folle de la voir. Voir jusqu'où je pouvais la pousser, voir si elle répondait à mes avances. Voir si je pouvais l'embrasser à nouveau, pousser un peu plus loin. Plus même, si affinités. Je venais avec l'espoir de l'inconnu, explorer ensemble ce que nous pouvions être. Et je retourne la queue entre les pattes, le pantalon déchiré, les boules à l'air. Mais surtout déçu par moi-même. Je ne me suis même pas arrêté sur ses problèmes. Le pire, l'impardonnable, c'est que je l'ai rencontrée dans l'un de ces champs, en train de le nettoyer. Je savais qu'elle avait un problème, mais j'étais tellement englué dans ma nouvelle vie que je n'ai pas percuté quant à son ampleur. Je mangeais au buffet des nouvelles expériences, j'essayais tous les plats, sans m'inquiéter d'un mal au ventre éventuel. Eh bien, là, j'ai une indigestion carabinée. J'aide les petites vieilles inconnues du village, me sentant le Zorro de ma jeunesse, défendant la veuve et l'orphelin. Et je me rends compte que la veuve et son fils, je n'ai rien fait pour eux. Zorro de pacotille avec un vieux vélo pourri et sa chèvre. C'est bien plus lentement, en ruminant comme ma chèvre, que je retourne à Med-Sid. Avec un peu de chances, j'ai encore quelques heures de recherche sur internet avant qu'Auréa ferme la bibliothèque. Tout découvrir sur les oliviers. Et puis les prix des maisons, la mienne et celle de ma grand-tante. Et voir comment je peux reprendre ce qui m'appartient aux États-Unis.

Qui m'aurait dit[28]

Voilà.

J'ai fait les recherches nécessaires. J'ai tout raconté à Auréa. J'avais besoin de son aide.

Avec ses fesses posées sur ma table, elle m'a regardé longuement au travers de ses lunettes. Puis elle les a enlevées. C'est vrai qu'elle est mignonne, sans lunettes. Cette paire-ci est vraiment trop moche. Faudra vraiment que je dise à José d'aller en acheter avec elle et de lui choisir une monture moins grand-mère.

Elle a l'air pensive et triste en même temps. Pendant longtemps, elle n'a rien dit. Elle a essayé une fois ou deux, mais s'est arrêtée avant de commencer.

Enfin, elle a parlé.

— Tu sais, j'ai toujours cru que dans la vie, on a ce qu'on mérite.

J'ai voulu répondre, mais elle m'a interrompu d'un geste de la main.

— Pendant des années, j'ai pensé que je ne trouvais personne dans ma vie parce que je n'en étais pas digne. Que je ne le méritais pas. Que j'étais trop vieux jeu, que j'étais moche, un gros nez, les cheveux ternes.

Elle a hésité, suivait les veines du bois de la table avec le

28 *Quién me iba a decir*, David Bisbal.

bout de ses doigts.
— J'ai pensé que j'étais moche. Parce que je le suis. Par conséquent, ma vie se limiterait à être enfermée dans une bibliothèque, cachée parmi les livres.
Elle a hésité.
— Quand il arrivait malheur aux gens, je me disais que c'était tant mieux. Quand quelqu'un comme le mari de Dulcinea mourait, je me disais que c'était juste. Ils ont une vie parfaite, ils sont beaux, ils ont des enfants, des terrains, des amis, des familles, des maisons, vivent ce dont je ne pouvais que rêver.

Quand il leur arrive quelque chose, c'est normal. Il faut que l'univers redresse la balance et y mette un peu de négatif pour compenser tout ce positif. Une balance doit revenir à l'équilibre. Un des plateaux ne peut être en haut tout le temps et l'autre en bas. L'ensemble doit revenir à l'équilibre régulièrement.

Dans des situations comme celle de Dulcinea, je me disais toujours que c'était normal et tant mieux pour leur gueule. Pourquoi autant de bonheur ?

Je me consolais. Je n'étais pas mécontente de ma vie en demi-teinte. Si aucun des plateaux de la balance ne basculait trop dans un sens ou dans l'autre, c'était parfait. Ainsi, il n'y avait pas besoin pour l'univers de redresser la balance d'un coup sec. Et tu évites les emmerdes.

Elle a relevé les yeux, m'a regardé d'un œil triste et défiant à la fois.
— J'ai lu tous les livres à la mords-moi-le-nœud, le secret, la pensée positive, s'aimer soi-même pour que les autres nous aiment. Et je n'y ai pas cru. Je ne peux pas croire que je suis belle à force de me le dire.

Elle se redresse.
— Mais voilà. Il y a un mec qui est rentré dans ma vie et qui a tout bousculé. D'abord parce qu'il s'est pointé avec une chèvre dans ma bibliothèque. Un mec qui n'a pas de repères, pas d'ancrage, pas d'étalon avec lequel se mesurer. Il n'y a pas de références pour le juger. Il a déstabilisé ma

balance. Il m'a donné envie de créer un peu de déséquilibre entre les plateaux. Que j'ai gardé trop bien balancés depuis trop longtemps. Pas de gros sentiments, pas de grosses frayeurs, pas de grosses peines. Je n'aurais pas eu d'yeux pour José avant qu'il fasse irruption dans ma vie. Même si un jour j'avais peut-être remarqué José, ou quelqu'un comme lui, je n'aurais pas osé lui parler. Aujourd'hui, je me suis lancée. Je suis amoureuse. Je vis quelque chose que j'ai toujours voulu vivre, mais que je n'ai jamais osé faire. Et j'ai peur. Peur de me crasher et de me faire mal. Mais pour la première fois, j'ai aussi une peur bleue de passer à côté de quelque chose de vrai, quelque chose qui est fait pour moi, quelque chose que silencieusement, j'ai attendu toute ma vie.

Elle sourit, un peu mélancolique. Elle joue avec ses lunettes de grand-mère.
— J'ai été élevée par une de mes tantes. Une vieille mégère qui a toujours essayé de faire en sorte que j'ai honte de mon corps, de moi, de toute pensée impure ou joyeuse. Elle référait toujours au sexe comme si le diable y habitait. Pour elle, les êtres humains et le corps humain étaient faits par Dieu. Mais pour faire en sorte que l'être humain soit faible, le diable y a rajouté un sexe. Pour elle, faire l'amour était interdit. Ce qu'un couple devait faire dans leur vie, c'était s'épauler pour partager les souffrances et ainsi en réduire le poids. Pas de plaisir, seulement des tâches et des obligations. Aimer Dieu était notre obligation. Mais elle en faisait un calvaire. Il fallait toujours s'agenouiller, se fouetter, se priver, travailler dur de ses mains pour lui montrer qu'on l'aimait. Rire, profiter, manger, chanter, c'était interdit. Et laisse-moi te dire, le lavage de cerveau, cela marche.

Je me demandais toujours pourquoi Dieu crée toute cette beauté dans le monde, toutes ces choses dont on peut profiter, si on n'a pas le droit de vivre. Pour elle, c'étaient des tentations. Dieu est un dieu jaloux. Si tu es tenté par ces choses, tu iras en enfer. C'est le diable qui essaie de te séduire.

Pour moi, Dieu est un dieu d'amour, qui veut notre bien. Je

l'ai toujours cru, inconsciemment. Quand je lisais un bon livre. Quand j'écoutais une bonne chanson qui me faisait vibrer. Oui, il nous jugera sur nos actions, mais la vie n'est pas qu'un calvaire.

Elle s'anime, ses yeux commencent à pétiller. Elle parle avec passion en me regardant droit dans les yeux.
— Et aujourd'hui, je ne crois pas en ma chance. Je vis, j'aime, je me laisse porter. Je me sens légère. Maintenant, je fête la vie à tout moment. Je la fête quand je suis à l'arrière de la moto de José (*marrant qu'elle ait dit « moto » pour décrire la machine à transporter les queues de rat synthétiques*), et que le vent me passe par les cheveux, que je suis serrée contre lui, et que je peux le serrer fort contre moi. Alors qu'il y a toujours le risque de nous planter au prochain virage. Je la fête quand je vois le soleil se lever. Ou maintenant, que ses rayons rasant viennent illuminer la poussière qui virevolte, et qu'il donne cette couleur d'or à tout ce qu'il touche. Je fête la vie quand je vois Esmeralda faire des bêtises, comme maintenant. Descends de cette étagère, espèce de petite barbare !

Elle sourit à pleines lèvres. Je la regarde. Je suis content de l'avoir rencontrée. Je suis heureux que José et elle se plaisent. Je suis heureux d'avoir servi à quelque chose. Elle en vaut la peine. Lui en vaut la peine. Jamais je ne me serais imaginé permettre à deux personnes de se rencontrer. Et encore moins deux personnes aussi vraies qui me plaisent tellement. Elle continue à suivre les veines du bois avec ses doigts, hésitant, cherchant un peu les paroles. Elle relève la tête et me regarde.
— Mais je me sens coupable de vivre ces moments. Chaque instant heureux, je me sens mauvaise. À chaque fois que je me dis combien j'aime José, combien j'aime faire l'amour avec lui, combien j'adore le voir dormir ou me réveiller avec lui, je me sens coupable. Je n'y peux rien. C'est tellement engrainé en moi. Cela a tellement été martelé par ma tante. Je me dis et je me persuade que ce n'est pas vrai. Que Dieu n'est pas un dieu mauvais, qu'aimer la vie, c'est l'aimer aussi. Que faire l'amour avec celui qu'on aime, c'est comme prier. C'est comme fêter la vie et tout ce que Dieu a créé. Mais je me dis aussi qu'en vivant tous ces moments

de manière aussi intense, je pousse la balance vers l'autre côté. J'empile du bon, de la tendresse, du bonheur dans un des plateaux. Et plus j'en empile, plus la balance penche. Et plus le poids qui devra venir de l'autre côté pour la rééquilibrer sera lourd. Pour tout remettre à plat, il va falloir qu'il m'arrive un désastre énorme, quelque chose de terrible. Parce que le plateau du bon est bien rempli. Pour ramener la balance à l'équilibre, il va falloir charger le plateau du négatif à fond.

Mais je ne veux plus me cacher, je ne veux plus ne vivre qu'à moitié. Même si la chute sera d'autant plus forte, la peine d'autant plus violente.

Elle se lève, et elle part vers la petite partie de la bibliothèque que les rayons rasants du soleil éclairent encore. Elle joue avec les poussières qui virevoltent. Elle passe les mains entre les petits morceaux d'univers qui flottent dans la lumière. En jouant, elle continue à me parler. Je ne l'interromps pas, parce que je sais que cela casserait son flot, le rythme qu'elle a trouvé, et la confiance qu'elle me fait. Je ne suis pas sûr qu'elle ait parlé à quelqu'un comme cela auparavant. Elle continue.
— Quand je vois Dulcinea, aujourd'hui, je comprends tout ce qu'elle a perdu. Elle avait l'amour, un fils formidable, des pensées d'avenir, un futur qu'elle s'imaginait avec son mari. Elle est belle, elle est gentille. C'est une bosseuse qui ne demande rien à personne. Mais elle avait tout. La balance penchait trop d'un côté. Contrairement à ce que disait ma tante, le diable n'est pas un sexe, ou faire l'amour, ou aimer, ou vivre. Le boulot du diable n'est autre que de faire le tour des gens qui habitent sur cette Terre. Il vérifie leurs balances. Quand elles penchent trop du côté du bonheur, il va les équilibrer. Et pour bien faire les choses, il attend qu'elles penchent bien et que le plateau du bonheur déborde. Pour pouvoir décharger le plus de problèmes et malheurs possible de l'autre côté. Il attend, il attend, et patiente. Quand ça fait le plus mal, il déverse sa bile, ses malédictions, et t'enlève l'être qui te détruira. Un enfant, un mari, une femme, une fille. Il se fait un malin plaisir de faire ça. C'est ça, le diable. C'est ce qui est arrivé à Dulcinea.

Je continue à me taire. Son raisonnement ne me déplaît pas, assez proche de ce que j'avais toujours pensé. Mais pour moi, Dieu et le diable n'avaient rien à voir là-dedans. L'image des plateaux me plaisait par contre, très visuelle. Pas loin de ce que je pensais au fond de moi. Je pense que cela faisait des années que je m'étais tu aussi longtemps dans une conversation. Mais je sentais qu'elle avait besoin de se livrer, et que ce genre de moments de confiance était rare chez elle.
— Je suis dans la même situation qu'elle. Mon plateau est penché fortement vers le bonheur. Je comprends. Quand je ne vivais pas pleinement et que mes plateaux étaient bien en équilibre, je lui en aurais voulu d'être si heureuse. Mais je n'étais pas prête à prendre le risque de vivre la même chose. Aujourd'hui, je suis dans son camp. Je veux vivre à fond. M'en fous de quand le plateau redescendra – car il redescendra. Mais tout le bon à prendre sera pris. Alors, entre personnes qui aiment charger la balance, on doit s'aider.

Elle rigole un peu et lève son poing vers le plafond, un peu comme une militante communiste, sur les posters de l'époque.
— Frères et sœurs des plateaux penchés, luttons ensemble contre le malheur et la mauvaise fortune ! Unissons-nous pour défaire le diable ! Gardons nos plateaux bien inclinés !

Elle se ressaisit.
— Tu dois penser que je suis débile avec mes pensées. De te parler de Dieu et du diable et de plateaux. Mais tu vois, j'ai toujours pensé que chacun voyait le monde comme il le peut, avec le filtre de l'éducation qu'il a reçue. Moi, j'ai été élevée dans un environnement dans lequel on me remplissait les oreilles sans cesse d'histoires du bien et du mal. Du Diable et de Dieu et de leur lutte éternelle. Je les vois aujourd'hui parfois un peu comme deux gamins dans la cour de récré de l'école, en train de se chamailler pour des billes que l'un aurait perdues et que l'autre aurait gagnées. Nos âmes. Des billes. Mais j'ai été empreinte de ces images et ne peux m'en défaire.

Elle vient reposer ses fesses – ce coup-ci, sur le rebord de la

fenêtre à côté de laquelle se trouve ma table. Elle pose ses deux mains de chaque côté de ses hanches, lève le visage vers le ciel, puis me regarde.
— Donc, en bref, longue histoire, je suis de ton côté. Fais-moi savoir ce que je peux faire pour aider.
— Mais, Auréa, je n'ai demandé qu'un peu d'aide. Pas besoin de Dieu ou du diable !
— Ha ha… très marrant. Je me livre et c'est tout ce que tu sais dire ?

Je me lève et me mets face à la fenêtre, à côté d'elle. Je pose ma main sur son épaule, et je regarde dehors. Pendant quelques instants, nous ne parlons pas. Je sens sa respiration, qui soulève son épaule. Inspiration, expiration. Inspiration, expiration.

Je serre doucement son épaule et je lui dis :
— Rien n'a eu d'importance dans ma vie parce que rien n'avait l'air réel. En fait, rien n'était réel. J'achetais tout, et je le jetais. Les objets, les femmes, les relations, les connaissances. Tout est venu trop facilement. Je n'y attachais pas de valeur. Je n'ai pas été élevé par une grand-tante qui vivait tous les jours la lutte entre le bien et le mal. Je me suis fait un peu tout seul. Mes parents n'étaient jamais là. Une succession de nounous et de jeunes filles au pair à la maison. Même en arrivant ici, j'étais un peu détaché de tout. Un peu comme des vacances, un hiatus, une pause. Ce n'est que ce matin que j'ai réalisé enfin la merde de vie que doit mener Dulcinea. J'apprécie énormément ce que tu viens de me dire. Je pense que jamais quelqu'un ne m'a parlé aussi ouvertement de choses aussi profondes. Rien que pour cela, je t'adore et te remercie. C'est un cadeau énorme que tu viens de me faire.

Je la regarde, lui souris, et un court instant, la prends dans mes bras et la serre contre moi. Elle est un peu rigide et je la lâche vite, lui remets la main sur le bras et regarde dehors, en continuant à lui parler.
— Ce n'est que depuis que j'ai commencé à aider José à retaper son bar que je me sens vraiment ancré dans cette vie. Récupérer la maison de ce salaud n'est pas un but en soi. C'était plutôt pour réparer l'injustice et ne pas

laisser cet huileux personnage se l'approprier sans lutter. Aujourd'hui, je pense qu'un voile est tombé. Soudainement, des racines m'ont poussées pour m'ancrer ici. Tout dépendra de Dulcinea, si ça peut marcher entre nous. Mais détrompe-toi. Même si le ton de ma voix est léger et que je blague, vois ça comme un réflexe, une habitude qui devra me passer. Je suis heureux de te savoir heureuse avec José. Peu importe comment tu veux appeler cela, plateaux-repas, balances, bigorneaux, salades, le résultat final est là. Tu es belle. Tant dans ton âme que physiquement, même si tu ne le crois pas.

Tu dois juste changer de lunettes. Mais tu es canon, à tous les niveaux. Je t'adore, je te trouve fantastique. Esmeralda t'adore et elle n'aime pas tout le monde. Je suis extrêmement touché par ta confiance et tout ce que tu m'as dit.

Toute ma vie, j'ai été un con, et je n'ai jamais eu de relations réelles avec les gens.

Je suis tellement heureux d'avoir cette relation avec toi. Bourgeonnante, il est vrai, mais vraiment, vraiment impressionnante. Je suis content que tu décides de vivre, et que tu te laisses aller. Et merci, vraiment, de m'aider avec Dulcinea et ses oliviers.

On se regarde. Soudainement gênés par autant de confidences. Pour rompre le moment, elle se sépare de moi, va voir Esmeralda qui s'est couchée dans un coin en mâchouillant un vieux truc qu'elle a trouvé. J'espère que ce n'est pas une copie perdue de *L'Évangile de Barthélemy* jamais retrouvé. Et à cause d'Esmeralda, plus jamais retrouvable.

Après-midi oliviers et oseille

Après avoir caressé Esme, Auréa met les bouchées doubles. Elle me sort des livres, m'imprime des pages et des pages de documents. J'ai devant moi une liste de notes impressionnante. Des impressions en toutes les couleurs. Des tableurs de calculs pour faire les P & L nécessaires.

J'apprends. Je ne savais pas que les oliviers étaient tellement dignes de respect. Arbre plus que millénaire, la culture remonte à au moins 5 000 av. J.-C. L'olivier le plus ancien est celui de Platon, qui vit encore, et qui a au moins 2 600 ans.

L'olivier ne se sème pas, il est reproduit par l'homme en bouture herbacée, en rejet, sagate ou soucas. Voilà. Ça vous en bouche un coin, non ? Eh oui, pour moi aussi, c'est du latin. J'en sais un tout petit peu plus aujourd'hui. Il y a environ dix variétés connues autofertiles. Seulement trois des dix sont reconnues par les autorités comme étant utilisables en production. L'arbre a une mémoire génétique. Ainsi, bizarrement, les boutures de certaines variétés qui ont été exposées au froid sont beaucoup plus résistantes au froid à leur tour. Certaines variétés comme l'aglandau ou le cipressino résistent très bien au froid, plusieurs jours à -10 et des pointes jusqu'à -15 si l'olivier est de bonne taille.

Les oliviers de Dulcinea étaient plutôt jeunes. Ces variétés devaient être bien plus sensibles. Le coup de froid n'a été que de -6 pendant trois jours. Dans la région, on utilise beaucoup l'arbequina et le Gordal, toutes les deux assez sensibles au froid. Quelques amygdalolia, aussi sensibles.

En faisant des analyses, il faudra peut-être changer un peu l'approche. Il y a quelques variétés qui sont résistantes au froid et à la sécheresse, donnent bien et produisent rapidement (deux à trois ans). Elles ne s'étendent pas trop, afin d'en serrer plus sur le terrain. Faudra que je parle avec un spécialiste, mais je note la coratina, la verzola et la leccino italienne, la cornicabra locale, la grossanne ou la galinenque française comme cibles potentielles. Faut voir maintenant si cela est possible et s'il n'y aura pas de problèmes de pollinisation croisée, etc.

Faut ensuite voir si l'on replante tout. Parce qu'en fait, autre détail, un olivier est très difficile à tuer, et c'est pour cela que Dulcinea les coupe à la racine – dans huit cas sur dix, ou seize sur vingt, ou quatre sur cinq si vous préférez, l'olivier va redémarrer. Les racines sont protégées sous terre et ont assez d'énergie pour faire redémarrer de nouvelles pousses. Le problème est que cela va prendre un temps fou, et qu'elle n'aura aucune récolte pendant des années. Si elle veut en vivre, il va falloir compléter avec des arbres qui ont déjà quelques années.

Grâce à Auréa, j'ai aussi pu regarder le cadastre. Entre la taille du terrain de Dulcinea et mes observations sur les arbres vivants et morts, je fais des calculs grossiers. Est-ce qu'il vaut mieux attendre une dizaine d'années afin que les pousses recommencent à donner ? Ou arracher les racines et replanter ? Dur calcul. Dulcinea clairement a opté pour la première solution. Par manque de moyens probablement. Si déjà elle avait du mal à vivre de ses récoltes, là, ce sera encore pire. Donc, il va falloir assumer une bonne dizaine d'années de complément de revenus. Ou bien l'on arrache et l'on replante des arbres de dix à quinze ans. Le problème, c'est qu'éthiquement, c'est un peu nul d'arracher des racines d'arbres encore vivants.

Avec le calcul rapide que je fais, si l'on remplace tout, il faudra environ 10 000 pieds. Si l'on attend de voir lesquels redémarrent, environ 2 000. Les arbres devraient avoir quinze à vingt ans de préférence. Il faudra compter pour les arbres de 250 000 à 1 000 000 d'euros environ à l'achat si je les prends de deux ans. Bien plus pour les arbres de quinze ans. Plus si je les achète à l'étranger. Plus transport. Plus travail de grutage et de bulldozer. Arracher les vieilles souches qui n'auront pas repris l'année prochaine, replanter les nouveaux arbres. Puis attendre deux à trois ans avant que les arbres se mettent à produire de manière suffisante. Creuser quelques puits, mettre en place un système d'irrigation. Pour redémarrer, il faut planter 2 000 oliviers. Au bas mot. Plus les travaux, il faut compter un demi-million. Fortune que j'ai, mais aux États-Unis. Rien que mon appartement vaut au moins le double.

Et tout ça, c'est bloqué par les crouilles de mon ancienne boîte. Si je n'ai pas trop réagi après m'être fait lourder sans cérémonies, j'ai maintenant une raison pour me battre contre eux. J'ai besoin de récupérer mon argent pour aider Dulcinea.

Voilà pourquoi je suis en train de construire un poste stratégique avancé dans la bibliothèque de Med-Sid. Je vais déclencher les hostilités contre Volksbrott. Avec l'accord d'Auréa, j'ai mis deux des grandes tables en L. Sur l'une d'elles, j'ai posé l'un des ordinateurs de la bibliothèque. C'est celui qui a l'air le plus récent, mais c'est un vieil IBM d'avant-guerre. Je ne sais pas combien de temps cela fait qu'ils ont revendus aux Chinois, mais cela vous indique l'âge de l'engin. J'ai trouvé un petit magasin d'informatique à Med-Sid. Tenu par un jeune qui clairement a du mal à vivre de son business. Quand il m'a vu arriver en vélo avec la vieille calculette dans le cageot d'Esmeralda, il a dû se dire que j'étais un vieux bouseux qui n'y comprenait rien. Mais il s'est animé assez vite. On a ajouté des barrettes de RAM, on a changé la carte modem, le disque dur, et il m'a installé une version plus récente de Windows. Maintenant, l'IBM trône sur ma table. Ce n'est vraiment pas une Ferrari, mais je peux m'en servir. Le jeune m'a aussi dégoté une vieille imprimante compatible, mais qui fait un boucan monstre. Je fais une recherche sur Volksbrott. Tous ces mois je ne me suis pas intéressé à mon ancienne boîte. Grosse surprise.

Je manque de tomber de ma chaise. Mon nom figure de manière proéminente sur le site web de Volksbrott. D'ailleurs, dans toute la presse financière. Je suis accusé de tous les torts. Je suis le diable en personne. À lire certains des commentaires faits par mes anciens patrons, j'ai failli déclencher un krach boursier à moi tout seul. J'ai failli détruire la boîte. Je suis l'antéchrist en personne. Je suis la peste, la petite vérole, et la mort en un. Je ne sais pas ce que je dois croire en lisant ces articles.

Je rigole un peu. Je suis atterré. Je me révolte. Je rigole. Et c'est évident comme le nez au milieu du visage. Comme j'ai disparu sans donner signe de vie, comme je suis parti sans rien dire, ils ont fait de moi un bouc émissaire. Je connais les pertes que j'ai occasionnées au dollar près. 99 181 204 dollars. Mais clairement, les absents ont toujours tort. Celui qui ne dit rien acquiesce.

Parce que je vois différents communiqués de presse ici. Le communiqué initial qui dit qu'à la suite de fortes pertes, qui doivent encore être calculées, j'ai été licencié. Puis un communiqué qui dit que, basé sur de mauvais paris, j'ai coûté 500 millions de dollars à Volksbrott. Puis quelques semaines plus tard, une autre bombe. Une révélation, en faisant des recherches plus approfondies, il s'avère qu'en fait, j'ai exposé la société bien plus encore. Il s'avère que j'avais pris des paris outranciers sur des futurs qui ont coûté environ 150 millions à ma boîte de trading. Et encore quelques semaines plus tard, le total des pertes que j'aurai occasionnées est arrondi à 750 millions de dollars.

Après le mec de Singapour qui bossait pour une banque anglaise et le petit Breton à la Société Générale, Kerviel, un Amerloque est en troisième place dans la liste des noms les plus honnis dans mon métier. Enfin, si l'on inclut Michael Milken, peut-être le quatrième. Mais Milken a fait un superbe retour et une solide carrière après sa peine de prison. Il a un facteur sympathie important.

Comme pour les deux autres, d'ailleurs. Comment un petit bonhomme peut défier la grosse machine qu'est la banque pour laquelle il travaille ? Comment ils arrivent à trouver une manière de déjouer tous les contrôles ? Les Robin des bois modernes qui ne cherchent pas à s'enrichir eux-mêmes, mais qui veulent cacher leurs erreurs et utilisent les milliards d'autrui pour ce faire.

Quelque part, des personnages un peu sympathiques. Milken a coûté de multiples billions à l'économie mondiale, avec ses junk bonds. Leeson et Kerviel ont coûté des milliards à leurs boîtes respectives, mais tous les trois ont un facteur sympathie important. Barings a failli couler. Nick Leeson a été glorifié dans un film. Ewan McGregor joue son rôle. Mais Nick Leeson n'a coûté que 600 millions de livres à Barings. Jérôme Kerviel a coûté cinq milliards d'euros à la Société Générale. Mais l'année d'avant, Jérôme a fait gagner 1,4 milliard à sa société. Et puis, l'annonce du scandale a mené la banque centrale américaine à réduire leur taux d'intérêt en urgence.

Un journaliste a même écrit un éloge à Kerviel : « Emprunteurs, rendez grâce à un héros improbable : Jérôme Kerviel. Alors que vous vous délectez de la baisse des intérêts sur votre marge de crédit… pensez à la façon dont un courageux Français est venu à votre secours.[29] »

Sur les sites web de support à Jérôme, il y a même un supporter qui a écrit que Jérôme Kerviel est le fils de Evel Knievel[30], le cascadeur mythique américain que je suivais quand j'étais môme.

Je me situe en bonne position, avec des pertes supposées de 750 millions.

Mais voilà, je n'ai jamais pris des positions sur des futurs. Dans notre milieu, on se spécialise. J'étais spécialisé dans les prises de position à court terme, le Day trading. Et plus spécifiquement, Day trading dans le milieu de la santé, donc les sociétés pharmaceutiques, les fonds de retraite, la biotech, les maisons de retraite, etc.

Je sais combien je gagnais pour ma boîte. Même cette année, celle où la boîte m'a sommairement viré, la perte

29 https://www.theglobeandmail.com/report-on-business/streetwise/thank-jerome-kerviel-for-bernankes-rate-cut/article775607/
30 https://fr.wikipedia.org/wiki/Evel_Knievel

de 99 181 204 est largement couverte par les gains que j'avais déjà amassés qui étaient de l'ordre de 700 millions de dollars.

Et jamais je n'ai coûté 750 millions à Volksbrott.

Clairement, mon manque de réaction a déclenché ce processus. Toutes les pertes cachées ou non déclarées ont été nettoyées d'un coup, et mises sur mon dos. L'action de ma boîte a pris un coup énorme, chutant de plus de 40 % en quelques semaines. Comme avec la Société Générale, au lieu de réduire les positions sur plusieurs semaines, ma boîte a liquidé certaines positions du jour au lendemain, prenant et déclarant les pertes immédiatement. Je n'ai pas le détail de ce qui a été vendu, mais je suis sûr qu'il s'agit de positions pourries que la boîte avait depuis longtemps.

Elles ont probablement toutes été liquidées d'un coup, plutôt que de les vendre petit à petit à perte. C'est notre *modus operandi* normal. Nous ne gagnons pas à tous les coups en achetant des actions. Quand nous avons emmagasiné suffisamment de gains, nous vendons nos nanars. On gagne dix millions, on vend deux ou trois millions des nanars. Tant qu'en fin d'année, nous avons une marge qui reste largement positive. Ou nous vendons les nanars pour les racheter immédiatement au même prix, ainsi réalisant la perte et payant moins de plus-value.

La boîte avait probablement une large quantité d'actions pourries, des nanars minables dont ils ne savaient quoi faire. Ils s'en sont débarrassés en me mettant les pertes sur le dos. Pas mal. Bien vu. J'ai besoin d'un accès à l'un des terminaux de trading de Volksbrott pour le prouver, probablement avec un niveau d'autorisation assez important.

Je bascule en arrière sur la chaise en bois. Les deux pattes arrière sont assez fines et je sens comment elles fléchissent sous mon poids. Je croise mes mains dans ma nuque et je réfléchis. Un plan d'action commence à prendre forme. Il y a pas mal de parties mobiles, mais je peux faire d'une pierre pas mal de coups. Un peu comme le vaillant petit tailleur. Je tuerais six géants et une mouche, le pourri de Juan Carlos, je sauverais ma princesse et gagnerais Mario Kart. Et avec de la chance, je récupère mes sous, et investis dans des oliviers. Et un bar country dans un bled minable. Et je récupère la maison de mon arrière-tante. Mais il y a un bon travail de préparation à faire. C'est bien d'avoir des goals.

Chant des sirènes

Je reviens à la verticale d'un coup et j'éteins l'ordinateur. Je fais une bise sur le front d'Auréa qui est en train de bouquiner derrière son bureau. J'embarque Esmeralda qui est en train de ruminer. Clairement, elle a encore sévi dans l'étagère du bas. Adieu à la carte au trésor de la flotte espagnole de 1715.

Je reprends mon vélo. C'est une super soirée de fin d'été. Il fait bon, pas trop chaud, et le soleil couchant laisse des bandes de nuages oranges et rouges sur un fond outremer parfait. Tout est silencieux. Peu de voitures et juste quelques voix de gens qui parlent et rigolent ensemble. Le vélo cahote sur les pavés avant de rejoindre la départementale qui me ramène à Matavacas. Les pneus chantent sur le tarmac. Le vent souffle dans mes oreilles et fait danser ma chemise.

Aujourd'hui, je me suis rendu compte que j'avais été accusé de perdre des millions. Ça a réveillé l'ancienne hargne de trader en moi. J'ai tout de suite vu l'avenue d'attaque pour récupérer les quelques millions de dollars de ma fortune personnelle.

Je suis là, sur mon vélo qui ne doit pas valoir plus de 40 euros. Habillé de vêtements simples et bon marché, une chèvre dans mon cageot de courses. Et je me sens bien mieux, des années-lumière de bien mieux que je me sentais à New York. Beaucoup de personnes disent des choses comme cela. Mais beaucoup n'y croient pas vraiment et s'accrochent à leurs possessions matérielles. Il faut en fait avoir vécu dans la facilité pécuniaire, mais sans être heureux pour pouvoir faire la part des choses. Et le jour où l'on n'a plus la facilité financière pour même acheter du PQ, se rendre compte que c'est cela la vraie vie.

Beaucoup de gens ne comprendraient pas mon laxisme par rapport à l'argent que j'ai aux États-Unis. Le fait que je n'ai rien fait pour le récupérer. Mais voilà. Aujourd'hui, ma vie est une aventure, une découverte du monde, des gens, de moi-même. Des émotions, des envies, des amitiés, de l'amour.

Et j'ai peur de cet argent aux États-Unis. C'est une ancre, une sirène qui risque de me faire revenir à mon ancien moi. Un peu comme un ancien alcoolique, j'ai un peu peur de goûter au whisky à nouveau de peur de replonger dans l'excès. Il est vrai que certaines choses me manquent.

En faisant une liste mentale, je me rends compte que je regrette surtout ma cuisine super équipée, la chaîne hi-fi et mon Aston Martin. Les meubles, les joujoux, les fringues, rien à cirer. Et je me dis que je peux parfaitement m'acheter une chaîne hi-fi ici aussi, si je récupère les sous. Et qu'ici, une Méhari, c'est bien plus cool qu'une Aston.

Mais pour l'instant, ce bonheur simple me va. Je suis matérialiste et je le sais. Mais que pour certaines choses. J'aimerais aussi m'acheter une vieille moto et la réparer. Une Norton, ou une vieille Triumph. Ou une vieille BMW R50 avec side-car, pour Esmeralda. Et quand elle voudra, Dulcinea. Quand j'étais môme, je m'étais souvent vu sillonner les États-Unis avec une moto et side-car, avec mon chien dedans, un bandana rouge autour du cou. Et toutes les filles craqueraient devant ce parfait exemple d'un James Dean moderne, dur, mais accessible. Clairement capable de tendresse et d'humour, symbolisé par le golden dans le side-car.

Ici, ce serait un peu différent. Je terroriserais tous les habitants d'un village de pouilleux au trou du cul du monde avec une chèvre dans le side-car. Mais bon, l'idée y est. Et pourquoi ne pas réaliser ses rêves d'enfance ?

Je ferais comme José, j'accrocherais une queue de castor à la moto, et je rejoindrais le gang des quéquettes de castors et des mateurs de vacas. Comme il faut aussi des femmes, on demandera à Maria de nous rejoindre... Elle serait superbe avec un perfecto, des résilles et un tatouage.

Un coup de klaxon me fait revenir à la réalité. Enfin, klaxon est une description très gentille. Il s'agit plutôt d'un couinement de chat efféminé qui a attrapé une extinction de voix. C'est mon copain œuf à la coque. Juan, l'agriculteur bio qui survit grâce à sa Piaggio. Je m'arrête sur le bas-côté. Che est tout sourire. Che, c'est le surnom que je lui ai collé.

Quand j'ai commencé à parler suffisamment bien espagnol, je lui ai expliqué l'histoire du plateau-repas et du coquetier. Malheureusement, je l'ai fait dans le café devant quelques autres gars et le tavernier. En espagnol, œuf, c'est *huevo*. *Huevos* est aussi une expression espagnole qui réfère à des attributs particulièrement masculins. Donc, les gars du bar se sont moqués de lui pendant une période, disant qu'il leur cassait les *huevos*, qu'il en avait des *huevos* de redemander une bière, etc. Donc ils ont rebaptisé Juan en *huevos*. Je me suis senti coupable. Donc, j'ai changé le surnom en Hue-Boss. Qui est devenu Che. Comme Che Guevara. Depuis, le village l'appelle Che.

Juan le coquetier s'est épanoui avec ce nouveau surnom. Il a même accroché un petit drapeau cubain à ce qui lui sert de rétroviseur. Che a l'un des statuts sociaux les plus faibles dans le village. Ils se moquent de lui avec son agriculture bio. Comme je vous ai expliqué, pour compenser ses revenus c'est l'homme déchetterie du village. Mais son nouveau surnom lui a donné de l'assurance.

On parle un peu. Je m'accroche au bord du plateau-repas et il me tracte, pendant que nous discutons à voix haute pour nous entendre au-dessus du couinement du moteur. On s'arrête chez José, qui n'est pas là. Mais qui, comme toujours, a laissé la porte ouverte, et je paie une bière à Che. Che s'étonne des changements, qu'il trouve supers. Il me demande pourquoi nous ne rajoutons pas des décos de gauchos et de cowboys de Cuba. Pas con, comme idée. Pourquoi toujours copier les États-Unis ? Pourquoi ne pas apporter une touche locale et plus latine ? Je me souviens vaguement de quelques musiques qui m'avaient marqué à l'époque. J'étais parti à Cuba pour un enterrement de vie de garçon, et qui m'avait plu. Pour info, le mythe que les Américains ne se rendent pas à Cuba est faux, ils volent juste par le Canada et le Mexique. Une fois sur place, il suffit de donner dix dollars à l'agent de douane pour qu'il ne tamponne pas le passeport. Au moins un tiers des touristes à Cuba est Américain, et ils traitent Cuba comme leur baisodrome particulier. Mais je me souviens de chanteurs et de groupes assez sympas, genre les repentistas, ou de la rumba, genre Pío Leiva, ou même Compay Segundo. On s'assied sur la véranda. Et je ne sais pas ce qui me prend, mais je lui parle de Carmen. Car en écoutant la cassette, ce que demande Carmen au saint est de ne plus être seule. Elle s'est isolée chez elle, n'a plus beaucoup de contacts avec le village. Mais surtout, elle n'a plus d'homme dans sa vie. Elle se sent vraiment seule. J'essaie d'être circonspect, mais malgré mes gros sabots, Che ne voit rien. Je lui demande pourquoi il n'a pas quelqu'un dans sa vie. Pourquoi il n'est pas avec l'une des veuves du village. Che est gauche, un peu gêné. Il me parle de son image. Il n'est pas respecté. Alors, comment va-t-il prétendre séduire quelqu'un ? Je me lance dans une diatribe. Je lui explique que nous sommes tels que nous nous voyons. Que si l'on ne croit pas en nous-mêmes, personne ne croira en nous. Qu'il a des *huevos*. Que c'est Che. Et qu'il mérite quelqu'un dans sa vie. Comme tout le monde. Tiens, comme Carmen. Il la connaît. Clairement, il l'aime bien. Il est allé chercher des choses dans son jardin pour les emporter à la décharge. Qu'il doit d'ailleurs y retourner pour emporter des tuteurs en bambou pourris à la décharge. Mais il n'ose pas trop...

(Note : aller chercher l'enregistreur au plus vite !)

Alors, je lui dis plein de trucs. On ne vit qu'une fois. Il faut suivre ses instincts. Se laisser aller. Je ne sais pas ce qui m'arrive ce soir, mais je fais mieux que « le secret » et mets minable Oprah. C'est comme si je parlais pour moi. De tout ce que j'ai vécu et senti depuis quelques mois. Pas de regrets.

Et comme avec Paco pour le saint, au bout d'un moment, je le laisse critiquer, analyser, et se convaincre lui-même. On en est à la troisième bière quand il décide que j'ai raison. Demain, il va aller chercher les tuteurs en bambou. Et parler à Carmen. Il me remercie, tout guilleret. Il finit sa bière d'un trait, me tape sur l'épaule et remonte dans l'ovomatic.

Je reste sur le porche. Je savoure la nuit qui tombe. Au bout d'un moment, je me lève. Je trouve un morceau de pain et une croûte de fromage derrière le bar. Faudra acheter un frigo aussi – probablement même deux ou trois – si l'on veut en faire un vrai bar. Je commence à faire une liste de tout ce qu'il faut acheter. Congélateur. Cave à vin. Machines à laver la vaisselle. Assiettes, verres, plats, couverts. Jarres et brocs variés, pour la sangria, l'eau... Extincteurs. Produits de nettoyage. Chaîne hi-fi et musique. Les tables et les bancs arriveront bientôt, et les barbecues avancent.

Ma liste s'allonge très vite. Mais ça m'occupe. Je n'ai pas envie de repenser à Dulcinea et mon manque de sensibilité à son égard. Mon manque de compréhension par rapport à ce qu'elle doit traverser tous les jours. Bref, ma connerie et ma nazeté. Je suis bon en parlant à Che, mais je ne m'applique pas les mêmes règles.

En faisant les listes mentales, je me rends compte que dans ma tête, j'ai changé. Après plusieurs mois en dilettante, je reviens à ma formation d'avant. Structuré, organisé, avec des plans de bataille. Même si j'étais nul à plein de niveaux, j'étais un battant. Que dans un espace dans ma tête, mon cerveau continue à réfléchir à la situation aux États-Unis avec Volksbrott.

Je me suis rendu compte depuis des années que je dois laisser reposer des problèmes dans ma tête et les laisser décanter. Quand je reviens sur le sujet quelques heures plus tard, ou le lendemain – dans ce cas des mois –, je me rends compte que mon cerveau a déjà fait le ménage. Parfois même, j'ai trouvé la solution. Un peu comme les pilotes d'avion de chasse qui, en volant la nuit, regardent à un angle de dix degrés l'objet qu'ils essaient de voir. Parfois, on le voit mieux en ne le regardant pas directement.

Au bout d'un temps, je lave les verres, je range et j'éteins la lumière. Je remets Esmeralda dans le panier de mon vélo et rentre chez moi. Je ne sais ce qui me prend, mais je tourne à gauche au lieu de tourner à droite et vais voir si Maria est encore réveillée. Je me dis que si la lumière du rez-de-chaussée est allumée, je sonne. Mais si ce n'est éclairé qu'en haut, je laisse passer. Manque de peau pour Maria, je sonne. Maria n'a pas l'air surprise de me voir à cette heure. Elle était clairement déjà prête à se coucher, en robe de chambre, les cheveux peignés et en queue de cheval. Elle sent bon la crème pour la peau. Esmeralda est trop contente de la voir, lui donne des petits coups de corne, lui demandant de lui gratter sous la mâchoire. Elle frétille de la queue, comme un chien. Maria nous précède à la cuisine, me fait m'asseoir à la table de la cuisine. Elle ferme la porte vers le jardin et le potager, pour être sûre qu'Esmeralda n'attaque pas les plants de tomates. Elle sort une bouteille de Orujo et deux petits verres.
— Normalement, je ne bois plus à cette heure, et normalement, je ne devrais pas boire d'alcool fort, mais le fait que tu sois ici veut dire que tu as besoin de parler. Je n'ai rien trouvé de mieux pour aider à parler que cet Orujo aux noix qui vient de chez mon frère, en Extremadura. Tu m'en diras des nouvelles.
— Merci, Maria. Je suis désolé d'être ici à cette heure, et je ne savais même pas avant de venir que j'allais te voir. Je pense qu'en effet, j'ai besoin d'un avis extérieur et d'une opinion de ta part.
— C'est par rapport à ta flamme, non ?
— Non... Enfin, si, mais pas vraiment... Enfin, oui, c'est par rapport à Dulcinea, parce qu'aujourd'hui, presque tout est motivé par ce qu'elle peut penser ou sentir.

Et j'explique tout à Maria. Tout depuis le début, depuis comment je suis arrivé ici à Matavacas, des 750 millions. De ma balade en vélo aujourd'hui et de la soudaine réalisation de mon égoïsme profond. Du fait que j'ai besoin de ses connaissances pour savoir à qui m'adresser pour faire un devis pour replanter le terrain de Dulcinea. J'en ai pour presque une heure et demie. Elle ne boit pas grand-chose, mais elle remplit régulièrement mon verre. C'est vrai que ça aide. L'Orujo à la noix aide. Je sens toute la tension nerveuse que j'ai accumulée dans la journée disparaître. En parlant, je me sens un peu désolé du gâchis que j'ai fait de ma vie. En la racontant, je me rends compte de son inutilité. Elle n'a vraiment pas servi à quoi que ce soit, une vie vide et mal rangée. J'allais écrire un trou noir, mais non. Parce que même si un trou noir est une absence totale de lumière, il a un effet sur ce qui l'entoure, même négatif. Une attraction des éléments autour de lui et qu'il absorbe. Moi je n'ai aucun effet. Même pas négatif. Enfin, heureusement pas négatif, plutôt. Ça doit être les nouvelles d'aujourd'hui qui me donnent le blues comme ça. Cette trahison de la boîte à qui j'ai donné tellement d'années de ma vie, pour rien. C'est assez fou, parce que depuis que je suis arrivé ici, je n'ai pas eu trop de blues. Même les premières nuits passées dans la petite bicoque perdue dans les champs, pas un poil de blues. Esmeralda doit s'en rendre compte. Elle se lève pour poser sa tête sur ma jambe pour que je la gratte derrière les oreilles et sous le menton. Elle me regarde de ses yeux de diablotine.

Elle pue le bouc et je dois lui donner un bon bain demain. Mais je l'aime.

Ce n'est pas le moment ni l'endroit de faire un coup de blues. Je me ressaisis. Je pense que Maria s'en rend compte, car elle se lève pour faire chauffer de l'eau pour un thé.

Elle me demande :
— Que veux-tu que je fasse avec tout ce que tu m'as dit ? Tu veux une opinion ?
— Je ne sais pas, Maria. Je voulais juste te faire savoir qui je suis vraiment. Et il y a des choses que je ne t'ai pas encore dites, dont je ne suis pas fier.

Je ne lui ai pas du tout parlé du saint bionique qui valait trois milliards. Certains trucs ne peuvent pas être partagés. Elle s'approche et me verse un thé.
— Écoute, je peux te dire plein de choses. De tout ce que tu m'as raconté, beaucoup de choses me dépassent. Je sais à peu près ce que c'est la bourse et comment ça marche, mais on s'en fout. À la base, tu t'es perdu et tu te cherches.

Sans t'en rendre compte, tu savais déjà que la vie que tu menais ne t'allait pas. Alors, quand on t'a jeté, tu n'as pas réagi. On t'a bien eu, et on a profité de ta faiblesse pour te faire encore plus mal. Je n'ai qu'une question pour toi. Même le bon Dieu a dit œil pour œil, dent pour dent. Alors, quand est-ce que tu vas te lever de cette chaise, arrêter de t'apitoyer sur ton sort, et aller récupérer l'argent dont tu as besoin pour aider la femme que tu aimes ?

Je ne dis rien. Je joue avec le sachet de thé dans ma tasse. Je me lève, prends mon thé, rajoute un coup d'Orujo au passage pour le refroidir, et l'avale d'un trait. Je prends Maria dans mes bras et la serre pendant au moins vingt secondes. Sans rien dire. Puis je récupère Esmeralda et nous nous en allons.

Lo quiero todo[31]

La bonne surprise, c'est de trouver mon peu de vêtements et mes quelques possessions soigneusement emballés dans mes valises et dans des sacs-poubelles. La mauvaise nouvelle, c'est que sur la porte de ma petite maison a été collé un avis d'éviction et que les verrous ont été changés. Pas manière d'entrer. Ça, c'est ce connard de Juan Carlos. Maria a raison. Va falloir que je commence à me défendre un peu, ou tout le monde va croire que je m'appelle paillasson. Je prends le manche du balai qui est posé contre le mur à côté de la porte et casse un carreau de la fenêtre de la chambre. Je passe ma main par le carreau cassé et ouvre la fenêtre. J'enjambe le rebord, et une jambe de chaque côté, je prends Esmeralda que je pose à l'intérieur. Elle se débat un peu, mais dès qu'elle est à l'intérieur, elle va se coucher sur mon matelas. Enfin, notre matelas. J'entends arriver une voiture. C'est à califourchon sur le rebord de la fenêtre que les phares de la Méhari de Dulcinea me trouvent.

Comme elle m'a déjà vu dans cette position, je prends un air cool. J'appuie mon dos contre le mur et attends l'arrivée de Dulcinea. Elle éteint son moteur et coupe ses phares. Le moteur cliquette alors qu'il refroidit. Ce bruit est accompagné par les grillons qui couinent leur bonheur. Ça va bien ensemble. Aucun autre bruit. Puis le bruit de sa portière qui s'ouvre et qui se referme. Ayant été aveuglé par les phares, ma vision de nuit est compromise. Je ne vois rien. Je la sens avant de voir l'ombre de sa tête et ses cheveux se détacher contre le ciel bleu nuit. Elle sent le savon, fraîche et propre. Exactement comme le savon doit sentir. Et puis elle sent les champs de blé sous le soleil. Et je

31 Chanson de Macaco, *Lo quiero todo*.

m'imagine aussi la bonne odeur d'une fraise juste cueillie, qui vient d'être rafraîchie par une légère averse après une chaude après-midi d'été.
— Pas mal comme position de relaxation… Y a de la place pour moi ?

Je lève une jambe, la repasse à l'extérieur, et lui fais signe de s'asseoir.
— Merci. Tu as quelque chose à boire dans cette bicoque ?

Je lui dis que oui, mais il faut qu'elle se relève pour que je puisse repasser par la fenêtre.
— La porte ne marche pas ?
— Non, pas depuis que Juan Carlos m'a mis dehors et a changé les verrous.
— Ah bon ? Quand ça ?
— Aujourd'hui.
— Salaud… Moi aussi…
— Toi aussi ?
— Oui. J'ai reçu aujourd'hui un avis de mise en liquidation de mon exploitation. J'ai trente jours pour montrer que je peux assumer et couvrir les frais ainsi que l'amortissement du prêt ou je perds les terrains. Bien sûr, mille excuses dans la lettre, mais je pense que c'est lui qui est allé voir la banque et les a convaincus de lui laisser envoyer la lettre. Il a toujours eu des vues sur mes champs d'oliviers et pense pouvoir acheter le terrain pour un franc six sous.
— Reste-là, je reviens.

À tâtons, je trouve la cuisine, les allumettes, et la lampe tempête. À la lueur de la lampe, je trouve une demi-bouteille de whisky et une bouteille de rouge qui tape. Je rapporte les trois vers Dulcinea, qui est toujours sur le rebord de la fenêtre. Pour ne pas la faire se lever, je me remets à cheval sur le rebord, tourné vers elle.
— Tiens, pas de verres, j'ai la flemme. Raconte.

Et elle me raconte. La mort de son mari. La nécessité de tout apprendre sur le tas. Enfin une récolte bonne, au bout de sept ans. Positive enfin. Puis le coup de gel. Les frais pour faire couper les oliviers. Pas de réserves de cash, tout avait été mis dans l'exploitation. Les impayés. Pas de rentrées d'argent. S'accrocher coûte que coûte à ce qui avait été un rêve partagé avec son mari. La frustration, la peur, la tristesse. La compréhension de la banque, mais maintenant, la mauvaise surprise orchestrée par ce con de Ruiz. Le besoin de rester confiante face à son fils, mais en même temps, s'inquiéter pour son avenir. Ne pas vouloir finir à la rue, ou serveuse dans un café, comme avant de rencontrer son mari. Ne pas savoir vers qui se tourner, et que la seule personne à qui elle avait envie de se confier, c'était un presque inconnu dont elle ne connaît pas même le passé. Mais que c'est peut-être pour cela, pas de jugement, pas d'historique, probablement pas de futur – il n'est là que de passage. On se tait. Elle sirote le vin. Je sirote le whisky, tous les deux à même la bouteille.

Je parle alors. Je lui explique que pour l'instant, à rien ne sert de parler de mon passé. Je le ferai bien assez tôt. Je suis là parce que j'ai merdé. Mais qu'il faut qu'elle temporise avec la banque. Je dois retourner aux États-Unis pour m'occuper d'affaires qui sont restées sans résolution. Et que dès que ces affaires sont résolues, elle n'aura plus à s'en faire pour son exploitation ou pour l'avenir de son fils. Je lui demande de combien elle a besoin par mois, et combien de retard elle a sur son prêt bancaire. Le montant me surprend, c'est élevé. Mais un calcul rapide me permet de voir que c'est justifié. Un domaine de vingt hectares, sans dépôt de garantie, ça doit en effet valoir cela. Je lui dis que je ferai ce que je peux. Il faut tenir de deux à trois mois avant que je puisse l'aider. Je vais aussi devoir m'absenter pendant un mois environ. Je lui dis que je comprends que je n'ai rien à apporter pour l'instant, que je parle probablement pour ne rien dire. Que si je lui donne un coup de main, ce sera un arrangement d'affaires. Justement, je cherchais à investir dans le coin.

Je sais bien que nous ne nous connaissons pas plus que ça, mais elle va me manquer. J'espère qu'elle aura envie de me revoir quand je reviendrai. En lui parlant, je me rends compte que j'ai déjà pris la décision de repartir aux États-Unis affronter mes anciens patrons. Régler ces affaires et laver mon nom. Récupérer l'argent que j'ai gagné en conneries et les investir pour la bonne cause.

Elle ne dit rien. Je m'empêtre, je me prends les pieds dans mon propre dialogue, m'enchevêtre de mots, m'étouffe dans les syllabes et m'entoile comme une mouche. Quand je suis à bout de course, à bout de mots, elle pose sa main sur mon bras, sans rien dire. Je me tais. Le silence tombe. Au bout de vingt secondes, elle enlève sa main. Je sens l'endroit où sa main était posée, froid et chaud en même temps. Le silence se meuble un peu, devient plus confortable. Juste les grillons, quelques feuilles qui frémissent dans un souffle de vent. Un ronflement d'Esmeralda. Je me relâche. L'endroit touché par ses doigts devient chaud, insupportablement chaud, puis se refroidit. Il bat, au rythme de mon cœur. J'ai envie de poser la main dessus, de le sentir, savoir si ce morceau de mon bras s'est imprégné de son odeur. Poser la main dessus est comme poser la main sur la sienne. À quelques minutes de différence, ses doigts étaient là. Espace-temps. Mais je me retiens.

Au bout d'un long moment, elle me parle.
— Tu sais, je ne suis pas venue pour que tu me promettes quoi que ce soit. Je n'ai pas besoin d'un Don Quichotte. Je ne veux pas de ton argent. Je ne veux pas t'être redevable de quoi que ce soit. Je ne veux pas que tu investisses dans ce qui était le rêve de mon mari et le mien. La vie que je vis ne me plaît pas. Souvent, je n'ai pas envie de me lever le matin. Voir ces souches dans ce champ cuit par le soleil. Voir mon fils qui s'émerveille devant une sauterelle, une toile d'araignée. D'un brin d'olivier qui jaillit d'une souche qui avait l'air morte. Je ne peux plus affronter la vie avec son émerveillement.

Elle se tait, comme pour chercher les paroles. Toutes celles qui flottent encore en l'air entre nous, ce flot de paroles que j'ai déversées et qui sont tombées comme autant d'oisillons du nid, à nos pieds. Elle les ramasse, les prend au creux de ses mains, souffle doucement sur leurs plumes et leur fait prendre leur envol. Elles virevoltent autour d'elle, dans des boucles élégantes, mais nerveuses en même temps, s'approchant, s'éloignant, faisant du rase-mottes, ascendant et planant sans effort dans de longues traînées langoureuses, pour piquer du nez en plongeon violent vers le sol. Elle fait que mes mots oisillons battent des ailes de manière efficace et contrôlée.

Une respiration. Elle hésite. Puis se lance. Dans le noir, où je ne fais que deviner son profil. Tous mes sens sont réduits au rugueux des briques sous mon postérieur et mon dos, le brûlant du whisky dans ma gorge, son odeur et celle de l'herbe et la terre après une longue journée chaude. Le son de sa voix, et en contrepoint les grillons. Et bien sûr, l'endroit sur mon bras qu'elle a touché et qui paraît maintenant anesthésié.
— Je ne comprends pas cette vie. Je ne sais pas pourquoi j'ai reçu un cadeau aussi merveilleux que mon mari et Pablo. Je ne m'étais jamais imaginée vivre à la campagne, dans une exploitation agricole. Mais nous nous sommes pris à rêver, une fois que Pablo est né. Quand nous avons vu la ferme, c'était comme si cet endroit était fait pour nous. Même la vue était celle que nous nous étions imaginée.

Elle boit un peu de vin rouge qui tape. Elle garde le silence pendant une ou deux minutes. Je l'imagine, au bras d'un homme, jouant, rigolant, comme un flash-back dans un mauvais film romantique américain. Sur un fond sonore à trouver, mais je n'ai pas d'imagination sur le coup. Alors, je fais la bande sonore avec le son du vent et des grillons. Ils semblent mieux correspondre.
— Je ne sais pas pourquoi après ce bonheur, le destin a décidé de reprendre tout ce qui m'avait été donné.

Silence.
— Je sais, ce dernier commentaire paraît très égoïste. Et il l'est. Je parle pour moi. Mon mari est mort. Sans raison. Anévrisme fulgurant, à 32 ans. Il n'a même pas atteint l'âge du Christ. Il n'a même pas vu la première récolte. Tous ces rêves, tous ces efforts. Non aboutis. Retour à la case départ, en espérant que la prochaine réincarnation soit plus efficace.

Coup de rouge à même le goulot. Nouveau silence de quelques minutes.
— J'en ai voulu à tout le monde. Je lui en ai voulu, de claquer comme ça, même pas un au revoir. Je l'ai détesté.

Même pas mort à côté de moi, même pas le temps d'un dernier regard, d'un serrement de main, d'un dernier mot. Non, comme ça, sur le sol de la coopérative, devant des inconnus alors que j'étais à la grange. Je m'en suis voulu. Pendant des mois, j'ai essayé de savoir si on pouvait détecter un anévrisme, si c'était ma faute. S'il y avait eu des signes que je n'avais pas vus.

Je suis rentrée dans une isolation profonde. Je travaillais tous les jours de l'aube au coucher du soleil. Je ne passais presque plus de temps avec Pablo. Le voir me rappelait mon amour disparu. Même lui, je lui en ai voulu, d'être là, de lui ressembler autant. De me rappeler tous les jours son père, de me rappeler comment on faisait l'amour et comment on l'a conçu. Je lui en voulais de me rappeler son père à chaque fois que je le voyais. Il ne savait pas, il ne comprenait pas. Il n'avait que trois ans à l'époque. Pendant quelque temps, il a demandé après son papa, puis petit à petit, plus rien. Ça oublie vite, à cet âge-là.

C'est Maria qui a commencé à me sortir de ce cycle de vie infernal. Tous les jours, je m'épuisais afin de ne plus rien sentir. Je ne dormais plus, me détruisais au travail, ne parlais plus à qui que ce soit. Mais elle a été là tout le temps pour moi. Elle faisait encore du vélo à l'époque. Malgré sa douleur de hanche, elle passait tous les jours. Que ce soit que pour apporter du lait, ou des légumes de son jardin, ou passer un après-midi entier juste là, à faire du crochet ou du tricot, sans rien dire, alors que je faisais mes comptes, faisais à manger ou aiguisais les outils.

J'ai fini mon whisky. Je joue avec la bouteille. Puis je la laisse tomber dans les gravillons. Elle me passe la bouteille de rouge. Je prends une gorgée, lui rends. J'ai posé mes lèvres où elle a posé les siennes.

Je regarde en l'air vers les traînées de nuages que l'on devine, éclairées par une lune qui n'est pas encore visible, mais sur le point d'apparaître à l'horizon. Image assez parfaite. La lumière d'un astre disparu, non visible, qui continue à éclairer et à influencer des corps célestes déchirés en lambeaux, plus jamais les mêmes. Le parallélisme est saisissant. Sa voix est triste, résignée, quand elle reprend.

— C'est au bout de cinq ou six mois qu'il y a eu un déclic. J'étais en train de remettre un cylindre de fil sur un petit débroussailleur. Le mécanisme était bloqué, et j'ai tapé dessus avec un marteau pour le débloquer. Le marteau a dérapé et je me suis cogné la main violemment. Il y avait du sang partout, et j'ai cru que je m'étais cassé la main. J'ai commencé à pester, à jurer, à balancer du marteau partout. Je faisais des giclures de sang partout. J'ai assassiné le débroussailleur. Soudainement, Maria était là, me regardait. J'ai continué un peu, de moins en moins violemment, et puis j'ai vu Pablo qui s'était caché derrière Maria, qui me regardait avec de grands yeux épouvantés. J'ai laissé tomber le marteau par terre, et je suis tombée à genoux. J'ai ouvert mes bras, et petit à petit, Pablo est sorti de derrière Maria, et tout doucement, pas craintivement, mais avec précautions, il est venu se lover dans mes bras. Je l'ai serré fort contre moi, et c'est là que j'ai réalisé que je pleurais. Maria aussi s'est approchée, et malgré sa douleur de hanche s'est aussi agenouillée et nous a pris dans ses bras. Elle m'a juste dit : « Vas-y », et soudainement, je me suis mise à pleurer comme une madeleine. Je n'avais pas versé une larme depuis sa mort. Pas une. Toutes les larmes sont sorties d'un coup. Je ne pouvais plus m'arrêter. Maria est restée avec moi toute la journée, toute la nuit. Au bout d'un moment, Pablo, qui s'inquiétait de me voir pleurer, s'est fait à l'idée et a recommencé à jouer et à s'occuper tout seul. Maria m'a pansé la main, m'a fait du thé, m'a gardée dans ses bras. Elle a su juste se rapprocher quand il le fallait, me laisser seule quand je ne voulais pas d'elle à côté de moi. Elle m'a dit que cela faisait trop longtemps que ce moment devait venir. Qu'elle voulait être là quand il arriverait parce qu'elle avait peur de ce que j'allais faire.

Elle me repasse la bouteille. Je n'en veux plus. Mais je la prends sans y boire parce qu'elle me l'a passée et parce qu'il y a une seconde, sa main était posée juste là où je viens de poser la mienne.

— C'est vrai que je n'avais fait aucun deuil. Je le réalise aujourd'hui. Je pense aussi que j'aurais facilement pu me foutre en l'air. Je n'avais plus rien à faire ici. Même rester pour Pablo, pour quoi faire ? Il avait déjà oublié son père, il m'oublierait bien aussi.

J'essaie de dire quelque chose, mais elle me répond.
— Non, tais-toi. Ce n'est pas facile ce que je fais là. Laisse-moi finir.

Elle reprend la bouteille. Elle ne boit pas. J'espère que sa main est posée là où la mienne était posée, que de manière cutanée, elle peut absorber ce que je sens pour elle.
— Je me suis refait une raison. J'ai commencé mon deuil. Il n'est toujours pas fini, et je ne pense pas qu'il le sera jamais. J'ai recommencé à vivre, à sentir, à être avec Pablo, vraiment avec lui. J'ai recommencé à prendre plaisir aux petites choses. Me lever le matin, et trouver de la rosée sur les oliviers. Voir les petites fleurs blanches éclore sur les branches. Les premières petites olives vertes apparaître, grandir, devenir adultes, puis mûres. La récolte, simple, sans façon, tous nous aidant l'un l'autre, les repas de midi sous les oliviers. L'odeur de la première pression, le goût du premier cru. Une paëlla de temps en temps avec Maria. Rouler dans la Méhari, les cheveux au vent. Un tour à cheval. Petit à petit, une vie de plaisirs simples.

Elle boit, une longue rasade, comme pour se donner du courage. Puis elle joue avec la bouteille, la fait tourner un peu dans ses mains, gratte un peu l'étiquette.
— Et puis, soudain, ce coup de froid. Nous n'avions pas assez d'argent à l'époque pour acheter des systèmes pour protéger les oliviers. Genre des tonneaux en ferraille avec du bois en quantité pour élever la température ambiante. J'ai fait des feux, autant que possible, sur la partie la plus proche de la maison. J'ai drapé toutes mes couvertures sur les arbres. J'ai même mis mes chauffages d'appoint avec des rallonges. Même le sèche-cheveux.

Elle fait un petit rire.
— Le froid a duré six jours. Il n'est jamais descendu en dessous de -6 ou -7. Dans la journée, la température grimpait à 10 ou 12 degrés. Tout le long, j'espérais. J'étais sûre que le destin ne pouvait pas me punir à nouveau. Pourquoi ? Et Pablo ? Pourquoi le punir, lui ?

— Mais voilà. Toutes les branches de tous les arbres, sauf quelques centaines autour de la maison et ceux du long du ruisseau, sont mortes. J'ai parlé avec tous les autres cultivateurs de la coopérative. Les avis varient. Peut-être qu'ils allaient reprendre. Peut-être que les troncs n'avaient pas gelé. Ils sont venus voir. Chacun leur tour, admirer le carnage. Des commentaires à la con, genre, « on vous avait bien dit de ne pas prendre un pan de montagne aussi exposé », ou « pourquoi vous avez utilisé cette variété-là ? ». En fait, il y a trois cultivateurs qui ont morflé le plus. Tous parce que nos arbres étaient plus jeunes, plus petits, et donc moins résistants. Les petits nouveaux, avec leurs nouvelles pousses, ont pris le gel de plein fouet. Le voisin, qui a des arbres de plus de 40 ans, n'a dû en couper que quelques centaines.

Elle me repasse la bouteille, sans en boire. La bouteille est chaude maintenant. Je bois, là où ses lèvres se sont posées il y a quelques minutes. Espace-temps.
— Je ne sais pas ce que j'ai fait pour me prendre tout ça dans la gueule. Mais c'est mon sort. C'est mon lot dans cette vie. Et celui de Pablo d'avoir une mère qui a la poisse. Je ne vais pas abandonner. Je continuerai à lutter. Mais je vais devoir vendre une partie du terrain pour sauver le reste. Je ne sais pas quoi faire d'autre. Aujourd'hui, c'est tout ce que j'ai. Je vivrai chichement, et dès que je peux, je rachèterai un hectare par-ci, par-là. Ça prendra beaucoup plus de temps, et on mangera beaucoup de patates, mais on y arrivera, Pablo et moi. Mais voilà. Soudain, y a un mec qui arrive de nulle part, en vélo, avec un accent américain bizarre, mais sympa. Et il se fait des idées à mon sujet. Un touriste qui cherche l'exotisme et qui tombe sur la seule fille à peu près potable et disponible dans ce village paumé.

Je veux lui dire quelque chose, l'arrêter là, en racontant une connerie, genre, non, il y a aussi la fille de la boulangère. Mais je suis comme le daim sur la route pris dans les phares de la voiture. Je sais que je vais me faire écraser, mais je suis incapable de bouger, hypnotisé par les phares.
— Et voilà, je suis sensible à ce charme, aux attentions, à l'humour et la tendresse qu'il montre. Mais je me rends

compte que je ne peux pas. Il est là pour quoi ? Pour combien de temps ? Quand en aura-t-il marre de porter une chemise pendant que sa seule autre chemise est en train de sécher ? Quand en aura-t-il marre de son copain blaireau attardé qui n'a jamais eu un vrai boulot de sa vie ? Quand en aura-t-il marre de ce bled paumé de péquenauds ? Est-ce qu'il disparaîtra aussi soudainement de ma vie, détruisant pour toujours ce cœur que j'ai eu du mal à remettre en route et qui tient encore grâce à un peu de sparadrap et de superglu ? Alors, avant de souffrir à nouveau inutilement, avant de me lancer dans quelque chose qui se terminera mal, je préfère lui dire aujourd'hui, dans la pénombre, sans pouvoir voir son visage, confortablement distant, que je ne veux pas de ça. Je ne veux pas de ton amour, de ton aide, de tes attentions. Je ne veux pas de toi dans ma vie autrement que de l'autre côté de la table quand nous mangeons une paëlla chez Maria, une ou deux fois par mois. Je ne veux pas de ce que tu penses que tu peux m'offrir, parce que je ne veux pas l'accepter. Vis ta vie et laisse-moi vivre la mienne. En paix. Sans hauts et sans bas. Surtout sans bas.

Elle boit un coup de rouge.
— Je ne veux pas de ton argent. C'est même bizarre de penser que tu en as, vu comment tu vis, mais ça ne m'importe pas. Je ne veux pas de quelque chose qui me rend redevable. Je ne veux pas être dépendante de quelqu'un, ou de toi. C'est gentil, mais je n'en veux pas.

Elle joue avec la bouteille, puis semble se décider d'un coup. Dans le noir, je devine qu'elle tourne son visage vers moi.
— Alors voilà, je viens te le dire sans avoir à te regarder en face. Laisse-moi en paix. Fais ce que tu as besoin de faire. J'aime ce que tu fais pour les autres, avec le saint. Je comprends. Mais voilà, c'est exactement toi. Tu observes à distance, et tu vois la douleur, de loin, sans vraiment vouloir y toucher. Tu la tritures, et tu choisis une des douleurs, que tu peux régler à distance, sans te mouiller, sans t'impliquer. Tu fais de bonnes choses, mais tu le fais comme un robot. Tu es un observateur, tu n'es pas investi. Alors ma recommandation pour toi est la suivante. Rentre

aux États-Unis. Essaie de réorganiser ta vie là-bas. Tu viens de faire ta crise des 35 ans. Tu viens de faire ce voyage en Europe dont tous les Américains rêvent à l'adolescence. Tu verras, rentre et tout ça s'estompera petit à petit. De toute façon, tu n'as même plus de maison. C'est un signe.

Elle se lève. Pour m'empêcher de me lever à mon tour, elle pose sa main sur ma poitrine, là où ça fait mal, soudainement.
— Merci de m'avoir fait rêver un peu à nouveau, et merci de m'avoir montré à nouveau ce que je dois faire. Merci de m'avoir redonné de la force et la conviction d'avancer.

Elle laisse sa main un peu plus, puis la fait glisser jusqu'à mon bras, qu'elle serre brièvement.
— Tu veux le reste du vin ? me demande-t-elle en me tendant la bouteille, que je devine plus que je la vois.

Je prends la bouteille et lui dis :
— À mon tour. Je ne vais pas faire de longs discours… Non, laisse-moi parler aussi.

Elle me pose l'index sur mes lèvres et me fait taire.
— Mais je ne veux pas t'écouter. Laisse-moi partir la tête haute, convaincue et convaincante. Laisse-moi ce sentiment. Ne me fais pas douter de ce que je viens de te dire, n'essaie pas de faire sortir ce que je sens, et que je ne veux pas sentir. Je ne veux pas avoir de remords, ou de doutes. Laisse-moi.

Elle fait un pas en arrière, et un autre. Puis elle se retourne, marche vers sa voiture. Elle monte dedans. Je pense voir une hésitation avant qu'elle ne tourne la clef et ne démarre. Mais c'est probablement parce qu'elle ne trouvait pas sa clef. Les phares qui s'allument soudain me prennent en plein fouet. Ils cinglent, font mal aux yeux. Physiquement, le même effet que m'ont fait ses mots. Elle fait un demi-tour sur l'herbe. Manque de se prendre la haie, et s'enfuit.

Sun Tzu

Quand Dulcinea est partie, je suis resté con. Je ne savais pas quoi faire. Sauter sur mon vélo et la poursuivre ? Essayer de négocier avec elle ? L'appeler ? Aller chez elle ? Lui déclarer ma flamme ? Je me suis récriminé sur tout. C'est ma faute, j'aurais dû être plus incisif. J'aurais dû sortir le grand jeu dès le départ. Mais voilà. Je pense que si je lui avais sorti le grand jeu, jamais elle ne se serait rapprochée de moi. Je suis convaincu que jamais elle ne se serait même sentie obligée de venir me voir pour m'expliquer. Je m'étais enfui du monde. Le monde ouaté dans lequel je vis depuis quelques mois, sans responsabilités, s'écroule autour de moi. Plus d'argent, plus de maison. Mais surtout, la femme que je pense aimer, zoupli zap, disparue. Avant même d'être arrivé à quoi que ce soit, merci, houplaboum, voici la porte, au revoir, monsieur, merci d'être passé, merci de retenter votre chance la semaine prochaine.

J'ai ramassé les quelques sacs et cabas, la vieille valise en dur, et j'ai tout amarré tant bien que mal sur le vélo. Le fait de trifouiller mes affaires à la lumière de la lampe tempête m'aide à faire le vide. Je ne sens rien. Ou en fait, mieux dit, j'essaie de ne rien sentir. Je prends des gorgées de vin rouge chaud pendant que je fais le ménage. Le goulot de la bouteille est un succédané de ses lèvres.

Je récupère même les draps du lit. Rien je ne laisserai au salaud. Je me sers des draps pour attacher tout sur le vélo, et j'accroche la lampe tempête à l'avant. Tant bien que mal, nous nous mettons en route, avec Esmeralda. Elle est grognonne, elle a envie de dormir. Elle ne comprend pas ce que nous faisons, tous les deux, sur la route à cette heure-ci. Je me rends compte soudainement que voilà ce à quoi se résume mon univers, aujourd'hui. Un vieux vélo et ce que je peux porter dessus, et une chèvre qui me suit partout. Et en marchant, en fait, au lieu de me sentir accablé, je recommence à reprendre du poil de la bête. Les choses ne peuvent pas aller pire ! Je me rappelle soudainement un texte de Sun Tzu : « Confrontez-les avec l'annihilation, et ils survivront. Plongez-les dans une situation mortelle, et ils lutteront pour vivre. » Il disait cela par rapport à des ennemis – si on les accule, ils se défendront. Il faut toujours laisser une porte de sortie.

C'est ce qui m'arrive. Je suis acculé. Maintenant, je vais me défendre, je n'ai plus d'avenue de fuite. Jusqu'à maintenant, dans mes pensées, je me voyais lutter contre les injustices. C'était une belle histoire que je me racontais. Sans avoir les couilles de vraiment faire quelque chose. Flotter comme ça, dans le temps et dans l'air, ça m'allait bien. Pas de demandes, pas d'obligations. Mais voilà. J'ai chuté au plus bas. Le pire qu'il puisse encore m'arriver est de perdre mon vélo, Esmeralda, et ma liberté. Et l'amitié de José et Maria. L'heure est venue de me défendre et de reprendre ce qui est mien. Et de regagner la main de l'héroïne du film. À nouveau, je me sens un peu comme dans un mauvais épisode de *Zorro*. Je suis un cavalier désarçonné qui marche dans la nuit et je marche vers l'aventure à pas lents. Je ne suis pas un renard rusé, et je ne combats pas l'ennemi sans peur, en signant mon nom de mon épée. Mais il est temps de régler leur compte aux bandits.

Et si c'était un film de Zorro, la caméra s'arrêterait au bord de la route et me suivrait pendant que je m'éloigne, accompagné de mon fidèle destrier – mon vélo –, et accompagné de mon fidèle compagnon – Esmeralda. Avec mon sac à dos, je fais plus mine de Quasimodo que de Zorro. Au moins, mon pas est décidé.

Porque te vas[32] ?

Au réveil, je me sens bien moins sûr. Je suis allongé à côté du lit de camp, par terre dans le bar de José. J'ai le dos bloqué et je dois avoir des échardes dans le côté et dans les joues. J'ai un mal au crâne horrible, et pourtant je n'ai plus bu grand-chose après le vin rouge. Je me lève péniblement. Je mets mes mains sur les reins, essayant de me remettre les vertèbres dans le bon ordre. Esmeralda est allongée de tout son plein sur le lit de camp. C'est elle qui a dû me virer à coups de patte. Je lui ouvre la porte pour qu'elle aille faire pipi. Elle me remercie d'un petit frétillement de queue et sort, droite sur ses pattes, raide comme une demoiselle anglaise du siècle passé.

Je sors. Le bon air frais du petit matin me caresse. Pas de pollution ici, l'air sent vraiment bon. Je profite quelques minutes de la fraîcheur matinale. Puis je rentre me faire un thé, laissant la porte grande ouverte.

J'étais bien moins fier en arrivant au bar de José hier soir. Soudainement, la résolution que j'avais montrée en chemin a disparu. Je marchais droit parce que j'avais une tâche précise à accomplir, notamment transbahuter l'ensemble de mes possessions terrestres et faire en sorte qu'elles arrivent à bon port.

Mais en arrivant chez José et en allumant, je me suis vu pour ce que j'étais : un clochard snob avec un vélo en guise de caddy et une chèvre en guise de chien. J'ai pris un bain de prostituée, comme on dit aux États-Unis. C'est-à-dire que je me suis lavé les dessous de bras et le visage à l'évier.

---

32 *Porque te vas*, chanson de Jeanette

Puis je me suis allongé sur le lit de camp. Mais je n'ai pas réussi à dormir. J'ai essayé de préparer un plan de bataille. Toutes les idées de Sun Tzu me sont repassées par la tête. Si tu te connais toi-même et que tu connais ton ennemi, tu gagneras de multiples batailles. Je dois probablement commencer par la stratégie du singe dans les buissons : faire du bruit en secouant les branches de telle manière que l'ennemi pense que l'on est bien plus puissant que l'on ne l'est vraiment. Le nerf de la guerre est la supercherie. Soit extrêmement subtil, au point de ne plus avoir de forme. Soit extrêmement mystérieux, au point où tu ne fais plus de bruit. Prétends l'infériorité afin d'encourager son arrogance. Celui qui n'a pas d'objectifs ne risque pas de les atteindre.

Et toutes les autres citations dont je me suis rassasié quand j'étais plus jeune. Je les utilisais pour guider ma vie de travail. Je suis sûr qu'en partie, c'est grâce à cela que j'étais aussi bon dans mon job. Je suivais ces règles à la lettre. Tout problème, je me demandais souvent comment Sun Tzu l'aurait approché. Ce livre, et *Le Prince*, de Machiavel, mes livres de chevet. Putain, comment j'ai changé ! Mais celui que j'étais recommence à faire surface. Heureusement, bien teinté par celui que je suis devenu.

Comme je n'arrivais pas à dormir, je me suis préparé un plan de bataille. La plupart des idées étaient déjà présentes dans mon subconscient. Qui en fait n'a pas arrêté de travailler pendant que je faisais le con à repeindre le bar de José ou que je bavais dès que je voyais Dulcinea. Comme je n'arrivais pas à dormir et que je réfléchissais, essayant d'ordonner mes pensées, je suis ressorti, et j'ai marché un peu au hasard dans les rues de Matavacas, réfléchissant furieusement. Vu l'heure, personne n'était dehors, alors j'en ai profité pour récupérer l'enregistreur chez Carmen.

Je suis rentré au bar et j'ai mis la cassette dans le lecteur. Je me suis servi un verre d'eau. La cassette a commencé comme beaucoup d'autres, avec le bruit de Carmen qui s'agenouille, et qui commence un Notre Père. Mais petit à petit, elle entre dans le vif du sujet. Carmen revient de chez son docteur, qui lui a dit qu'elle a un cancer trop avancé pour faire grand-chose. Elle n'a que six à neuf mois de vie. Elle ne l'a pas dit à qui que ce soit. C'est resté entre elle et son docteur. Elle a aussi besoin de refaire son testament, pas qu'elle a grand-chose à laisser derrière elle, mais elle ne fait pas confiance à Ruiz. Au bout d'un quart d'heure, elle se relève, va s'affairer dans la cuisine et continue à parler au saint comme si c'était un invité. Elle lui tient une conversation pendant qu'elle prépare ce que je pense être un thé dans la cuisine. Le micro ne capte pas tout, mais la plus grande partie. Elle revient s'asseoir près du saint. On entend la cuillère qui cogne doucement dans la porcelaine de sa tasse, pendant qu'elle remue et qu'elle continue à parler au saint.

« C'est marrant, tu sais. Pendant des années, le docteur m'a dit de ne pas manger autant de sucreries. Cela fait des années que je suis à la limite du diabète. Il me dit à chaque fois : “ Tu sais, Carmen, le sucre, c'est comme ta poudre blanche, ta drogue ! Elle t'aura ! ” Mais je n'y peux rien. Je sais que je ne devrais pas. Mais c'est la seule douceur qui me reste. Voilà 21 ans que je me réveille tous les matins, seule, dans cette maison froide et un lit encore plus froid. À part Maria, personne ne me parle vraiment. À part toi, personne ne m'écoute vraiment. Et tu ne viens visiter ici qu'une semaine par an. Alors, le docteur, il peut crever doucement. En plus, autant d'années à me limiter, à ne mettre qu'une cuillère de sucre dans la tasse de thé, alors que c'est bien meilleur avec deux, et tout ça pour en fait crever de cancer. »

Je n'en pouvais plus d'écouter. J'ai arrêté le lecteur de cassettes. Je me suis mis la tête dans les bras, avec une envie de chialer pour cette pourriture de monde injuste. Je venais de dire à Che de se lancer avec elle. La vie est la chose la plus belle et la plus vicelarde qui existe.

Je veux savoir ce qu'est l'amour[33]

Quand José est arrivé au bar, je lui ai demandé de m'emmener à la gare routière. Il n'a rien compris. Pourquoi pars-tu maintenant qu'on a des projets ?

Je lui fais une version condensée de ma vie. De ce qui est arrivé hier. Des discussions avec Auréa, Dulcinea, et Maria. De la situation de Carmen. En vingt-quatre heures, je m'en suis pris plein la gueule. Il me demande pourquoi je m'enfuis. Je ne pense pas que c'est une fuite. Je lui dis. Je vais affronter Volksbrott. Je pars en guerre. Pour mieux revenir. Revenir propre, sans bagages. Je veux savoir ce qu'est l'amour, le vrai. Mais pour ça, je dois faire le ménage dans ma vie. Et revenir avec de l'argent pour aider Dulcinea.

Il est sur le cul.

Je lui demande de s'occuper d'Esmeralda. Je me sens nul de l'abandonner. Mais je dois m'endurcir. Il hésite, me demande s'il peut demander à Dulcinea de s'en occuper. Il est clair qu'elle serait mieux avec Dulcinea et Pablo qu'ici dans le bar. Je lui dis que c'est parfait.

Je lui dessine des plans sur comment construire les barbecues, la plancha et le four. Je lui dis tout ce qu'il veut entendre. Oui, je reviendrai. Oui, c'est temporaire. Non, ce n'est pas toi, c'est moi. Je lui explique pour Carmen et Che. Il me promet qu'il continuera avec le saint, et sera circonspect. Peut-être le saint n'est pas obligé de faire un miracle à chaque fois. Seulement quand la situation est grave. Je lui parle de Maya – et du fait que j'ai hésité à demander à

33 *I Want to Know What Love Is*, chanson de Foreigner.

Maria. Il me rassure. Il est amoureux d'Auréa. Maya, c'est du passé. Il en parlera à Maria et Paco, voir s'ils ont des infos.

Il hallucine. Je le prends dans mes bras. Le serre fort. Je lui dis que je l'aime. Qu'après ce que nous avons vécu, je ne peux pas le laisser. Et surtout, je ne peux pas abandonner Dulcinea. Ni Esmeralda. Ni Maria. Ni le saint. Que ce village est devenu ma vie. Que je veux apprendre le square dance aux États-Unis pour devenir le coach qui nous manque ici.

Mais maintenant, il doit m'emmener à la gare routière. Je le menace d'appeler Che. Et je ne veux pas sortir du village sur le plateau-repas de Che – ce serait trop comme si la boucle était bouclée. C'est à lui de m'y emmener.

Je mets mes Converse, un pantalon et deux chemises dans le sac à dos de l'armée troué. Ma brosse à dents et mon déodorant. Je mets au poignet la Patek que je n'ai pas mise depuis des mois.

J'embrasse Esmeralda. Je la serre fort. Elle se débat. Elle n'aime pas ces situations. J'ai une larme à l'œil. Quand je reviendrai, elle sera adulte. Merde. Je ne verrai même pas grandir ma fille adoptive.

On sort. Je demande à José de s'arrêter chez le tavernier. Il est content de me voir. Je lui rends les dominos et lui paie ce que je lui dois. Je lui serre la main et lui dis à bientôt. Je m'arrête auprès du joueur de dominos qui disait que Rosalia n'était pas bonne en flamenco parce qu'elle était Catalane. Je lui dis que j'aime bien Estopa, Montse Cortés, La Chana, Miguel Poveda et Mayte Martín. Tous Catalans ou ayant grandi en Catalogne. Et je lui dis que Israel de la Frontera est une bonne guitariste de flamenco, la descendante spirituelle de la Campanera ou de la Serneta. Toutes des femmes qui osent jouer la guitare flamenca. Il en a presque une apoplexie. J'insulte le flamenco en nommant des Catalans et des femmes guitaristes. Le tavernier rigole. Comme quoi, l'ordi de la bibliothèque m'a servi à quelque chose.

On s'arrête chez Maria. Je sonne. Quand elle ouvre, je la prends dans mes bras. On ne parle presque pas. Elle sait. Je lui dis qu'on se verra bientôt.

On repart. Je refais le chemin en sens inverse de celui que j'avais pris avec Che. Ça me fait mal au cœur.

On repasse à l'endroit où je pensais que j'allais finir en tant que fouille archéologique.

Enfin, on arrive à la gare. Au moins vingt fois, j'ai pensé dire à José de faire demi-tour. Ma vie est dans ce village. Ici, je suis moi.

Mais Dulcinea a été claire. Je dois mettre de l'ordre dans ma vie avant même de prétendre pouvoir être dans la sienne.

Je serre José dans mes bras. Je le rassure. Écris ses numéros de téléphone sur un morceau de papier. Et lui dis de se casser, la larme à l'œil. Il part, les queues de castor flottant au vent.

Je vais acheter un billet de bus pour Madrid, escale Cadiz. Je dois attendre trois heures avant le départ. Il y a peu de choses plus dures et solitaires qu'attendre un bus dans une gare routière déserte, alors que son cœur et sa vie sont juste là, à quelques kilomètres.

On the road again[34]

Je suis reparti aux États-Unis. Après avoir pris le bus, je suis arrivé à Madrid. J'ai réussi à trouver un billet bon marché pour Newark. Il me restera genre 400 euros en arrivant là-bas.

Mais je me démerderai.

Comme vous le comprenez, il y a une suite à l'histoire.

Ce qui est important, c'est que je ne me suis pas totalement trompé. J'ai une chance de gagner la main de la princesse. Après que José m'a emmené à la gare routière, il a emmené Esmeralda chez Dulcinea. Dulcinea a manqué de péter un câble. Enfin, c'est ce que m'a dit José. Non pas parce qu'elle devait s'en occuper. Mais parce que j'étais parti.

Elle ne s'attendait pas à une réaction aussi radicale.

Pourtant, je lui avais expliqué ma situation.

Peut-être que sous ses attitudes dures, elle me kiffe quand même un peu.

Elle est partie en trombe avec la Méhari me chercher à la gare routière. Elle a planté José, Esmeralda et Pablo. Mais j'étais déjà parti avec le bus. Elle est montée jusqu'à la gare de Cadiz, dans la Méhari. Mais j'avais déjà pris le train pour Madrid. *Ave*.

---

34 *On The Road Again*, Willie Nelson.

Intermission

Voilà. Voilà la fin du premier livre de ma renaissance. Ou plutôt dit, ma naissance. Parce que je n'étais pas vraiment vivant avant. Un peu zombie. Ma manière d'être et de me comporter régie par les dictats de la société dans laquelle j'évoluais. À la fin de ce livre, vous me trouvez au plus bas – mais avec enfin une envie de me battre. Vous pensez bien que je ne vais pas en rester là. Et je ne vais pas vous laisser là, avec un livre qui s'arrête en queue de poisson. Ah, et si vous n'aviez pas compris, c'est moi la chèvre.

Si vous voulez savoir comment je vais affronter tous les mauvais, et gagner Mario Kart et peut-être la main de la princesse : il y a un deuxième livre dans lequel je vous explique comment, grâce à l'aide de mes amis, j'arrive à peu près à m'en sortir. De nouveaux amis de l'autre côté de l'océan. Et ceux d'ici.

Fort de ce début de caractère et ce magma de sentiments que je balade en moi comme une espèce d'adolescent sur le retour, j'arrive à régler un peu mieux ma vie. Ça reste fouillis et ça part dans tous les sens, mais ça avance.

Et profitez bien de la playlist, cela m'a fait plaisir d'être accompagné par cette musique en écrivant ce livre. J'ai dû la limiter, car plus de 100 chansons, ça devient du n'importe quoi. Je suis sûr qu'il y a plein de chansons qui ne vous plairont pas, mais s'il y en a même une ou deux que vous réécouterez et que vous rajouterez à votre propre playlist, mon devoir est accompli. Si vous avez lu jusqu'ici, et que vous avez apprécié une chanson, je vous aurai apporté un petit quelque chose. Ça me ferait vraiment plaisir si c'était le cas.

Merci d'avoir lu ce livre. Vraiment.

Et si vous voulez commenter, me faire des suggestions ou des commentaires, mon mail est eduquerunechevre@yahoo.com. À bientôt !

Table des matières

N° d'éditeur : 5584

Dépôt légal : Décembre 2021

Printed in France by Amazon
Brétigny-sur-Orge, FR

25443871R00172